非常正义

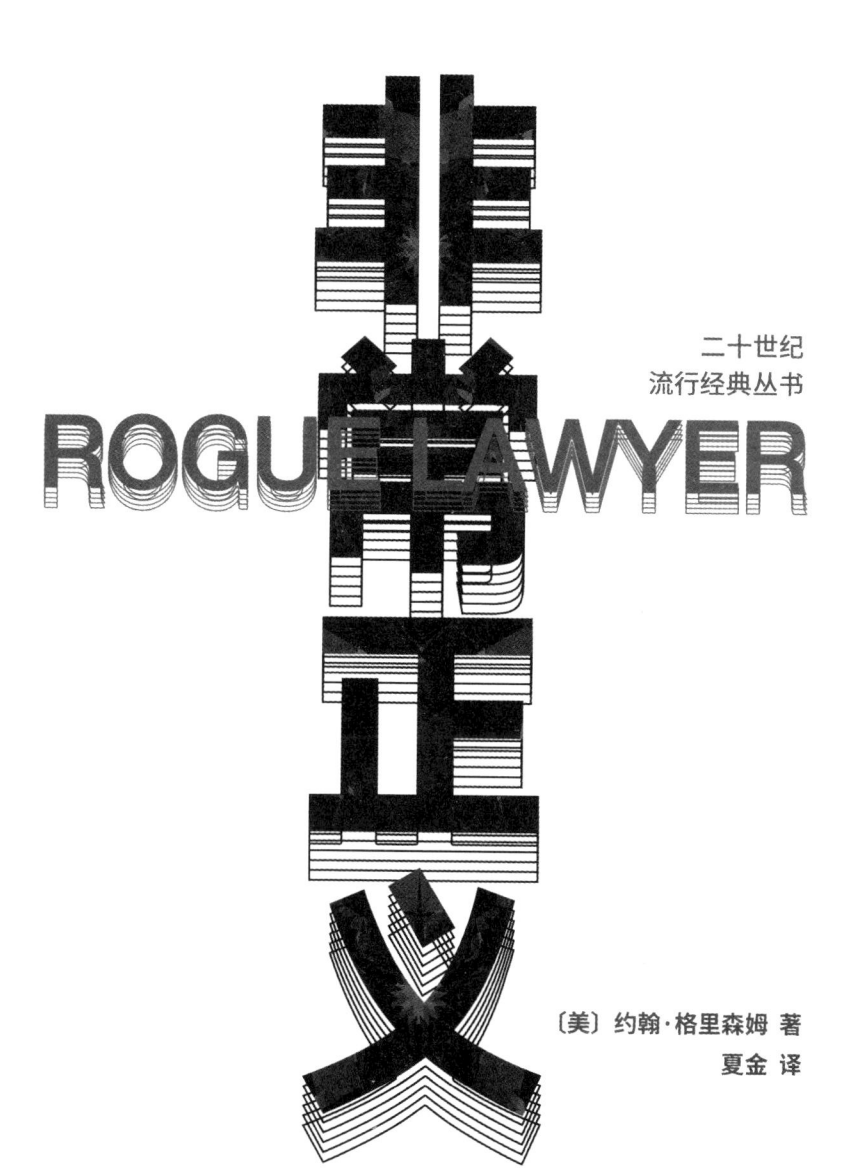

ROGUE LAWYER

二十世纪
流行经典丛书

〔美〕约翰·格里森姆 著
夏金 译

人民文学出版社
PEOPLE'S LITERATURE PUBLISHING HOUSE

著作权合同登记号　图字 01-2018-7065

John Grisham
Rogue Lawyer

Copyright © 2015 by Belfry Holdings, Inc.
Simplified Chinese edition copyright © 2020 by Shanghai 99 Readers' Culture Co., Ltd.
All rights reserved.

图书在版编目(CIP)数据

非常正义/(美)约翰·格里森姆著;夏金译. —北京:人民文学出版社,2020
(二十世纪流行经典丛书)
ISBN 978-7-02-014834-9

Ⅰ.①非… Ⅱ.①约…②夏… Ⅲ.①长篇小说-美国-现代 Ⅳ.①I712.45

中国版本图书馆 CIP 数据核字(2019)第 010967 号

责任编辑　朱卫净　邱小群　刘佳俊
封面设计　钱　珺

出版发行　人民文学出版社
社　　址　北京市朝内大街 166 号
邮政编码　100705
网　　址　http://www.rw-cn.com

印　　制　山东德州新华印务有限责任公司
经　　销　全国新华书店等

开　　本　890 毫米×1240 毫米　1/32
印　　张　11.25
字　　数　277 千字
版　　次　2020 年 11 月北京第 1 版
印　　次　2020 年 11 月第 1 次印刷

书　　号　978-7-02-014834-9
定　　价　55.00 元

如有印装质量问题,请与本社图书销售中心调换。电话:010-65233595

目录

第一部分　鄙　视　　　　　　　　　　　　　1

第二部分　轰响屋　　　　　　　　　　　　69

第三部分　警察斗士　　　　　　　　　　　107

第四部分　交　换　　　　　　　　　　　　179

第五部分　租车规则　　　　　　　　　　　227

第六部分　认　罪　　　　　　　　　　　　277

第一部分
鄙 视

1.

我叫塞巴斯蒂安·拉德，尽管我是位大名鼎鼎的街头律师，但在大型广告牌、公交站头，你都看不到我的名字；翻开黄页目录，我的名字也不会向你迎面扑来。尽管我常常上电视，但我从不交一分钱"出镜费"。我的名字同样不在任何电话号码簿里。我没有通常意义上的那种办公室。我随身带着把枪，那可是合法的，因为我的姓名和面孔容易吸引那些同样带枪，而且对开枪不计后果的人士。我一个人住，通常也是一个人睡，我没有足够的耐心和理解力维持友谊。法律就是我的生命——它总在消磨、偶尔会满足我的人生。曾经有位名字我已经记不得了的名人，给法律起了个非常著名的外号叫"充满嫉妒的情妇"，但我不会那么称呼我的职业。对我而言，法律倒像是个"悍妇"，时刻控制着我的钱包。我已无路可逃。

这些日子，我发现自己晚上都睡在廉价的汽车旅馆里，而且每个星期都换一家。我不是在省钱；其实，我是在逃命。此时此刻，很多人都想杀我，其中一些人公然叫嚣要杀我。在法学院里，从来没有人告诉过我，某天我会为某个极端凶残案件的被告人辩护，甚至一些平日里温文尔雅的相关市民，居然也会冲动地拿起枪支，威胁要杀掉被告人，杀掉他的律师，乃至杀掉主审法官。

不过，我不是第一次受到威胁。十年前，当我不知不觉滑入"流氓律师"这一法律分支后，受威胁就成了我不可避免的家常便饭。当时，我刚从法学院毕业，饭碗十分难找。我无奈之下只好在市公共辩护律师办公室里找了份兼职工作。从那里起步，我又转到一家小型的、不赚钱的刑事案件律所。过了几年，那家律师事务所被炸飞，我成了一名法律个体户，在大街上同一大批和我有着同样身份的人士，抢点小钱，混口饭吃。

有一起案件，让我成了焦点。严格意义上讲，我不能说是它让我成了名。试想，在一个拥有百万人口的城市里，一个律师怎么会成得了名呢？很多当地的"律师混混"一面在广告牌上冲你微笑，一面暗地里诅咒，盼望你早日破产；他们在电视里神气活现地做广告，似乎真的很关心你的遭遇，而实际上，他们只不过是付了钱在荧屏上自吹自擂而已。我可不会那样做。

廉价汽车旅馆每周结一次账。我目前正在惨淡落后的乡下小镇麦罗打官司。这里离我居住的都市有两小时车程。我的委托人是个十八岁的脑残辍学生。尽管我对杀人案见多识广，但他被指控杀害两个小女孩的手法，是我平生听过最残忍的案例。我的委托人通常都是有罪的，因此，我并不会花很多时间扼腕纠结于他们是否罪有应得。但在本案中，贾迪的确是无辜的——可这已经无所谓、无关紧要了。麦罗小镇这些日子里的头等大事，就是让贾迪罪名成立，被判死刑，并立即执行，好叫整个镇上的人宽下心来，让大家的生活得以继续。往哪儿继续？见鬼了，我怎么会知道？好在我也不在乎。这个地方已经持续倒退了五十年,错判一起案子,对他们来说,丝毫也不能阻挡历史的进程。我读到并听到过麦罗小镇需要"画上一个句号"。管它是什么意思,反正大家都在说。但只有傻子才会相信,只要给贾迪打了毒针,小镇就会立即旧貌换新颜,蓬勃发展,并且变得更加宽容。

我的工作涉及多个层面,错综复杂;但在某种程度上也可以说相当简单。州政府支付我工资,让我为死刑嫌疑犯做出一流的刑事辩护。这需要我在没人认真聆听的法院里,翻天覆地,拼足老命地进行斗争。贾迪被捕的那天,基本就算是被定罪了。对他的审判,也就是走个过场而已。那些傻头傻脑却又孤注一掷的警察,不断地抛出指控,伪造了一个又一个罪证。检察官当然完全明白,但他毫无斗志,一心只想着明年得到连任。法官则在打瞌睡。陪审团基本都是善良而单纯的人,在审判过程中,睁圆着双眼,随时愿意相信他们那骄傲的政府机构在证人席上不停抛出的连篇谎言。

麦罗镇当地也有一些廉价的汽车旅馆,可是我不能住进那些地方。我会被上私刑,被剥皮,或被架起来烧烤。要么算我走运,会被狙击手一枪击中眉心,让我瞬间一了百了。虽然整个审判期间州警察确实给我提供了保护,但我明显感觉得到,这些伙计好像并没有完全进入角色。他们看我的眼神和大多数人一样——我就是个长头发的流氓狂热分子,病态到愿意为摧残儿童的杀手以及类似犯罪分子的权利而斗争。

我此刻居住的汽车旅馆叫"汉普顿小旅舍",距离麦罗镇二十五分钟车程。每晚六十美元的费用,州政府会给我报销的。隔壁住着我的"搭档",一个全副武装的男人,他身穿黑西装,带着我东奔西走。"搭档"是我的司机、保镖、倾诉对象、法务助理、勤务,也是我唯一的朋友。当年,陪审团裁定他杀害便衣缉毒警官的罪名不成立,我因此赢得了他的忠诚。我们手挽手走出法庭,从此便形影不离。起码有两次，警察下班后想要杀了他。还有一次，他们来找过我。

我们俩依然站着走着。或者应当说，我们俩依然蹲着躲着。

2.

早上八点整。"搭档"敲响了我的房门。该出发了。我们彼此问了声早安，然后一起钻进我的车里。那是辆黑色的大型福特客货两用面包车。其内部为了满足我的需求，被改装得面目全非。因为它又是一个流动的办公室，改动过的后排座围着一张小桌子，而小桌子则可被竖起来折成一堵墙。车内有沙发，我晚上常在上面睡觉。所有的车窗都是深色，并且能防弹。车里面有台电视机，有立体声音响、互联网、冰柜、小酒吧、两把枪，还有一套备用换洗衣服。我和"搭档"坐在前排，我们一边离开停车场，一边剥开快餐香肠饼干。这时，一辆没有贴特殊标志的州警务车在我们前面开道，引导我们的车去麦罗。我们后面，还跟着一辆。最近一次威胁来自两天前，是通过电子邮件发给我的。

除非我先同他说话，"搭档"从不主动开口。虽说这不是我定下的规矩，但我很欣赏他这个特点。我们每轮交谈之间很长的一段沉默，对他来说没有一点问题，对我也没有。因为我们长年累月不怎么说话，所以彼此已学会通过点头、眨眼，甚至无声的方式来沟通。去麦罗的路上，车开到一半，我打开文件，开始做记录。

这起双重谋杀极其血腥，当地律师没有一个人愿意碰这件案子。等到贾迪被抓，大家只要看一眼贾迪，就会觉得他有罪：被染成漆黑的长头发，颈部以上有一组令人吃惊的穿刺装饰，颈部以下则是各类文身，再配上一对钢耳环，一双冷冷的淡眼珠，以及那种轻蔑的笑意，似乎都在说："好的，是我干的，你们能拿我怎样？"在麦罗当地报纸的第一篇报道里，贾迪就被描写成"撒旦邪教组织成员，性侵儿童劣迹斑斑的老手惯犯"。

诚实和公正的新闻报道原则都上哪儿去了？贾迪从来没有加入过什么撒旦邪教，所谓性侵儿童事件，也不是看上去的那回事。不过，从那一刻起，贾迪就有罪了，我至今仍为我们可以撑到现在而惊讶。要知道，几个月前他们就想绞死他了。

不必我说，你们也能想到，麦罗的每一位律师都将房门紧锁，将电话线拔掉。镇上没有公共辩护体制——这地方太小——穷人的案子都是由法官来分配发放的。这里有条不成文的规矩：这些低收入的案件由资格浅的律师承接，因为总得有人接，资深律师在资格尚浅时都接过这类案子。不过，没有人同意为贾迪辩护，而且，说句老实话，我真不能责备他们。这是他们每天在此生活的小镇，叫他们与这样一个变态杀人狂零距离接触，会对他们的事业造成本质上的破坏。

作为一个团体，我们律师坚信，对被指控犯下严重罪行的人，必须给予公正的审判。不过，当现实需要有律师亲自上阵，以确保上述审判公正公平的时候，我们中的一些人就会招上大麻烦。像我这样的律师，生活中常常被责问："你怎么会给这样的人渣做辩护？"

我通常迅速回答："总得有人去辩护。"然后转身走开。

我们是否每件案子都需要公正审判？不，我们不必需要。我们需要的是正义，迅速得以伸张的正义。至于正义是否得到了伸张，则得由我们的眼睛逐案进行甄别。

当然也可以说我们不相信有什么公正审判，因为我们知道其实远不是那么一回事。所谓"无罪推论"，现在都变为"有罪推论"。"必要举证"也成了一种讽刺，因为证据往往都是谎言。"排除合理怀疑后的有罪"意味着"如果可能是他干的，那就把他从大街上直接抓起来再说"。

不管怎样，这些律师都东躲西藏起来，于是贾迪一个辩护人也找不到了。不知道是福是祸，结果，我的声誉很快为我自己惹来了一通电话。在我们这个州，法律界都熟知，如果你找不到任何律师帮忙，那就给塞巴斯蒂安·拉德打电话。他愿意给任何人辩护！

当贾迪被捕后，一伙冲动的群众突然出现在看守所门外，尖叫着"还我正义"。当警官当众拖他进警车开往法院时，群众不但咒骂他，还不停地朝他扔番茄和石块。这些情况被当地报纸详详细细报道过，甚至上了城市的《晚间新闻》节目。（麦罗镇本身没有有线电视台，当地只有一套低端的有线设备。）我呼吁着要求改变审判地点，请求法官将审判庭移到起码一百英里以外的地方，这样我们至少可以指望找到一些没有向这孩子扔过石块，或者没有在饭桌上诅咒过他的人士来做陪审员。可是，我的这一请求被拒绝了。审判前，我的所有的动议，都被否决了。

镇上的人们再次要求正义。镇上的人们再次要求"画上句号"。

当我们把车停到法院后面的一小段车道上时，虽然没有大批群众涌来"迎接"我和我的车，但是一些熟悉的老面孔还是在的。他们聚在不远处的警方障碍物后面，举着他们那些写得很巧妙的"苦情标语"，例如："绞死婴儿杀手""撒旦在等着"，以及"冷血拉德，滚出麦罗！"等。这些一脸悲哀的人，目测估计有十来个，他们专门等在这儿，朝我冷笑；更重要的是，约五分钟后，贾迪也会来这里，他们尤其要表达出对他的痛恨。在审判的开始几天里，这一小撮人吸引了很多人前来拍照。抗议者中的几个人，连同他们手上的标语，还登上了报纸。这样一来，他们自然受到了极大的鼓舞，此后每天早上，他们都来到这里抗议。胖苏珊举着"冷血拉德"的标牌，看起来想当场就给我一枪。"子弹头"鲍勃声称，自己是其中一名受害女孩的亲戚，他接受采访时说"这种审判完全是多余"云云。

我很遗憾地承认，他说的是对的。

当我们的车停稳后，"搭档"连同另外三名和他一样的大块头年轻法院助理，迅速聚拢到我的车门前。我踏出车门，被他们严严实实地挡在里面。然后在"子弹头"鲍勃说我是"狗杂种"的叫嚣声中，我快步走进法院后门。又一次安全地进去了。在现代社会，我还真不知道，有哪位刑事律师在审判期间进入法院的当口被枪杀。不过，我还是无奈地劝说自己，我可不想成为这样死去的第一人。

我们爬上了狭窄的专用后排楼梯，我被领进一个没有窗户的小房间。那儿曾经是因犯等着见法官的地方。过了几分钟，尚在人间的贾迪也进来了。"搭档"退了出去，并关上了门。

"你还好吗？"我们独处时，我问他。

他笑了笑，揉了揉手腕——他的手铐刚被松开两三个小时。"怎么说呢，还算行吧。睡得不好。"他没有冲过澡，因为他害怕淋浴。他也试过一两次，不过，因为他们不给他开热水，他还是放弃了。于是，现在的贾迪，浑身上下散发着臭汗和脏衬衣的味道，我很庆幸他此刻离陪审团足够远。黑发染色剂每天都掉下来一些，他的发色变得越来越淡，他的皮肤看起来也越来越苍白。他居然在陪审团眼皮底下变了色，这又是一个明显的证据：说明他具有动物一般的本领，拥有撒旦一样的倾向。

"今天会怎么样？"他问的时候，几乎带着一颗孩童般的好奇心。他的智商七十，刚好可以被审判并被处决。

"唉。应该和以前差不多，贾迪。基本上就是那样吧。"

"你让他们不要再撒谎了，好么？"

"我做不到啊。"

州政府手头并没有贾迪和谋杀案相联系的实际证据。根本没有。于是，他们并没去评估证据缺失的不良影响，以便重新审视这起案件。相反，他们故伎重演，伪造证据，编造谎言将审判继续推进下去。

贾迪在法院已经待了两周了，他听到的都是谎言。他不停地闭上眼睛，缓缓地摇头。他能持续数小时地摇头，那些陪审员一定觉得他疯了。我曾让贾迪停止摇头，坐直，拿起笔，在法律记录本上随便写点什么，给别人一种他有脑子，想要抗争，想要赢得这场诉讼的印象。可是他根本做不到我教他的那样，而我在法庭上，也不可能同我的委托人争吵。我也曾让他遮挡住他手臂和脖子上的那些文身。谁知他竟以此为傲。我让他解开那些刺饰，但他又坚持说那就是他的本色。掌管麦罗看守所的聪明警官们原本不允许任何嫌疑人佩戴任何形式的刺饰，当然，除非这名嫌疑人是正要前往法庭的贾迪本人。贾迪，最好你满头满脑都戴上这些刺饰。你看起来越病态、越恐怖、越邪恶，他们会觉得越好。这样，你的同龄人就会心安理得地给你定罪。

有个钉子是用来挂衣服的，上面挂着一件他每天穿的白衬衫和卡其布长裤。我自己掏钱买了这套便宜的行头。贾迪缓缓拉开看守所套头连裤衫的拉链，抬脚退后，脱下衣裤。他里面什么也没有穿，审判第一天我就注意到了，此后我就假装什么都没有看见。他慢慢穿好衣裤，一边还在不停地说"全是谎话"。

他说得对。州政府目前已经传唤了十九名证人，没有一个证人抵挡得了添油加酱的诱惑。要么，那些人干脆就赤裸裸地扯谎。给州政府犯罪实验室做法医解剖的病理法医告诉陪审团，那两名小受害人是被淹死的，但他又补充道，她俩的头上都有"钝器伤"，并说这也是一个致命的因素。如果公诉方直接声称小女孩们是被强奸，然后被打昏，最后被推进池塘里，估计效果会更好。可惜没有任何实际证据能证实两个女孩被性侵过，但这并不妨碍检察官往这方面去编故事。我与这名病理学法医论战了三个小时。唉，与专家辩论，即使对手是位不称职的专家，过程也是很艰难的。

因为州政府拿不出证据，于是他们被迫"制造"出一些证据来。最令人发指的证词来自一名看守所告密者，人称"污斑"（多么恰当的外号啊）。"污斑"是法庭上一名十分娴熟老练的谎言家。他总上法庭作证，检察官要他说啥，他就说啥。近日"污斑"因贩毒案再度被捕，看起来这次得去监狱蹲上十年。因警察们需要证词，于是在贾迪的案子上，"污斑"毫无悬念地听任他们摆布。他们向他灌输了犯罪的种种细节，然后将贾迪从区看守所，转移到关押"污斑"的大区看守所。为什么要被转移出去，贾迪毫无头绪，他根本没有想到自己进入了一个陷阱。（这些都发生在我参与此案之前。）他们将贾迪扔进原本"污斑"单独待的一间小牢房中。"污斑"对贾迪表现出了关切，说愿意想一切办法来帮他。"污斑"说他自己痛恨警察，并认识好的律师。他还说自己读过关于两个女孩的谋杀案报道，有一种直觉，令他知道谁是真正的凶手。不过因为贾迪对这谋杀案一无所知，所以他在整个对话中基本插不上话。即便这样，二十四小时后，"污斑"还是声称，他听到了贾迪的全部供认。警察们将"污斑"立即拉出牢房，贾迪从此就再也见不到他了，直到后来审判庭上再度重逢。作为证人的"污斑"，总体上看起来干净整洁，穿衬衫，打领带，头发也剪短了，文身被遮盖起来，以避开陪审团的目光。"污斑"以令人吃惊的细节，详细描述了所谓贾迪的口供——说他如何尾随两个女孩进入树林，将她俩从自行车上打落到地上，绑起她们，堵上她们的嘴，然后尽情折磨、肆虐、殴打，最终将这对女孩扔进池塘里了事。在"污斑"的口中，贾迪犯罪时，一边享受毒品带来的高潮快感，一边听着重金属音乐。

这真是相当精彩的演出。我知道这一切都是谎言，贾迪和"污斑"，以及警官和检察官们也都知道。尽管如此，陪审员们还是满心厌恶将整个故事全盘吞下，愤怒地看着我的委托人——看着他紧闭双眼试图理解其中的情节，一面摇头说：不是这样的，不是这样的，不是这样的。"污斑"的证词恐怖到令人喘不上气来，细节上又是毫发毕现、栩栩如生，时常给人一种错觉，认为这绝不可能是编的。没有人撒谎的本领可以那么高超！

我对"污斑"重锤反击了整整八个小时，这真是叫人筋疲力尽的一天。法官屁股明显坐不稳了，陪审员们的眼睛也渐渐迷离了起来。但要是被允许的话，我可以这样持续不停地辩护一个星期。我问"污斑"，他上刑事法庭作证有多少回了？他回答我说大概两次。我拉出一张记录清单，帮助他回忆，将他此前九次为我们忠诚公正的检察官们做出的同样的精彩表演，逐一梳理了一番。当他稀里糊涂的脑瓜渐渐恢复了清醒之后，我问他，帮检察官在法庭上撒这些谎，他一共有几次判决被减轻了？他回答说从来没有。于是我再次将上述九起案件重新回顾了一番。我提供了文书证明，令在场每一位，尤其是陪审团，都清楚地认识到"污斑"就是名职业说谎家，是个系列栽赃者。他一直是在用做伪证来为自己争取宽大减刑。

我承认——我在法庭上愤怒了，这通常对审判的结果是不利的。我在面对"污斑"时，失去了应有的冷静，对他的反驳是那么的强硬有力，以至于有些陪审员开始同情起"污斑"来。最后，连法官也让我讨论下一个议题，可我还对"污斑"不依不饶。我痛恨撒谎者，尤其是这种发誓说真话，却编造谎言来给我的委托人定罪的造谣者。我对"污斑"吼叫，结果法官对我吼叫，有时场面上似乎人人都在吼叫。这对贾迪的案件没有起到好的作用。

你也许会觉得，到这个时候，检察官大概会停止推出一个又一个说谎者，派个老老实实的证人上场。不过，这样做是需要一些智慧的。他的下一个证人是另一名在押嫌疑人,这又是个毒贩,他作证说自己在贾迪监房外的走廊里,听到贾迪向"污斑"的供认。

谎话上又覆盖了一层谎话。

"请让他们不要再说了。"贾迪开口了。

"贾迪,我在尽力。我会尽我最大的努力。我们得走了。"

3.

一名助理将我们带进法庭。这里依旧是人山人海,气氛紧张。这是控辩双方彼此举证的第十天,而我已经完全相信,除了这起案件,这个落魄的小镇,根本没其他事情可干。我们就是娱乐圈!法庭通道上都是人,边上的都已被挤得贴墙站了。感谢上帝,幸亏天气还凉爽,否则我们全都得汗流浃背。

根据法律规定,每桩死刑谋杀案的审判,辩护方至少要有两名律师出场。我的合作律师,或者说"第二把交椅",叫"小跑腿",是个结实沉闷的大男孩。我觉得他真该放把火烧了他的律师执照,诅咒自己当初为何选择在法庭上露脸。他来自二十英里以外的另一个小镇。他觉得两地距离足够帮他躲避贾迪案件带来的噩梦。"小跑腿"自告奋勇处理庭前事务,本来他盘算着,一旦正式开庭就立即"弃船而去",离开这个案件。可是,人算不如天算。他先是以新手特有的方式,搞砸了预审,接着他企图从整个案件中脱身逃走。"不准走。"法官命令他。"小跑腿"转念一想,做个"第二把交椅"的律师,学点真把式,感受一下现场的压力氛围,诸如此类,大概也不是什么坏事。可是,经过几次死亡威胁后,他再也不敢尝试了。而对我来说,死亡威胁是家常便饭,就像清晨的一杯咖啡以及警察的谎言一样,再普通不过了。

我已经发起三次动议，让"小跑腿"从"第二把交椅"上下来。结果不出所料，统统被否决。于是，贾迪和我，就跟这样一位"二傻"粘在了一张辩护桌旁。"小跑腿"坐得离我们尽可能地远，不过，考虑到贾迪目前的个人卫生状况，我也不能完全责怪他。

贾迪几个月前对我说，当"小跑腿"第一次去大区看守所探监时，这名律师听到贾迪说自己是无辜的，当场就震惊了。他们还为此事争吵了起来。这样反应激烈的辩护律师，很少见吧？

"小跑腿"坐到了桌子的顶端，埋头做着无用的记录。他的眼睛什么都看不见，他的耳朵什么也听不到，但他能觉察到我们身后所有坐着的人投出的炙热目光，感觉得到那些人全都想把我们这对律师，连同我们的委托人一起用绳索吊起来。"小跑腿"自以为，等审判结束，这一切终究都会过去，而他的生活、他的事业都将重新开始。他错了。我会尽力抓住最早的时机向本州律师公会提交一份职业道德投诉，举报"小跑腿"在审判前乃至审判时都"没有尽职做好法律援助工作"。我以前就举报过，知道如何让这种投诉百发百中。我自己一直在和律师公会做斗争，我熟知他们的游戏规则。"小跑腿"被我好好收拾后，将心甘情愿地交出律师执照，去二手车行里找份活干。

贾迪坐在我们桌子的中间。"小跑腿"一言不发，看也不看他的委托人。

胡伐检察官走了过来，递给我一张纸。他对我从没有说过"早上好"或"你好"这类的话。我们之间的鸿沟，巨大到彼此嘴里咕哝一声客套话，都会是件稀奇事。我厌恶他，一如他厌恶我。不过，在这场厌恶大战中，我却有一个优势。几乎每个月，我都与那种自以为是，却一贯欺骗说谎、装聋作哑、掩盖事实、不顾廉耻、为了判决为所欲为的检察官打交道。因此，我很熟知这个物种，熟悉这类作派、这种自以为高于律师、自诩是法律化身的律师小分支。我的对手胡伐,却难得遭遇像我这样的流氓律师。因为很可悲的是,他经手的轰动案件很少。即便有过,案件被告也没有带上过一条"法律斗牛犬"来对抗检方。如果他不时地能遇到疯狂的辩护律师,他或许就能学会该怎样来憎恨我们这种对手。而对我来说,他这种人只不过是家常便饭。

我接过那张纸,问:"今天你又要派哪个骗子上场呢?"

他一言不发,退回几步,走到他的桌边。那里有一小撮他的助理,此刻正故作高深地躲在各自的深色西装里,为他们的父老乡亲竭力表演。他们倾情演出,因为这是他们可悲而落魄的职业生涯中最为隆重的一出大戏。而我总有一个感觉,当地检察署办公室中但凡会走、会说、身穿廉价西服、手提崭新公文包的家伙,此刻都聚拢到那张桌边来维护正义了。

法警大吼几声,我起立,考夫曼法官上庭了,然后我们坐下。贾迪拒绝起身迎接这位大人物。起先,这种态度真让"大人"恼羞成怒。开庭第一天——如今看起来似乎过了漫长的好几个月——他对我态度生硬地说:"拉德先生,你可以请你的委托人起立吗?"

我问了,但被拒绝了。这令法官情何以堪!事后,我们在他的议事厅内讨论了这件事。他威胁要以"藐视法庭罪"羁押我的委托人,在审判期间,全天候地将他关在看守所里。我当时真想鼓励他如此裁定,但最终忍住没开口,因为被告这样的过激反应,在上诉期间将会被一而再、再而三地老调重提,对我们不利。

贾迪明智地评论说:"他们已经对我做绝了,还能翻出什么新花样来?"因此每个早晨,考夫曼法官在开庭前总是先恶狠狠地盯我的委托人看上好一阵子,而我的委托人通常则是懒洋洋地坐在椅子上,要么就是拨弄自己的鼻环,要么就是闭着眼睛点头。没有人知道,对于我俩(辩护律师和委托人)而言,考夫曼更鄙视谁?和麦罗镇的其他人一样，他长久以来，早已断定贾迪有罪。此外，同法庭上的其他人一样，从第一天起，他就对我充满了厌恶。

无所谓啦。干我们这行，要想有同盟，真的很难；但要想树敌，则是分分秒秒的事情。

因为和胡伐一样指望着明年继续连任，考夫曼假装出一副政客般的伪善微笑，欢迎大家来到他的法庭，开启又一个寻求真理的有趣的一天。有一回午餐期间，法庭上空荡荡的，我通过计算发现我身后共坐着三百一十人。除去贾迪的母亲和姐姐，其他所有人都在狂热祈祷贾迪被判有罪，并被立即处决。这种祈祷，需要考夫曼法官来实现。正是这位法官，到目前为止一直对州政府证词里的每个谎言字句睁一只眼闭一只眼。有时，我感到他不肯裁决我的抗议有效，只是因为生怕那样做会失去一两张宝贵的选票。

当所有人就位后，陪审团被领了进来。共有十四人挤在一个小包厢里——选出的十二人，外加一对替补，以防有人突然生病或做错什么事。他们没有被隔离（尽管我提出过这个诉求），晚上仍可以自由回家，在饭桌上随意辱骂我和贾迪。每天下午，他们都会被法官大人警告一遍：不准许透露案件审理的任何细节。不过，你几乎可以听到他们一边开车一边嘀咕。他们的决定早已做出。如果让他们现在投票的话，还没等我们一位辩方证人来得及上庭，他们就会将贾迪定罪，并要求给他判处死刑。接着，他们将像英雄似的凯旋，在漫漫余生里反复回味这起案件。当贾迪被打毒针时，他们将为自己在维护正义中起到的关键作用感到无上荣光。而他们在麦罗镇的地位，也会大大提升。镇上的人会在街上叫他们的名字，上教堂也会有陌生人认出并向他们表示庆贺。

考夫曼依旧以那副煽情的模样，欢迎各位再次上庭，感谢他们为公众做出的贡献，还假装郑重地询问是否有人联络并企图影响过他们的判断。当他这样问时，总有少数听众会不由自主地往我这边张望，好像我的时间、精力极其充足，智商极其低下，以至于深更半夜会在麦罗镇鬼鬼祟祟，走街串巷去尾随这帮陪审团，为了贿赂他们、恐吓他们，或者哀求他们。尽管我的对手们做的恶事犹如滚滚洪流，但这间大厅里，人人都同信奉真理一般，认定我就是唯一的混蛋。

事实上，要是我有钱、有时间、有一队跟班的话，我真的会贿赂和/或恐吓在场的每一位陪审员。州政府动用其无尽的资源，开始审理一桩充满欺骗的案件，并在每个环节上作假，在这种事态之下，欺骗本身就成了合法的手段。这里不是公平的辩论场地。没有任何公正可言。对于律师来说，要想挽救自己无辜的委托人，唯一光明正大的出路，就是在辩护中同样运用欺骗。

不过，一旦辩护律师的谎言被揭穿，他（或她）就将被法庭处罚，被州律师公会谴责，甚至会被定罪。反之，如果一名检察官说谎被揭穿，他要么再次当选，要么甚至被提拔为法官。我们的体系，从来不会让无良检察官对自己的言行负责任。

陪审员们向法官大人确认一切都正常。"胡伐先生，"大人极其威严地宣布，"请传唤你的下一位证人上庭。"接下来为州政府上场的，是名极端主义传教士。此人将以前的克莱斯勒汽车维修店改造成"世界丰收圣殿"，并吸引了大批的群众前来参加他的每日"祷告马拉松"。有一次，我在当地有线电视里见识过他的风采；他那种东西，看一次就腻味了。他今天在本庭的荣耀源于他的声明，说自己在某个深夜场青年聚会中直接面对过贾迪。根据他的记忆版本，那天贾迪穿了件重金属乐队的宣传T恤，衣服上隐隐散发着魔鬼撒旦的信息。这件T恤，导致邪灵前来干扰了大家的聚会。当时，属灵的争战在空中展开，上帝显然对一些事物不开心了。通过圣灵的引导，传教士终于在人群中找到了邪恶的来源，他停下了音乐，雷霆万钧般冲向贾迪坐着的地方，将他一脚踢出了大楼。

而贾迪却说，他从来没有接近过那座教堂。贾迪甚至说，在他人生的整整十八个年头里，他从没见识过任何教堂内部到底是什么样子。他的母亲也证实了这一点。正如当地人常爱说的那句，贾迪一家都是严重的"教堂敌对分子"。

在谋杀案审判中容许这种证词出场，让人完全匪夷所思。简直荒诞不经，愚蠢透顶。假定判决已经做出，接着所有这些谎言和废话，都将在大约两年之后，被两百英里以外的一个中立的上诉法庭审阅。那里的法官们，只比考夫曼聪明一点点而已（不过那也算一种进步了），将会依稀感受到这个红脖子传道士叙述他杜撰出来的属灵争战记，那故事据说发生在谋杀案发前的十三个月。

我反对。我被驳回。我气愤地反对。我被气愤地驳回。

胡伐一意孤行想把魔鬼撒旦扯进他的犯罪理论中。几天前，考夫曼法官就打开了闸门，任何东西他都欢迎。不过，当我要出示我的证人时，他却将闸门砰地关上了。如果我们的辩词证言可以有一百个字被记录进案卷，那就算幸运了。

话说这名传教士在另一州有笔未缴清的税单。他不知道这已被我发现。于是，我们之间将会就此开展一场有趣的诘辩。不是说这件事有多么的重要，其实本来也没有太多意思。因为陪审团已铁定了心：贾迪是个该下地狱的恶魔。他们的工作就是要加速他受惩罚的进度。

他侧过身，平稳地向我耳语道："拉德先生，我发誓，我从没去过教堂。"

我点了点头，给他一个微笑，因为这是我唯一能做的事。辩护律师不能总相信他委托人的话。不过，当贾迪说他从未去过教堂时，我信。

这名传教士是个有脾气的人，我很快就点燃了他的怒火。我用他没有缴清的税单狠狠刺激了他,以至于他竟凶狠地说他就是这样的人。我诱他进入了一场关于《圣经》是否句句无误的辩论,其中涉及:三位一体,末日大劫难,说离奇方言,玩蛇变出神杖,喝毒药不死,以及麦罗地区普遍存在的撒旦魔鬼崇拜。胡伐大吼着"反对",考夫曼同意他的提议。在其中某一刻,传教士一脸虔诚,涨红着面孔,闭着眼睛,双手尽量上举。我本能地僵住并缩起身子,看着屋顶,好像真会有一道闪电打将下来。随后,他称我为异教徒,并说我会下地狱。

"这么说,你有权柄可以让人类下地狱?"我反击他说。

"上帝告诉我,你将下地狱。"

"那你请他用话筒说话,让我们大家都听到呀。"

这句话,居然让两个陪审员忍不住笑了。考夫曼受够了。他快速地敲了一通法庭小锤子,宣布午餐时间到了。我们就这样浪费了一个上午,听这道貌岸然的小混账说那些虚假的证词。不过,他也不是本地第一个这样硬挤进法庭来的家伙。这个镇子上充斥着爱做英雄梦的笨蛋。

4.

午餐总是免费的。因为离开法院,甚至离开法庭,对我们来说都不安全,所以我和贾迪坐在辩护席上吃起了三明治。这和喂给那些陪审员吃的没有差别。他们端进来十六盒,混搭起来,然后随机抽出我们的,剩下的全都送去陪审员室。这是我的主意,因为我可不想被下毒。贾迪什么也不懂;他只知道自己饿了。他说,在看守所里,食物都老一套,他也不信任那些看守警卫。他在那里什么都不吃。由于他一天只靠一顿午餐度日,我问过考夫曼法官,是否大区政府可以来个双份，给这个男孩两份洋鸡肉三明治，多加点土豆条，多来份酸黄瓜。换句话说，给他两份午餐。结果我被拒绝了。

这样的结果，是贾迪多吃我半份三明治以及我全部的犹太小茴香。要不是我也饿了的话，他本可以吃完我整盒的东西。

"搭档"一整天忙得走进走出。因为他担心我们的车停在某个固定的地方很可能轮胎被刺破，或是车窗被砸烂。他同时还有一些职责，其中一项就是要不时地去见见"主教"。

在我被叫进去的这些"案件战场"，往往都是在某个小镇，里面的居民，通常已经同仇敌忾，因为某起残酷的案件，他们随时准备处决某个同乡。这种地方，要想发现一名内线，委实得花不少时间。我的联络人一般是另一位律师，一位同样给犯罪嫌疑人做辩护，每周得和警方、检察官作对的律师。这位内线总是悄无声息地在最后出现，因为他害怕被当作叛徒。他知道真相，或者说，他几乎知道真相。因为他的生活就是同这些警察、法庭文书、助理检察官等打交道，他谙熟整个体系。

在贾迪这起案件中，我的告密伙伴叫吉米·布莱萨普。我们就叫他"主教"。我从没和他见过面。他通过"搭档"和我里外配合，而他俩总在奇怪的地方接头。"搭档"说他大概有六十岁，灰白的长发已经稀疏，衣服破旧，满嘴口臭，烈性子，对酒瓶无法控制。"这是我的老年版本么？"我问。"也不完全是。"他回答得挺有智慧。尽管"主教"喜欢大话连篇，虚张声势，可他终究还是不敢和贾迪的律师靠得太近。

据"主教"说，胡伐和他的一群走狗此刻完全知道他们抓错了人，但因为前期扑进去太多，要他们停止一切，承认错误，那已经不可能。他还说，从第一天起，关于真凶是谁，其实就已经有人在窃窃私语了。

5.

到了星期五，法庭上所有人都筋疲力尽了。此前，我花了整整一小时，对那个长得像拉皮条的又矮又蠢的小混蛋，发表过一大通演说。这个家伙声称，贾迪在教堂里招鬼捣乱时，他本人曾亲眼看见。说句实话，我见过更恶劣的法庭伪证，可我从未见过这么差劲的。除了没一句真话之外，这个人完全与本案无关。其他任何检察官都不会理会这种类型的伪证。考夫曼最终宣布本周休庭。

贾迪和我在留置室内见了面，他在那里重新换上了那套看守所囚服，我则说了句极其没水平的话："好好过个周末吧。"我给了他十块美元，好让他去自动售货机上买点什么。他说，明天他妈妈会给他带柠檬曲奇来吃，这是他的最爱。有时，狱警会与这些曲奇饼干擦身而过，有时他们则会将其占为己有，做他们自己的营养品。天晓得！这些狱警平均每人都有三百磅重。我由此推测，他们都需要时不时地偷抢一些卡路里来维持生命。我让贾迪周末冲个澡，好好洗洗头发。

他说："拉德先生，如果我能找到一把剃须刀，我就一了百了。"他边说，边对着手腕做了个切割的动作。

"贾迪，别这么说。"他以前也这么说过，他是当真的。这孩子没有什么活下去的理由了，他还没有笨到看不清自己未来的地步——该死的，就算是个瞎子也能看到即将到来的结局。我们握了握手，然后我赶紧走下回去的楼梯。"搭档"和法院助理在后门等着我，将我推进了我们的车里。又是一次成功脱逃。

出了麦罗镇，我的脑袋开始支撑不住，于是很快睡着了。十分钟过后，手机震动起来，我接听了。我们跟着州警一路返回我们的汽车旅馆，拉上行李，然后结账走人。很快我们就独自开车，前往我们的城市。

"你见到'主教'啦?"我问"搭档"。

"哦,是的。今天是星期五。我想,他星期五中午的样子,喜欢喝酒。不过他只喝啤酒,这一点,他很快就告诉了我。所以我买了半打啤酒,我们一起开车兜风。我们约好的地方,是当地一个十分有趣的聚会场所,一直往东,快到城市的边缘。他说佩里常爱来这儿。"

"这么说,你已经喝过啤酒啦?还是我来开车吧?"

"只喝了一罐,老板。我是等不冰了之后,才抿了几小口。而'主教'他直接喝冰的。他一口气喝了三罐。"

"我们可以相信这家伙么?"

"我只是做了我该做的。一方面,他应该有一定的可信度。因为他从小到大,一直住在这里,所有的人他都认识;另一方面,他满嘴开火车,叫人都不敢相信他说的每句话。"

"我们看看再说吧。"我闭上眼睛,打算打个盹。在死刑谋杀案的判决期间,我已经学会,一有机会,就抓紧睡一会儿。我可以凌晨三点在狭小的汽车旅馆房间里来回踱步,我也可以利用午饭期间,坐在空荡荡的法院硬板凳上抓紧睡上个十分钟。每当"搭档"来接我,汽车呼啸行驶的时候,我常常话说半句,就进入梦乡了。

这次当我们刚要返回自己的文明世界时,在某个时刻,我又呼呼大睡了。

6.

今天是本月第三个星期五,我有个早就定好的约会——如果在一起喝上两杯能叫约会的话。感觉上,这更像是去见给自己拔牙的医生。事实上,就是被枪顶着,这个女人也不会约我,而我也不会约她。但我们有过一段情史。当年，我们就是在这同一家酒吧相遇，在这同一个包厢里第一次共进餐饭，感觉那已经恍若隔世了。我们今日重来，根本不是为了怀旧；而是照顾到彼此方便而已。这是市中心的一家大型连锁酒吧，里面的气氛还不错，周末晚上这里也很热闹。

朱蒂斯·惠特丽先到的，她占下了这个包厢。就在她开始快要不耐烦时，几分钟后，我偷偷溜了进来。她干什么事从来不迟到，她认为迟到是一种缺点。在她看来，我类似的缺点很多。她本人也是个律师——这就是我们认识的原因。

"你看上去很累。"她说话的语气中没有一丝同情。她自己也显出疲惫的神色。尽管已经三十九了，可她看上去依旧美艳。每次我见到她，都会提醒自己当初为何会摔得那么惨。

"谢谢你，你看起来很棒，总是这么棒。"

"谢谢。"

"一连十天了，我们都吃不消了。"

"有什么突破没有？"

"暂时还没有。"她了解贾迪案件以及案件审理的大致情况，她也了解我。如果我相信那孩子无辜，那对她来说就足够了。不过，她也有她自己的客户令她烦恼，令她彻夜难眠。我们点了喝的——她周五夜晚总是会叫夏多丽干白葡萄酒，我则要了酸威士忌。

我们会在一小时内各自两杯下肚，然后一个月内双方滴酒不沾。"斯塔彻最近怎么样？"我问道。我总是盼望会有那么一天，我可以心中不带怨气叫出我儿子的全名。可是，这天一直没有到来。他的出生证上"父亲"一栏里，填的是我的名字。但他出生那天，我却没到场。正因为如此，朱蒂斯控制了孩子的名字。如果孩子的名字后面一定要有个姓，那也是别人的姓。

"他挺好的。"她自鸣得意地说。因为，是她完全掌控着孩子的生活,而我则连门都没有。"上周,我见过他的老师,老师对他的进步很满意。她说,虽然他只是个普通的小学二年级学生,却已经能阅读程度更高的书,并且开始享受人生了。"

"我很高兴听到这些。"我回答。"普通"在这里是个关键字眼。斯塔彻生长的环境不是很正常。他一半时间是和她目前同居伙伴度过的,另一半时间则是跟她的父母在一起。从医院里,她将斯塔彻接到她和格温妮斯同居的那间公寓。她就是为了跟那个女人在一起而离开了我。她们在一起同居了三年,想要依法收养斯塔彻,可我像个发了狂的动物一样与她们搏斗。我对同性恋伴侣收养孩子一向没啥意见,但我不能忍受的是格温妮斯。结果证明是我对了。后来,她们没过多久就大闹一场而分了手。我置身局外,感觉到无比的欣喜。

情况后来愈发复杂。喝的来了,我们都没说"干杯"之类的客套话。那纯粹是浪费时间。我们需要酒精下肚,越快越好。

我说了个不太好的消息:"我妈下周末要进城,她想看看斯塔彻。他毕竟是我妈唯一的孙子。"

"我知道,"她冲了我一句,"那个周末本来就该轮到你。你可以要干吗就干吗。"

"这倒也是。但你总有办法将事情都搞砸。我只是不想惹出什么新的麻烦。"

"你妈本身就是个麻烦。"

其实,这话说得对极了,我一边点头,一边认输。如果说"开局的铃铛"一响,朱蒂斯和我妈就开始了彼此的痛恨,这种说法实在是轻描淡写了。我妈痛恨朱蒂斯到了极点,她说如果我胆敢和她结婚,她会将我从她的最后一份遗嘱中彻底除名。当时,我自己对这段恋情以及我们的未来也存着一些较深的疑虑。我妈的威胁,彻底摧毁了我和朱蒂斯的关系。尽管,我觉得我妈可以活到一百岁,但能得到她的遗产,那也将是一件令人愉悦的大事。靠我这种收入生活的人,需要一个梦想。在这个悲惨的故事里,其中一个小插曲就是我妈常用她的遗产来欺凌她的子女。我姐姐和一个共和党人结婚后,就被踢出了遗嘱。两年后,那位共和党人,确实是个好人,成了历史上最完美的两个外孙女的父亲。现在,我姐姐的名字重新回到了遗嘱中,起码我们都是这么感觉到的。

不管如何,我当时正在准备要和朱蒂斯断交,突然,她告诉我那个令我震惊的消息——她怀孕了。我虽然没问那个充满火药味的问题,但我立即就把自己当作那孩子的父亲了。直到后来,我才知道那个无耻的事实,她其实早就在和格温妮斯交往了。这事实仿佛往我肠子打了一枪。我相信,以往的日子里,我这位亲密爱侣确实也曾透露出一些她是女同性恋者的蛛丝马迹。可是,我真的很迷恋所有的那些小细节。

我们结婚了。妈妈说她修改了遗嘱,说我别想从她那里拿到一分钱。我们小两口断断续续在一起可怜地生活了五个月,而按法律意义上说,已经结婚超过十五个月。为了彼此都不发疯,我们分居了。斯塔彻在我们的战争中降生,一出生就是受害者。此后,我们一直彼此放冷箭。这样的每月一次见个面,喝杯酒,也算是我们不得已而为之的文明举动吧。

我猜想,我亲爱的妈妈的那份遗嘱上又重新有我的名字了。

"'你的妈咪'打算怎么陪我的孩子?"她问。她从来不说是"我们"的孩子。她无法抗拒自己一有机会就要耍些小伎俩伤人的恶习。而那些都是二年级小女生的水平。她喜欢揭伤疤,但手法并不高明。很难做到完全忽视这类玩意,但我已学会咬紧自己的舌头来忍受。我的舌头如今已是伤痕累累。

"我想他俩会去动物园。"

"她总是带他去动物园。"

"去动物园有什么不好的?"

"哎哟,上次回来后,他做了个大蟒蛇的噩梦。"

"好吧,我让她带他去别的地方玩吧。"她已经开始找我麻烦了。真想不通,带一个正常的七岁男孩去动物园,有啥不妥的?我真不知道为什么我们见面总是这样斗。

"你们律所情况怎么样?"我问的时候,内心那种好奇的感受如同观看一辆被撞坏的汽车。这种感觉是无法抗拒的。

"还行吧,"她说,"还是那样乱糟糟的。"

"你们律所真的需要些小伙子。"

"我们那儿问题已经够多了。"侍者注意到我们俩的杯子都空了,于是又来给我们斟满。第一杯酒往往喝得最快。

朱蒂斯的律所由十个女人组成,她是其中四个合伙人之一。这家律所擅长打同性恋官司——针对就业、住房、教育、医保方面的相关歧视,以及最新增加的同性恋离婚案件。她们都是很好的律师,无论是在讨价还价,还是唇枪舌剑方面,个个都是好手。她们总是咄咄逼人,时常上新闻。该事务所营造出一种与社会抗争、从不退让的强势姿态。但她们的对外斗争,比起自己的窝里斗来说,真可谓小巫见大巫了。

"我可以加入,成为你们的高级合伙人。"我故作轻佻地建议道。

"那你十分钟都撑不下去。"没有男人可以在她们办公室里撑过十分钟。实际情况是,男人都努力避免和她们接触。一提到她们律所的名称,男人都赶紧躲到山上去。有的好男人,在鬼混时不小心被她们发现,最后全都恨不得跳海自尽。

"算你说得对吧。你还会怀念与异性的那些性事么?"

"严肃一点好不好,塞巴斯蒂安。经历过一场搞砸了的婚姻和一个不想要的孩子之后,你还有胃口谈什么男女之情么?"

"我喜欢男女之情。你就一点没有喜欢过么?你好像也有很享受的时候啊。"

"我那都是装的。"

"你才不是呢。在我印象里,你那种时候真的太美妙了。"我知道,在我之前,她和两个男人睡过觉。直到后来,她才遇到格温妮斯。我常想,是不是我太差劲了,导致她性取向上发生了改变。我不能确定。我不得不说,她长了双毒眼。我讨厌格温妮斯,至今都不喜欢她。但那个娘们如果站在任何城市的大街上,都会造成交通堵塞的。还有她的现任伴侣艾娃,曾经在本地百货商店里做过内衣模特。我还记得她在星期日报纸上刊登的那些广告。

第二杯上来了,我们各自拿走了自己的。

"如果你想谈性,那我就走了。"说归这么说,但她并没生气。

"对不起。是这样的,朱蒂斯,每次我见到你,我都想到性。这是我的问题,不是你的问题。"

"你去找人帮帮你吧。"

"我不需要帮助。我需要性。"

"你这是在暗示我么?"

"你觉得有用么?"

"没门。"

"我也没指望过什么。"

"你今晚还有格斗比赛么?"她问,转移了我的话题。我也就不再争取。

"是的。"

"你有病啊,你自己知道的。这是种残酷的体育运动。"

"斯塔彻说他想去看看。"

"你要是敢带斯塔彻去看笼中格斗,你就永远见不到他了。"

"别紧张啊。我只是开个玩笑而已。"

"你刚才可能是在开玩笑,但你脑子里确实病得不轻了。"

"谢谢你这么说。来来来,再喝一口。"一位身材曼妙的亚裔女士穿着又短又紧身的热裤走过,惹得我俩都多看了她一眼。"先归我,我先看到的。"我说。

酒精的劲头上来了——对她来说,上来得慢些,因为她天生内心包裹得更紧——朱蒂斯总算咧嘴一笑,这是今晚的头一次。也许是她本周的第一次。"你在和谁约会么?"她问道,语气明显温和了好多。

"我们上次见面后,我还真没约会过谁,"我说,"工作太多了。"我最后一位女朋友,三年前向我说了再见。我偶尔也能蹭点外快,但要是说我想找个女人认真谈恋爱,那我就是在说谎。我们彼此厌倦后,言谈之间的沉默时间越来越长。当我们喝干最后一滴酒,我们又谈回斯塔彻和我妈的事,以及我们都害怕的有关下周末具体的安排上。

我们一起走出酒吧,例行公事般地在对方的脸颊上亲了一口,彼此道别。任务单上又一项给勾掉了。

我曾经爱过她,后来我真心恨她。现在,我几乎喜欢上朱蒂斯了。如果我们保持这样每月的见面,我们或许还能成为朋友。那是我的目标,因为我真的需要一个朋友,一个能理解我所做的事以及为什么那么做的原因。

那样对我们的儿子也好。

7.

我住在市中心某公寓楼的二十五层,那里可以看到一些河景。我喜欢住得这么高,因为这样既安静又安全。如果有人想要炸掉或烧掉我们的公寓楼，除非他将整幢大楼都弄倒才行。市中心确实有些犯罪活动，我们的大楼安装了足够多的监控摄像头，还有荷枪实弹的保安。因此，我有安全感。

曾有人往我以前的公寓里开过好几枪。那是间位于底楼的复式公寓。五年前，他们也往我以前的办公室里扔过火焰弹。"他们"一直没有被发现，也没被确认过身份。我明显感到警察并没有竭尽全力去搜索。正如我所说的，我的工作容易引起憎恨，所以有些人希望看到我受害，其中一些人就躲在警徽后面。

我的公寓有一百平方米左右，两间小卧室，一个更小的厨房，很少使用。此外，就是起居室了。那里勉强放得下我唯一的一件大家具。我也不确定老式台球桌算不算家具，但这是我的公寓，我想怎么称呼就怎么称呼它。球桌长两米七，标准尺寸，是波士顿奥利佛·L.布里格斯公司一八八四年制造。我打赢了一场诉讼官司后得到了它，完美修复过后，又小心翼翼地将它在我的"窝里"重新组装好。平常的日子里，或是当我不用在廉价汽车旅馆里躲避死亡威胁时，我就将球一次又一次排列好，然后一连好几小时进行练习。这也是回味我高中时期常去的一个叫"三角框"的地方——当地一家经营了几十年的场子。那是个老式的台球大厅，里面有一排排的球桌，一层层的烟雾，好多痰盂，便宜的啤酒，还有些小型赌博活动。那里有个负责看场子的，他的样子很凶，但一般不会乱来。场子老板名叫"卷毛"，他是老朋友了，总在那儿。场子的经营一直都是井井有条。

每当失眠症来袭，或是家中四壁令我感到压抑的时候，我常常会去"三角框"，独自打台球一直到凌晨两点。那是另一个世界，我感到非常开心的世界。

但今晚，我不去那里。我轻快地走进我的寓所，威士忌让我飘飘欲仙了。我迅速换上一身格斗服——牛仔裤，黑色T恤，鲜艳明黄色齐腰短夹克令我在夜里几乎闪光。夹克的背后几个大字写着"塔迪奥·泽巴特"。我将自己略显灰色的头发束成一根马尾辫，塞进T恤衫里。然后换了副眼镜，选淡蓝色边框的那款。我调换了帽子——也是明黄色那种，很配夹克衫，正面也写着"泽巴特"的名字。至此，我已经伪装得足够好了，今晚应该不会出啥纰漏。我要去的那个地方，人群对于律师是不是合格完全没有兴趣。那里有很多恶棍，很多过去、现在、未来将在法律上出问题的家伙。但他们都不会注意到我。

我人生另一个悲催的事实就是，我常常选在夜幕降临之后离开公寓，而且总得变装——不同的帽子、眼镜、藏起来的头发，甚至会戴鸭舌帽。

"搭档"开车带我去老城区的演播厅。那里距离我住的寓所要过八条马路。在靠近那座建筑物不远处的小巷子里，他放我下了车。正门外面已经聚集了很多人。前面小广场上，饶舌摇滚乐轰天作响。聚光灯射出的光柱，从一座楼摇到另一座楼上，循环往复。明亮的数码标示广告牌上，显示出主要的赛事活动和参加选手的名字。

塔迪奥第四轮出场，是主要赛事前的最后一场热身赛。今天售票的主要赛事，是一场重量级比赛，其中最热门的选手是位疯狂而著名的前橄榄球职业运动员。塔迪奥的职业收入中，四分之一是属于我的。这项投资一年前花了我三万美元，到目前为止他还没输过一场。我同时也一直赌他赢，回报是不错的。如果他今晚再次获胜，他的当晚收益将会有六千美元。如果他输了，他也能拿到一半。

在过道大厅里，赛台的下面隐秘处，我听到两个保安在谈话。一个说今晚的门票都一售而光了。一下子来了五千个观众啊。我晃了一下自己的证件，进入另一扇门，接着又是一扇。我到了幽暗的更衣室里，那儿的紧张气氛像一块砖头似的砸到了我。今晚，这间狭长房间的一半空间分给了我们。塔迪奥在综合搏击格斗的世界里,名次不断攀升,我们都感觉到就要发达了。此刻,他躺在桌子上,背朝上,除了一件拳击短裤外,一百三十磅的身体一丝不挂。他表弟莱奥正在按摩他的肩胛骨。精油令那浅棕色的皮肤熠熠生辉。我悠闲地在屋子里转了转,和他的老板诺贝托、他的教练奥斯卡、他的哥哥兼陪练米古尔聊了一圈。他们同我聊天时,脸上充满了微笑,因为我这个独行外国佬在他们眼里是个有钱人。我同时也是代理人,有关系,有脑子,如果塔迪奥继续赢下去,还可以为他搞到一张终极格斗锦标赛的参赛券。后台还有两位其他的亲戚,都是跟着来看热闹的,在塔迪奥的生活中没起到什么明显的作用。我不大喜欢这些闲杂人等,因为到了某种时刻,他们都等着分钱。不过,塔迪奥连赢七场后,他觉得自己将会需要一群跟班。这些人都可以算上。

除了奥斯卡,他们都是同一帮街头团伙,一个中等规模的萨尔瓦多可卡因贩卖集团。塔迪奥十五岁被引荐后,就成了帮会一员,但他从来没想过要当首领。出人意料的是,他找到了一双旧拳击手套,发现了一所健身房,然后意识到自己出手快得惊人。他哥哥米古尔也练拳击,不过水平没他那么好。米古尔掌管着那个帮派,在街上臭名昭著。

随着塔迪奥钱越赢越多,我越发担心今后同他那群帮派成员该怎么打交道。

我探下身,轻柔地问:"我的男子汉,你感觉如何啊?"

他睁开眼,抬头,突然微笑了,然后摘下耳机。等他坐到桌边后,按摩就这么结束了。我们闲扯了一会儿,他向我保证他今晚会弄死对手的。有种!他赛前的迷信活动包括连续一周避免和任何人握手。加上他下巴上那锯齿状的胡子,以及抹布般的头发,我不由想起"了不起的罗伯托·杜兰"。不过,塔迪奥的根是萨尔瓦多,并非巴拿马。他今年二十二，美国公民，他说的英语几乎与他的西班牙语一样好。他母亲证件齐全，在一家早餐厅打工。她也有间公寓，里面住满孩子和亲戚。我印象中不管塔迪奥得了多少钱，她都得分给很多人。

每次我和塔迪奥谈话时，我都很庆幸，我没被迫和他在格斗圈里遭遇。他的眼珠乌黑凶狠，仿佛在叫嚣着："给我处女膜。给我看到血。"他在街上长大，谁靠他太近，他就打谁。他有个大哥，死于一场刀子格斗。因此，塔迪奥自己也怕死。当他踏进格斗圈里，他确信有人得死，而那个人绝不能是他。他此前打败的人当中，有三个都快奄奄一息了，而他居然连屁股也没被踢过一次。他每天训练四个小时，目前已经快学会柔道了。

他的声音低沉，说话迟缓，那是典型的赛前焦虑：恐惧占据了全部思想，肠子扭结在一起。我知道那种感觉，我自己遇到过。很多年以前，我曾参加过五次"金手套拳击比赛"。后来我这个秘密职业突然被我妈发现，残酷地给中止了。不过，毕竟我做过了。我曾有勇气踏进格斗场，而且被打得屁滚尿流过。

然而，我仍旧无法想象，你需要多大的胆量，才能爬进笼中，遭遇另一位体格出众、技艺高强、训练有素、饥饿凶险，并充满同样恐惧感的格斗手。那个人满脑子里想的都是怎样将你的肩拉脱臼，双膝扭坏，将你的皮肉打出一个大口子，或者一记重拳将你的下巴弄歪。那就是我爱这项运动的理由。自从古罗马的角斗士殊死搏斗以来，人类没有一种体育运动比这更需要勇气，更需要那种"我弄死你"的野蛮胆量。当然，很多运动也是很危险的——高坡滑雪、橄榄球、曲棍球、拳击、赛车。每年死在马背上的运动员，比其他运动员都要多。但那些运动，你并不是带着必伤无疑的决心去参加的。而当你走进格斗笼，你就会受伤，可能伤得很难看，很痛苦，甚至会死去。每一回合都可能是你的最后一场比赛。

那就是为什么倒计时会显得如此残忍。时间每分每秒地牵动着格斗选手的神经、肠子和恐惧。等待是最痛苦的阶段。几分钟后，我走开了，好让塔迪奥进入他的最佳心理状态。他有一次曾经告诉我，说他的脑海中可以提前看到比赛，看到他的对手躺在垫子上，一边流血，一边哀嚎求饶。

当我穿过格斗场内部那些错综复杂的过道时，能听见观众叫嚷的回声。他们叫嚣着要"看见血"。我找到右边一扇门，踏脚进去。这是一间小行政办公室，那里已经被我自己的"街头帮"给霸占了。我们会在赛前见面，各自投下赌注。这个小俱乐部共有六个人，此后人数再没增加过。因为我们不想有人走漏风声。我们中的一些人用了真名，有人却没有。"幻灯片"斯莱德穿得像个街上拉皮条的，他因谋杀蹲过大牢；尼诺是中度级别摇头丸的进货贩子；强尼（目前暂时）没有犯罪记录，他投资了一半赌注押给塔迪奥今晚的对手；德纳多不时地透露他的黑社会背景，不过我倒觉得，他那些犯罪活动并不像是精心策划组织过的。这位老兄有志将综合格斗运动发扬光大，并盼望自己以后可以住到拉斯维加斯去；弗兰奇是个老家伙，为本地格斗活动做了几十年的安排工作。他承认自己被笼中格斗的暴力所引诱，现在已经对老式拳击比赛不感兴趣了。

这些都是我的哥们儿。换做正当交易，我不会相信这帮小丑中的任何一个。但我们做的就是不正当交易，不是么？我们按出场次序卡，依次下注。我知道塔迪奥今晚将要弄死强尼的格斗士，而强尼看上去确实很忧郁。我在塔迪奥身上投了五千美元赌注，没人跟。三千，还是没人跟。我讥笑他们，咒骂他们，嘲讽他们，但他们都知道塔迪奥目前势不可挡。强尼总得赌些什么，我讨教还价，最后终于让他押下四千美元，赌他的选手不会进入第三个回合。德纳多也想捞点钱，于是他也下注四千美元。我们在出场卡上压了各种假想情况的赌注，最后由我们的记录员弗兰奇将这一切都记录下来。我总共投注了四场格斗，总共赌注一万二千美元，然后离开了这间屋子。等比赛全部结束，我们都将在此重新会面，用现金结清所有赌资。

格斗比赛开始了。我围绕着格斗台踱步，消磨时间。听着秒针嘀嗒不停，更衣室的气氛紧张得难以忍受，我已经在那里待不下去了。我知道，到这个时候，塔迪奥已经横趴在桌子上，一动不动，盖着条厚棉被，一面听着满口粗话的拉丁说唱，一面念叨着圣母马利亚祈祷文。我在那里已经帮不上任何忙了，所以我在高区平台上找到一处地方，俯视格斗圈，开始认真看起比赛来。今晚真是座无虚席，观众一如既往地疯狂喧嚣。笼中格斗迎合了一些人的野蛮天性，这其中也包括我。我们来这里，都是抱着同样一个目的——看一名选手如何毁灭掉另一名选手。我们想要看到眼睛出血，额头撕开大裂口，被窒息的锁喉，摧筋断骨地逼迫对方臣服，还有那残暴的最后猛击，将对手打得昏死倒地，四角的助理们慌忙找医生前来抢救。在廉价的啤酒海洋中，有五千名疯子陪伴着你，一起呼喊着"要见血"。

我最终还是慢慢走回到更衣室，那里开始忙碌起来。前两轮比赛，失败者都被早早击趴在地，今晚的进程感觉很快。诺贝托、奥斯卡以及米古尔都已披上和我身上一样的那种发光黄夹克。泽巴特团队将先巡游一番，然后进入赛笼。我会和诺贝托、奥斯卡同在一角，但我的作用没有他们重要。一旦诺贝托用快得令你难以想象的西班牙语向塔迪奥灌输战术时，我需要做的，就是保证塔迪奥一直有水喝。奥斯卡负责处理他脸上的伤口，如果有的话。当我们都走上赛场地板时，眼前的一切都开始模糊起来。沿着地道，醉醺醺的粉丝纷纷伸手触摸塔迪奥，呼喊着他的名字。警察不停地驱赶人群，给我们让路。喧嚣声震耳欲聋，他们都在为塔迪奥呐喊助威。他们要得更多，要他一场又一场打下去，最好能打死对手。

到了笼子外面，一名官员检查了塔迪奥的手套，在他脸上抹了些油，然后给他开绿灯放行。主持人在扩音器里大声吼出他的名字。我们的男子汉一跃进笼，身穿他那套亮明黄短裤和战袍。他今晚的对手绰号"豺狗"，真实姓名没什么人知道，其实那也无关紧要。他是位擒拿缠绕战术专家，一个高个子白人，身胚并不是很厚。不过切不可以貌取人。我曾见他格斗过三次，每次都是那么狡诈滑头。他防守得滴水不漏，一直伺机击倒对手。上一轮，他将对手扭成麻花，让对方尖叫着求饶。此刻，我痛恨这个"豺狗"，但内心深处，却又对他佩服得五体投地。任何一个跨入笼子里的人，都比普通人的脊梁骨要硬得多。

第一回合的铃声敲响，三分钟的狂暴开始了。塔迪奥先用拳击进攻，他一路猛打，很快就令"豺狗"不停地退却。第一分钟里，都是击打和抵抗，然后变成了扭打，但彼此都没造成伤害。我不知道为什么，也和其他五千名粉丝一道，呼喊到自己的大脑都失去知觉了。此时，任何建议都是零，塔迪奥什么也听不进去。只见他们突然一起倒地，非常沉重，"豺狗"像把剪刀似的缠住了他。过了漫长的一分钟，塔迪奥毫无作为，只能蠕动摇摆。我们看得大气不敢出。但最终，他努力挣脱出来，照"豺狗"的鼻子就是一记漂亮的左勾拳。终于见血了。毫无疑问，我们的男子汉才是更强的斗士，不过此时只要他稍一疏忽，就会胳膊脱臼。在两个回合之间，诺贝托疾风暴雨似的灌输了无数的指示，可是塔迪奥根本不在听。对于格斗，他比我们任何人都懂，他已经摸清这对手的路数了。第二回合的铃声敲响，我抓住他的胳膊，在他的耳朵边大声说："将他打倒在地，还有额外的两千美元等着你。"这句，塔迪奥听进去了。

"豺狗"输掉了第一回合后，像很多格斗者一样，在第二局一开始，他就不断地紧逼进攻。他想要将两手插进某个空当，然后用铁条一样的长臂，以千奇百怪的方式死箍住对手。不过，塔迪奥完全看穿了他的计谋，他使出了经典式的左右左组合拳，将对方打得一屁股坐在地上。塔迪奥接下来像个白痴一样，想要扑到"豺狗"身上，如同一架发狂的轰炸机俯冲下来炸死目标。但他这样做，却犯了个常识性的错误。"豺狗"设法用右脚重重地踢出，粗暴地踢在塔迪奥耻骨上方一点点。"豺狗"想要挣扎着站起来时，塔迪奥努力保持着站姿。就那么一两秒钟，双方都没有进一步的行动。他们终于彼此脱身，开始转圈打。塔迪奥找到了拳击手的节奏，他的拳头，雨点般砸去，打得"豺狗"毫无还手可能。他将对方的右眼眶上方打得开裂，然后继续猛击，让口子越来越大。"豺狗"有个坏习惯，他总爱伴装出一记疯狂左勾拳，然后突然蹲得很低，来抱住对手的膝盖。塔迪奥心里有数，找准了完美时机，使出了他最精湛的一招：用肘部盲打对手（这招极需勇气，因为有那么一瞬间，塔迪奥得背对着对方）。不过"豺狗"还是太慢了，塔迪奥的右肘以千钧之力砸到对方的右下巴。眼前一片漆黑。"豺狗"还没完全倒到垫子上，他已经彻底完蛋了。规则允许塔迪奥仍可以继续扑到他的身上，照他脸上猛击几拳，正式了结他的命运，不过，那又有什么意思呢？塔迪奥静静站在赛圈的中央，举起双手，朝下望去，一边看着像死尸一般直挺挺的"豺狗"，一边品味着他自己的战果。裁判迅速结束了这一切。

　　接下来的一段时间，看着他们努力想要复苏"豺狗"，我们倒是都有些紧张。人群需要看到担架，看到死伤者，好在工作之余多一些谈资。可是"豺狗"最终还是自己醒了，并开始说话。看到他坐起来，我们也放松了。或者说是努力让自己放松了下来。当你赌注在身，当你身边五千个疯子都在不停跺脚，这样一场狂暴的打斗之后，要想保持平静，实属不易。

　　"豺狗"重新站了起来，场下一片嘘声。

塔迪奥向他走去，说了些好话，他们就这样和好了。

我们离开了笼子，我微笑着跟在塔迪奥的后面，看着他与粉丝们击掌并沉浸于再次胜利后的喜悦之中。他今晚做了两个头脑发热的搏击动作，如果遇到一位高级别的对手，他很可能就被对方打死了。不过，从整体来看，这又是一场令人充满希望的格斗比赛。我努力品味着这一刻，想象着未来以及潜在的那些收益，甚至可能拉到的赞助。他是我投资的第四位格斗手，也是第一位帮我赚到钱的。

正当我们离开赛场，将要进入地道前，一个女人的声音叫喊着："拉德先生！拉德先生！"

我花了一两秒钟，想要整理一下思绪。因为在这样的人群中，认出我来是不可能的事情。我身穿泽巴特赛队订制的卡车司机说唱帽，丑陋的明黄夹克衫，外加平时我从来不戴的那种眼镜，我的长发也藏了起来。但就在我愣住并四处张望的时候，她朝我走了过来。这是个重量级，年纪约二十五岁的女人。紫色头发，很多穿刺环，紧身T恤下面藏不住她那巨大的胸脯。这正是笼中格斗赛场最常见的那种女孩。我好奇地看着她，她又开口了："拉德先生，你不就是拉德先生，那位大律师么？"

我点了点头。她走近一步说："我妈在那个陪审团里。"

"什么陪审团？"我问，突然感到慌张。目前只有一个陪审团。

"我们是麦罗的。贾迪·贝克的审判。我妈是陪审团里的。"

我将头猛地往左一歪，仿佛在说："去那边。"几秒钟之后，我们离开观众席，肩并肩沿着一条狭长的过道往前走，两边的墙壁在叫喊声中颤动。"她叫什么名字？"我留心着每个擦肩而过的人，问道。

"格林娜·洛斯顿，第八号陪审员。"

"好的。"我熟知每位陪审员的姓名、年龄、人种、工作、教育背景、家庭、住址、婚姻状况、以前的陪审情况，以及是否有犯罪记录、什么犯罪记录,等等。我也参与了对这些人的甄选工作。有些人是我想要的,而大多数人是我不想要的。我在一个水泄不通的法庭上,每周五天同这些人坐在一起,我已经受够了他们。我觉得我已经很熟悉他们对刑事司法的政治观点、宗教看法、偏见以及内心的感觉。因为我知道得太多,已经确信无疑,只要他们坐着,贾迪·贝克就在一步步走向死亡。

"格林娜这几天在想什么呢?"我谨慎地问。她可能暗藏着一个录音笔。没有什么能令我吃惊的。

"她觉得他们都是一群骗子。"我们还在走着,缓慢地,漫无目的,彼此害怕看对方的眼睛。我听到这个回答完全愣住了。此前我读取过她身体传来的信息,也熟知她的背景,我本可以打赌,格林娜·洛斯顿会第一个站出来喊:"有罪!"

我往后看了看,确保没有别人注意我们,然后说:"她是个聪明的女人,因为大家确实都在说谎。他们什么证据都没有。"

"你希望我这么告诉她么?"

"随便你怎么跟她说,我都无所谓。"我边说,边四处张望。我们停下,让一位重量级选手和他的跟班们先过去。我在这个家伙身上押了两千美元。今晚我总共捞到六千多美元,我感觉很不错。更令我开心的是,我听到了这个震撼人心的消息,知道我那贾迪·贝克的陪审团里,并不是每个人都是脑死亡患者。

我问:"这是她一个人的感觉,还是另有同伴也这么想?"

"她说他们都不谈论这个案子的。"

听到这句,我真想笑。如果她都不谈论这个案子,那么这个小可爱怎么会知道她母亲的司法倾向?在这个关口,我正在违背律师职业道德,恐怕甚至也违反了刑法条款。这是同陪审员的非授权接触,尽管不是明确接触,也不是我主动发起的接触,但这行为本身,肯定会被州律师公会做出对我很不利的解读。关键是考夫曼法官知道后将会大发雷霆。

"让她坚持自己的意见,因为他们确实抓错了人。"我说完,就走开了。我不知道她想叫我干什么,我也没有什么好处给她。我猜,我可以花上十分钟,向她指出州司法机关证词上的明显大漏洞,但那样一来,需要她能全部正确理解并记牢,回去一五一十地转述给她母亲。这种可能性太小了。这女孩来这儿是看格斗的。

我找了个最近的台阶,下到最底层。一旦我安全地远离了她,我马上躲进了厕所,在脑海里回放了一遍她所说的话。我仍旧无法相信。从我的委托人被捕那天起,陪审团连同整个镇子,早已定了他的罪。而她的母亲,格林娜·洛斯顿,从此前各方面来看,都是一个典型的麦罗镇居民——没有受过教育,"一根筋",立志在必要的时候成为镇上的女英雄。现在看来,星期一的早晨将会很有趣了,在我们大家开始相互举证的某个时刻,我将有机会瞟一眼陪审团席。只要格林娜敢朝我回望,她的眼神里一定会流露出信息,尽管我不确信那会是什么。

我将思路打断,回到现实中来。重量级选手已经打了整整四十秒钟,而我看好的那位依旧站立着。我迫不及待地和自己的伙伴重新开会。我们都聚在先前那间黑屋子里,反锁了门,大家粗话连篇。我们所有人都将口袋里的现金掏了出来。弗兰奇逐一记录,钱数一目了然。今晚,我从打赌上就净赚了八千元,其中两千元将给塔迪奥,作为我对他额外的临时奖励。这笔钱,我将从他获胜的钱包里再拿回来。那样会记入税务局的账本里;但眼前这些现金都不用上税的。

塔迪奥拼命为他自己挣得了八千美元。这个了不起的夜晚,他的跟班队伍又可以增添一位新成员了。这笔钱的一部分付完账单后,剩下的,会让他的家人继续过着舒适的生活,一分钱都不会存进银行。

我曾给过他一些理财建议,可那根本是徒劳的。

我去更衣室逗留了一会儿,递过去两千美元,对他说我爱他,然后离开了竞赛场。我和"搭档"去了个安静的酒吧,喝了点酒。让我平静下来,得有个人陪着。当你离格斗比赛那么近,看着自己的选手在圈中殊死搏击,你知道只需几秒钟他就会脑震荡,会伤筋断骨,而四周五千个疯子都对着你的耳朵连声尖叫时,你的心脏会一直狂跳,你的肠子会扭结,你的神经会紧绷。那种肾上腺素汹涌而来的感觉,是其他任何经历都不能比拟的。

8.

杰克·佩里是芬特雷斯——两个女孩妈妈的前男友。她们被谋杀时,亲爹早已不在人世了。她们妈妈的公寓简直就是当地阿猫阿狗的旋转门娱乐厅。佩里和这个女人鬼混了一年,这女人又遇到一位二手拖拉机销售商。那家伙有些小钱,房子也是像模像样的(下面没有轮子)。女人一脚踢走了佩里,自我社会地位得到了提升,佩里被扫地出门,因而伤心欲绝。这两个女孩失踪前,目击者看到最后同她俩在一起的,正是佩里。此前,我问过警方,为什么不把佩里也列为嫌疑人,或起码应当调查一下他。警方不靠谱的回答居然是:他们已找到真凶,贾迪被羁押,东拉西扯地正在招供中。

我怀疑正是杰克·佩里为了报复,用如此残忍的手法杀害了两名女孩。如果警察没有误打误撞地抓到贾迪,他们最终总是会讯问佩里的。但贾迪那种惊恐的神色、恶魔的气质,以及性变态倾向的案底记录,令他成为警方手中的稳捏的柿子,麦罗全镇也不想再去查找别的嫌疑人了。

据"主教"透露,他通过秘密联系人,了解到佩里几乎每个星期六的晚上，都去泡一个叫"蓝与白"的场子。那地方距麦罗镇东有一公里，最早是个卡车停车场。如今，那里是鲁莽大汉们周末痛饮廉价啤酒、打台球、听现场音乐的聚会场所。

到了周六晚十点，我们慢悠悠地去了那个碎石铺路的停车场。那里已经停满了厢式小卡车。我们自己开的则是辆租来的道奇俱乐部越野小卡车，配有神羊牌发动机和巨大的轮胎。这车开到此地，确实显得有些招摇。不过，车子属于"赫尔茨车行"，不是我的。方向盘后面，"搭档"也想摆出一副鲁莽大汉的样子，不过连我都看得出他并不像。他脱了平日常穿的黑西装，尽管换了牛仔裤、牛仔T恤，还是没啥用。

"好戏开场了。"我在副驾驶位置上宣布。塔迪奥和米古尔从后座上跳出车来，悠闲地走进前门。他们在里面遇到一名看场子的保镖，保镖向他俩每人要十美元人头费。他上下打量着他们，看上去不是很热情的样子——这两人毕竟都是深色皮肤的西班牙裔。不过，起码他们不是黑人。据"主教"说，"蓝和白"允许少数几个西班牙裔进场，但如果"黑面孔"来了，那就会引起骚乱。这种规矩也用不着担心。这样一处鲁莽大汉聚会点，对任何有脑子的黑人朋友而言，吸引力都等于零。

不过今天，一场骚乱是他们躲不过去的。塔迪奥和米古尔在人群拥挤的酒吧里，每人叫了杯啤酒，混在众人中，还算过得去。有些眼光不友好的人盯着他俩看，但最多也就那样了。唉，这帮胖乎乎、醉醺醺的鲁莽大汉，真是不知天高地厚啊。塔迪奥赤手空拳，一分钟就能撂倒其中任意五个。他哥哥兼陪练米古尔，则可撂倒四个。他俩花了一刻钟，观察这里的每个人，并熟悉了地形后，塔迪奥招手叫了个酒吧招待过来，用毫无口音的纯正英语说："呃，我有些钱要给一个叫杰克·佩里的人，但我不确定我能认出他来。"

酒吧招待，一个大忙人，朝台球桌附近一排包厢点了点头，说："第三个包厢，头戴黑帽子的那位就是。"

"谢谢。"

"不用客气。"

他俩又续了杯啤酒打发时间。佩里的包间里，共有两男两女。桌上都是喝空的啤酒瓶。四个人此刻都在咯吱咯吱地嚼着烤花生。"蓝与白"里的一种氛围就是允许食客将空壳子随意扔到地板上。最远处，乐队开始将音量调大，十多个人缓缓走过去准备跳舞。很显然，佩里不是个爱跳舞的男人。塔迪奥给了我一条手机短信："已发现杰·佩。再等等。"

他俩又消磨了些时间。我和"搭档"坐着，边观察，边等待，紧张到难受。一房子的醉汉们，一半都有持枪证，如果打起群架，结果真的很难估量。

佩里和他的哥们走到台球桌前，准备开始打球。他们的女人则继续坐在包厢里，吃花生，灌啤酒。"我们去。"塔迪奥一边说，一边从酒吧里踱步出来。他走到两个台球桌当中，瞅准时机，重重地撞到佩里身上。佩里当时正在想他自己的事，手则在给球杆上滑石粉。"你他妈的搞什么呀！"佩里气得大叫，满脸通红，准备痛打一下这个冒失鬼解气。还没等他的球杆挥过来，塔迪奥已经照着他连打了三拳。速度之快，谁都没能看清。左——右——左，每拳都砸在眼眶上，那里最容易打破，所以拳拳带血。佩里倒地，看起来要过一会儿才能苏醒。女人们开始尖叫，然后四处都是混乱场面中特有的那些慌乱动作和大声喧哗。佩里的哥们反击比较慢，但最后还是抄起他的棍子，想要把塔迪奥的头打落。但米古尔及时阻拦了他，一拳打中他的下巴根部。佩里的哥们就这样和佩里一道躺到了地板上。塔迪奥照佩里的脸上又打了几拳，打得结结实实，然后他弯下身子，飞速冲到男厕所里。一个啤酒瓶在他头顶擦过，被砸成稀烂，碎玻璃四处飞溅。米古尔一直跟着他，那些愤怒的叫喊声紧随其后。他们锁上厕所门，从窗户里翻了出去。几秒钟后，他俩重回到我们的载客卡车上，我们笃悠悠地开车走人。

"搞定。"塔迪奥从后座上迫不及待地告诉我。他将右拳伸出，上面已然血迹斑斑——佩里的鲜血。我们在一个汉堡店门口停下，我仔细地将他的拳头擦干净。

我们回到城市时，已经过了午夜。

9.

杀害芬特雷斯小姐妹的恶魔用女孩自己的鞋带将她俩的脚踝和手腕都捆住，然后再双双推入池塘。给詹娜做尸检的时候，曾发现捆她脚踝的鞋带上缠着一根黑色的长头发。而她和拉蕾都是浅色金发。那段时期，贾迪确实是一头黑长发——尽管他头发的颜色每月都改变——不出所料，本州毛发分析专家作证，指出这里存在着一项"匹配"。殊不知，一个多世纪以来，真正的专家都已经认识到，毛发分析其实是相当不准确的。当然在别无旁证，而嫌疑人必须被定罪时，这种方法仍被司法机关所运用，甚至包括联邦调查局。我请求过考夫曼法官下令对贾迪目前的头发进行基因检测，但他断然拒绝。理由是成本太贵。这不是拿别人的生命开玩笑么！

当我终于被允许调阅州执法机关那形同虚设的证据时，我神不知鬼不觉地偷取了那根黑发四分之三英寸长的一截。没有人会注意到区别。

到了星期一清早，我通过"当日达"快递，将头发以及杰克·佩里的血样一道打包裹寄往加州基因实验室。加快检验服务花了我六千美元。但我愿意赌上一座农场，来帮我找出真凶。

10.

我跟"搭档"风驰电掣般地开往麦罗镇，开始了新一周的谎言大战。我迫不及待想要看一眼八号陪审员格林娜·洛斯顿，看看她的举止神情是否有曾托人与我暗中交流的一些特征。但世事难料，情况并没有按我预想的那样发展。

法庭再次挤满了人，而我对这里的人群感到了一种讶异。一连十一天了，双胞胎女孩的母亲，朱莉·芬特雷斯，总是坐在前面的长椅上，正对着检察官的背。她和她的一大批支援者都恶狠狠地瞪着我，好像是我亲手杀了那对女孩似的。

"小跑腿"姗姗来迟后，打开他的公文包，装模作样对着一些条款指指点点，好像那里面真有什么价值似的。我侧身告诉他："观察八号陪审员格林娜·洛斯顿，小心被发现。""小跑腿"一定会被发现的，因为他是木头脑袋。他本该若无其事地偷偷张望一下陪审席，捕捉他们的反应，研究他们的肢体语言，观察他们是保持清醒、仔细聆听，还是满脸怒气冲冲。总之，就是得运用自己在法庭上的经验，想方设法，却又不动声色地观察陪审团。可是，"小跑腿"早在几周前，已经不战自败。

相对而言，贾迪情绪不错。他告诉我，出来受审还是蛮开心的，因为他可以离开监牢。在牢房里，他们将他单独关押，通常里面黑灯瞎火。因为"他们知道"正是他杀害了芬特雷斯双胞胎，所以对他的惩罚应该从现在就开始。而我的情绪也开始好转，这是因为贾迪周末洗过澡了。

我们边打发时间，边等考夫曼法官入席。胡伐检察官，九点一刻了还没到他的席位上。他那帮"希特勒青年团"助手，眉眼皱得比平常还要深。一定发生了什么事。法警上来对我耳语说："考夫曼法官要在法庭小间里见你。"看上去，这好像已成了每天的例行公事。我们急忙去了小间。在众人眼里，这恰似为某个我们不想让公众知道的问题，关起门来进行徒手搏斗。但又有何妨？已经过了两个星期了，我知道如果胡伐想要让大家看到或是听到些什么，他总会有办法的。

我走进了一个埋伏圈。庭审记者已经在那里，随时准备记录一切。考夫曼法官身穿衬衫领带，踱着方步，他的外套和长袍都还挂在门背后。胡伐站着阴笑，脸色沉沉。我进来后，法警顺手关上门。考夫曼将一些纸扔在桌上。"你看看这是什么！"他咆哮着。

"早上好，法官，"我尽量小心为妙，"胡伐。"

他们并不回应我。这是一份两页纸的誓词。一名宣誓证人（在这种场合和谎言家没啥两样）声称上周五晚城市综合格斗赛上无意碰见我，并称我和她讨论了案情，并让她转告她那位身为陪审员的母亲，说州执法机关并无证据在手，说有的那些证词无非是谎言云云。她在公证书上签了名：马洛·维尔芳。

"拉德先生，这文件里有其真实成分吗？"考夫曼继续咆哮，看起来真的怒不可遏了。

"我想，有那么一丁点儿。"

"你想说说你的版本吗？"他虽然这么问，显然已经下定决心，一句也不会相信我所说的话。胡伐咕哝了一句，声音足够让我听到："显然是一项干扰陪审团的罪行。"

我当仁不让地回敬了他一句："你是想先听我说说自己的版本，还是没有事实就把我也绑起来，像抓贾迪那样？"

考夫曼法官说："行了。先听听再说，胡伐先生。"

我陈述了我的经历，准确地、完美地、没有添加或减少一个字。

我着重强调,我从未见过这个女人,自开天辟地起就不认识她——我怎么会呢?我根本不知道她故意找我,主动接触我,然后迫不及待赶回麦罗,试图扑进此案当中。

给杀人犯正确定罪,通常都需要动用整个镇子的居民吧。

我几乎喊了出来:"她说是我主动找她的?怎么可能!我都不认识这个女人。她认识我,因为她在这个法庭旁听过。她应该能认出我。但我怎么会认得她?这怎么说得通?"

当然,这根本说不通。但胡伐和考夫曼不为所动。他们确信已经将我钉在板上了。他们对我和我的委托人恨之入骨,以致对于明显的事实,他们都视而不见了。

我继续激烈辩解:"她那是在说谎,好吧?她精心谋划了这一切。她假装偶遇我,开始攀谈,然后准备了这份誓词,估计就是在你的办公室里写的吧,胡伐?她那是在撒谎。那是在做伪证,是藐视法庭的行为。请主持正义啊,法官。"

"我不需要你告诉我——"

"得了吧,摸摸良心,这次做一件正确的好事吧。"

"你给我听好,拉德先生。"他满脸涨红,看上去就要来打我了。此时此刻,我需要他们的无效审判。我希望能激怒他俩做出一些真正愚蠢的举动。

我高声地说:"我要一个听证会。请让陪审团都避开,让这个好姑娘上证人席,让我来同她质辩。她想惹这个案子,好啊,让她来。她妈妈显然有偏见,而且情绪不稳定,我希望她离开陪审团。"

"你对她说了些什么?"考夫曼问。

"我刚才告诉过你了,一字不漏。我对她说的话,我可以重复给地球上任何一个人听——你们的案件,什么基础都没有,只是一堆谎言证词,你们也没有可靠证据,句号。"

"你疯了。"胡伐说。

"我要求开个听证会,"我几乎在吼叫,"我要这个女人离开陪审团,只要她一天不走,我就一天不配合审判。"

"你这是在威胁我吗?"考夫曼问道,情况渐渐失控。

"没有,大人。我向你保证。我不会配合审判继续进行了。"

"那么,我会定你藐视法庭,将你关起来。"

"我又不是没去过那里。你定呀。这样,我们就有个无效审判咯。我们就可以过六个月再来,让这个派对重新开上一遍。"

他们不确定我是否坐过牢,但在这个节骨眼上,他们猜想我大概不会说谎。我这样一个游走在司法边缘的律师,总会不时地触碰职业道德的底线。坐牢是一枚荣誉奖章。如果我被迫不得不激怒法官,那就只能这么说了。

我们大家沉默了几分钟。法庭记者只顾盯着她自己的鞋子看,如果给个机会,她会冲出这间屋子,一路撞倒很多椅子。在这个关键时刻,胡伐开始害怕面临重审的前景,那样一来,他这个伟大的案件,将会被上诉法院驳回重新审理。他不想遭受二次煎熬。他期待的,是在未来某个光荣的日子里,他开车(车里很可能陪坐着一名记者)去一个叫作"大车夫"的监狱。那是州政府关押死囚的地方。他将受到皇室成员一样的待遇,因为他就是那位了不起的大人物——那位神探,是他破获了一起极其恶劣的案件,确保贾迪·贝克罪有应得,被判了死刑,使麦罗镇又能圆满地画上一个句号。贾迪的席位则将被安排在某个幕布后的第一排。当幕布被隆重拉开时,贾迪将躺在带轮的小床上,手臂上插着好多管子。而后,他——胡伐本人,将会抽空与新闻界严肃交谈,讲述他和他办公室这段时间以来所承担的社会重任。此前,他还没有亲临目睹过死刑执行现场,在这个拥护死刑的州里,他的压力比三十岁的处女还要大。州政府起诉贾迪·贝克案,将成为丹·胡伐人生最辉煌的时刻。这将成就他的职业生涯。往后，在各种廉价赌场隆重举办的检察官大会上，他都将有机会发言。他还会获得连任。

但此刻，他开始冒冷汗了。因为这次他做得有点过头了。

他们本以为抓住了我的命根子。真是一帮愚蠢的家伙。想要用这种子虚乌有的不当接触罪名来钉住我，在目前阶段，对他们的案件和事业发展毫无帮助。这叫"过度打击"，并不少见。他们抓到了贾迪，就差定他罪判他死刑了。他们开心过了头，居然想下个钩子让我也咬上去。

"我听起来，这很像是一次非法接触，法官。"胡伐说，试图表现出那种夸张的神情。

"你做梦吧。"我回答他。

"以后再处理这件事，"考夫曼说，"陪审团都在等着呢。"

我说："我猜你们都聋了吧。我都说了，没有听证会，我就不配合继续审判下去。我坚持要将这一事件，记录在案。"

考夫曼看着胡伐，彼此似乎都有透不过气来的样子。他们知道我已疯狂，会抗议到底，拒绝参加审判。而当真那样的话，他们就是无效审判了。法官瞪着我说："我定你为藐视法庭。"

"把我抓起来啊。"我嘲笑、挑衅地说。法庭记者一字不漏地听进去了。"把我抓起来啊。"

但是，他现在还不能那么做。他得先做个决定。做错了，就可能毁掉此前已经取得的一切。如果我因为这件事情被关进牢里，整个审判就被"绑架"了，没有任何办法可以挽回。这样走下去，总会遇到一个上诉法院，极可能是联邦法院，将要重新考量考夫曼今日的一举一动，然后裁定为非法。贾迪必须有个律师，一名真正的律师，他们不能将我关起来，自己继续审判下去。否则他们就是将一件大礼亲自送到了我的手中。

过了几秒钟,大家的情绪都冷静了下来。我善解人意,几乎可谓是甜言蜜语地说:"你瞧瞧,法官,你不能拒绝我为此举行一次听证会。拒绝了我,你就等于给了我上诉用的枪炮子弹。"

"什么样的听证会?"他说,喉咙嘶哑。

"我想让这个叫马洛·维尔芳的女人,站在证人席上,来一次非公开的听证。你们这两位下定决心要定我为不当接触,那好,我们就彻底搞个清清楚楚,明明白白。我有权为自己辩护。你们今天将陪审团放回家,让我们双方大战一场吧。"

"我不会叫陪审团回家的。"他一面说着,一面垂头丧气地跌坐进扶手椅里。

"那好。你将他们今天关上一整天吧。我可管不着。这个姑娘对你说了谎。说谎的结果,就是她自己被卷到了这起案件中。她妈妈无论如何都不可以继续做陪审员了。现在,这就是无效审判的基础。五年内,一定可以用这个原因申请撤销审判的。你自己挑,打算要哪种毒药。"

他们开始听我说话了,因为他们突然害怕了,而且很可悲的是,他们并没有太多经验。我已经抓到了"无效审判"的把柄,我也抓到了"撤销审判"的把柄。这种场面我见多了,在司法格斗场,死神就在头顶上,一不留神,整个案子就满盘皆输。他们都还嫩着呢。考夫曼七年法官生涯中,只审理过两起死刑谋杀案。胡伐仅将一人送进过死刑室里,这对于周边附近的检察官来说,真是一种尴尬。两年前,他搞砸了一起死刑案件的审判,导致当庭法官(不是考夫曼)被迫裁定无效审判。那起指控,后来被撤销了。他们当时头脑都不正常了,在庭上犯下了非常愚蠢的错误。

"谁起草了那份誓词?"我问。

没有人回答。

我说:"你们听好,这上面的措辞,绝对是来自律师之手。普通老百姓说不出那样的话来。是你办公室准备的吧,胡伐?"

胡伐想要保持镇定,不过此时的他,已经绝望到不可救药的程度,说了句连考夫曼都无法相信的话:"法官,把拉德先生关起来,我们可以继续和'小跑腿'合作下去了。"

考夫曼觉得自己脸上被抽了一巴掌,而我禁不住笑出声来。

"哦,你继续加油,"我用挑衅的口吻说,"从第一天起,你就在瞎搞这个案子。你继续啊,快奖励给贾迪一次发回重审的待遇吧。"

考夫曼说:"不是那样的。'小跑腿'先生目前还没有说过什么,如果那孩子继续坐着,一脸蠢相什么也不说,那也算是个聪明人。"这话听起来比较幽默,我直直地看着法官大人,然后又直直地看着法庭记者,她全记录下来了。

"快把这句删了。"考夫曼一下子清醒过来,对她吼叫。他自己才真是个蠢货。审判往往就是一场杂牌马戏表演,丑态百出到失控。开始,他们搞了个小伎俩,想要羞辱我,现在却弄巧成拙。起码对他们而言,算是彻底搞砸了。

我不想给胡伐机会让他想出挽救的主意——我并非真的担心——我只是想让他更失控,于是火上浇油地说:"这次审判,你做了很多蠢事,不过这件做的可谓蠢事中的极品了。你是在说'小跑腿'本尼么?这真是个大笑话。你想让他来坐我的第一把交椅?"

"拉德先生,那你现在的态度是什么呢?"考夫曼想要我回答。

"除非我们举行关于我是否和八号陪审员,那位可爱的格林娜·洛斯顿太太,有过不正当接触的听证会,否则我绝不会走回审判大厅。如果我真藐视了法庭,那就把我关起来吧。此时此刻,我渴望拥有个无效审判,甚至高过拥有三重性高潮。"

"不要说得这么粗鲁，拉德先生。"

胡伐开始坐立不安，并结结巴巴："这样……呃……法官……呃，我想我们可以后面有空再处理这次不正当接触事件以及藐视法庭的问题。比方说，今天的庭审结束或别的时候。我……我希望能继续我证人的证言部分。调查那件事，呃，目前不是特别地有必要。"

"那么，胡伐，为什么你要挑起那件事呢？"我反问，"为什么你们这些跳梁小丑，先前明知这个叫维尔芳的女人在撒谎，你们还对这个不当接触的指控如此兴奋呢？"

"不准叫我跳梁小丑。"考夫曼法官鼻孔中哼道。

"对不起，法官，我刚才不是指您。我指的是检察官办公室里所有的那些跳梁小丑，包括地区检察官他本人在内。"

"如果我要是让更多人知道你刚才说的这句话呢？"考夫曼说。

"那我很抱歉。"我一边说，一边做出极度讽刺的表情。

胡伐退到了窗口，他盯着一排排破旧的房子，那里就是麦罗镇的主要街区。考夫曼退到他写字台后面的书架旁，盯着那些他从未碰过一下的书籍。气氛压抑而紧张。重大的抉择必须做出，而且是立即做出。如果法官大人拍错了板，那么，这一事件的余殃将波及往后数年之久。

他最后转过身来说："我想，我们还是最好询问一次八号陪审员，不过我们不是在那边问。我们就在这里开展调查。"

接下来，就是审判中遇到的一种特殊情况，令诉讼当事人、陪审团、旁听者都困惑不已。当天余下的所有时间，我们都在考夫曼法官那并不宽敞的小间里，就我是否与一名陪审员有过不正当接触的问题，进行着大声的争论，甚至是吼叫式的争吵。格林娜·洛斯顿被拉了进来，被迫宣誓，几乎吓得不敢说一句话。等她一开口，说她从没和家里人讨论过案情的时候，她已经开始说谎了。在辩论阶段，我复仇般的言语，咄咄逼人，甚至都吓到了考夫曼和胡伐。她离开小间时，抽泣个不停。接下来，他们将她那位蠢鸭似的女儿马洛·维尔芳也拖了进来。女孩在丹·胡伐笨拙的提问下，不停地重复着那几句所谓的情景描述。胡伐真的黔驴技穷了。当轮到我来质问她的时候，我先甜蜜蜜地引导她走在一条金色小道上面，随后将她的喉咙一字切开。不到十分钟，她就开始哭了，呼吸也显得困难重重，心中后悔一千遍，当初没在格斗赛场里叫我的名字就好了。痛苦的事实摆在大家的眼前：她在誓词上写的都是谎言。就连考夫曼法官也问她："在五千人的场子里，如果拉德先生从来没有见过你，他怎么会认出你来呢？"

谢谢您，法官。这真的是一个很棒的问题。

按照她的说法，星期五她很晚才从格斗赛场回来。当她星期六终于醒来后，就打电话给了她母亲，她母亲则立即打给了丹·胡伐先生。因为胡伐先生完全知道这种情况该如何处理。星期天下午，他们在胡伐的办公室碰面，按照誓词证言的要求组织好了文字，随后，大功告成！胡伐就开始行动了。

我把胡伐列为证人之一。他拒绝了。我们争论起来，但考夫曼已经别无选择了。我询问了胡伐一个小时。把两只山猫放进一个麻布袋里，都会比我们斗得更文明些。誓词是他的一位助手逐字逐句起草的。他的一位秘书负责打字并印出来。另一位秘书做了公证。

然后他询问了我，争吵继续进行。整个冗长的煎熬过程中，陪审员们都在审理室里等着，格林娜·洛斯顿一定给他们汇报了刚才的情况，他们一定都在怪我给这起案件的审理又增加了令人困惑的一天。好像我在乎他们一样。我不停地提醒考夫曼和胡伐，说他俩在和这里的一条眼镜蛇玩游戏。如果格林娜·洛斯顿继续留在陪审团里，我一定会弄到发回重审的待遇。其实，我自己也不是很确定——上诉申请期间,什么都不能保证——但我已渐渐看出,这两位在如此紧张的状态下,已经萎靡,他们的判断力也很值得怀疑。我不停地提出"无效审判"的要求。我这一动议不断地被拒绝。我已经毫不在乎了。反正都记录在案的。那天下午,考夫曼决定撤下洛斯顿女士,换上梅西女士,那是我们替补陪审员名单里的"精品"。

新上任的梅西女士也没什么值得我兴奋的。事实上,她比上个坐那把椅子的女人好不了多少。麦罗换谁其实都一样。你要是在一千人中随机挑选十二个出来,结果是,每个陪审员的看法和投票结果,都将会是一模一样的。那么,我今天为何还要如此大动干戈搞上这一出呢?我是想让他们为自己的言行承担后果。我要让他们吓得屁滚尿流,让他们搞明白——他们俩,一个法官,一个检察官,都是当地居民选出来的——完全有可能搞砸这穷乡僻壤最为轰动的一起案件。我要为今后的上诉准备好弹药。还有一个原因,就是让他们学会尊重我。

我要求以伪证罪起诉马洛·维尔芳,但检察官已经累得不行了。我又要求宣布她藐视法庭。怎料考夫曼法官说,是我本人藐视着法庭。他叫一名准备好手铐的法警进来。

我说:"对不起,法官。但我忘了你说我藐视法庭的原因。大概是时间太久了。"

"因为你上午拒绝继续配合庭审,也因为你为了一个陪审员,浪费了我们大家一整天宝贵的时间。还有,你侮辱过我。"

我其实有很多话可以反驳如此荒谬的言语,但我决定放他一马。用藐视法庭罪,把我关起来,那只会给他们司法机关增添新的乱子,也会给我增加更多火力来给贾迪争取上诉。一个高大魁梧的司法助理走了进来,考夫曼对他说:"把他关起来。"

我并不想被关起来,但这间房子我也待不住了。这里令人不悦的体味,已聚集得越来越浓郁。我被铐住,手放在胸前,而不是在背后。当我被领出去的时候,我看着考夫曼说:"我想,明天一早,还会让我作为第一辩护律师出庭的吧。"

"会的。"

为了进一步吓吓他们,我补充了一句:"上回我在审判期间被羁押,结果整个判决都给州最高法院推翻了,法官意见九比零。你们这帮跳梁小丑,真应该好好学习一下过去的案例。"

又有一名高大魁梧的司法助理加入到我们的游行小队伍中来。他们将我从后门带出,转到我每天出入的后过道厅。不知道什么原因,在楼梯当中的平台那儿,我们停下了脚步,两位助理对着他们的对讲机咕哝了几句。当我们最终走到室外,我感到刚才的事已经被泄露。当恨我的那群人看到我活像一只戴手铐的青蛙被领着游街示众时,爆发出一阵欢呼。不知何故,这些警察又停了下来,吃不准选用哪辆巡逻警车带我走。我站在一辆警车前,暴露在光天化日之下,微笑着面对着看我笑话的那一小群人。我看到"搭档"也在其中,便朝他喊,说我晚些时候会给他打电话。他看起来既震惊又迷惑。为了娱乐大众,他们将我推进一辆警车,让我和贾迪一道坐在后排座上;这样,律师和委托人,统统被送去看守所了。我们的车开出去了,一时间,警灯闪烁,警笛尖叫,给这个可怜的小镇带来了一幅无比震撼的场面。贾迪看着我,问:"你这一整天都去哪儿啦?"

我知道和他说不清楚。我举起被铐住的双手说:"和法官打了一整天架。猜猜谁赢了?"

"他们怎么可以把律师关起来呀?"

"法官想干吗就干吗呗。"

"你也被判了死刑吗?"

今天过去好几个小时了,我第一次不由自主地笑出声来:"不,还没有到那个份儿上。"

贾迪觉得今天这突如其来的事件挺有意思的。他说:"你会爱上那里的伙食。"

"我打赌一定会的。"前排两位助理此前一直屏气凝神在听我们说话。

"你被关起来过吗?"我的委托人问我。

"我吗?当然,好几次了。我这个人就是喜欢骂法官。"

"你是怎么骂考夫曼法官的?"

"那就说来话长啦。"

"这样,我们晚上慢慢说,行吗?"

我想我会的,但我也不确定,他们是否会将我和我亲爱的委托人关在一间牢房里。几分钟后,我们的车停在一幢上世纪五十年代的平顶建筑面前,这幢房子后来又被扩建过好几处,看起来像长了恶性肿瘤。这个悲惨的地方,我来过几次,都是为了见贾迪。停稳后,他们将我俩拽出车来,推搡我们进入一个狭小的空房间。一些警察在那里无所事事地在玩纸牌,看起来都不是什么好货色。贾迪退后了几步,这时,一个我没看见的门突然打开,我听见后院里,囚徒们都在喊叫着。

狱警朝我走来时,我突然厉声对他说:"考夫曼法官说过,我可以先打两个电话。"他停了下来。他不知道狱警遇到一位因藐视法庭而被关押的正在气头上的律师究竟该怎么办。他选择了退却。

我打给了朱蒂斯,当然,我先得喝退她的接线员,然后喝退她的秘书,还得喝退她的法律助手,然后才和她说得上话。我向她解释说,我又进去了,需要她的帮助。她咒骂了几句,提醒我说,她目前非常忙;然后又说,好吧。我给"搭档"打了电话,告知他最新情况。

他们递给我一套橙黄色连体服,背后印着"麦罗市立看守所"七个大字。我在一间肮脏的浴室里换上这套衣服后，小心翼翼地将我的衬衫、领带、西装挂在三角衣钩上。我交给狱警，对他说："请不要弄皱了。明天我还得穿呢。"

"你想让我帮你熨一下么？"他说，然后放声大笑。其他人听到这句真正的幽默后，也都控制不住了。我跟着有礼貌地微笑了起来。当大家都笑够了，我问："今晚吃什么？"

狱警回答我："今天是星期一，吃午餐肉。星期一都是吃午餐肉。"

"等不及了。"我的监房是个三米见方的水泥地下室，那里充斥着陈尿和体臭。上下铺已被两个年轻黑人所占据。一位在看书，另一位在打盹。没有第三张床了，我看来得躺在那张沾满黑棕色斑点的塑料椅子上过夜了。我的两位室友，看起来都不是友善的类型。我不想打架，但如果在死刑谋杀案辩护期间，在看守所被毒打一顿，那就能自动生成"无效审判"。我在权衡着。

因为朱蒂斯以前帮过我，她完全知道该怎么办。到了下午五点，她给城市联邦法院申请了对我的人身保护令，并紧急要求立即进行听证。我热爱联邦法院，大多数时候如此。

她也将她做的一份呈请书交给了报社我最喜欢的一位记者。我要把这件事，搞得越大越好。考夫曼和胡伐手法太过拙劣，真得狠狠给他们一个教训才行。这时，下铺看书的那位想要和我说话了，于是我向他解释了我来这里的原因。他觉得很好笑，律师因为骂法官被关起来了。上铺打盹的那位，翻了个身，也来参加这有趣的交流。不久，我就做了他俩的法律顾问，他们的需求，令我应接不暇。

一个小时后，狱警给我捎来了一条消息，说有人来看我了。我跟着他，穿过迷宫一样的过道厅，发现自己走进了一个狭窄的房间，里面居然有台呼吸测试仪。这是他们将醉酒司机带来检测的地方。"主教"站在我跟前，我们握了握手。我们电话里聊过，但从来没见过面。我感谢他特地过来一趟,提醒他一定要小心谨慎。他却说,去他的——他才不怕当地人呢。此外,他说他知道如何潜伏,让雷达看不见。他还说他认识警察局长、警察和法官——这帮小镇上的人渣。他说他想过给胡伐和考夫曼打电话,告诉他们这事情,他们大错特错了,不过,他始终没能打通。他给警察局长施加了压力,让他把我放在稍好一些的监房里。我们谈得越多,我就越喜欢这个家伙。他是个街头斗士,是一头几十年来一直与警察们顶犄角,终于筋疲力尽、疲惫不堪的老山羊。他从中没有赚过一文钱,不过,他也根本不在乎。我暗自思忖,自己再过二十年,会不会就是他现在的这副样子。

"基因检测进行得怎么样了?"他问。

"实验室明天会收到样本,他们保证会加急处理的。"

"如果真是佩里呢?"

"那就搞他个天翻地覆。"他是我这边的,尽管我还不认识他。我们聊了十分钟,然后他向我道了别。

当我回到我的牢间,我的两位新朋友早已向四处传出消息,说有个刑事律师现在正和他们住在一起。不久,我就向整个牢区的伙计们,大声提供着法律咨询建议。

11.

我对常识问题的判断力一直不是很强,但我还是决定,不能和我在犯罪圈子里的两个新伙伴"蜻蜓"和"青蛙"打架。于是,我整夜坐在我的椅子上,尝试着打盹。可就是睡不着。我对午餐肉晚餐说了声"不",对早餐发臭的鸡蛋以及冷冰冰的吐司,也说了"不"。谢天谢地,没有人提起冲澡的事。他们将西装、衬衫、领带、鞋子和袜子发还给我,我于是迅速穿好。我对室友们说了再见,尽管我花了数小时，费尽口舌给他们提供了令人拍案叫绝的法律建议，他们两位还得继续在栅栏后面待上好几年。

这次，贾迪和我分别坐了不同的车子来到法院。当我依然戴着手铐，被拉下车时，为数更多的仇敌再次对我展开了嘲讽攻势。而一旦我进到室内，避开那些拍照片的家伙，他们就把我的手铐给解开了。"搭档"在过道厅里等我。我上了城市《纪事报》晨版"城市故事栏目"的第三页。也就是那么一小段——拉德又被关了起来。

根据指示，我跟在一名法警后面，进入考夫曼法官的小间。胡伐和他都已在那里等着我了。两人都在奸笑，又都很好奇，想要知道我这一夜是怎么熬过来的。我没提看守所的事，并不承认我好长时间根本没睡、没吃、没洗澡的事实。我依然毫发无损，似乎得到了养精蓄锐的效果，这令他们感到烦躁不安。虽然贾迪命悬一线了，我还是充满了司法娱乐和游戏的精神。

我踏进小间刚几秒钟，另一名法警就冲进来说："对不起，法官，外面有个国家执法官，说让你今天上午十点务必赶到城市联邦法院。你也一样，胡伐先生。"

"搞什么鬼！"考夫曼说。

我热情洋溢地帮助解释道："这是关于人身保护令的听证会，法官。我的律师们昨天下午申请了紧急听证会，帮我离开看守所。你们这些人惹上这团烂事，现在不得不由我去收场。"

"他有传票么？"胡伐问。法警递过来一些文件，胡伐和考夫曼迅速翻看了起来。

"这不是传票，"考夫曼说，"这是山姆逊法官发出的通知。我还当他已经死了呢。他无权通知我去参加那种听证会。"

"他脑袋不正常已经二十年了，"胡伐说，他感觉松了口气，"我不会去的。我们这里正在紧锣密鼓地审判呢。"

他对山姆逊法官的看法并没错。如果让律师们排队投票，选出一名国内最疯狂的联邦法官，那么，阿尼·山姆逊一定能以压倒性多数获胜。但他是我的疯狂朋友，他以前将我从看守所里解救出来过。

考夫曼对法警说："告诉执法官，让他滚蛋。如果他想要来惹事，就让我们的警长把他抓起来。这样说，他一定会吓跑，对吧？警长逮捕执法官。哈哈。我敢打赌，这事以前从来就没发生过。不管怎么说，我们绝不离席。我们这里有案件等着继续审判。"

"你跑去找联邦法院干什么？"胡伐极其认真地问我。

"因为我不喜欢被关起来啊。你这个问题真是蠢透了。"

法警离开后，考夫曼说："我现在要取消藐视公堂的裁决，拉德先生，好吗？我猜，你在班房里待了一晚，今后会老实了吧。"

我回答说："这个嘛，已经足够成为裁定无效审判，或是发回重审的理由了。"

"我们都别争这事了，"考夫曼说，"我们可以继续开始了吗？"

"你是法官。"

"那联邦法院的听证会怎么办？"

"你想要咨询我这个律师吗？"我回敬了他一句。

"见鬼，当然不是！"

"你要敢不理那个通知，后果你自负。见鬼，山姆逊法官可能会把你们两人一起关进看守所一两天。那样真叫有趣吧？"

12.

最终，我们都回到了审判大厅。又过了一会儿，大家才全都安顿下来。陪审团入席坐定，我一眼也不看他们那个方向。现在，他们都知道了我前一晚是在看守所度过的，我想，他们一定很好奇，我是怎么挺过来的。所以,我什么答案也不会给他们。

考夫曼法官就审判遭遇的耽搁,向大家道歉,并说,现在该是继续进行的时候了。他望了望胡伐。胡伐站着对他说:"大人,州政府今天没有证人。"

这真是个小儿科的伎俩,目的是为了让我更加难堪。我起身,气愤地说:"法官大人,他昨天应该同我说的,起码应该今天一早告诉我。"

"叫你方第一个证人上庭。"考夫曼厉声喝道。

"我还没准备好。我有一些动议。都需要法庭记录在案。"

他没办法,只得请陪审团先离开。接下来的两小时,我们开始讨价还价般展开争论,焦点集中在州政府是否有足够的证据让审判继续进行下去。我一再重申我的观点。考夫曼一遍又一遍做出他的裁定。这些全都被记录了下来。

我的第一位证人是个头发蓬乱、看上去脑子不太好使的孩子。他给人的感觉与我的委托人神似。他姓威尔森,今年十五岁,辍学,吸毒;尽管当他生病时,姨妈同意他在车库里睡觉,但他基本属于无家可归的类型。这个孩子,正是我方的明星证人!

周三下午四时许,也就是芬特雷斯姐妹失踪的时间。她俩各自骑车离开学校,但再也没能回家。大约晚六点钟,大家开始去找她们,随着时间推移,找的人越来越多。到了午夜,整个镇子都惊慌了,人人都拿着手电筒在外面转悠。到了第二天中午时分,她俩的尸体在一处污染严重的池塘里被找到。

我有六名证人。威尔森和其他五人都愿意作证:那个星期三从下午两点直到夜里,他们都和贾迪在一起。当时,他们在一个叫"大坑"的地方玩。那里是镇子南边深藏在浓密树林里的一座废弃采石场。那可是逃课学生、离家少年、无家可归的儿童、瘾君子、小偷小摸者以及醉鬼们极佳的隐蔽庇护所。当然，那里也吸引了少数年纪更大些的游手好闲者。不过，绝大多数的情况下，那里都是无人欢迎的孩子们自己的天堂。他们在草棚下睡觉，分享他们偷来的食物，痛饮他们顺手牵羊得来的酒，嗑那些我连名字都没听过的药，乱搞男女关系。总而言之，他们都在消磨岁月，一天天地接近死亡或是接近牢狱。当有人绑架然后谋杀了芬特雷斯姐妹时，贾迪就在那个地方。

这样，我们有了个不在现场的证人——我的委托人当时的所在地可以被人证明了。真的可以么？

等到威尔逊站起来宣誓时，陪审员们都觉得他面貌可疑。今天这样的日子里，他居然穿了他平常穿的——脏兮兮的牛仔裤，上面全是洞，饱经风霜的运动鞋，宣扬某个"伟大的"酸石摇滚乐队的绿T恤，他脖子上还扎了根漂亮的紫色大丝巾。头发则一直剪光到耳朵上方，正中央的图案竟是嚎叫着的亮橙色印第安人。他身上展示着他们都有的那些东西，包括文身、耳环和穿刺。因为他本身就是个稀里糊涂的小孩，现在又被拖进这样一个正式场合，他立即用满脸坏笑，掩饰起他的不安，结果就是人人看到的那副德行，谁都想上去抽他一记大耳光。

"保持你平时的样子。"我对他说。可悲的是，他此刻就是那种样子。尽管他说的都是真话，但我自己要是换作别人，也不会相信他所说的任何一句话。就像我们此前演练过的那样，他说完了周三下午他知道的一切。

胡伐在诘问阶段，彻底摧毁了他。孩子，你都十五岁了，为什么不去上学？抽大麻了，呃？和你在这里的同伴一起，对吧。这就是你要告诉这些陪审员的话么？酗酒，吸毒，你们都是一群小人渣，不是么？威尔逊反驳时，表现非常糟糕。经受了十五分钟的凌辱，他终于迷失了方向，他开始害怕自己被安上可以起诉的罪名。胡伐则继续大力进攻，他看起来活脱脱就是个操场上以大欺小的坏孩子。

不过，胡伐本身也不是很聪明，他做得实在太过分了。他的话，如同一条绳索，已经套住了威尔森的脖子，每一句新的质问，都能将孩子勒出血来。他用日期来煎熬他——当时还是三月，他怎么能记得清那天是星期三？你们这帮小子，在"大坑"那边，还准备着日历么？

他大声问："你其实根本不知道你刚才说的日子是星期三，对吗？"

"不对，长官。"威尔逊说，他第一次表现出了礼貌。

"怎么？"

"因为那天警察去过那里，他们说要找一对小女孩。就是那天。贾迪整个下午都在那儿。"对于一个没有脑子的孩子而言，威尔逊的表现可谓是满分了，和我们此前演练的效果完全一样。

很显然，每当麦罗镇发生一起比随地乱扔垃圾更严重点的案件，警方都会冲到"大坑"那边，去抓捕嫌疑人，顺便骚扰那些总遭怀疑的常客。从芬特雷斯女孩们被发现的池塘到"大坑"，距离有三英里左右。傻瓜都知道，"大坑"里的朋友们，要想去犯罪现场，除了依赖他们的双腿，别无其他交通工具。但警方总是爱来这里探案，施加淫威。贾迪说过，他记得警察们在问失踪女孩的事。但警方却没记住他们在"大坑"见过贾迪——那正是情理之中的事情。

这些都已经无关紧要了。反正这个陪审团也不会相信威尔逊所说的任何一句话。

接下来，我传唤的证人，其可信度就更差了。他们都叫她露露，这个可怜的孩子打从能记事起就住在桥洞下，睡在箱形涵洞里。男孩们对她进行保护，作为回报，她则让他们人人都得到满足。她今年十九岁。等到二十五岁时，她怎么也不可能还会站在证人这边来上法庭。满身刺青的她，刚开始宣誓，就已经令评审团非常厌恶。她记得那个特殊的星期三，记得警察们都涌到"大坑"来，记得贾迪整个下午都在那儿。

胡伐如坐针毡，他迫不及待抛出了她两次在商店盗窃被捕的事。为了找吃的！你饿极了的时候，究竟还能做些什么？胡伐的话，听起来她应该被判死刑似的。

我们艰难进行着。我依次传唤了能证明被告不在现场的证人，他们每个人都说了实话，但胡伐却让他们看起来本身都是罪犯。这就是整个体制的疯狂和不公之处。胡伐的那些目击证人，那些代表政府作证的人，却都披着合法的外套，好像他们都是被当局册封过的圣人。警察也好，专家也好，甚至包括那些手脚不干净却被洗干净并穿上好衣好裤的人，都站过这里，并彼此配合着说谎话，想要置我的委托人于死地。但了解真相的证人来说了真话，却立即被置若罔闻，被当成傻子看待。

和以前太多审判一样，这次也是为了胜诉，而不是为了查出真相。要想胜诉却又没有真正的证据，胡伐只得编造大量谎言，怀着对真相的痛恨，反过来攻击真相。我带来的六个证人，都可以证实贾迪在案件发生时，决不可能在犯罪现场。但这两个证人都被他们所嘲弄。而胡伐叫上来二十多名证人，警方、检控方、还有法官，其实都很清楚他们都是些骗子老手，可是，陪审团将这些人的话统统吃进，好像他们听到的，都是摘自《圣经》的原文。

13.

我向陪审团展示了一张地图，上面是他们可爱的镇子。"大坑"离池塘非常远，当女孩们被杀害时，贾迪无论如何不可能同时出现在上述两个地方的附近区域。但陪审员们一句也听不进去了，因为他们早已知道，贾迪是撒旦教派的成员，同时也有性犯罪的前科。尽管没有任何证据能说明芬特雷斯姐妹们遭到过性侵害；可是，这个地方每一个可怜的乡巴佬,都确信贾迪对她俩实施了先奸后杀。

晚上,我横躺在那张凸凹不平的汽车旅馆床上,九毫米口径手枪就放在身旁。突然,我的手机嗡嗡响起,是圣地亚哥基因实验室打来的电话。塔迪奥以粗暴手段从杰克·佩里额头弄来的血样,和凶手绑住十一岁的詹娜·芬特雷斯脚踝所用鞋带上缠绕着的那根头发,基因匹配。

14.

睡着是不可能的了。我无法合上双眼。"搭档"和我连夜离开汽车旅馆,在就要到麦罗的地方,看见东方出现了一丝微亮。等到小镇渐渐开始苏醒时,我已在"主教"的办公室里和他见面了。他给考夫曼法官家打了电话,八点整,把他从床上叫了起来。我,胡伐和法庭记者,都等在他的小间里。下面将发生的一切,都会被记录在案。

我提出几个方案,摆在他们面前。如果他们拒绝终止审判,拒绝终结案件,并拒绝让大家都回家的话——我料到他们将顽抗到底——那我将会传唤杰克·佩里上法庭,让他当庭站立,由我当众揭发他为杀人犯;或向报界公布基因检测的详细情况;或向陪审团宣布我知道的一切;或将上述三项全部实施;再或什么也不做,让他们先做出判决,然后先申请上诉,再予以推翻。

他们要求知道我是如何搞到杰克·佩里的血样的,但我没有义务告诉他们。我提醒他们,在过去的十个月里,我一直苦苦哀求他们去调查佩里,去采集他的血样,等等等等。可是他们就是不感兴趣。因为他们有贾迪这个"撒旦走卒"在手。而今,我第十遍对他们重复说:佩里认识那对姐妹,当她俩失踪时,曾被人看见就在池塘附近,经过一段漫长、汹涌的浪漫关系之后,刚刚同她们的母亲分手。

他俩听后都疯了，傻了。当真相来临时，他们表现得几乎语无伦次。他们那场虚假而又腐败的审判，就在刚才，被彻底打倒在地。他们抓错了人。

几乎所有的检察官都会有这一方面的基因缺陷：一旦他们将证据放上法庭，他们就会拒绝接受任何显而易见的事实。他们坚守着自己的理论。他们知道自己是正确的，因为他们如此确信已经数月，甚至数年。"我坚信我这个案件"是他们最爱的口头禅。就算真凶双手沾满鲜血，走到他们面前，亲口说"是我干的"，他们仍旧会毫不顾忌地重复着上面那句话。

因为我此前听过太多他们那种无知的胡扯，我努力想猜测胡伐到了这个时候，究竟还会怎么说。但当他说出"有可能贾迪·贝克和杰克·佩里系联手作案"时，我不禁失声大笑。

考夫曼脱口而出："你不是在开玩笑吧？"

我接过话茬："高明，实在是高明。两个从未见过面的人，一个十八岁，一个三十五岁，双方合作了半个小时左右，一同杀死了两个小女孩，然后各自分道扬镳，再也不相见，彼此决定，终身闭嘴，不谈此事。你愿意在上诉法庭讨论这种可能性么？"

"对我来说，这没有什么值得大惊小怪的。"胡伐说着，挠了挠他的下巴，似乎他那高功率的大脑正在一刻不停地运转，分分秒秒地过滤筛选着最新的犯罪理论。

考夫曼的嘴依旧吃惊地张着，说："你不会在开玩笑吧，丹。"

丹说："我希望审判有始有终。我觉得贾迪一定与本案有关。我能将他定罪。"他明知自己错了，还一头往前冲，这副样子叫人看起来还真可怜。

"让我猜猜看，"我说，"你还在坚信你办案的正确性。"

"那是一定的。我要一直推进。我能定他的罪。"

"你当然能啦,对你来说,定罪比正义重要多了,"我说话时,显出了出人意料的镇定,"那就去定罪吧。我们会顽强上诉个十年八载的,被判死缓的贾迪会在监狱里生不如死,而真凶将会逍遥法外。某天,某位联邦法官总会恍然大悟的,然后,我们将再次迎来一起轰动全国的赦免案。你,检察官;还有你,法官,到时候看起来,就会像两个大傻瓜,而这一切都是因为现在眼前所发生的事。"

"我想要有始有终。"胡伐说话的感觉就像台破录音机。

我继续说:"我想,我会去找媒体,给他们看基因分析报告。他们会四处传播这个消息。事到如今,你俩还坚持审判,看起来活像一对小丑。与此同时,杰克·佩里也会消失得无影无踪。"

"你是怎么弄到他的DNA的?"考夫曼法官问我。

"上周六,他在'蓝和白'酒吧打架,脸给打破了,打他的人是我手下的。我亲自从我朋友的拳头上,刮下佩里的血,寄给了实验室。一同寄去的,还有我先前采集到的一段头发。"

"那是破坏物证。"胡伐果然这么说。

"噢,那去起诉我呀。或者将我再次关起来也行。你的小派对结束了,丹,你放弃吧!"

考夫曼说:"我想看看测试结论。"

"我明天会拿到的,实验室在圣地亚哥。"

"在那之前,我们休庭。"

15.

当天某个时间,法官和检察官在秘密交谈。他们没有请我参加。审判规则是禁止这样隐秘会晤的,但这种事,时有发生。这些家伙需要找到稳妥的退出策略,还必须尽快实施。今天,他们终于领悟到我真是个半疯子，我真会将我做的测试结果公诸媒体。在这样万分危急的时刻，他们居然考虑的还是政治影响，而不是事实真相。

我和"搭档"回到自己的城市，我花了一天的时间，处理了其他几个案件。我劝服了实验室将测试结果电子邮件直接发给考夫曼法官，到了中午，他就知道了真相。晚上六点，我接到电话。杰克·佩里已被捕。

我们第二天并没有在我们该去的审判大厅，而是又在考夫曼的小间里见了面。大庭广众之下撤销案件起诉，对于整个司法系统，都是极为难堪的事件。于是法官和检察官决定关起门来操作，而且是越快越好。我坐在一张桌子边，贾迪坐在我身旁听着。只见丹·胡伐跌跌撞撞地以一项措词温和的动议，请求撤销案件。我很怀疑其实胡伐还想将他这个心爱的案件进行到底，但被考夫曼拒绝了；告诉他小派对结束了；让我们将损失降低到最小，并让那个激进的王八蛋律师，连同他脑残的委托人一起从这里消失吧。

文件签署后，贾迪成了自由身。过去整整一年，他都是在看守所里艰难度过的——里面的情况，我是领教过了。但是，在我们的制度下，无辜者被关押了一年，这还算是他的造化。殊不知，成千上万的其他无辜者，被关押几十年的都有。但那就不在本书中交代了。

贾迪都懵了，他不确定自己要去哪儿，或者去干什么。当他们领我俩走出考夫曼的小房间后，我给了他二十美元，并祝愿他一切顺利。他们把他悄悄带回看守所，去领取他自己的那些资产，然后，他母亲会从那里将他接到一处安全的地方。我将再也见不到他了。

他没有对我说过一声谢谢，因为他根本就不知道该说什么好了。我不想给他一个热情的拥抱，因为他昨晚没有洗过澡。但到了狭窄的过道厅里，我们在两个司法助理的目光下，还是努力地小小拥抱了一下。"都结束了，贾迪。"我一路对他这么说，可他还是不信我的话。

消息已经泄露出去，外面是一群愤怒的人。麦罗镇什么人的话也听不进去，他们不顾一切证据，咬定就是贾迪杀了芬特雷斯小女孩。当地警察自以为是地展开行动，扑到南辕北辙的地方乱抓人，还四处收集谣传，并一路动用媒体作为帮凶，他们这样做，必定会导致眼前的情形发生。检察官很早就介入到这场闹剧中，没过多久，这场闹剧就演化成为一起有组织、半合法的私设公堂行为。

我从一个侧门溜出，看见"搭档"在那里等着我。我们开始逃跑，身旁没有任何保镖。当我们的车从法院楼快速冲出时，两个西红柿和一枚鸡蛋砸碎在我们的挡风玻璃上。我忍不住笑了。我们又一次从这个小镇成功脱逃。

第二部分
轰响屋

1.

富人都会躲避死囚室。林克·斯坎隆就没那么幸运了，不过在这座城市，真正关心林克或他命运的人，大概找不出三个。这里人口约有百万，当林克最终被判了死刑并被带走时，几乎每个人在某种程度都觉得松了口气。尽管很快一切又会卷土重来，但贩毒行当此刻遭受了严重的打击；好几家脱衣舞俱乐部被查封后，一大帮年轻妻子都觉得大快人心；家里有未成年少女的父母们暗自庆幸，从此他们的宝贝女儿将更加安全；高档跑车的主人们也放松了紧绷着的神经，因为汽车盗窃案发率降低了。最重要的是，警方和缉毒专员们终于感到了轻松，他们一起等待着犯罪率从此下降。确实下降了，但那只是昙花一现罢了。

林克因杀害一名法官，经陪审团依法定罪被判死刑。很快，他就进入死刑等待期间。他的首席辩护律师突然被勒死。由此，我猜想城市律师联合公会也在等着林克早点被弄死，一了百了最好。

转念一想，一定还有几百个人会真心怀念林克，起码是在最初的日子里。殡葬业者、脱衣舞娘、毒贩、地下拆车厂老板，以及贪腐警察，等等。那是六年前的事，林克进了监狱，手腕依然高强，他居然能从铁栅栏后面，继续遥控着他以往的大部分业务。

他一生的追求就是成为黑帮分子，成为卡蓬那样的老派黑社会老大，嗜血、暴力、坐拥无尽的金钱。他爹曾当过非法酒贩子，最终死于肝硬化。他妈妈则不停地改嫁，境遇每况愈下。缺乏正常的家庭约束，年仅十二岁的林克浪迹街头，很快就成了小偷小摸方面的高手。到了十五岁，他有了自己的帮派，开始贩卖大麻，手腕也被铐上过。他与刑事司法部门之间那种漫长而又丰富多彩的特殊关系就这么开始了。

直到二十岁之前，他的名字都叫乔治。听上去不合身份。于是他取了好几次名字，也改了好几次绰号。这些响亮的名称包括"神鞭""老板"等。最终，他选择了林克（英文意思为：关联），因为他，乔治·斯坎隆，和各类犯罪活动都有关联。林克这个绰号，非常符合他的身份，于是他专门请了律师，将林克改成了他法律意义上的名字。林克·斯坎隆，中间没有任何缩写，结尾也没有任何附缀。新名字给了他新的身份。他成了个新人，需要好好证明他名字的威力。他的野心无限膨胀，想成为全城最厉害的黑社会大佬，结果他真的混到了那个高度。到了三十岁，林克的打手们已经视杀人为儿戏，林克本人则抢夺控制了全城的皮肤护理生意，并稳稳垄断了他贩卖的那部分毒品份额。

他关在死囚室里已达六年，今晚十点整就是执行的时刻。对于死刑的等待，六年不算很长；一般来说，至少是在本州，从死刑判决后的不断上诉，到真正执行，总得拖上个十四年。就算等个二十年也不足为奇。最短的也需要两年，但那个家伙当时是求着给自己来上一记毒针的。完全可以说，林克的案件经过一路快马加鞭，被加快办理了。杀害法官这种行为，令其他法官大为震怒。他的上诉所遇到的延期，期限短得惊人。他的判决被确认、确认，再次被确认。所有的裁决都是一致的，没有一票反对，无论是在本州还是在联邦法庭都一样。美国最高法院拒绝考虑他的案件。林克曾不断地冒犯那些政府和司法系统的真正掌权者，今晚，这个系统要对他实施终极的惩罚。

被林克杀害的法官叫纳吉。林克本人没有亲自扣动扳机，他只是放话出去，说他要纳吉去死。一个外号"老拳"的职业杀手接受了这项任务，并"出色"地完成了。他们发现纳吉法官和他夫人双双躺在床上，身穿睡衣，两个人脑袋上都有子弹孔。后来，"老拳"的话说多了，刚好被警方安放在附近的窃听器捕捉。"老拳"的姓名也出现在死刑名单上，但他只等了两年，突然被发现嘴和喉咙里灌满了强效洗洁剂。警方审问了林克，但他发誓对此事一无所知。

那么，纳吉法官怎么就得罪他了呢？纳吉是位铁面无私的法官，他痛恨贩毒，素以向毒贩脸上扔法律文本而著称。他当时正要给林克的两名左膀右臂——其中一人还是林克的表兄弟——判处每人一百年的徒刑。这件事惹恼了林克。这是他的城市，不是纳吉的。他，林克，好些年来一直在等机会，以干掉某法官而后快；这算是终极一击吧。杀死法官，逍遥法外，然后全世界都知道你是真正凌驾于法律之上了。

当他的辩护律师也被谋杀后，大伙儿都觉得我去接他的案子简直是蠢到家了。如果林克再次上诉不利，他们估计，很快就会在某个湖底捞到我。不过，那是六年前的事了，我和林克，一路走来，关系还真不错。他知道我在竭力救他的命。他也会饶我的命。如果他杀了自己最后的一名律师，那对他还能有什么好处呢？

2.

我和"搭档"开到"大车夫"正门停下。这是全州戒备最为森严的监狱，不仅关押着死囚，而且对死刑犯的执行也是在这里进行的。一名警卫上前几步，在驾驶座的窗前问："姓名？"

"拉德，塞巴斯蒂安·拉德。我来探监，探访林克·斯坎隆。"

"不是看他，还能看谁。"警卫叫哈维，我们以前聊过，今晚不行。今晚，"大车夫"全部封闭，空气中弥漫着紧张的气氛。今天是死刑执行的日子！马路当中排列着一些抗议者，他们手持蜡烛，唱着圣洁的赞美诗；另一批人则喊着口号支持死刑。两批人针锋相对。高速公路上停了好些电视新闻采访车。

哈维在一个纸板上快速写了几笔，说了句"第九单元"，就在我们要开车离开时，他侧近身来，轻声问了句："你们胜算有多大？"

"微乎其微。"当我们的车开动时，我回答了他。我们跟在一辆车尾有枪手站立的狱警卡车之后；在我们车的后面，还尾随着另一辆。我们缓缓前进，前方的大光灯几乎亮瞎我们的眼睛。路边是被照得明晃晃的建筑，那里众多的小间，共关押着三千名囚犯，他们都在等待着林克被处决的那一刻，好让一切能恢复常态。一座监狱因执行死刑而搞得像发了疯似的，其实并没多大必要。从来还没有人能从死囚室里逃脱过。格外安排的保卫工作，实在是多余。被判死刑的人，都是单独关押，他不可能组织一帮生死兄弟，约定好一起去冲击"巴士底狱"，解放所有的犯人。不过，对于管理监狱的人而言，这种仪式也是很重要的。没有什么比执行死刑更能让他们的肾上腺激素汹涌澎湃的了。他们的小日子过得都是那么世俗而平庸。但偶尔，当他们要处决杀人犯时，整个世界都会聚焦到这里。为了让这场大戏更加精彩，他们也就不遗余力了。

第九单元和其他单元隔开很远，粗链条和铁丝网将那建筑层层围绕，防止当代的艾森豪威尔在诺曼底海滩强行登陆。我们最终抵达大门，一对神色紧张的警卫迫不及待对我和"搭档"进行了搜身，我们的公文包当然也绝不能放过。这些小伙子对今晚的盛会着实也太兴奋了吧。我们在陪护下进入了建筑物，我则又被领到一个临时搭建的办公室里。迈克达夫监狱长在里面一边等我，一边啃着自己的手指甲，焦虑情绪显而易见。当这间没有窗户的屋子里就剩下我们两人时，他问："你听说了吗？"

"听说什么？"

"十分钟前，老的审判大楼被炸了。就是林克当初被判刑的那座。"

我去那个审判大庭不下一百次。是的，听到这消息，我也感到了震惊。另一方面，我也没感到特别诧异，因为我估计林克·斯坎隆绝不甘心就这么平静地离开人世。

"有人受伤吗？"我问。

"好像还没有听到。法院刚被封锁了。"

"哇！"

"你吃惊就对了。你最好和他谈谈，拉德，越快越好。"

我耸了耸肩，一脸无奈地望着监狱长。想要和林克·斯坎隆这样的黑社会老大讲道理，那纯粹是浪费时间。"我只是他的律师。"我说。

"要是他伤到了什么人……"

"算了，监狱长。州里再过一两个小时就要处决他了，他还怕什么？"

"我知道，我知道。你的上诉呢？"他一边问，一边用上下门牙咬下一小片月牙形的手指甲。他快急得不行了。

"在第十五巡回法庭,"我说,"仁慈的圣母。监狱长,到了这个时候,他们都在念叨着仁慈的圣母。林克在哪儿?"

"在准备室里。我得赶紧回我自己的办公室,我得去找州长谈谈。"

"告诉他,我向他问好。提醒他一下,他还没有给我上次那份死缓申请做出裁决。"

"我会的。"监狱长说着,离开了房间。

"谢谢您。"

在我们州,再也找不出像这位英俊的州长更热爱死刑制度的人了。他的惯例,就是一直拖着,到最后再也拖不下去时,神情严肃地出现在摄像机面前,向世界宣布,他凭着自己的良心,绝不能给罪犯一个死缓的机会。他会双眼饱含热泪,谈论受害人的情况,然后宣告:正义必定要实现。

我跟着两个从头到脚全副武装的警卫进入了迷宫,然后来到"轰响屋"。这里只是一间比较大的准备室,死刑犯人在大限整整五个小时前被带进来。在这里,他会等着他的律师、灵魂顾问,也可能见到他的家人。因为肢体接触都被允许了,所以当妈妈前来给孩子最后一个拥抱时,那种场面会令人很心酸。最后的晚餐将在临刑整整两个小时前开始。吃完后,只有律师可以继续留在现场。

几十年前,本州实行的都是枪决。死刑犯戴着手铐脚镣,被捆绑在椅子上,黑布罩头,衬衫上有个鲜艳的红十字,画在心窝处。十五米开外,五名志愿者等在帘幕后面,他们都手持大威力的来复枪,但其中只有四人子弹上膛。原因据说是如此一来,五个人谁也无法确定自己是否杀过人,免得日后徒生悔恨,甚至到后来彻底转变心意,心头留下越来越沉重的负担。这简直是胡说八道啊!当时志愿者的名单足足有一串，那些人全都渴望将自己的子弹射进另一个人的胸膛中。

不管怎么说，监狱里的黑话，好多其实是很有意思的。随着时间的推移，行刑室也有了自己的绰号。据传，屋子当年特地留下一个通气口，那样，来复枪射击时的轰响，便会在整个监狱里回荡。但自从改用了毒针执行死刑后，需要的空间变小了。死刑室也相应调整了，这里、那里都砌上了墙。不过，目前的轰响室，据说正是当年死囚们坐着等待吃子弹的遗址。

我进门后，他们再次对我进行了搜身。林克一个人待着，坐在斜靠着耐火砖墙的折叠椅上。光线很暗。他正盯着挂在墙角的一台调成静音的小电视看，对于我的到来装作视而不见。他最喜欢的电影是《教父》。他已经看过不下一百遍了，好些年前，他就开始模仿主角马龙·白兰度。那种嘶哑、痛苦的声音（他说是自己抽烟造成的），下巴咬紧，说话缓慢，态度傲慢，面无表情。

我们的死刑室有独特的规矩，允许死囚穿任何他喜欢的衣服。这是个荒唐的规矩，因为在这个地方生活了十年、十五年，甚至二十年后，这些家伙的衣橱里都已经没有东西了。只有标准的监狱连身衫，或者还剩下接待访客时穿的褪色卡其布裤子，一件T恤，拖鞋，或冬天穿的厚袜子。林克却不一样，他有钱，想让自己临终时穿上一身黑装。他此刻穿着黑色亚麻长袖衬衫，腕部袖扣都已扣好。黑色斜纹厚布裤，黑袜子，黑跑鞋。其实，这套行头也没他想象的那么帅，但到了这个时候，谁还会想着帅与不帅的问题呢？

最后，他开口了："我本来还指望着你能救我呢。"

"我可从来没有那么说过，林克。我甚至在合同里都写清楚了。"

"但我付了你那么多钱。"

"钱再多也不能保证好结果。这也是写在合同里的。"

"你们这帮律师啊。"他厌恶地咕哝了一句，这话对我分量很重。

我从来没有忘记过他上个律师的下场。他缓缓欠身，将椅子四脚放正，然后站了起来。林克已经五十岁了，他在等待处决的日子里，努力保持了他英俊的容貌。但他毕竟老得很快。想想到了确定的行刑日，又有谁会太在意皱纹和白发呢。他往前走了几步，关掉了电视。

这间房子估计也就四米半见方，有个小写字台，三把折叠椅，一个廉价军用小吊床，以备死囚在永久长眠前突然想要打个小盹之需。这里我曾来过一次，那都过去三年了。当时，我的委托人就要被打毒针了，还差三十分钟，我们突然接到第十五巡回法庭发来的奇迹裁决。

林克就不会有那么走运了。他坐在书桌一角，目光朝下看着我。他又咕哝了一句："我信任过你。"

"你有理由那么信任我，林克。我为了你，就差和他们拼命了。"

"可我有精神病，法律上的精神病，你没能说服任何人看清这一点。疯到了极点。为什么你不能让他们看清这一点呢。"

"我不知道努力过多少次，你知道的，林克。没有人听我的，因为没有人愿意听。你杀错了人，你杀的是位法官。杀法官，他的兄弟们都会生气的。"

"我没有杀他。"

"唉，陪审团说是你杀的。那就没有任何办法了。"我们类似的谈话，已经说过上千遍了，难道还怕第一千零一遍么？此刻，还剩五小时了，我愿意陪林克谈任何的话题。

"我是个精神病患者，塞巴斯蒂安。我的脑子全错乱了。"

人们常说，关在死囚室里的每个人都会发疯。每天二十四个小时独处，会在精神上、身体上、情感上将一个活人彻底摧残。林克，其实并没有像其他人受那种罪。好些年前，我就曾向他解释过，美国最高法院不允许各州处决智障者或是已经精神失常的人。过了没多久，林克决定，他自己应该成为疯子，此后便一直在装疯。监狱长到后来也同意将林克关到精神病囚犯区。那里，他的囚禁条件大为改善。林克在那儿一待就是三年，直到后来，一名记者挖到了一条极其隐秘的线索，他发现监狱长的好多亲戚和某犯罪集团之间有一条金钱来往的纽带。老监狱长立即退休，躲过了被判刑的结果。林克则又被关进了死囚室，那里他待了仅仅一个月，又被转移到保护性监房。新地方牢房面积更大，受到的待遇也更好。他要什么警卫就给他带什么，因为林克在外面的手下用现金和毒品将这些警卫服侍得舒舒服服的。又过了一阵，林克想方设法，还是转回到了精神病囚犯区。

在"大车夫"的六年间，他和其他死囚关在一起的时间，大概只有十二个月。

我说："监狱长刚告诉我，说是法院今天下午被炸了。就是你被定罪的那个法院。这真是个巧合啊，嗯？"

他皱了皱眉，给了我一个白兰度式的耸肩，什么也没有透露。"我的上诉书，这时候还在什么地方转悠着吧？"他问。

"还在第十五巡回庭，但不要太激动。"

"你是要告诉我，这次我真得死了，对吧，塞巴斯蒂安？"

"我上周就这么告诉过你，林克。已经板上钉钉了。最后一分钟的上诉，根本没用。一切争议都辩论过了，所有的问题都涵盖在内了。我们什么也干不成了，只能等着，盼望出现奇迹吧。"

"我当时真该去请那个激进的犹太律师，他叫什么来着，洛文斯坦对吧？"

"也许吧，不过你不是没有请他么。他过去的四年里，有三个委托人都被处决了。"

马克·洛文斯坦是我的一个熟人，也是个好律师。我们两个人基本承担了本州最难啃的一些法律硬骨头。我的手机震动了。来了条短信——第十五巡回法庭刚刚拒绝了上诉。

我说:"坏消息,林克,第十五巡回法庭刚刚拒绝了咱们。"

他什么也没说,伸手打开了电视。我将灯光调亮了一点,问道:"你儿子今晚会过来一会儿吗?"

他咕哝了一声:"不会。"

他有个孩子,一个刚从联邦监狱里出来的儿子,犯的是勒索罪。他在家族业务里长大,很爱他的老爹。但没有人能怪他为什么要避开监狱,甚至连探监也不肯。林克说:"我们早就说过再见了。"

"那么,就没有别人来看你了?"

他哼了一下,什么也不说了。没了,没有别人来给他最后的拥抱。林克结过两次婚,但两个前妻都令他憎恶。他二十年前就没和他母亲再说过一句话。他唯一的兄弟,生意搞砸后,曾神秘地出现过。只见林克将手伸进口袋,掏出一个手机,打了个电话。囚犯是绝对不能有手机的,他们在过去几年里,从林克那儿没收过十多个手机,都是警卫偷偷带给他的。据事后被逮到的一名警卫交代,他是在午饭后,汉堡大王店里有个陌生人递给他一千美元现金,请他送进去一个手机。

林克这通电话打得很急——我一个字也没能听清——然后他就将手机放回了口袋。他用遥控器不停地换台,最后我们一起看了当地有线电视新闻。关于他的处决是当前的新闻热点。一名记者将纳吉被害案很好地重述了一遍。他们还用快镜头播放了法官和他妻子的不少照片,他妻子长得挺不错。

我对这名法官很熟悉,也在他的法庭上出场过好几次。他是个老顽固,但也很正直,很聪明。他被谋杀,令我们大为震惊,但当案子指向林克·斯坎隆之后,我们也都不那么吃惊了。电视里放了一段枪手"老拳"戴着手铐离开法庭的视频片段。这家伙真够凶的。

我说:"你有权接受灵魂顾问的服务,你知道吗?"

他咕哝着,不知道。

"监狱里有个布道者,你想和他说上一两句吗?"

"布道者是干吗的?"

"是上帝的使者。"

"那他会对我说什么呢?"

"哦,那我可不知道了,林克。我听说有些人,在临行前,突然想和上帝和好。忏悔他们的罪过什么的。"

"那估计得要好长时间。"

忏悔,对林克这样的黑帮老大来说,将是一种不可饶恕的暴露弱点行为。对于谋杀纳吉法官,乃至以前所有的受害人,他丝毫没有悔意。他瞪着我,说:"你还在这里干什么?"

"我是你的律师。我的职责就是在这里,确保最后上诉能到有关部门。并给你提供法律建议。"

"那你现在的建议就是让我去找布道者吗?"

突然,一声重重的敲门声,将我俩都吓了一跳。门立即被打开,一位身穿廉价西服的男子走了进来,左右各有一名警卫保护。他说:"斯卡隆先生,我是助理监狱长杰西·弗雷曼。"

"幸会。"林克说的时候,眼睛一刻也没有离开电视荧屏。

弗雷曼根本不看我,接着说:"我有一个观看处决的名单。你这边没有别人要来,是吗?"

"是的。"

"你确定?"

林克干脆不回答他了。弗雷曼等了一会儿,继续问:"你的律师呢?"

"我会去那里的。"我回答他。律师总是会被请到那里去的。

"纳吉法官家里会有人来吗？"我问。

"对，他的三个孩子都会来的。"弗雷曼将名单放在写字台上，然后离去。当门被关上的时候，林克说："你看这个。"他抬起遥控器，将音量调响。

这是突发新闻——州立法院第十五巡回法庭所在地刚被炸。外面一团糟，警方和消防队都在四处跑动。浓烟从二楼滚滚而下。一位气喘吁吁的记者拖着摄像机沿着大街跑动，寻找最佳拍摄角度，记录下眼前发生的事件。

林克看的时候，两眼放光。我说："哇，又来了一起巧合。"但林克并没有听到我说的。我试图表现出冷静、淡然，仿佛这一切没什么大不了似的。这里一炸，那里又一炸。死囚室里一两通电话，于是那些导火索都被点燃引爆。但我还是被震撼了。

下一个会是谁？还是名法官？或许是那位主持审判并给他判了死刑的法官？那是科恩法官，后来他退休了。从他开始审判起算到如今审判后，已经两年了，他一直都受到荷枪实弹的保护。要么是那些陪审员？他们后来都生活得非常小心谨慎，不敢离开警察太远。没有人受过伤，也没人受过威胁。

林克又咕哝了："现在上诉书到哪儿了？"

我猜他打算将有关法院从这里一路炸到华盛顿。他其实是在明知故问，我们已经讨论过很多次了。我回答："在华盛顿的最高法院。你问这个干吗？"

他选择忽视我。我们一起又看了会儿电视。美国有线电视台正在播放新闻，一如往常。突然，歇斯底里的标题令观众感觉到了红色警报，仿佛极端组织入侵美国本土了。

林克微笑了起来。

过了半个钟头，监狱长回来了。他显得比刚才更焦虑。他将我拉到门外，压低嗓门愤怒地问我："你听到第十五巡回法庭的事了？"

"我们刚才电视里都看到了。"

"你得让他住手。"

"让谁？"

"不要对我说谁谁谁，该死的家伙！你知道我在说谁。"

"监狱长，你和我都控制不了这个局势。这些法院都有自己的安排。林克的手下很明显都接受过指令。此外，爆炸或许是巧合呢？"

"对，是啊，联邦调查局特工正往这里赶呢。"

"噢，那真太好了，太聪明了。准确地说，我的委托人在三个小时十四分钟后，即将被打毒针了，而联邦调查局却还想拷问他那些爆炸案的来龙去脉。他是个见过大世面的黑帮人物，监狱长。是老派的黑社会头目，久经沙场了。不管联邦调查局派谁来，谁离他二十英尺之内，他保准对谁吐唾沫。"

他看上去似乎要急晕了。"我们总得做点什么吧，"他说，眼睛睁得老大，"州长对我吼。每个人都对着我吼。"

"那样的话，如果你问我，我说只有州长可以解决这个问题了。让他给个死缓吧，我想林克就会停止他的系列爆炸。但我也不能打包票，因为林克现在也不听我的了。"

"你还能问问他吗？"

我笑出声来。"当然，监狱长。我会和我的委托人进行一次交心般的谈话，让他全部供认，并确保他停止一切他承认正在进行的犯罪活动。没问题。"

他脸色土灰，无力回击我所说的话。于是，他摇了摇头，离开了，边走边啃着他的手指甲。这又是一名因无法做决定而被彻底击垮的官员。我走回室内，找了把椅子坐下。林克还在盯着电视看。

"刚才是监狱长，"我说，"他们说，如果你不再放狗咬人的话，他们会很感激。"

没有反应，没有承认。

有线电视网终于找到了这些爆炸案的源头，突然，我的委托人成了这一小时的最热门话题。他们不停地播放林克的入狱照，那时他的样子更年轻。他们同时采访了送他进监狱的检察官。隔着桌子，林克用轻微的声音诅咒起来，但他脸上还是保持着微笑。这些都不关我的事，但要是由我来安放炸弹，那家伙的办公室一定是我清单上的首选。

他叫马克斯·曼奇尼，是城市的检察长，一个他自己脑海中的伟大英雄。在处决倒计时的呼喊声越来越响亮的日子里，他连续一周内每天都在新闻里高谈阔论，全然沉醉在这最重要的时刻当中。说实话，我一直不理解为什么林克选择干掉了他上一个律师，而不是去弄曼奇尼。但我是不会这么问他的。

显然，我和林克此时想到一起去了。正当记者想要对采访进行收尾时，背景某处突然一阵轰响，就在曼奇尼的身后。摄像机赶紧重新拍摄，我清楚地看到，他们采访的地点刚好是曼奇尼在市中心的办公室。

又是一起爆炸。

3.

法院下午五时整被炸；第十五巡回庭六时整；检察长办公室，七时整。

当时间接近八点整时，很多不幸与我的委托人有过交集的人，都感到焦虑了。有线电视网如同脱缰野马一样，狂热地报道华盛顿最高法院建筑群进一步加强警备的情况。现场的记者们不停地给我们播放少数几间办公室还亮着的灯,让我们联想到大法官们依然坚守着岗位,辛勤地工作,权衡辩论着林克案件的最终处置决定。实情则不然。他们早已安全回家,可能在享用晚餐了。他们的某个书记员,几分钟后,就会正式拒绝我们的上诉请求。

州长的官邸密布着州警。其中不少是一身战斗戎装,从头顶武装到脚趾,好像林克真会发动一场地面战。此刻,摄像机云集,场面惊心动魄,我们那位英俊的州长已然不能自控。十分钟前,他从自己的地下室里冲了出来,接受记者采访,当然是现场直播。他说,他毫无畏惧,正义必定要伸张下去,并说自己在工作时,全然忘记了恐惧,等等等等,冗长乏味。他假装自己真的在和缓刑请求做着搏斗,还没有准备宣布他的最终决定。他会将决定留到更晚些时候,大概在九点五十五分吧。好多年了,他还没像今晚这般尽兴过。

我本想问林克"下一个该轮到谁了",可还是忍住没问。时间在流逝,罗马在燃烧,而我俩却玩起了纸牌。他几次告诉我,说我可以走了,但我就是不走。我不会承认我很想看到他被处决的样子,但这件事本身,着实令我入迷。

还没有人受伤。据有线电视网临时找到的一名所谓专家做出的解释,三起爆炸主要用了汽油弹。那都是些技术含量很低的定时炸弹,估计是小型邮包里夹带进去的吧。其特点是声音虽然不太响,发出的烟雾却很大。

到了八点整,大家都深深吸了口气。一切暂时回归平静。他们敲门,并用小推车送进来最后的晚餐。为了这一特殊时刻,林克选择了牛排配薯条,椰子派作为甜点,可是他却没有胃口吃。他咬了两口牛排,把薯条都给了我。我谢过他,但也没吃,推开了餐车。吃别人的最后晚餐,总感觉有些不太对劲。到了八点一刻,我的手机震动了。我们的上诉被最高法院驳回。这也没有什么令人吃惊的。什么手段都没了。所有"仁慈的马利亚"都用过,都失败了。

我们的事情成了现场直播!在华盛顿最高法院大楼外面,美国有线电视新闻网的记者们几乎祈祷再来个爆炸。数十名警察在周围游荡,他们扣着扳机的手指紧张到近乎抽搐。一小群人聚在一起,等着看大难来临的场面,却什么也没等到。林克一边玩牌,一边不时地盯着电视机。

我有种感觉,他这事还没完。

4.

庞大的监狱建筑群西侧有座食品仓库,它的东侧则是一家汽车维修厂。两个建筑中间隔着三英里。到了八点半,两处地方居然诡异地一起着火。监狱里面随即发狂了。很明显可以看到,我们这儿出现了两架新闻采访直升机。他们被禁止飞跃"大车夫"上空,只得在门口附近的农田上方低低地盘旋。感谢他们的长镜头,我们可以透过美国有线电视新闻网看到这一激动人心的场面。

林克一边拨弄着他的椰子派,一边玩着金拉米牌时,主持人发问:在他烧毁整座监狱前,州政府有关部门为什么不赶紧把他处决掉?州长办公室一位结结巴巴的发言人试图解释,说法律和规则不允许提前处决死囚。一定要等到晚上十点整,或是刚刚过那个时刻才行。林克看着这段,似乎是在欣赏别人临刑前的精彩故事。

到了八点三刻,一枚炸弹在行政楼前爆炸,距离监狱长办公室不远。

过了十分钟,监狱长跌跌撞撞冲进了轰响屋,尖叫道:"你得停手!"林克继续洗牌,全然不理会他的存在。

两名表情紧张的警卫,一把抓住林克,将他抬了起来,对他进行了搜身,发现了他的手机,然后将他扔回椅子上。他的神色丝毫不改。

"你带手机了,拉德?"监狱长开始对我吼起来。

"是的,但你拿不走。第三十六条规章,第二节,第四段。你们自己的规矩。真对不起了。"

"你这个狗娘养的!"

"原来你怀疑我给外面的坏人打过电话?你觉得我会是这起连环阴谋的一分子吗?我的手机全部被监听着,对不对,监狱长?"

他已经惊恐到无法回应了。监狱长身后的一名警卫喊了起来,声音传到了屋内:"第六单元的犯人暴动了!"

5.

暴动开始是这样的:一名囚犯,他是个有心脏病史的惯偷,假装了一次心肌梗塞。起先狱警打算视而不见,随他去。但转念一想,他们还是参与了抢救。他的同室囚犯,用金属柄捅了两名狱警,夺下他们的电击手枪,对着他们开射,然后又将他们打昏过去。囚犯们迅速换上狱警的制服,想办法打开了近一百个囚室的门锁。囚犯们用几乎天衣无缝般的配合,冲进该单元的其他区域,很快数百名极其凶残的犯人都被放了出来。他们开始焚烧床垫、衣物,以及任何可以被点燃的东西。八名狱警被暴打;后来有两名因公殉职了。还有三名带枪狱警躲进一间办公室,呼叫求救。不久,囚犯们就找到了武器,整个监狱随即到处都是枪声。在这场大混乱中,四个告密者被电线吊死了。

这些情况我们都是后来才知道的。当时,我和林克只是在悠闲地玩牌,而"大车夫"却已是爆炸四起。美国有线新闻网没用五分钟就知道了监狱暴动的事情,我们听到这个新闻,马上停下来看电视。过了一分钟，我说："林克，这场监狱大暴乱也是你操纵的，对么？"

出乎我意料之外，他回答道："是啊。起码现在还是。"

"哦，真的吗？那么告诉我这是怎么弄起来的？"

"这都得从培养员工开始，"他说话的腔调，很像是一名资深CEO，"你得让合适的人，在合适的时间，出现在合适的地点。你有三名终身监禁不得假释的犯人在六单元，这样他们去拼一下也没有任何损失。你安排一个外界联络人，他向他们许了各种愿，比方说，如果他们能冲出去的话，在树林里会有人开着一辆面包车等着他们。还有很多钱。你给这些人足够的时间去准备，今晚九点整，当监狱长和他们的那帮暴徒满脑子只有一件事——给我打毒针时，你就开始冲击。第四单元随时都会爆炸。"

"我不会对任何人说的。那么，炸弹呢？是谁引爆的炸弹？"

"我没法告诉你具体姓名。你得明白，在监狱这种地方，管理者是多么的愚蠢。这里的一切设计，目的都是将我们关在里面，却没人想过将不好的东西清理出去。那些燃烧装置，是两天前安放的，神不知，鬼不觉；它们自带定时器，都是些简单的玩意儿。没有人看见而已，一点都不难。"

听到他这么聊天，我感觉松了口气。我猜他的神经开始跳动，但他的神情却和往常一样镇定。

"林克，今晚的大结局又会是什么？这些人会不会袭击死囚室，把你救走？"

"没用的。这边的枪太多了。我只是找点乐子罢了。我的内心很平静。"

就在他这么说的时候，电视里出现了监狱起火的另一幅画面。那是附近另一台摄像机拍摄到的。我们在建筑的最深处，所以听不到外面的动静，不过，看起来真的已经混乱到无法无天的地步了。建筑物全都在燃烧，不计其数的红蓝警灯在闪烁，不时还有枪响传来。林克不禁微笑了。这只是一场游戏而已。

"这全都是监狱长自己的愚蠢错误所造成的，"他说，"兴师动众地搞这些干吗，就是为了个处决？他将手头所有的警卫都叫来，给他们配备自动化武器和防弹背心，好像真有人——这个就要被打毒针的我——会来个垂死反抗。搞得遍地都是蠢货。接着，他将所有的灯全部打开，并将整个监狱都关得死死的。究竟为了什么？并没什么很好的理由。他妈的，只需两个赤手空拳的警卫就可以轻而易举地将我在规定的时间带到大厅，然后把我捆到手术台上。那根本不是个事！没必要搞这么一场大戏吧。但不，不，监狱长喜欢这套场面。这是司法部门的重大时刻，他妈的，他们要尽可能地享受每一分、每一秒。但除了监狱长，傻子都能看出，他这是在和以后一辈子都要关在笼子里的人作对。他们平时已经开始闹事了，你给他们一下子增加了这么大的压力，密封圈就这么给冲爆了。我只是他们的一个发泄口罢了。"

他品了一口樱桃味可乐，咀嚼着一根法式薯条。他还剩四十分钟了。

门再度打开，助理监狱长弗雷曼回来了。他此刻带着三名身配重型武器的狱警。弗雷曼说："你俩在这里还好吗？"

"好极了。"我回答说。

林克一言不发。

我说："看起来，你们的小伙子在那边把你弄得手忙脚乱啊。"

他说："情况是有点乱。就是过来检查一下犯人的情况，确保一切正常。"

林克凶狠地瞪了他一眼说："这是我的最后一个小时了，为什么不能给我一点平静呢？请你和你的这些傻瓜给我赶紧离开这儿好吗？"

"我们可以满足你的这个要求。"弗雷曼说。

"还有，把他也一起带走，"林克说着，指了指我，"我想一个人待着。"

弗雷曼说："这就对不起了，林克，拉德先生哪里也去不了了。目前，道路已经封死。我们这里连蚊子也出不去了。出去根本不安全。"

"不知道怎么回事，我在这儿也感到不安全，"林克冷笑着说，"我想不出什么原因。"

"看上去我们得延期执行处决了。"我说。

"这种情况可能倒还不至于出现。"弗雷曼说罢，退了出去。

他们走后，关上了门，并从外面反锁了起来。

州长觉得，向他的人民进行演说的时刻终于到了。在电视荧屏上，我们看到了他那张忧心忡忡的面孔。他站到讲台上，对着话筒，前面全都是摄像机——这就是一个政客的梦想时分。各种问题朝他扑面而来，我们很快得知"大车夫"最新的状况是"紧张"。有人受伤，甚至不止一人死亡。大约有两百名囚犯已经"冲出牢笼"，但到目前为止，还没有一人成功突破监狱最外面的那道防线。几处火情已经得到控制。是的，看起来似乎这是一起监狱内外配合的行动。不，没有迹象表明林克是幕后的黑手，起码目前还没有证据。他这个州长已经叫来了国家卫队，尽管州警察已经控制住了局面。哦，顺便说一句，他拒绝了缓刑处决的请求。

6.

根据规则程序，死囚在九点三刻将被戴上手铐，押送到他被处决的房间。在那里，死囚将被六根粗牛皮带，从脚一直到额头，捆绑在一张轮床上。在他被绑的同时，一名医生在他的手臂上用针头探寻合适的静脉注射点，另一名类似医务助理这样的角色则检查他的生命体征。十英尺开外，在玻璃窗和黑幕布后，旁观者们等在两间隔开的屋子里，一间是受害人的一方，一间是杀人犯的一方。

静脉滴注管子插好后，用胶布固定牢。墙上一面大钟倒计时，提醒倒霉的灵魂，看他自己还剩下的那屈指可数的几分钟。到了晚上十点整，监狱律师宣读死刑执行令，监狱长问死囚，最后还有没有什么要说的。他可以想说什么就说什么。这会被录音，并可以在网上播放。他会说一些话，可能是再次宣称自己无辜，或是说他原谅所有的人，或者还可能是请求大家原谅。当他说完后，监狱长会对躲在隔壁的某个人点点头，然后化学药物就开始释放。死囚感觉到生命越飘越远，他的呼吸也愈发吃力。十二分钟后，医生宣布他已死亡。

林克熟知这一切。显然，他还有备用方案。我只是一个在错误的时间困在错误地点的人。

到了九点半，"大车夫"里全部停电——一片漆黑。事后，他们会发现，导致断电的原因是一根电线杆被电锯弄成两段。九单元——死囚室——的备用发电机无法启动，原因是被人动过手脚。

在九点半，我们还都不知道这一情况。我们知道的只是轰响屋里黑灯瞎火了。林克一跃而起，说了声："让开。"他将桌子推前，堵住了门。我们头顶有光亮一闪，传出沙沙的声音，还有谁咕哝了一下。头顶隔板被拉开，一个声音说："林克，这里。"手电光打下来，扫了一遍屋子。然后，一根绳索被放下来，林克抓住了。"慢点，好的。"一个声音说着。林克一点点在往上升，真正是命悬一线。外面声音响起，说话声、脚步声，乱成一团，可我无法辨别究竟有多少人。

几分钟过后，林克就不见了，如果我不是惊魂未定的话，我会放声大笑。不过，我又想到，我马上可能会被乱枪打死。于是，我脱下西装摘下领带，躺倒在那张随军小床上。狱警踢开了门，荷枪实弹冲了进来,手电光照得如同白昼。

"他在哪儿?"一名狱警对我厉声喝问。

我指了指天花板。

他们吼叫,咒骂开来。两个人拖我起来,拉着我进了大厅,那里几十名狱警、特警和官员都如热锅上的蚂蚁,团团打转。

"他跑掉了!他跑掉了!"他们喊着,"检查天花板。"

在大厅里,在这难以想象的喧嚣声中,我居然听到了一架直升机的轰响。他们把我又拉进一间屋内,然后又是另一间里。在乱哄哄之中,我听见一名狱警叫喊林克消失了。又过了一个小时,灯光才恢复。我最终被州警察逮捕,关进了最近的一间大区看守所内。他们最初的观点认为,我是越狱从犯。

7.

渐渐地,他们总算明白了。因为我被指责要为这起越狱事件负一定的责任,所以我才有可能知道大部分的内幕情况。我并不担心他们的指控,因为那些都站不住脚。

当晚九点半时,有两架新闻采访直升机一直在"大车夫"边缘盘旋。监狱官员和警方都曾警告它们快点离开,可它们总是在附近转悠。为了秀肌肉,州警方动用了他们自己的两架直升机,冲上天空,以确保监狱领空的安全。这一招在混乱开始时有效,却干扰了大家的注意力。监狱六处建筑物同时着火,监狱上空那可真是浓烟滚滚。目击者都说,当时噪声震耳欲聋——四架直升机在同一处地方盘旋,几十辆紧急车辆鸣声齐响,无线电台"哇啦哇啦"乱叫,警卫和警察都在大喊,枪声四起,烈火呼呼。瞅准时机,林克自己的小型黑色直升机不差一秒地飞来了,降落到一片烟雾海洋中,从九单元楼顶上将他接走。有不少目击证人，包括几名警卫和监狱雇员都看见那架直升机在天空盘旋了几分钟，放下了一根绳索，然后就在烟幕的遮盖下消失了，直升机下方的一根生命线上，紧紧吊挂着两个黑色的人影。塔楼上的一名警卫努力朝那个方向放了几枪，不过什么也没有打到。

一架州警方的直升机奋起直追，可它根本不是林克当晚特地选用的某品牌直升机的对手。林克的直升机再也没被发现过。没有任何关于那架飞机的记录。它压低飞行，躲过了一切雷达，也没被空中管制察觉。"大车夫"六十英里外的一个农民告诉警方，说他曾看到一架小型直升机降落在离他家门口一英里外的道路上。后来来了辆车，与该飞机接了头，然后车和飞机都不见了。

一场冗长的调查开始了，三名官员被撤职。最终消息被透露出来：轰鸣屋是第九单元的一个老建筑构成部分，是二十世纪四十年代建造的；它的屋顶要比其他死囚室高三英尺；在屋顶和天花板当中，有个可以爬进去的通道，里面塞满了各类管路、加热通风管道，以及电路；爬行通道曲曲折折，还分了好几处岔口。其中一个岔口通往一个老式的门，打开后，就是平整的屋顶；两名当晚看守屋顶的警卫被临时安排去镇压暴乱，所以当林克戏剧性地逃走时，屋顶上居然一个人也没有。

假如这时屋顶上有警卫呢？从劫狱营救林克这个人的身手来看，可以基本推断，两位警卫都会眉心中弹。这位"蜘蛛侠"——官方的调查中就这么称呼他——早已成为了传奇人物。

还有很多很多假如，但都不会有答案了。面对着必死的处境，林克·斯坎隆考虑：就算用最荒诞的方法去冒险，最坏的结果还是一样。而他有足够的钱可以组织一流的冲锋队并且弄到一流的装备。很走运，他成功了。

在墨西哥，据说有人看到过他，但只是可能，并未被证实。

从此，我再也没有得到过来自我这位委托人的消息，我也真的不想他再来找我。

8.

除了"大车夫"之外，本州还有十来所监狱，每个都被划成不同的安全等级。这些监狱大多数都关着我历年来的委托人，他们一直在给我写信，求我给他们钱，求我想办法把他们弄出去。绝大多数情况下，我都一概忽视这些信函。我已经学聪明了，知道要是我给某囚犯回了一封信，他就会一直不停地写来，会提出更多要求。对于我们这些为犯罪分子辩护的人来说，总会出现下列可能的场景：被关押多年后，怀恨在心的前委托人，会突然冒出来，要和你谈谈审判中的一些失误。但我总是不去想这些。这是我工作的一部分，这也是我为何一直随身带枪的另一个原因。

林克越狱后的一个月内，为了让我循规守矩，我们那些令人尊敬的狱政官员禁止我探访任何监狱。不过，随着他们逐步弄清情况，知道林克是在没有我的协助下耍了他们所有人之后，他们对我的限制也就渐渐放松了。

有这么几位委托人，我不时地会去探望。这些小行程让我出差一天，离开所在的城市。我和"搭档"开车去一个被亲切地称为"老罗斯伯格"的中度安全等级的监狱。这是二十世纪三十年代以一位州长的名字来命名的。不料，州长后来竟被关进了这所监狱。他最终死在这里，死在这个以他命名的监牢。我常常想，那会是怎样的一种感觉。根据传说，他的家人一直努力想要让他假释出来，死在家中，但是没能成功，因为新任州长不允许那么做。他和老罗斯伯格一直是死对头。他的家人而后努力想要改掉监狱的名字，但那样一来，就会毁了这个传奇的故事,所以这个请求被议会否决了。这所监狱一直就叫奈森·罗斯伯格监牢。

我们被放行,穿过正门,停在空荡荡的探监人员停车场。两名手持大火力步枪的狱警,从塔楼看着我们,那眼神好像我们会带进武器或是一两磅可卡因似的。此时此刻,他们没有别的人可盯,于是就如临大敌般地盯着我俩。

9.

"搭档"因杀害一名缉毒警察被无罪释放后,他恳请我给他份工作。我当时并没有招人。我后来一直也没再招过人。但我不能对他说不。他重回街头了,如果我不帮他,他要么会死在街头,要么会被关进监狱。不像他其他那些朋友,他有高中毕业文凭,甚至在社区大学里捞到过一些学分。他后来更多的课程,大部分是通过夜校教育,那都是我买的单。他在法务助理科目上突飞猛进,终于自己拿到了文凭。

"搭档"和他母亲住在市区一间政府补贴的公寓里。他那栋楼,房间里大多挤满了一个个大家庭,但都不是传统意义上——父母加上子女那种。几乎所有的父亲都缺席:要么被关着;要么住在别处,生育更多的孩子。最典型的家庭是一位祖母,这样一位灵魂上饱经沧桑的老人,带着一群小孩,有的有血缘关系、有的则没有。那里,一半的母亲都关在牢里。另一半在外打两到三份工。年轻的表亲们搬进搬出,几乎每个家庭都一直生活在混乱不安的状况中。最重要的,是让孩子们都能待在学校里,远离帮派,继续活着,并尽可能避免进监狱。"搭档"估计,不论如何,这些孩子中有一半最后都得辍学,而绝大多数男孩子最后都会被关起来。

他说，他的小公寓房里只住着他和他母亲，这是很幸运的。他家还有个小卧室，他用来充当他的办公室——处理我们的工作。我很多文件和记录都存放在那儿。我常常想，如果我的委托人得知，他们的秘密文档实际上都放在政府保障房十楼某间公寓内的一些军需剩余柜子里，他们会怎么看。我其实并不在意，因为"搭档"是值得我将生命托付给他的人。我和他常常在那个小办公室内，连续数小时挖掘警方报告中的线索，谋划审判过程中的策略。

他的母亲，卢埃拉小姐，因患严重糖尿病导致局部残疾。她会给朋友们做些针线活，将家里收拾得一尘不染，有时也亲自下厨。她的主要工作，对我而言，就是为大律师塞巴斯蒂安·拉德阁下接电话。如我所说，我的名字在任何电话簿里都找不到，但我的"办公室"号码却广为流传。事实上，人们一直会给我打电话，然后他们就会遇到卢埃拉小姐的声音——她那声音，清脆而干练，听上去不输给任何坐在高楼大厦律师事务所为数百名律师转接电话的高级前台小姐。

她会说："塞巴斯蒂安·拉德，大律师。您要我转接电话给哪位？"好像律所真的有几十个部门和类别似的。没有人可以在第一通电话就和我说上话，因为我从来不在办公室里。什么办公室？她会说"先生在开会"，或"他在处理事务"，或"他在出席审判"，或用我最欣赏的一句："他在联邦法院。"而一旦她有力挡住了来电者第一波问题后，她只需一句话就能引出对方的法律事由："请问，您具体涉及哪方面的业务？"

离婚案。然后，来电者将会听到电话里传来："对不起，拉德先生不接手家庭纠纷。"

破产、房地产断供、遗嘱、权状、合同。回答都是一样的——拉德先生不接手这些案件。

一件刑事案件或许会引起她的重视，但她知道这其中大多数都是无关紧要的。太多的刑事被告人都没钱请律师。所以,她会用自己的标准问题,一步步确定他们是不是有钱付费。

遇到有人受伤了呢?好的,那我们谈谈吧。她会转换到怜悯模式,然后开始探询一切方面的信息。她不让对方挂电话,除非先要问个明明白白,并取得对方的信任才行。如果事实清楚,案件看起来有苗头,她就会保证让拉德先生当天下午赶往医院进行探望。

如果来电者是位法官或是其他什么重要角色,她则会表现出极大的恭敬,挂上电话,立即给我发短信。我给她每月五百美元的现金,要是我能成功调解一起撞车事故的话,她也会得到额外奖金。"搭档"也是一样,领的是现金。

卢埃拉小姐一家从亚拉巴马州来,所以她会烧美国南方口味的菜。至少每月两次,她给我炸鸡块、煮甘蓝菜、烤玉米饼,然后我会吃得透不上气来。她和"搭档"想办法将这个狭小、廉价、政府为救济大量穷人而建造的公寓,变成了一个家,一个充满温暖的地方。但有种哀伤,如同一朵乌云,又像一片浓雾,始终挥之不去。"搭档"只有三十八岁,但他那已经十九岁的儿子,仍被关押在罗斯伯格。贾米尔因为摊上帮派的烂事,被判处有期徒刑十年。今天我们来,就是探望他。

10.

填完手续并被搜过身后,我和"搭档"沿着铁索和铁丝网,在狭小的侧道上走了半英里,来到 D 营区,一个很厉害的区域。我们再次经过安检,那些与我们打交道的警卫,一心只想将我们立即赶走。因为"搭档"是位注册法律助理,手头也带着相关证明文件,他被允许和我一同进入会客区。一名警卫挑了一间专供律师使用的顾问室,我们面对着一道屏障，在室内各自坐下。

律师可以随时探监，只要提前通知一声就行。家属则不行，只能周日下午见面。当我们等待的时候，原本寡言的"搭档"，愈发显得沉默。我们每月至少看一次贾米尔，每次见面，都令我这位知己大受打击。他负罪感极重，觉得他儿子的问题，很多都应怪他这个做爹的。孩子生下来就是麻烦不断，但特别是"搭档"被无罪释放后，警察和检察官更是时刻想进行报复。杀了名警察，即使是出于自卫，你也树立了很强大很凶险的仇敌。贾米尔被捕之后，根本就没有讨价还价的余地。最高刑罚十年，而检察官少一天都不肯。我替孩子做了辩护，当然是无偿，但连我也是无力回天了。他被捕时，背包里全都是大麻。

"还剩九年了，"当我们盯着屏障的时候，"搭档"缓缓地说，"我的老天啊！我夜里躺着睡不着，一直在想，再过九年，他会成什么样子啊。二十九岁，重回街头。没有工作，没有文凭，没有技能，没有希望，没有一切。那不还是一个出来就会找麻烦的刑满释放犯么？"

"也可能没那么糟吧。"我小心翼翼地应答，但我也没有什么太多可补充的话。"搭档"对那个世界的情况，比我所了解的要多得多。"他会有个等他回家的爸爸，还有他的奶奶。我也会过来的，我希望。我们三个人一道，一定会想出一条出路。"

"或许你那个时候，还需要一名新的法律助理。"他说的时候，露出了罕见的微笑，尽管昙花一现。

"谁知道啊，都有可能的。"

对面的门开了，贾米尔走了进来，后面跟着名狱警。狱警慢吞吞地解开他的手铐，看着我们。"早上好，汉克。"我说。

"你好，拉德。"他回应了我一句。据贾米尔说，汉克属于好人中的一员。他这么说，我猜是因为我的工作性质关系，与一些狱警混得不错，取得了好的效果。我与一些狱警关系不错，与另一些则很不好。

"你们好好聊。"他说完便走开不见了。探监的长短，取决于汉克，而且完全由他一个人说了算。因为我对他很友好，所以他也不管我们待多久。我遇到过一些刁蛮的家伙，他们会对我说"你只有一个小时，最多"或是"快点"。汉克是不会对我们说出这样的话来的。

贾米儿对我微笑着说："谢谢你们过来看我。"

"儿子，你好！""搭档"规规矩矩地打招呼。

"见到你很高兴，贾米尔。"我说。

他坐进一把塑料椅子里。这孩子身高六英尺五了，皮包骨头，看起来像是橡皮做的。"搭档"身高六英尺二，身材活像根路边的消防栓。他说孩子他妈又高又瘦。她不在他们的视线中已经好些年了，她已经消失在了街头生活的无尽黑洞中。她有个弟弟，在一所小型大学里打篮球，"搭档"一直都觉得贾米尔应该是继承了那方面的基因。他九年级时，已经六英尺三了，得到篮球星探的注意。不过，不知什么时候，他发现了大麻这玩意，于是将体育统统抛之脑后了。

"谢谢你的钱。"他对我说。我每月给他一百美元，希望他用来在监狱食堂买东西吃，买铅笔、纸张、邮票和饮料等必需品。他买了台电扇——老罗斯伯格里面没有空调系统。我们所有的监狱都没有那个。"搭档"也给他钱，但我根本不知道具体数目。他刚来第二个月，监狱方面突袭了他的牢房，发现他床垫下藏着大麻。是有人告密的，贾米尔因此被关了两周禁闭。要不是当中隔了层屏，那次"搭档"差点冲进去掐死他。不过，孩子发誓今后再也不敢了。

我们聊了他的课程。他参加了补习班，努力想要跟上相应的高中课程，可是"搭档"对他的进步不以为然。过了几分钟，我告退，暂时离开会客室。父子需要有时间单独相处一会儿，这也是我们来这里的目的。据"搭档"后来告诉我，父子之间的对话，令双方激动了起来，甚至到了面红耳赤的地步。他想让儿子知道自己是多么关心他，一直在外面默默关注着他。老罗斯伯格里面帮派林立,贾米尔处境非常危险。他发誓他没有参加任何帮派,但"搭档"还是将信将疑。毕竟,他希望自己的孩子安全,虽说加入帮派是狱中最好的保护方法。但那样会导致打斗、复仇以及随之而来的一系列连锁暴力冲突。去年,老罗斯伯格里,七名囚犯就这么给杀死了。情况可能会更糟。一步步走下去,就会进美国国家监狱、联邦联合监狱,那些地方平均每月被弄死两名囚犯。

我从自动贩卖机里买了一罐饮料,在一排没人坐的塑料椅当中,找了张坐下。今天没有其他律师来探监,这里空荡荡的。我打开公文包,在放满旧杂志的桌子上,摊开了我那些文件。汉克出现了,再次向我打招呼。我们聊了几分钟。我问他,这孩子目前状态如何?

他说:"还可以。但也没有什么突飞猛进的改变。他在努力生存,也没被人伤害过。在这儿一年了,他知道在里面该怎么为人处世。但他不愿干活。我给他找了份洗衣服的事,他只坚持了一周。补习班大多课程他都来参加的,但不是全部。"

"有没有加入帮派?"

"不知道,但我一直在留心观察。"

另一名狱警从远处一扇门里进来,汉克突然得走了。他不想被人看见与一名身份卑微的囚犯辩护律师套近乎。我尝试着读一份很厚的简报,但还是感觉无聊,便走到窗前,眺望着一大片由双层锁链封闭着的操场。几百名囚犯,都穿着白色囚衣,在里面打发时间。警卫们则在塔楼上监视着他们的一举一动。

他们几乎清一色是年轻黑人。据数据统计,这些人被抓进来都是因为非暴力贩毒罪行。平均刑期为七年。被释放后,其中的百分之六十在三年内都会重新回到这里。

为什么不会呢?外面又有什么可以防止他们重返监狱的呢?他们

都已经是被判决过的重罪犯,这个耻辱的身份,他们甩都甩不掉。一生下来,他们进监狱的几率就很大,如今挂上重罪犯的标签后,在自由世界里生活,还能指望有所改进么?这些都是我们与毒品战斗、与犯罪行为战斗中的真正伤员。他们都是过去四十年来,严厉政客们通过严酷的法律时无心造成的牺牲品。目前,在那些阴森的监狱里,关押着一百万年轻黑人。他们用纳税人的钱,在牢笼里消磨时光。

我们的监狱人满为患。我们的街道上充斥着毒品。究竟是谁赢得了这场战争?

我们都疯了。

11.

过了两个小时,汉克说时间差不多了。我敲门,再次进入会客室。这个没有通风的小间总是那么叫人窒息。贾米尔坐着,双手交搭在胸前,眼睛盯住地板。"搭档"也是双手叠在胸口坐着,眼睛盯着隔屏。我有个感觉,他俩虽然交流很多,但很长时间内,他们一句话也没有说过。我说:"我们得走了。"

这句话,正是两个人都要听的。他们彼此努力着友好地说了再见。贾米尔谢谢我们能来,让我们代他向很多人问好,特别是托我们转达他对卢埃拉小姐的思念。

他站在那儿的时候,汉克进了他身后那间屋子。

我们开车离开,一个小时之内,"搭档"一句话也没说。

12.

林克·斯坎隆不是我代理的第一位黑帮老大。这个第一的荣誉,要归于一名轰动一时的恶棍：杜威·努特。这个人，我从来没给他探过监。林克喜欢鲜血、断骨、恐吓和恶名，杜威则喜欢低调的犯罪生活，越隐秘越好。林克从小就梦想成为黑手党首领，杜威三十岁以前一直是名诚实的家具销售员，他是到后来才变坏的。林克的犯罪网客观存在，却又无迹可寻，而杜威的犯罪集团在东窗事发前，居然还被一家商业杂志估价到了三亿美元。他们将林克送进了死囚室，杜威则在联邦监狱获罪四十年。林克想办法越了狱，杜威的长发垂到腰部，并在监狱花圃里种植有机药材和蔬菜。

　　杜威·努特是名口若悬河的推销员，他卖出了一吨重的便宜家具后，便用自己的积蓄买了间出租房。而后他又买了一间，接着又是好几间。他学会了如何运用别人的钱为自己获利，胃口和胆子都变得越来越大。他将自己的产业和贷款通过金融手段，转化成购物中心，进而发展成连锁商店。在一次短暂的经济危机时，一家银行对他申请的贷款说了声"不"，于是，他便将那家银行买下来，将里面穿制服的人，统统解雇。他能背诵所有的银行条款，找出一切法律漏洞。在一次更长的经济危机期间，他又买下了几家银行和一些当地的抵押公司。现金很便宜的时候，杜威·努特逐渐成为借贷游戏中的大师。他事业的崩溃，我们后来了解到，起源于他对于双倍杠杆甚至三倍杠杆借款的偏好。作为不当得利灰色地带的一名先驱，他是最先几个搞出次级贷款的人物。他精心完善了高利贷，使其结构更加复杂。在如何巧妙贿赂官员和行业管理人员方面，他更是个行家里手。加上偷税漏税、洗钱、邮政诈骗、内幕交易以及对养老金公然的掠夺行为，杜威被判四十年监禁完全是他罪有应得。

　　他的财富余额究竟藏在哪里？这个疑问至今仍吸引着他无论现在还是过去的所有敌人，吸引着一些银行监管官员、至少两家破产法庭、他前妻的律师团队，以及好几个联邦政府分支机构。到目前为止，这些人依旧是一无所获。

杜威四十九岁那年，他那个不安分的儿子艾伦，驾驶着一卡车可卡因被捕。艾伦二十岁，是个十足的坏孩子。他想用自己的经营模式，令父亲开开眼界。这件事令杜威极其愤怒和尴尬，他拒绝给艾伦聘请律师。一位朋友将他的案子推荐给了我。我只看了一眼当时的扣押报告，就明白警方搞错了。他们没有任何搜查令，也没有适当的理由去检查车辆内部的货物。这是黑白分明、无可辩驳的错误。我依法提出动议，呈交简报。市政府有关司法机构装模作样地与我争辩了一番。最后，可卡因缉毒行动被裁定为违宪，证据全部作废，对艾伦的一切指控都被撤销。这是那几天的重大消息，我的照片也因此第一次登上了好几份报纸。

杜威那些最重要的事情，都是请他喜欢的那些律师去干的。但我这次漂亮的处理，给他留下了深刻的印象。于是，他决定抛出一点东西给我试试。这其中大多都不在我专业范围内，但有件案件吸引了我，于是我签了约。

杜威非常爱打高尔夫球，但他业务实在太繁忙，打球的事，根本排不进他的日程表中。此外，他对大多高尔夫或乡村俱乐部固定不变的传统很反感，因为几乎就没有一家球场，愿意吸纳这样偶尔来一两次的人做他们的会员。因此他想要建造自己的高尔夫球场，建得灯火通明，这样他可以夜晚独自或是约上最好的几个伙伴去打球。这种想法，在他心中变得越来越强烈，以致无法抑制。当时，全美仅有三家这样的高尔夫夜场，距离我们这儿都在一千公里以上。十八洞、全私密、灯光下——这是有钱大佬的终极梦想。为了避开市区规划局的那些"纳粹分子"，他在市郊边缘地带挑了二百英亩土地。市区政府不批准。邻居们也起诉了他。我处理了其中涉及法律的那部分工作，最后项目获得了批准。上了更多的报刊头条。

103

不过，真正的丑闻，其实已经不远了。房地产泡沫开始摇摇欲坠了。贷款利息猛涨。祸不单行，杜威借款的速度跟不上了。他用硬纸板搭起来的商业大厦，以极其壮观方式，轰然倒地。几乎是同一时刻，联邦调查局、国家税务局、证监会以及一大批佩戴各类徽章的厉害人物，突然赶到了现场。他们明显的靶子——杜威，名下的指控堆积如山，罪行的措辞也是非常严厉。此外，据指控，这个犯罪大集团还牵涉到他聘请的银行家、财务人员、合伙人、律师、一名证券交易员以及两名市议员。指控用非常肯定的叙述方式，详细说明了他违反《反欺诈及贿赂机构法案》(简称 RICO) 的细节。这项法案是国会给联邦各机构办案的一份大礼包。

我也受到了调查，自己感到这次会被定罪。尽管我并没有做错什么事。谢天谢地，我还算犯罪行为的边缘人物。有一阵看起来，就像要对我摆出"先杀再审"的架势。好在后来联邦调查人员都撤了，他们对我失去了兴趣。他们重点是去抓捕更大的恶棍。

艾伦被定了罪，其实，主要原因在于他是杜威的儿子。当联邦调查局威胁也要给杜威的女儿定罪时，他终于同意认罪，换取了四十年徒刑。对于他孩子们无端的指控，后来都被撤销了，而他大多数同谋者也都纷纷认罪从而获得了较轻的处罚。他们都避免了长期蹲监狱的下场。简而言之，杜威做了件非常光彩的事，选择了自己轰然倒下的结局。

当时，他正在建造他的高尔夫球场——名字起得很宏大，叫"老庄园"——就是那时，联邦调查人员闯进了他的生活。数周之内，所有的金钱都灰飞烟灭了，建筑工程也被叫停——当时刚好造完十四个果岭。

据大家了解，今天，那里是全世界唯一一个有十四洞的灯光球场。为了纪念杜威，它被命名为"老农庄"。里面的会员，仅仅是他从前的那帮跟班和合谋者。艾伦的工作就是管理高尔夫球场，保持其可以打球的状态，这点他做到了。他自己一刻不停地练习，梦想成为一名职业球手。他收了足够多的会费，请到了几名球场维护人员。这些人都是没有身份证的黑工。此外，我们怀疑他知道老杜威藏钱的地方。我每年缴费五千美元，为的是避开球场里的其他人群。果岭和开球区通常都维护得不错。球道有的地段已经不平坦了，但大家谁也不会介意。如果我们想要精心修剪的球场，那我们自然会去那些真正的俱乐部。不过，话又说回来，我们这里的人，恐怕谁也没有资格通过他们严格的筛选程序。

每到星期三晚上七点，我们都会碰头打一场"肮脏高尔夫"。这和你们在CBS电视台看到的几乎全然不同。杜威原先的方案是先建造高尔夫球场，让他自己有个打球的地方，然后再建造乡村俱乐部，方便自己去喝上几杯。现在我们赛前都爱聚在一起喝酒、下赌注。因为没有合适的乡村俱乐部，聚会地点是原先一间拖拉机粮仓改造而成的（老杜威曾在这里津津有味地看斗鸡比赛——这恐怕是他唯一没有被指控的罪行）。艾伦和两个女人住在楼上，那两位都不是他的妻子。而他正是"肮脏高尔夫"球赛的组织者。他的那两个小姐就在酒吧上班，对连篇粗话早已耳濡目染，并可以和客人们对答如流。根据仪式，第一品脱酒，装在果汁大杯里，是要举起来敬给杜威的。杜威从酒吧上方的一幅破肖像里朝着大家微笑。今晚，我们共有十一人。这个人数对于"老农庄"来说刚好合适，因为球场总共只有十二辆高尔夫球车。当我们喝完第一轮酒后，在人声鼎沸中，艾伦开始一步步完成那些流程项目：固定好奖杯，准备记分牌，收钱。"肮脏高尔夫"每人都须交纳二百美元，获胜者可以全部拿走。这个奖池还是挺丰厚的，可我从来没有赢过。

赢得比赛当然需要技术，但主要是需要更高的比分，以及作弊而不被抓到。规则灵活多变，例如：如果打歪了，球落到球道边界线外，只要能找到球，都算。在"老农庄"里，没有什么越界的说法。你找到球，就可以继续打下去。除非你的对手们今晚全都输红了眼，逼迫你按规则办，否则，三英尺或三英尺以下的推球进洞都是允许的。每个选手，都有权要求另一名选手全场比赛只能用推球的方式。四人一组，每人享有一次重新发球的机会；或者在打歪了之后，可以有加打一次的机会。如果四个人心情都很好，那么每人都可以在前七杆和后七杆分别多打一次而不计入总杆数。不消说，这样随时制定的规则，往往会导致争议和冲突。因为十人当中，没有一人知道真正的规则是什么。这样，每轮"肮脏高尔夫"比赛都充满了抱怨、牢骚、指责，甚至是威胁。

"搭档"替我开高尔夫球车，而我也不是唯一带保镖进来的球员。因为我自己一个人单打没劲，今晚我便有了个搭档托比·乔克，这人是前市政议员，他在老杜威倒台前，仅仅干了四个月。他自己开他的高尔夫球车。球童在"老农庄"里是被禁止的。

经过一小时的喝酒和赛前准备，我们前往赛场。天色越来越黑，灯光亮起来了，我们真的感觉到，能在夜晚打高尔夫球，这是非常荣幸的事情。比赛鸣枪开始。我和托比被分配在第五发球区，当艾伦喊了声"开始"后，我们立即比赛了起来，球车碰撞，球杆乒乓撞击，成年人喝得半醉，拿着雪茄，吞云吐雾，在夜幕之下，嘻嘻哈哈开心地叫唤。

"搭档"微笑着摇了摇头。疯狂的白种男人们。

第三部分
警察斗士

1.

事情的开始是这样的。

我的委托人道格拉斯·兰弗罗夫妇,朋友们都习惯称他们为道格和吉蒂。他们俩住在一处地段优雅的郊外林荫路边,一晃就过去了安宁幸福的三十年。他们是模范邻居,热心于社区慈善和教会事业,总是那么乐于助人。两个人都已经七十小几了,退休在家,有几个孩子,有了孙辈,养着两条狗,在佛罗里达州还有分时度假的物业。他们没有债务,信用卡每月按时付清。尽管道格有时心脏房颤发作,吉蒂乳房癌刚稳定,但他们生活舒适,健康状态总体说来也还算不错。男主人在军队服役十四年,后半辈子一直销售医疗产品。女主人此前在一家保险公司,负责保险申请的额度调整。为了让自己保持忙碌,她自愿去一家医院服务,而他则闲散在花圃里,有时去城市公园里打高尔夫球。在儿孙们的强烈要求下,兰弗罗两口子不情愿地各自买了台笔记本电脑。尽管他们上网时间不多,从此也算是进入了数码的广阔世界。

他们隔壁的房子在这些年月里，被反复买进卖出过十几次。目前的主人一家子都很古怪。这些人活在他们自己的世界中。邻居家有个十几岁的儿子叫兰斯，这个行为孤僻的孩子大部分时间都把自己锁在屋内，玩电子游戏，或是通过互联网贩卖毒品。为了掩盖自己的网络行踪，他时常"翻墙"盗用兰弗罗家的无线路由器。老夫妻俩对此当然一无所知。他们只知道如何开关他们的电脑，收发电子邮件，进行一些简单的网上购物，或是查看一下天气预报。除此以外，他们对技术问题一窍不通，也毫无兴趣。他们从来不用密码、密钥或是其他什么安全措施。

州警方启动了一次缉毒行动，打击网上贩毒活动。他们追踪IP地址，最后锁定到兰弗罗的家中。这里有人大量买卖了"摇头丸"，于是他们决定出动特警对该地址进行全副武装的冲击。一张房屋搜查令，一张对道格·兰弗罗的逮捕令，同时被批准下来。到了万籁俱寂、星光灿烂的凌晨三点，一队由八名州警官组成的小队，冲破夜幕，包围了兰弗罗的家。这八名警官——个个都是全副武装：防弹背心、迷彩服、装甲兵头盔、夜视镜、战术对讲电台、半自动手枪、冲锋枪、护膝，有几个还戴了面罩，还有甚至将脸极其夸张地涂成了黑色——这些人都猫身蹲着，以大无畏的精神，在兰弗罗的花圃里向前移动，他们手指发痒，时刻准备战斗。其中两名警官手拿闪爆手雷，还有两名抬着冲击柱。

这些可都是特种警察。我们后来才知道，其中的大多数，都没有好好经过培训。可是一想到要参加战斗，他们都很兴奋。事后，他们中至少有六人承认喝过高浓度咖啡因饮品，好在这个关键时刻精神百倍。

他们没有直接去按门铃，叫醒兰弗罗夫妇，并向他们解释，说警方需要找他们谈话，并要搜查这所房屋，而是"砰"地同时撞开前、后两扇门,直接冲了进去。后来,他们还说谎,声称事先往屋内喊过话,但结果正如你们所料,他们硬说道格和吉蒂都在呼呼大睡。其实,在进攻开始之前,老夫妻什么声音也没听到过。

接下来的六十秒内发生的事情,直到好几个月后才慢慢被梳理清晰。第一个死伤的是"史派克",睡在厨房地板上的一条黄色的拉布拉多狗。"史派克"十二岁,对于这个品种的犬类来说算老了,它听觉也不太好。但他肯定听到了几英尺以外,门被撞坏的声音。它犯下的错误,只是一跃而起并汪汪叫唤。就在那一刻,它被九毫米半自动手枪接连击中三发子弹。这时候,道格·兰弗罗已经跌跌撞撞爬下床去找他自己的枪——那把合法登记过、平时放在抽屉里防身用的枪。此外,他还有杆 12 度勃朗宁霰弹猎枪,他每年两次用来打野鹅,但平时都是藏在衣柜里的。

为了试图辩解这次入侵民宅的合理性,我们那位装模作样的警察局长事后声称,他们早就知道道格·兰弗罗武器精良,所以完全有必要出动特警突击队。

道格努力走到过道厅内,此时,他看见几个黑影拥上楼梯。他原本就是退伍军人,这一刻,他匍匐在地,开始射击。遭到对方回击。这场枪战虽然短暂,但十分惨烈。道格被击中两发,一处在前臂,一处在肩上。一位叫凯斯特勒的警官被射中颈部,据说是道格的子弹。吉蒂惊恐地跟着丈夫冲出了卧室,脸部被击中三枪,胸部被击中四枪,当场身亡。另一条和他们一起睡的雪纳瑞小狗,也中弹毙命。

道格·兰弗罗和凯斯特勒都被送进医院抢救。吉蒂则被送到市停尸房。街道警灯齐闪,救护车载着伤员接连呼啸而过,邻居们呆呆地站着,简直不敢相信自己的眼睛。

警方在屋内待了好几个小时,收集一切相关证据,包括两台笔记本电脑。两小时后,日出之前,他们已经弄明白,兰弗罗家的电脑都没有贩卖过毒品。他们知道自己搞砸了。可是,坦白承认从来不是他们的特长。特警突击队长在电视里,面对现场记者的采访,严肃地说这幢房子里的人涉嫌贩毒,而男主人道格·兰弗罗更是试图枪杀数名警官,从那时起,警方对事实真相的掩盖计划,就正式开始了。

被枪击中六小时后,道格从手术中苏醒,被告知了妻子的死讯。他也得知那些入侵者竟然都是警察。道格听后一脸茫然。他还以为那些侵入他家里的是伙武装犯罪分子呢。

2.

我的手机在六点三刻响了。我一边围着台球桌转,一边盯住 9 号球发愣,心想,这可怎么才能一杆打进角落的那个洞里啊。刚过去的一小时内,我因为喝了太多的浓缩咖啡,打得一塌糊涂。这时,我接起手机,看了一下来电显示,说:"早上好。"

"你醒了么?""搭档"在那头问。

"你猜猜。"我六点三刻都不再睡觉已好多年了。"搭档"也是一样。

"你想听听新闻么?"

"好呀,有什么新鲜事?"

"看起来,我们的玩具兵们刚刚又搞砸了一起民宅入侵行动。伤亡可不轻啊。"

"他妈的!"我说着,抓起了遥控器,"一会儿联系你。"在我的小窝的拐角有个小沙发和一把椅子。从墙顶一直挂下来的,是面宽屏高清大电视。我一屁股坐进沙发里,看着影像在荧屏中出现。

太阳刚刚升起,不过已经有足够的光线可以看清整个混乱的场面。兰弗罗屋前的草坪上,挤满了警察和救援人员。在气喘吁吁、结结巴巴的现场记者身后是那些闪烁不停的灯光。披着睡衣的邻居们，隔着马路呆呆地张望着。明黄色的警方犯罪现场保护带，四面八方地围着，拉得高低错落。这确实是个犯罪现场，但我已经开始起了疑心。到底真凶是谁？我打电话给"搭档"，让他去医院探探情况。

兰弗罗车道上停着一辆坦克，上面架着一根直径八英寸的炮筒，下面不是履带，而是很厚的橡皮轮胎，周身都是迷彩涂料，顶上的炮台开着天窗。此刻，天窗里坐着一名警察战士，他的面孔藏在职业自行车手那种防风玻璃眼镜后面，他的神情就像是下一秒钟即将要发生战斗。城市警察局只有一辆坦克，他们非常引以为豪。一有机会，他们就开出来兜风。我认识这辆坦克，我以前与它打过交道。

好几年前，"9·11"恐怖袭击没过多久，我们的警察局想方设法从国土安全局那儿敲到了小几百万美元预算，这样它就可以武装起来，加入全国疯狂的 EFT——极端反恐组织体系。尽管我们城市离全国主要大都市地区都很远，也绝对没有任何恐怖组织的踪迹，而且我们的警官早已有了足够的枪支和"忍者"的那套行头。忘掉那一切吧——但我们必须时刻准备好！于是，在接下来的军备竞赛里，我们的警官居然搞到了一辆崭新的坦克。一旦他们学会如何操作驾驶，嗨！他们就立即将坦克派上了用场。

第一个受害人是个相当纯朴的老小伙，他叫桑尼·沃思，家住城市边缘小镇，一个连房地产经纪人也回避的地段。当时是凌晨两点钟，桑尼和他女朋友，以及她的两个孩子都在熟睡中。突然他们的房子像是爆炸了似的。他们家的房子也不能算是房子，不过那也无关紧要了。墙壁在摇晃，还有一声巨响，桑尼的第一反应是被一枚鱼雷击中了。

不，那只是警方来了。他们事后声称，他们当时先敲了门，还试图按了门铃，不过房屋里似乎没人听见。直到后来，坦克从前窗驶进，停在了这个"兽窝"里面。一条西班牙杂种猎犬妄图要从瞭望孔中逃走，结果被一名英勇的战士一枪毙命。所幸，再没有其他伤亡情况。但桑尼还是在医院待了两晚，治疗胸口疼痛。而后，他还没来得贴上膏药，就被关押了整整一周。他的罪名是：下赌注和赌博。警方和检察方声称桑尼是犯罪团伙分子，因此是共谋者，也因此是黑社会犯罪成员，等等等等。

我代表桑尼，起诉了城市部门"滥用武力"，并赢得一百万美元赔偿。不过，其中没有一分钱是安排那次奇袭的警官们自己掏的腰包。一如以往，那都是纳税人的钱。对桑尼的犯罪指控后来都被撤销了。这样看来，袭击行动完全是浪费时间、浪费金钱、浪费精力。

当我一边品尝咖啡、一边观看电视画面时，我对自己说，因为那辆坦克并没有亲自去进攻房屋，所以兰弗罗一家还算是幸运的。出于一个我将永远不知道的原因，警方当夜还是将坦克停在了车道上，以防万一。如果八名突击战警人手还嫌不够，如果兰弗罗一家居然可以组织一场防守反击战役的话，估计那时，坦克就要出场，彻底摧毁这座老巢了。

摄像镜头拉近了，只见两名警官，分别站在坦克两侧，手中各握一柄冲锋枪。每人体重都在三百斤以上。其中一位身着蓝、灰相间迷彩制服，好像他正在丛林里捕鹿。另一位的迷彩制服则是褐色与米黄交错，又像是在沙漠中搜寻武装反抗势力。这两个小丑，站在离百万人口的发达市区仅十五分钟车程的郊外房屋前，居然都穿着迷彩服。最令人悲哀也最叫人恐怖的是，这两个家伙居然一点也没意识到，他们俩看起来是多么的愚蠢。相反，两人显得特别自豪、特别傲慢。他们在作秀，演出一场"狠人打坏人"的大戏。他们一个兄弟居然被击中、受伤、退下了火线。这令他们十分愤怒。他们凶巴巴地看着街对面的邻居们。谁胆敢说一句错话，估计他们就要开枪了。他们的手指一直是勾住扳机的。

天气预报节目到了,我去冲了个澡。

八点钟,"搭档"开车来了,我俩一道去了那家医院。道格·兰弗罗还在做手术。凯斯特勒警官并没有生命危险。那里到处都是警察。在一间拥挤的等候室里,"搭档"指了指一旁吓坏了的群众,只见他们都膝碰膝、手牵手地坐着。

不止一次,我又问了自己那个显而易见的问题:在那夜深人静的时刻,警方为何不简简单单地按一下门铃,先同兰弗罗先生谈一谈呢?只需两名便衣警察,或一名穿制服的警官即可。为什么不呢?答案很简单:这些家伙觉得自己是一支装备精良、能打硬仗的部队,他们需要刺激。这样的结果,就是我们大家都再次来到这家因抢救伤员而惊恐万状的医院里。

托马斯·兰弗罗就快四十岁了。"搭档"告诉我,他在郊区是个验光师。他的两个姐妹不住在附近,所以现在还没赶到医院。我努力咽了口唾沫,然后向他走去。他本想挥挥手,让我走开。可是我对他一遍又一遍地解释,说我们一定得谈谈。最后,他妥协了,我们于是在墙角找到了一处僻静之所。这个可怜的家伙正在等着他的姐妹,然后一起去停尸房,为他们死去的母亲操办后事;与此同时,他们的父亲还在手术中。我首先抱歉自己打搅了他,但当我说起我以前处理过与这些警方相关的类似事件时,他终于开始听我说话。

他抹了抹发红的眼睛:"我想我以前应该见到过你。"

"大概是在新闻里吧。我专接一些疯狂的案件。"

他愣了一下,然后问:"这又算什么性质的案子呢?"

"兰弗罗先生,事情将会这样发展下去:你父亲不会很快回家。当医生们将他抢救过来后,警察们会把他关押起来。他将被指控企图谋杀一名警官。最高可判二十年监禁。他的保释金将会高达一百万美元左右。总之，数额将会高得离谱。因检察官将冻结他的资财，所以他根本无力支付。房产、银行账户、所有一切他都不能碰。这就是他们起诉阶段常用的手法。"

这个可怜人在过去的五个小时内，听到的噩耗，难道还不够多吗？只见他闭紧双眼，不停地摇头，但他依然认真地听着。我继续说："为什么我要坚持和你说这些呢，这是因为你们需要立即进行民事诉讼，这至关重要。如果可能的话，明天就得起诉。你母亲冤死，你父亲遭袭，警察滥用武力，警方办案无能、侵犯人权，诸如此类。我会将这些罪名，统统扔在他们头上。我以前就这么干过。只要我们找到合适的法官，我就能立刻查阅他们的内部记录。就在我们说话的这会儿工夫，他们就已经在掩盖自己的错误了。他们特别精于此道。"

他受不了，自我挣扎了一番，稍微镇定下来，说："这一切，真叫人吃不消。"

我递给他一张名片，说："我能理解。你尽快给我打电话。我一生都是在和这帮王八蛋做斗争，我知道该如何获胜。你目前是生不如死，但不幸的是，情况只会越来越糟。"

他努力说了声："谢谢。"

3.

那天下午，警察过来找兰斯谈话了，就是兰弗罗隔壁那个不安分的孩子。当时只有三名警察，都是便衣。他们既没带枪，也没穿防弹背心，就这么勇敢地去了。他们甚至没有开坦克过来。事情进展得很顺利，没有人遭到枪击。

兰斯十九岁，无业，独居在家，真是个无用透顶的家伙。他的世界，就要遭到戏剧性的改变了。警方带着搜查令。当他们扣走他的笔记本电脑和手机后,兰斯开始交待。他被困在自己的小窝时,突然,他母亲回来了,兰斯终于坦白了一切。他盗用兰弗罗家的WiFi无线上网信号已经快一年了。他在一个叫作"大富翁市场"的网站通过"暗网"进行交易。那里可以买到任何数量的任何毒品,不管是非法还是处方药。而他只买卖摇头丸,因为这种毒品是入门级的,他的客户,都是小孩子,喜欢嗑这种。他用比特币交易,目前账户积累已等值于六万美元了。所有的细节,他都滔滔不绝地招供了,一小时过后,他被上铐带走。

于是,到了下午五点钟,也就是突袭后大约十四个小时的样子,警方终于知道了真相。但他们的掩盖工作早已展开。他们这里一点、那里一点到处散布谎言,到第二天清晨,我在网上浏览《纪事报》时,看到头版新闻里有道格拉斯和凯瑟琳·兰弗罗夫妇(已去世)的照片。此外还有凯斯特勒警官,他的故事读起来就像是本英雄传记;而兰弗罗一家听起来都是十足的恶棍。道格涉嫌参与网上贩毒团伙。一位邻居说,这真是令人震惊。无法想象。他们平时是最和善的人啊。当她丈夫朝热爱和平的执法警官开枪时,吉蒂被流弹击中。她下周将被安葬。而他将很快被起诉。凯斯特勒应该能顽强地活过来。没有一个字提到兰斯。

两个小时后,我在城市北面沿街商业带的一家百吉饼屋里,遇到了奈特·斯普瑞欧。我们不能在公共场合被看见在一起,起码不能被可能是警察或是认识警察的人认出来。于是,我们俩一直在A、B、C、D四个场所变换着接头地点。A是郊外的"阿比烤牛肉店",B是两家百吉饼屋中的任意一家,C是那家可怕的"鲶鱼洞",距离城市东边六英里,D是一家甜甜圈面包店。当我们需要交谈时,我们从彼此心知肚明的小字母表里挑出一个,约好时间。斯普瑞欧是名拥有三十年警龄的资深警察,是名真正的诚实警察。他都是按章办事,瞧

117

不起警局里几乎所有其他同事。我俩早就认识了。当年，我还是个二十岁的大学生，某天在啤酒馆喝醉，结果在人行道上，被一群警察弄得够呛。警察中就有奈特·斯普瑞欧，他说我骂了他脏话，还推过他。后来，我在拘留室里醒来，正好他过来检查情况。我对他道歉了很久。他接受了我的道歉，确保我的罪名给撤销了。我被打断的下巴骨也接得很好，那名打我的警察后来被开除了。这件事启发我后来去报考了法学院。这些年来，斯普瑞欧拒绝玩那些升职必需的政客游戏，因此到现在还是在原地踏步。他通常都在办公桌附近，整理文件，数数日子。但是，这些被当权派孤立的警察都有一个自己的圈子，斯普瑞欧花了大量的时间追踪那些小道消息。但他绝不是通风报信的内鬼。他只是位忠厚老实的警察，痛恨自己的部门在邪路上越走越远。

车停在停车场，"搭档"坐在车里望风，生怕别的警察恰好过来买块百吉饼什么的。我们俩挤在一个角落里，留意着门外。他说："告诉你吧，这次的事件真搞大了！"

"快说来听听。"

他从兰斯被捕说起，讲到他的电脑被没收，证据明摆着：那男孩是个专门在半夜三更贩毒的家伙，他本人都承认了常蹭兰弗罗的 WiFi 路由器上网。虽然他们家的电脑里面干干净净的，但道格大后天还是要被起诉。凯斯特勒则将被免除一切过错。这明显是场掩盖行动。

"当时都是些什么人在场？"我问，他递给我一个折好的纸条。"八个，都是我们局里的。没有州警察局的人，也没有联邦调查局的人。"

如果由着我的性子来，这些人都会作为被告，我会在法庭上要求他们赔偿，呃，我不知道多大的数目，总得有个五千万美元吧。

"谁是头儿？"我问。

"还会有谁啊？"

"桑玛奥？"

"对了。我们可以从电视新闻里看到。当人们都进入梦乡时,警察中尉奇普·桑玛奥再一次带领他那群无畏的勇士,闯进了一座静悄悄的房子,抓住了他要抓的罪犯。你这次要起诉他么?"

我回答说:"我还没有正式受理案件,但我已经开始前期工作了。"

"不管怎么说,你追救护车的本领,可真是数一数二的。"

"我只追我想追的。我一定会赶上这辆的。"

斯普瑞欧大嚼起一块洋葱百吉饼,用咖啡冲进肚里,说:"这些家伙越来越无法无天了,拉德,你得阻止他们。"

"没办法,奈特。我无法阻止他们。但我或许有办法不时让他们难堪一阵,让市政府放些血。但他们的所作所为,现在遍地开花。我们生活在一个警察国家里,人人都支持警察。"

"这么说,你就是最后一道防线啰?"

"对。"

"愿上帝保佑我们吧。"

"确实如此。谢谢你的内幕消息。我会和你保持联络的。"

"不客气。"

4.

道格·兰弗罗身心俱损,严重到无法和我见面。就算能见,也只能安排在医院病房里,那也不是什么好主意。警方会把病房唯一的门看得死死的,仿佛那里是死囚室。隐私权根本无法得到保障。于是,我在医院附近街上的一家咖啡馆里,会见了托马斯·兰弗罗和他两个姐妹。这三人如同梦游在噩梦里,精疲力竭,惊恐愤怒,而又满怀忧伤。他们不顾一切地想要知道接下来该何去何从。他们根本忘记了面前的咖啡，一开始只顾听我在说话。我完全用实事求是的口吻，介绍了我是谁、干什么的、来自哪儿，以及如何保护我的客户。我向他们说明，我并不是通常意义上的律师。我没有摆放着真皮沙发和桃心红木家具的漂亮办公室。我也不属于任何一家大型、有名或无名的律师事务所。我不会通过律师联合公会来解决难题。我是个独行侠，是个与体制做斗争、痛恨不义的流氓人物。今天我出现了，完全是因为我知道他们的父亲和他们家庭所受到的不公待遇。

大姐菲奥娜开口了："他们谋杀了我们的母亲。"

"确实如此。但没有人会因这起谋杀而受到指控。他们会调查、会派出专家，等等，到了最后，他们会一致同意，你们的母亲只是在双方交火中，被流弹误伤。他们会起诉你们的父亲，将引起枪战的责任，一股脑儿地推卸在他一个人身上。"

小妹苏珊娜接着告诉我说："但是拉德先生，我们和父亲谈过。当房子发生那声轰响前，他俩都在熟睡。他以为是来了小偷或强盗，于是，抄起枪，冲到过道厅。当看到暗中有些黑影在移动时，他马上趴了下来。有人开始朝他射击。他就进行了回击。他说，他记得当时妈妈尖叫着冲进厅里，来看他是否出了事。"

我说："你们父亲还活着，这是天大的幸运。他们将两条狗都打死了，对吧？"

"这帮暴徒究竟是些什么人啊？"托马斯无助地问我。

"他们都是警察，是好人。"我接着同他们讲述了我的委托人桑尼·沃思的经历。当时，坦克闯进了他的小窝。到后来，我们打赢了那场官司。我向他们解释说，他们目前唯一正确的选择，只能是提起民事诉讼。他们的父亲会被刑事法庭起诉和审判。可是，一旦真相曝光——我向他们保证我们一定会公布一切事实——市政府会有极大压力，不得不来找我们和解。他们的目标是将父亲从监狱里放出来。但他们得忘记母亲受到的不白之冤。民事诉讼，当然那得有合适的律师提起，会让相关信息源源不断地公开曝光。警方已经开始掩盖事实了，我和他们一再强调了这点。

他们尽了最大努力来听我说，但他们的魂都飘在另一个世界里。谁能怪他们呢？会面结束时，两个女人都已泪流满面，而托马斯也哽咽无语了。

我只得考虑以退为进。

5.

凯瑟琳·兰弗罗的葬礼对外开放，我在没有接到邀请的情况下，于仪式前几分钟，走进了卫理公会教堂。我找到楼梯口，登上阳台，坐在阴暗处。我独自在那儿，圣堂里其他的地方都已经挤满了人。我往下看着这群人：他们都是白人，都是中产阶级，对他们的朋友身穿睡衣被警方连射七枪的事实，都感到无法相信。

这样匪夷所思的惨剧，不是应该在城市其他的区域发生么？这里的人都是非常好的守法良民。他们投票给右翼政党，希望从严执法。如果他们偶尔想到特种突击警队，那也是觉得这支队伍在城市其他区域的反恐和缉毒工作非常必要。谁能想到这种事情竟会发生到他们自己头上？

没能赶来参加的只有道格·兰弗罗。据昨天的《纪事报》称，他已遭到指控。目前仍在医院，不过也算慢慢在恢复。他曾恳请医院和警方，同意他去参加妻子的葬礼。院方说可以，警方说"门都没有"。他是个社会的威胁。这场悲剧的一个残酷脚注是，道格的余生将一直在涉嫌贩毒这片阴影下度过。眼前亲朋好友中，绝大多数人都会相信他和他的否认。不过，总会有些疑云，永远不会散去。老道格当时究竟要干什么？他总是有点什么见不得人的事情吧，否则我们那些英勇的警官是不可能无缘无故地找上门的。

我同所有人一样，在这个仪式上感到非常痛苦。空气中凝结着困惑和愤怒的情绪。牧师确实很会宽慰人，可他好些时候，都不知道当时究竟发生了什么事情。他试图解释清楚，但这个挑战实在太艰巨，是不可能完成的。当他浓缩着叙述事情的发生经过，当大厅内恰好也是哭声最大的时候，我轻轻从楼梯走下，然后从侧门出去了。

两个小时后，我的手机响了。是道格·兰弗罗打来的。

6.

我这样的律师，总是不得不躲在幕后工作。我的对手们都有司法徽章、制服和林林总总的政府权力标志保护着。他们发过誓，要履行执法天职。但因为他们又都在发疯似的作弊作假，致使我得做得比他们更狠。

我有个关系网。我还不能将他们称为朋友，因为友谊需要一种承诺感来维系。奈特·斯普瑞欧就是这关系网中的一名联络人，他是位忠实的警官，给我提供内部情报，从不肯收一分钱。当然，我尝试给过他，没成功。还有一个联络人在《纪事报》当记者，我们俩一有机会，就互换信息和传闻。我们之间也不存在金钱交易。而我最喜欢的联络人叫欧奇·施温。欧奇一直从我这里拿钱的。

欧奇是市中心一家联邦法院事务办公室里一位中等级别的文件管理人员。他痛恨工作，鄙视同事，总想找点方法捞外快。他离过婚，爱酗酒，常在办公室里对女同事进行严重的性骚乱。欧奇的价值在于：他有能力操控法院案件的随机安排。当一桩民事案件立案后，照规矩，应该随机分配给我们六名联邦法官中的一人负责办理。由计算机来安排,这个小步骤看起来还挺公平。根据不同案件类型,或你在不同法庭的不同经历,每个新案件,总有你更喜欢遇到的法官。但因为是随机指派,那也就无所谓了。但欧奇却能编个程序,让计算机安排出你最中意的法官。他为此收费,相当昂贵,估计总有一天他会被人发觉的。当然,他本人向我保证,那一天绝对不会有。如果他被发现,他将被开除,甚至被起诉。欧奇却似乎对这些前景毫不在乎。

经他的提议,我们在离市中心很远、杂乱不堪的脱衣舞俱乐部里见了面。观众都是清一色的蓝领。脱衣舞娘差到不值一提。我转身,背对舞台,好让自己眼睛清净些。在一片吼声中,我说:"明天我要申请立个案子。兰弗罗案,就是特警突击队最近冲击民宅的那桩事情。"

他笑着说:"真叫人意外啊。让我猜猜,你是觉得让阿尼·山姆森法官大人前来坐堂,最能伸张正义,对不对?"

"他是我的菜。"

"他已经一百一十岁啦,老前辈,半死不活。他说过,自己再也不接案子了。我们为啥不能让这些老头、老太强制退休呢?"

"那是你和宪法应该去做的事情。他得接这个案子。还是老价钱?"

"对。但如果他说不,而将球踢给下一位呢?"

"我必须冒这个险。"我递给他一个塞满三千美元的信封。他的标准价格。他迅速将其塞进某个口袋,连谢都没有说,便将全部注意力,集中到那些女孩身上了。

7.

第二天上午九点,我走进接待办公室,申请立案。我控告市政府、警察局、警察局长,以及六天前冲击兰弗罗私宅的八名特种突击队员，索赔标的为五千万美元。而在这间办公室某个隐秘角落里，欧奇开始变戏法，将我的案件"随机、自动地"分配给了阿尼·山姆森法官。我用电子邮件将起诉文件也传给了我在《纪事报》的朋友。

我同时申请，暂停执行检察官关于冻结兰弗罗财产的命令。这种强势命令是政府用来骚扰刑事被告的常用手法。这个举措，原本是用来查封犯罪相关财产，特别是毒资的。目的在于控制非法所得，令犯罪团伙寝食不安。像其他很多法律一样，检察官们很快就创造性地拓展了其应用范围。在道格的案件中，政府部门已准备声称他的财产——房子、汽车、银行及退休金存款账号——其中一部分都是他贩卖摇头丸所积累起来的黑钱。

怎么说呢？等我们就暂停执行一事举行听证会后，市检察机构已经服软，开始找台阶下来了。山姆森法官，一如以往的顽强倔强，严厉批评了他们，甚至威胁说要以藐视法庭来论处他们。我们赢得了第一回合。

第二回合是在州法院举行，是关于保释问题的听证会。在那里，有关蓄意谋杀罪名悬而未决。道格的财产已被解冻，我因而可以论辩，说他绝对没有潜逃的危险，并愿意随叫随到上法庭。他的房子价值四十万美元，并且没有抵押。我提议，用房产证做担保。令我吃惊的是，法官居然同意了。我于是陪着我的委托人走出了法院。我们赢了第二回合。但这两次都只是简单的战斗。

兰弗罗八天前刚被枪击，刚刚失去老伴和两条爱犬。如今他又回家了，那里有他的三个孩子、七个孙辈以及一些朋友们在等着。这种欢迎回家的仪式，场面会很沉重。他们友好地邀请我一同参加，但被我婉言谢绝了。

我为我的委托人浴血奋战，不惜牺牲绝大多数法律来保护他们。但我从不和他们走得太近。

8.

美好的周六,上午十点。我坐在游乐场的长凳上,等着。这个场地离我公寓仅隔几条马路,是我们通常见面的地方。在人行道上,走来一个美丽的女人,带着个七岁的男孩。他是我儿子。她则是我的前妻。法院判我每月只能见他一次,且不得超过三十六小时。等他再长大些,我将获得更宽松的见面许可。但现在,对我的限制还是很严格的。这样的限制是有其原因的,不过我现在还是不说为好。

母子俩来到长凳前,斯塔彻没有笑意。我起身,在朱蒂斯脸上亲啄了一口,主要不是为了她,而是为了孩子。她一直都不愿意和我有肌肤接触。

"伙计,你好呀。"我一边说,一边揉揉他的头发。

"你好。"他回答我,然后走到秋千架旁,爬了上去。朱蒂斯坐在我旁边,我俩在长凳上,看着他双脚猛蹬,然后开始一上一下地摇晃起来。

"他怎么样啊?"我问。

"挺好。他的老师们都很高兴。"隔了好长一段时间。"我看你最近很忙啊。"

"这倒不假。你自己呢?"

"一直都是苦差事。"

"艾娃如何?"我问起了她的伴侣。

"她很好。你今天有什么安排呢?"

朱蒂斯不喜欢将我们的孩子单独放在我身边。我再一次得罪了警方,这件事令她不安。虽然我绝不会承认,但其实我内心也是担忧的。

我说:"我想,我们一起吃个午饭。然后,大学里今天下午会有场足球比赛。"

她觉得一场足球比赛还算安全,于是说:"如果可以,今晚我想带他回去。"

"我每个月只有三十六个小时,你那么做有点太过分了吧?"

"不,塞巴斯蒂安,这不是过不过分的问题。我只是担忧,完全是出于担忧。"

我们俩彼此争斗的日子应该已经到头了,我希望。试想,一对胳膊肘厉害、口齿更厉害的律师,有缘碰到了一起,先来个未婚先孕,然后为离婚打得天昏地暗,事后还余震不断。这样两个人斗起来,彼此造成的伤害,那不是闹着玩的。我们仍心有余悸,因此也不再斗法。纠正一下,是不再过分地斗法。

"那好。"我回答她,退下阵来。说实在的,我那间公寓实在没啥吸引人的地方,斯塔彻真心不愿待在那儿,起码还没有喜欢上吧。要玩我那老式桌球,他还太矮小,我也没有电子游戏机。等他大一点,说不定我该准备一台了。

带他长大的两个女人,如果知道学校里某个孩子推了他一下,都会尖叫起来。所以,每月一次我这么闯进他的生活,究竟能不能让他刚强起来,我还真没有那个自信。但不管如何,我确实在努力尝试。今后的人生路上,我猜想,他会厌倦与两个泼辣又无趣的女人生活在一起,而是会想和他的老爹多待一点时间吧。我所面临的挑战,是保持自己在他的人生中不要过早出局,以便一直能给他留着这个选择的机会。

"那我们几点见?"她问。

"都可以。"

"下午六点我还在这地方等你。"她说完,抬腿便走了。斯塔彻,因为背对着我们，正在云里雾里晃荡，所以没看见她离开。其实，我观察力还是很强的，朱蒂斯这次并没有带来孩子过夜的睡袋。她根本没打算让他在我那里睡。

我住在二十五楼，我觉得越高越安全。我不时总会收到各种各样理由的死亡威胁，这些情况，一直以来，我也对朱蒂斯很坦诚。她总希望孩子待在她家里，这也没错——那里大概更太平一些。大概吧，但我也不完全肯定。就拿上个月来说，斯塔彻告诉我，他的"两个妈妈"一直都对彼此吼叫个不停。

午餐我们去了我最喜欢的比萨屋，那个地方，他妈从来不会带他去的。真实情况是，他想吃什么，我都不在乎。在很多方面，我更像是带着我的宝贝孙子，在送他回家前，让他开心地想干啥就干啥。午餐前，或者午餐后，哪怕他想吃冰激凌，我也随他去。

我们吃饭时，我问起了他上学的情况，他一下子活泼了起来。他在离我出生成长之地不远的一家公立学校上二年级。朱蒂斯本来一直坚持要给他上所更加"娇贵"的学校，据说那里一切塑料都被禁止，所有老师都穿着羊毛厚袜子和老式拖鞋。学费每年四万美元。我大吼一声："不同意！"这样，斯塔彻就在公立学校里上学了。他的同学们肤色混杂，他老师长得倒是可爱极了，最近刚离婚。

我以前说过，斯塔彻是稀里糊涂来到这人世间的。我当时和朱蒂斯正打算结束我俩一团糟的关系，突然她就怀上了。我们的分手，也由此变得越来越复杂。我搬了出去，她则全权掌控了孩子。我处处都很被动，当然，老实说，我也从未嚷嚷过要做爹。孩子全部都是她的，起码她是这么觉得。这样，看着他一天天长成一个完全像我的小男孩，这种感受真是好笑极了。我妈找出了我二年级的照片。如果都是七岁，我们俩很可能被认为是一对孪生兄弟。

我们谈到格斗——校园里的那种流派。我问他课间是否会去看打

127

架，他回答说："偶尔吧。"他告诉我，有一天同学们开始喊叫"打他！打他！"，所有人都跑过去看。只见两名三年级学生，一黑一白，在操场上互相踢扭、咬抓、拳头乱打，观众不停地呐喊助威。

"这种看着开心么？"我问。

他笑了，说："当然，很爽的。"

"后来怎么样啦？"

"老师来了，拎起他们进了办公室。我想他们都要倒霉了。"

"我想他们一定会的。你妈和你谈过打架的事情么？"

他摇了摇头。没有。

"好的，我先给你立个规矩。打架是件坏事，只会给你带来麻烦，所以，不准打架。更不准主动去打别人。但是，如果谁要敢打你，或推你，或给你使绊子，或是有两个人一起打你的一个朋友，那样的话，有时候，你就得去打架。要是别人开始打你，你一定不要退缩。当你打的时候，永远、永远不要放弃。"

"你有时候会打架吗？"

"一直在打。我不会欺负别人，从来没有主动去打人。我也不喜欢打架，但如果别人推我搡我，我就会对他进行回击。"

"那你不会惹麻烦吗？"

"是的。我也受到过惩罚。"

"什么意思？"

"就是被老师吼，被我妈妈吼，学校有时还会半天不让我去上学什么的。"

"再说一次，伙计，打架是桩不好的事情。"

"为啥你总喊我伙计？"

因为我讨厌你妈妈给你取的名字。"那只是个昵称而已。"

"妈妈说你不喜欢我的名字。"

"伙计，那可不是真的。"朱蒂斯总是想为她儿子的灵魂而战斗。那些个一钱不值的愚蠢评语，对她说来却是莫大的诱惑。这世界上能有什么原因，会让一个七岁孩子的家长说孩子的另一位家长不喜欢他的名字呢？她对孩子说的其他乱七八糟的话，如果全都让我听到，我想我是会被吓呆的。

"搭档"今天休息。于是，我开着面包车去了校园足球场。斯塔彻觉得这车很酷，有沙发，有转椅，有小桌子，还有电视机。他不明白为什么我要把车当成自己的办公室。我还没有告诉他，车玻璃是防弹的，控制台里还有自动手枪。

这是场女子足球赛，对我来说这都无所谓。我不是足球迷，如果要逼我看场球赛，我宁可看姑娘们穿短裤，而不是大老爷们光着的长毛腿。但斯塔彻显然喜欢这种热闹场面。他妈妈对团体比赛没有好感，儿子只报名参加了网球班。学网球也没啥错，但要是他遗传了我的动作，他是学不长的。我总爱扣球。在青年篮球队，我就是那个上半场四次犯规的小家伙。我的犯规总比我的得分多。在波普·华纳橄榄球赛上，我是中后卫。因为我总爱冲撞。

经过一个小时，终于有人射进一球，但到了那个时候，我想起了兰弗罗的案件，随即，对足球比赛仅有的一点兴趣也就烟消云散了。斯塔彻和我一起分享了一杯爆米花，我们谈天说地。事实上，我和他的世界是如此遥远，我要和他保持正常的对话都觉得很困难。

我真是个可怜的爸爸。

9.

兰弗罗案终于回归理智。在各方，尤其是我在《纪事报》工作的朋友的压力下，市政府的回应出现了语无伦次的现象。警察局长装疯，声称因即将到来的诉讼,他无可奉告。市长也在躲避风头,很明显是想与此案保持一定的距离。紧追他屁股不放的是一些市政厅议员,他们对这样的乌龙案件津津乐道,意欲乘乱夺下市长的宝座。但他们毕竟是少数,因为没有人真正想要给警察局找麻烦。

很悲惨的是,目前对政府的意见,通常被视作不爱国的行为。在我们"9·11"恐怖事件之后,对穿制服(不管什么制服)者的任何批评,都会被扼杀。若被贴上"打击犯罪不力",或是"反恐不力"的标签,政客的前途那就岌岌可危了。

我向我报社的朋友源源不断提供一切消息。以"不愿透露姓名人士"的口吻,他兴致勃勃地大力抨击警方和他们的作战方法、搞出的"乌龙",以及事后的掩盖行径。他用我提供的材料,就当晚滥用警力冲击民宅的荒唐事件,撰写并发表一篇很长的报道。

我全力以赴,就是要让当地媒体不断地宣传。要说我不开心,那是骗人的:事实上,我活着就是为了享受这份感觉。

被告提交了一项动议,意思就是请山姆森法官叫"与民事诉讼有关的一切律师"闭嘴。山姆森法官否决了这项动议,连听证会都一并拒绝。到了此时,市政府的那些律师都怕了这位法官,开始东逃西窜。我则向他们发起了全面反击。

我是个独立律师,没有一间真正的办公室,当然也没有真正的职员。对于我这样一位独行侠,面对火力凶猛的民事加刑事案件,如果没有后援力量,那真是困难重重。这也就是我引入了两位哈利先生的原因。哈利·格罗斯和哈利·斯高尼克在令人垂涎的沿河区仓库一带,开了个拥有十五人的律师事务所。他们为了避免直接面对有陪审团参加的审判,大多时间都在准备上诉案件材料,因而不是将脸埋在法律书堆里,就是将法律笔记和简报在办公桌上推来推去。我和他们的协定非常简单:他们替我做案件调查和法律文书工作,我则给他们三分之一的诉讼费。只要他们和我、我的委托人,以及那些常常被我冒犯的人,保持一定的距离,他们就能保证自身安全。他们会准备厚达一英尺的动议文稿,交给我审阅和签字。这样,谁也无法查到他们头上。他们关着门,辛勤地工作,从来不用担心警察。在桑尼·沃思案(就是被警方坦克撞塌了他小窝的那个)中,市政府最终达成一百万美元的调解。我得了四分之一。两位哈利先生得到了一张慷慨的支票,大家满意,桑尼除外。

在这个州,民事赔偿的上限是一百万美元。这是因为十年前,州议会里制定法律的那些智者,觉得自己的智力远比那些倾听、分析案件损失的陪审员要高超得多。他们这群立法者,一直是保险公司哄骗的对象。而保险公司至今仍在资助着"国家侵权法"的改革大计。据说,这场政治运动相当的成功。几乎所有的州,齐刷刷地都给赔偿金额戴上了"封顶的帽子",并且出台了不少其他法律,好让老百姓远离法院。迄今为止,没有人发现保险金费率下降过。一项由我在《纪事报》那位好友所做的报道显示:我们的那些议员,百分之九十在竞选中都拿了保险行业的资助。而这居然也好意思叫民主制度。

从本州每位街头律师那儿,你都能听到同样的可怕故事:被严重伤害、终身残疾的委托人,付完了医疗费后,赔偿金已所剩无几了。

关紧法院大门后不久,依旧是这批睿智而勇敢的议员,又通过了另一项法律,禁止房屋主人向入侵他们家园的警察开枪,而不管警方的入侵本身合法与否。这样,当道格趴到地板上用手枪射击时,他就违法了,而且没有什么好的办法来为他辩护。

那么,真凶的处境又如何呢?听好了,我们的议员再次通过一项法律,给予特种突击队里那些忘乎所以、朝无辜者开枪的警察豁免权。在兰弗罗的灾难中,四名警察至少开了三十八枪。搞不清究竟是谁射中了道格和他的妻子,而这也无关紧要。警察们都被法律豁免了。

我花了很多小时，试图向道格解释这些法律准则——这些完全说不通的准则。他想弄明白，为何自己妻子的一条生命，仅值一百万美元。我解释道，州里的参议员给赔偿金上限法案投了赞成票——这位议员从保险游说者那里拿了钱——或许道格应该去联络这位议员，就投票之事，狠狠骂他一顿。

道格问："最高赔偿上限只有一百万美元，那我们为什么要把起诉标的定为五千万呢？"为了解答这个问题，又花了我无数的口水。首先，这叫作申明立场：我们很生气，我们做回击，要求赔偿五千万美元，比要求区区一百万美元带劲多了。其次，这项胡乱搞出的法律中，有个天赐漏洞，那就是居然不让陪审员知道有这个一百万上限存在。他们将坐着听一个月的证词，权衡证据，反复考量，最后给出一个合适裁决，比方说：五百到一千万美元。然后，这些人便回家去了。第二天，法官会悄悄地修改裁决金额，将其降至最高上限。报纸将大张旗鼓地报道又一个巨额赔偿出炉了，但律师们和法官们（以及保险公司）都知道真实的情况究竟如何。

这根本说不通。但各位要记住，将又臭又长的条款塞进你保险合同的，和起草这项法律的，正是同一帮子人。

道格问："真不明白，为啥警察闯进我家朝我射击就被免罪，但我自卫反击反倒要坐上二十年大牢？"这个问题，其实一句话就能回答——因为他们是警察呗。如果更深入地回答，那就是我们的立法者往往会制定并通过一些毫无公正可言的法律。

我的委托人仍然沉浸在悲痛中，但起初的震惊和怆痛已开始褪去。他的思路越发清晰起来，他开始接受事实了。他的妻子走了，被一帮杀人却不用负责的男人谋杀了。她的生命仅值一百万美元。而他，道格·兰弗罗先生，正身陷刑事官司，有可能某天就会被拖上法庭，而他唯一的希望就是遇上陪审团的悬置裁决。

通往正义的道路布满了障碍和地雷，绝大多数都是被那些声称寻求正义的男女创造出来的。

10.

我的笼中小斗士，塔迪奥·泽巴特，最近四连胜，都是到了最后时刻凶残地将对手打晕在地。他总共获胜十一场，仅有三次职业失败记录，而且都是以小比分惜败。目前，他在世界"雏量级"排行榜单上排名第三十二位，而且还在稳步上升。无限制综合格斗推广机构已经开始注意到他了。有传闻说，如果他一直赢下去，六个月后，就可以去拉斯维加斯参加比赛。他的教练奥斯卡，他的经纪人诺贝托都告诉我，他们已没法把这孩子从健身房拉开。他非常专注，如饥似渴地练习，为了获得格斗胜利的头衔，他几乎要疯了。他们对他加紧训练，并且充满自信，他一定会杀进排行榜前五名。

今晚，他将遭遇一个凶猛的黑人小伙子，台上绰号"摧毁者"。我两次见识过"摧毁者"比赛，并不很担心他。他就是有一堆肌肉的街头打手，仅仅训练过一点各式打斗的杂烩。那两次比赛，他皆因疲惫不堪，在第三回合后期被击倒。他开局就猛打一通，不能很好平衡自己，最后总是因此败北。

早上醒来，我心神不安，满脑子都是晚上的格斗比赛，早饭也不想吃。我在公寓里东摸摸，西弄弄，一直到下午，突然朱蒂斯打来电话：发生了紧急情况——她的大学室友在芝加哥出车祸了，伤势严重。朱蒂斯正赶往机场。艾娃，她那时的伴侣，则出城在外。我做个男子汉、做个好爸爸的大好机会终于盼来了。我咬着舌头，硬是没有告诉她我已有安排了。今晚有格斗比赛！

我们在公园见面，她将我们的儿子移交给了我。同时转交了他的露营包，以及一大筐警告和指示。通常，我都会——予以反驳，然后我们就会争吵起来。但斯塔彻看上去兴致很高，巴不得想要快点离开她。我从未见过她大学的室友，所以我也没多问。她风急火燎地走了，跳上她的汽车，就这么消失了。后来，一起吃比萨时，我问斯塔彻，是否他在电视里看过笼中格斗节目。当然没有啦！他的两位妈妈对他读的、看的、吃的、喝的、想的一切，都进行着严密的监督。

不过，上个月他和一个朋友托尼一起过了夜。托尼有个哥哥叫扎克，那夜，扎克拖出来一台笔记本电脑，他们在一起乱看了各类邪恶的内容，其中就包括终极格斗节目。

我问："你看了感觉怎样？"

"挺酷的，"他咧嘴一笑回答我，"你没疯吧？"

"当然没有。我最爱看这些格斗了。"

接下来，我向他说明了今晚我们的行动安排。这孩子的脸，一下子容光焕发起来，我从来没见过他这样。我让他发誓，在任何情况下，绝不告诉他的两个妈妈我们去看过格斗。我解释说，我真是出于无奈；我是一个参赛团队的，今晚必须去；要不是这些情况，我是不会带上他的。"你妈那边，我来对付。"我嘴上虽然这么说着，心里却一点底气也没有。但这时，我意识到，他为今晚的事，也将遭到无情的煎熬。

"这样好么？就说我们一起吃了比萨，又在我公寓里看了电视。这些都是实话，因为我们现在就在吃比萨。待会儿一到我的公寓，我们就开电视看。"

有那么一秒钟，他看起来有些云里雾里的样子。但转眼又神气活现了起来。

回到我的公寓，我换衣服，他就在看卡通片。他很喜欢我那件背后印有"塔迪奥·泽巴特"一行大字的闪光黄夹克。我也着实花了不少时间，向他解释，我是在赛台角落工作的。每名选手都有个角落团

134

队，在每个回合间隙提供服务。我的工作嘛，就是负责给塔迪奥水喝或其他任何需要的东西。对，我的工作并不是不可缺少，但是一样充满了乐趣。

"搭档"用那辆黑色面包车将我们接到市立演播厅。接下来的两个小时，"搭档"将会充当男保姆，这将是他的一个全新角色。他干过车夫、保镖、快递员、调查员、军师和战略家，如今多一项头衔，他毫不介意。我动用了关系，给他们俩在场子里找到两个好座位，离开笼子六排远。等他们手里捧着爆米花和汽水时，我告诉斯塔彻，我得去检查一下我方运动员的状况了。他很兴奋，双眼瞪得老大，和"搭档"聊个不停，显然，他已经找到了最好的朋友。但我仍很担忧。担心他妈妈最终还是会发现真相，然后去控告我失职，控诉污染未成年人心灵，以及其他一切她想得出的罪名。我也担心，周围是这样一群观众，什么事都可能发生。我看过无数场比赛，总觉得站在格斗圈内，反倒比在台下人群中更安全些。这些观众喝得醉醺醺，满口粗话，一心想看到鲜血横飞的场面出现。

像威奇托市那种地方的女议员曾想通过一项法令，禁止任何不满十八岁的青年进场观看笼中格斗，结果失败了。但这个想法有其一定的合理性。正因为我们城里没有这样一条法律，所以幼小的斯塔彻·惠特利居然也能有一张格斗圈旁的座位。

泽巴特和"摧毁者"的对决，是今晚的主要看点。这当然很棒了，就是我们想要的效果。但先得看完那些陪衬的垫场赛，也需花费好多时间。今晚共有五场热身格斗，时间将过得非常慢。

我一一见过泽巴特团队成员，今晚大家精神状态都很好：一如往常的低调，但都非常自信。塔迪奥还穿着平时的衣服，戴着他那副耳机，平躺在台子上。他的哥哥米古尔说他已经充分准备过了。奥斯卡对我耳语，预测今晚第一回合就能彻底打倒对手。我在那里转悠了几分钟，但实在受不了那种紧张气氛。于是我出去，走过一条地道，来到一个更低的平台。我的那小群犯罪分子都在供应室内等着。斯莱德，这个判过刑的杀人犯，最近输得很惨，不得不将自己的赌注押得很小；毒贩尼诺，口袋里总是满满的现钞，他将票子撒了一桌；德纳多一心想成为黑社会老大，不喜欢任何形式的打斗；强尼这次没来。弗兰奇，这个帮我们记账的老家伙，正在爱抚着一杯混合威士忌，这很可能已经不是他今晚的第一杯了。我们对垫场赛选手进行了押注。和往常一样，没人肯赌我看中的人输。我讥笑、挑战、诅咒，但他们都不为所动。我提议一万美元赌第一回合倒地结束，他们谁也不跟我赌。我没办法，只得留下五千美元放在桌上，然后转身离去。对垫赛者，我每人押一千。

我花了八美元买了杯兑过水的啤酒，爬上了离格斗台最远的区域。那里也是人山人海。今晚的票统统售罄，只剩站票了。塔迪奥在他的家乡成了炙手可热的人物，我从主办者那里争取到了固定收益，那就是不管输赢或是平局，我都可以净拿八千美元。我倚在最高层的护栏上，观看第一场比赛。隔着人群，我几乎看不到我的孩子，因为他在很远的前面。

开头四场下来，我都押错了。第五场我赢了。于是，我赶回更衣室。泽巴特的团队正围着他们的英雄。英雄今晚也穿着明黄色的衣服。我们大家看起来就像一麻袋有机柠檬。我们簇拥着他，走过地道，进入聚光灯下，全场沸腾了起来。我朝斯塔彻挥了挥手，他也朝我摆手回应，脸上笑容灿烂。

第一回合："摧毁者"令我吃惊，居然没有一如往常那样疯狗一般地冲过来打，导致这三分钟显得异常沉闷。他居然玩起来了防御，躲过了严重的损伤。塔迪奥用他幻影般的左勾拳，在"摧毁者"的右眼上方打开了一个血口。而后，"摧毁者"回敬了一拳，打得塔迪奥额头开花。奥斯卡在两回合之间，想办法让它收了口。笼中格斗中打出裂口，这也不算什么严重的事，因为比赛时间很短。而在拳击赛中，第一回合被打出口子，那就糟了，因为接下来的半小时，那里就是对方的重点击打目标。

第二回合：他们彼此倒地，前半个回合，相互扭打在一起。"摧毁者"上半身很强大，塔迪奥无法将他揿住不动。场内出现了喝倒彩声。他俩又站了起来，彼此拳来脚往，但都没得什么分。就在铃声即将响起之前，塔迪奥右拳有力地击中对方的下巴。这凌厉的一击，对于塔迪奥此前遇到的那十多个对手来说，足可以将他们打趴在地。然而，"摧毁者"竟然没有倒下。当塔迪奥继续拿出杀手招数进攻时，"摧毁者"想办法勾住了他的腰，一直撑到了铃声响起。突然，我不喜欢这场比赛了。塔迪奥的比分当然应该是领先对手的。但我并不信任赛场的评审团。

这恐怕是我的职业病吧。

我喜欢一击倒地，而不喜欢计算比分。

第三回合：调整步伐之后，"摧毁者"估摸自己还是有些胜算的。他在格斗圈里突然冲过来，那种疾风暴雨式的动作，令所有人都大吃一惊，点燃了整个场子的气氛。确实很令人激动，但他的破坏力不是很强。塔迪奥很好地保护了自己，然后连出两拳，打出对手更多鲜血。"摧毁者"再度进攻，一次又一次。塔迪奥，这位拳击家，不断地发掘对手的空当，拳拳精彩到位。我在尖叫，观众在尖叫，整个地板似乎都在摇晃。与此同时，时钟开始倒计时，"摧毁者"还在场上站着，一次次冲击，他已是血流满面。他右手狂出一拳，塔迪奥蹲下，但仅仅过了一秒。"摧毁者"居然一跃而起，骑到他头上。他俩又踢又抓，最后身体终于被解开了。塔迪奥好久没有打这么长时间了，他开始感到了压力。"摧毁者"再次攻击，到了最后一分钟，他们俩在赛场中心脚碰脚地僵持着，就像两条疯狗互相斗得天昏地暗。

我的心脏狂跳，我的肠胃绞结，这一刻，我只是个送水的侍童。我们向塔迪奥保证，这次又是他赢了，接着我们就在等着。最后，裁判陪两位选手再度走到赛场中心。主持人宣布了评审团并不一致的最终决定："摧毁者"以一分的优势获胜。全场的倒彩和尖叫声如同排山倒海，摇晃着整个演播厅。塔迪奥呆住并震惊。他的嘴大张，一双肿胀的眼睛中充满了仇恨。观众们不停地往赛笼上扔东西，我们几乎面临着一场暴动。

接下来的十五秒钟将要永远改变塔迪奥的人生。

只见他突如一阵旋风，甩出一记强硬的右拳，击中"摧毁者"的脸。这是一记冷拳，阴狠无比，"摧毁者"死都不会料到。他立即躺倒在垫子上，僵直不动了。塔迪奥立即又去打裁判，那也是位黑人。一拳拳疾风乱雨般打在他身上。裁判跟跄着倒在笼边，半坐半躺。塔迪奥继续愤怒地连连击打他。这几秒钟内，所有人都看傻看呆了。他们毕竟都在笼子里，实施援救需要时间。等到诺贝托闯进去拉下塔迪奥时，可怜的裁判已经不省人事了。

整个演播厅如同火山，突然爆发，四面八方都开始打斗。塔迪奥的粉丝，大多数是西班牙裔。"摧毁者"的粉丝，大多数都是黑人，其人数显然少很多。这两帮人大打出手，就像街上的匪帮群架斗殴一样。啤酒杯、爆米花桶就像婚礼上的碎纸屑一样满天乱飞。一名附近的警卫被一把折椅击中了脑门。现场已完全失控，人人都感到岌岌可危。我忘记了笼中的血案，疯狂奔向我儿子的方位。他已不在位子上了，但在四处混战中，我还是看见"搭档"和孩子一起撤退的硕大身影。我追上了他们，短短几秒钟过后，我们都安全了。半蹲着逃出演播厅后，我们一路遇见奔往现场的警察。进了我们的面包车内，"搭档"将车拐进旁边的小路，我抓紧了坐在前排副驾驶位上的斯塔彻。我问："伙计，你还好吗？"

他回答我:"让我们再玩一次吧!"

几分钟后,我们进了我的公寓,彼此都松了一大口气。我拿出喝的——我和"搭档"是啤酒,斯塔彻喝汽水——然后打开当地新闻台。报道还在不断展开,现场记者都已疯狂。我那孩子兴奋极了,他说个不停,意思就是让我明白,他根本没有受到任何伤害。我想向他解释清楚当晚发生的这一切,但毫无指望。

"搭档"睡沙发。我凌晨四点叫醒了他,和他商量我们的应对策略。他出门去了市立看守所,想去找到塔迪奥;又去了医院,想要挖掘有关裁判的消息。塔迪奥老拳捶击那家伙面孔的画面,在我脑海中挥之不去。第一拳,裁判就不省人事了,后来居然还有几十拳等着他,拳拳都来自一个彻底失控的男人。我努力不去想我的这位斗士,其前景会是如何。

我磨了些咖啡豆,趁煮咖啡的空闲,上网去搜新闻。幸运的是,到目前为止,没有死人。不过,至少两人已被送进了医院。救护人员仍在现场。所有的指责都被堆到塔迪奥·泽巴特的头上,这个年仅二十二岁、正在冉冉上升的笼中格斗选手。此刻,他被关在市立看守所的牢笼中。

朱蒂斯六点半打来电话,问询她儿子的情况。她离我们有几小时的距离,对于我们虎口脱险的经历还一无所知。我问了她室友的情况。她活过来了,但情况很糟糕。朱蒂斯明天——也就是周日——就会回来。我向她保证,孩子很好,一切都好!

要是我幸运的话,她永远都不会知道究竟经历过什么。

但是,幸运女神却没有朝我走来。我简短通话后,刚过几分钟,我就在网上看到,《纪事报》网站最新版,居然已经登出了一篇老演播厅里发生的最新报道。首页是一张相当大的彩色照片,有两个人奔往出口逃生。一人是"搭档",他怀里还抱着个孩子。斯塔彻似乎在盯着拍照者看，就像是专门在为镜头摆出姿势。逃生者的名字没有给出，当时，记者也没有时间去追问。但对于认识的人而言，孩子的身份已不容置疑了。

朱蒂斯的某个朋友需要多久能看到这张照片，并给她打电话呢？她自己又需要多久会打开笔记本电脑亲自目睹这张照片呢？我一边等待，一边打开电视，调到"体育中心"频道。昨晚的事故令我无法抵挡，因为随时都在眼前，都在屏幕上，一拳一拳又一拳。一遍遍看得都叫我恶心了。

"搭档"从医院打来电话，说是那名叫西恩·金的裁判，还在手术中。毫不奇怪，此时此刻，"搭档"不是在医院走廊附近转悠，东打听、西问问的唯一人士。他听到人家说"头部大面积重伤"，但没有听到具体细节。他早就去过看守所，那里一位内部熟人向他确定泽巴特先生正安全地关在监笼里，不见访客。

到了上午八点，我们那位做事毛手毛脚的警察局长觉得，该让世界听到他的声音了。他组织了一场记者招待会。通常，这都是一台小小的肌肉秀，局长站在前面，后面满满几排，都站着穿制服的白人警察，他们一边假装自己就是空气，一面却对着记者团露出凶巴巴的表情。整整半个小时当中，局长都在做着报告，并回答问题。内容其实全是两个小时前网上登过的那些老一套。但他显然非常享受这种时刻，因为这件事情，没有任何人会指责他或他的手下。就在我听到腻味了的时候，朱蒂斯的电话来了。

这通对话，我早已预料——紧张、尖刻、充满了指责。她见到了头条图片上她儿子从一场大混战中逃出的情景，她要求我给出解释，而且立即解释。该死的！我向她保证，我们的儿子正在呼呼大睡，很可能正做梦和他老爹一起过着美好的一天呢。她说，她将往前改签航班，下午五点就回到城里。这正是我和她约好在公园见面将孩子交还给她的时间。她下周一的第一件事,就是准备文件,申请剥夺我的一切探视权。你去申请啊,我对她说,肯定不会成功的。市里绝对没有一位法官会剥夺我每月一次见儿子的权利。此外,谁知道啊,说不定我们抽到的法官正好是笼中格斗的粉丝一枚呢?她在那边咒骂,我也回了她一句粗话,最后我们都挂了电话。

看上去我俩之间的打斗又开场了。

11.

周日的各家报纸,纷纷都在痛骂笼中格斗,那种膝跳反应一样的指责来自社会方方面面。互联网上充斥着那晚的事。网上殴打裁判的那段视频不到中午点击率就已破四百万。塔迪奥转眼间,就成了世界上最著名的笼中格斗士,可惜他再也不能参赛了。伤者陆续从医院回家。幸好,粉丝们没有一个人严重受伤。只是一些醉汉彼此你打了我几拳,我踢了你几脚,此外还扔了一些椅子。只是西恩·金仍旧昏迷不醒,病情严重。而"摧毁者"则在舒适地疗养,他的下巴骨折,并伴有脑震荡。

那天下午晚些时候,我被允许可以在看守所的一间律师会客室里见到我的委托人。他坐在厚厚的金属隔墙的另一边。我进去,找了把椅子坐下。那场比赛将他的脸上弄破了口子,肿得很厉害,但这些都是他最无关紧要的问题。他人看起来有点呆滞,我怀疑他吃过什么药。我们交谈了一会儿。

"我什么时候可以从这里出去?"他问。

你真得适应这里的生活了,我想说。"你第一次出场将会在早晨,法庭上。我会在那儿的。不会有实质性的结论。他们将会等,看那个裁判的结果怎样。如果他死了,你也就得准备吃屎了。如果他能活过来，他们会指控你一些罪名，但不会是谋杀罪。那样，或许一周后，我们就回到法庭，申请一个合理数目的保释金。我猜不出法官将如何决定。这么回答你吧，你有可能过几天支付完保释金就出狱，但更可能待在里面一直等到审判开始。"

"要多久？"

"审判吗？"

"是的。"

"难说。最快也得半年吧，很可能要一年。审判本身不会拖很长，因为证人不是很多。他们只要放放录像就行了。"

他耷拉下脑袋，好像要哭了。我很爱这个孩子，很想帮帮他，但不管是现在，还是六个月后，我都无能为力。"你还记得当时的情景吗？"我问。

缓缓地，他点了点头。他说："我当时脑子突然短路了。他们明显通过欺骗的方法，抢走了我的胜利。裁判让我按他的方式去打，不是我自己的方式。裁判不停地妨碍我的动作，你懂，老兄，他让我不能充分施展拳脚。我的意思是，我本来不想去伤害裁判，但我脑子短路了。当他举起那家伙的手时，我气愤、崩溃到不行了。我痛打他一顿，对吧？"

"'摧毁者'还是'裁判'？"

"别来了，老兄。我说的是'摧毁者'。我痛打了他一顿，对吧？"

"没有，你没有。但这场确实应该是你赢。"比赛的每一秒我都细细看过，但我没有印象，这位裁判哪里妨碍了他的动作。要是硬说"裁判妨碍了我，让我丢了比赛的胜利，于是我打烂了他的脸。我是情有可原的"作为法律辩护词，我觉得这种思路很无聊。

"他们把我的奖牌抢走了。"他说。

"裁判不是评审员，塔迪奥。是那三位评审员在统计比分。你打错了人。"

他用指甲挑了挑额头上的缝针线,说:"我知道,我知道。我做错了,塞巴斯蒂安,但你得做点什么,好吗?"

"你知道,我将尽全力而为。"

"我会蹲一段时间的大牢吗?"

你现在正在坐着牢;尽快适应吧。我早已计算过刑期。假如西恩·金死了,那就是二级谋杀,坐牢二十年;或许可以争取到过失杀人,那就是十五年。如果他活下来了,算是严重侵犯人身罪,怎么也得三到五年。因为我现在不想全盘告诉他,于是应付他说:"我们以后再考虑这个问题吧。"

"估计会的,对吧?"

"估计会的。"

彼此沉默片刻,突然,我们都听到后面大铁门哐当响起。一名狱警吆喝着粗话。一滴眼泪从塔迪奥肿胀的左眼里渗出,沿着他青紫的脸颊淌下。"我都不敢相信,老兄。我真的不敢相信。"他的嗓音轻柔而苦楚。

如果你不敢相信的话,那就想想那个可怜的裁判以及他的家人吧。"我得走了,塔迪奥。我们明早见,在法庭上。"

"我必须穿这身衣服上法庭么?"他问,扯了扯他的橘黄色套头连裤衫。

"很遗憾,你确实得穿这件。今后穿它的机会还多着呢。"

12.

周一早上九点,我在法庭上与一群辩护律师和检察官忙个不停。在一旁角落里,有一帮人,清一色的橘黄套头连裤衫,全部戴着手铐，被法警看着。他们看起来全都不像是好人。这些，都是新近的被捕者，这是他们在法律体系路线图上的第二站。第一站是看守所。他们的姓名一个个被点过，手铐被解开，他们慢慢走到法官席前的一个区域，面对端坐着的一位法官——二十名法官中一位，专门负责预审事宜。法官问了他们一些问题，最重要的一句是："你有律师吗？"他们当中很少人有自己的律师，于是，法官就安排那些没有的去公共辩护人办公室。一个法律界新人就会起立，站在他的新委托人身旁，告诫他不要说任何话。然后确定再次回到法庭的日期。

塔迪奥·泽巴特却有个律师。他们叫到他姓名后，我俩便在法官席前见了面。他的脸更难看了。当人群意识到，这就是人人争说的一度前途无限的格斗者，如今视频网站上的大明星时，大家停下了原本窸窸窣窣的交谈，顿时庭上鸦雀无声。

"你就是塔迪奥·泽巴特？"法官饶有兴致地问道。今天上午，他第一次露出了思想集中的神态。

"是的，大人。"

"我估计塞巴斯蒂安·拉德先生是你的律师？"

"是的，大人。"

他身边的一位助理检察官，神情放松了下来。

法官接着说："目前，你被指控涉嫌人身侵害罪。你明白了？"

"是的，大人。"

"拉德先生，你向你的委托人解释过吗？这个罪名，可能会根据实际情况而有所加重？"

"是的，大人，他懂的。"

"另外，那位裁判的近况如何？"他问那位助理检察官，好像对方是主治医师似的。

"最新听到的消息是，金先生情况仍旧很危急。"

"非常好，"法官大人说，"那我们过一周再来这里，看看情况发展如何。在此之前，拉德先生，我们不予讨论保释问题。"

"当然，大人。"我回答道。

我们就这样给打发了下去。塔迪奥离开后，我轻声对他耳语："明天我去看守所看你。"

"谢谢。"他说完，看看周围望着他的人，朝他母亲点了点头。他母亲此刻坐在一小群哭泣的亲戚之中。她是二十五年前从萨尔瓦多移民来美国的，拥有绿卡，在一家咖啡馆里做晚班。带大了一群儿孙，还抚养了不少亲戚。塔迪奥和他的笼中技能曾是她通往更好生活的门票。米古尔握着她的手，轻声对她说着西班牙语。他曾被我们的司法系统处理两三次，领教过其中的厉害。

我和他们短短说了几句，向他们保证说，该做的我都做了，然后陪他们走出了法庭，来到廊厅里。一些记者早在那里等候多时，还架着两架照相机。这就是我的日常工作。

13.

今天上午忙得够呛。我和塔迪奥在法院时，言出必行的朱蒂斯果真在起草一份恶毒的动议，要求终止我一切探视权，甚至连圣诞夜的三小时和我儿子生日的两小时都要一并剥夺。她宣称说我是位不称职的父亲，是儿子人身安全的一大威胁，对孩子的人生道路有着"恶劣的影响"。她要求加速召开听证会。这真是场闹剧，好像孩子已身陷危险似的。

哈利和哈利律所准备了一份言辞毒辣的回应，我周一中午就提交了。她想要给我狠狠上一课，而我们则再一次抵御了她的讨伐运动。

没有法官会同意她的要求,这一点她也知道。但她还是要进行下去,因为她生气了,她觉得,只要她再次将我拉进司法绞肉机里,我最终会举手投降,从此在她们的生活中消失。我几乎都迫不及待想要参加这场听证会了。

不过,首先我们有另一个问题。周三,大约中午时分,她打了我手机,很粗暴地宣布:"今天下午学校里有个会,我们都得去参加。"

哦,真的吗?这或许是第二次我被叫去参加学校的家长会。在此之前,朱蒂斯一手遮天,我们儿子的事我没法沾到一点边。

我问:"好的。怎么啦?"

"斯塔彻遇到麻烦了。他在学校里打架,揍了另一个孩子。"

一股为人之父的豪情,顿时涌上心头,我几乎都笑了。但我还是咬住舌头说:"哦,天哪,什么情况?"我想追问几句,比如:"他打赢了吗?""他揍了那孩子几下?"或是"对方是三年级吗?"但我还是努力控制住了我激动的心情。

"这就是今天开会的原因。我四点在校长办公室见你。"

"四点?今天?"

"是的。"她回答道,口气恶毒而坚决。

"好吧。"我得调整一下出庭工作,但这问题不大。我为了这个家长会,愿意放弃一些计划和安排。我的孩子——那个从没有机会表现出强硬的温顺小男孩——居然揍了别人!

我一路笑到学校。校长办公室很大,围绕着咖啡桌,放了好几把椅子。我们在那儿见了面,很随意。校长名叫桃乐丝——一位在教育系统起码摸爬滚打了四十年的老教师。但她笑容很温和,声音也很亲切。她遭遇这样家长会的次数,估计数都数不清了。我赶到时,朱蒂斯和艾娃早就到了。我一言不发,朝她俩点了点头。朱蒂斯身穿品牌裙子,光彩照人。艾娃,以前做过内衣模特,今天穿着超紧身皮裤和

146

小裙子。她的脑子只有仓鼠那么大，身材却可以常常上杂志封面。这两个女人都看上去棒极了。显而易见，起码在我眼里看来，她们为了这一场合，精心准备过。可是，这又何必呢？

接着，塔兰特女士进来，答案就有了些眉目。她是斯塔彻的老师。一位三十三岁的美女，最近刚离婚，但根据一个知情人得到的消息，说她已经再次堕入爱河了。她一头金色短发，修剪得很漂亮，一双棕色大眼睛，令所有见到她的人，忍不住都想多看一眼。朱蒂斯和艾娃此刻已不再是这间屋子里最热辣的佳人。事实上，她们俩都像被烟熏过似的。我站着，和塔兰特女士搭讪了一会儿，她很享受被关注的感觉。朱蒂斯立即切换到恶毒模式——她天生就有五分恶毒——但艾娃看到老师后，她的眼神变得有点迷离。我的眼神则已迷乱。

桃乐丝复述了基本情况：昨天下午课间时分，一些二年级的男孩们在操场踢皮球。发生了一些口角，场面有点混乱，接下来，一个名叫布拉德的男孩推了一下斯塔彻。斯塔彻一拳打中布拉德的嘴。有些轻微破皮，流了些血，所以这算是场严重事件。因此也不奇怪，当老师们赶来后，男孩们都紧紧闭嘴，什么也不肯说。

我脱口而出："听上去好像没啥大不了的。男孩子嘛，都是这样。"

在场四位女士，谁也不赞同。我也不指望她们能赞同。塔兰特女士说："有个男孩告诉我，说布拉德当时取笑斯塔彻，说他的照片上了报纸。"

"谁第一个动手的？"我说道，几乎有点失态。

她们都扭捏起来，不喜欢这个问题。"这真的很重要吗？"朱蒂斯回敬我。

"废话，当然重要。"

感觉到要出问题了，桃乐丝赶紧插进来一句："我们有严格规定，禁止打架，拉德先生，不管谁先挑衅的。我们一直教育学生，禁止有这类行为。"

"我懂的，但你们也不能指望一个男孩，遭到欺负，却不能挺身而出，保卫自己吧？"

"遭到欺负"是个很烫手的词汇。现在，我的孩子成了受害者，她们倒真的不知道该如何回应了。塔兰特女士说："嗯，我倒不觉得他遭到了欺负。"

"布拉德是个坏孩子吗？"我问老师。

"不，他当然不是。我今年的学生都非常好。"

"当然了。这也包括我的孩子。这些都是小男孩，对吧？他们不可能彼此伤害的。于是，他们在操场上推推搡搡。他们都是男孩子啊！让他们都有点男孩子气吧。不要每次他们闹点别扭，就要惩罚他们。"

"我们在对他们进行教育，拉德先生。"桃乐丝虔诚地说。

朱蒂斯咆哮起来："你和他说过打架的事情了？"

"对，我说过。我告诉他，打架是错误的，永远不要主动去打别人。但如果有人偏要挑衅，那他就应该尽全力保护自己。这么说，究竟错在哪里呢？"

这四人都鸦雀无声，我于是继续推进。"你们最好现在就开始教他如何挺起胸膛，保护自己，否则啊，他一辈子都会被人欺负。这都是些孩子。他们会打架。他们有时打赢了，有时打输了，但他们都搞不出什么大风大浪来的。请相信我吧，当一个男孩长大了些，被挨过几次打后，他就对打架没啥兴趣了。"

我有一次突然看见艾娃正在瞄塔兰特女士的美腿。我也在朝那里看着：无法自控。它们值得很多目光去关注。桃乐丝也在观察着这些示爱的惯用动作。这种她早就见多了。

她说："布拉德的家长非常震惊不安。"

我立即抢了一句："那我很高兴和他们谈谈，向他们家道歉，并让斯塔彻也去道歉,这样行吗?"

"我来处理这件事情。"朱蒂斯喊道。

"那你邀请我来参加这个小会干吗?我告诉你干吗。你想确保所有的指责都加在我一个人身上。五天前,我带这个孩子去看了笼中格斗;现在他在操场上斗殴。这明显都是我的错。你赢了。你想要一些证人。所以我们都到场了。你现在觉得好受些了吗?"

我这么说,当然令现场的空气凝固了。朱蒂斯的眼光喷射出仇恨,我几乎看到她耳孔里都快冒出蒸汽了。桃乐丝是这方面的专家,她赶紧来了句:"好吧,好吧,都别说了。我喜欢这个主意,你们父母中派一个人和布拉德的家长谈谈。"

"是在我们两个人中选一个,还是在我们三个人中选一个?"我问。我说话真叫有艺术。"实在对不起,我们家人数稍微多了一点。"

艾娃眼中露出刀子,直射向我。我则又瞅了一下老师的大腿。这场聚会真是荒诞透顶。

桃乐丝表现出了一股英气,她看着我说:"我想应该由你去。你说得对,这是男孩子们的事情。给布拉德父母打电话,然后向他们家道歉。"

"好嘞!"

"会怎么处罚斯塔彻?"因朱蒂斯此刻说不出话来,艾娃问道。

桃乐丝说:"塔兰特女士,你看呢?"

"我觉得,总得有个处罚吧。"

我火上浇油地说了句:"你不会想要开除这孩子吧?"

塔兰特女士说:"不会的,他和布拉德是朋友,我觉得他们俩已经重新和好了。要不连续一周取消课间休息,怎么样?"

"他午餐时间总有的,对吧?"我问,想要给这制度的车轮前添点堵。我是个律师,这是我的本能反应。

她冲我一笑,当作没听见。我们整出了一项协定,我第一个出了

149

门。当我开车离开停车场时,我意识到我在微笑。斯塔彻坚守了他的原则!

深夜,我给塔兰特女士一封电子邮件——娜奥米是她的名——感谢她做了这么好的协调工作。十分钟后,她回了我电子邮件,说了声谢谢。我火速回信,邀请她吃晚饭。二十分钟后,她回复我,说是和本班学生的家长约会,总不大妥当。换言之,不是现在,也许将来可以。

周三到了,天在下雨。我们在风雨天气中打"肮脏高尔夫"好多次了。但艾伦说今晚不行:平坦球道上也没有垫子。"老农庄"晚上也关门。我非常清醒、无聊,担忧着塔迪奥和道格·兰弗罗的事。与此同时,追逐塔兰特女士的一线希望,却令我相当兴奋。睡意又一次离我而去,于是,我抓起一把雨伞,匆匆去了"三角框"。到了午夜,台式九球比赛中,我已经输了十美元给一个不超过十五岁的男孩。我问他,你还在上学吗?他回答道:"偶尔吧。"

"卷毛"一直在注视着我们,中途他曾对我耳语:"从来没见过他。水平真绝了!"老天开恩,"卷毛"在凌晨一点打烊了。那孩子从我钱包里拿走了九十美元。下次,我得避开他。到了两点钟,我终于努力闭上了眼睛,睡着了。

14.

"搭档"四点来电话。西恩·金死于脑出血。我做了杯咖啡,漆黑的夜色中独自喝下,往下眺望这座城市,此时此刻,寂静无声。天上一轮满月,清辉照亮了市中心的幢幢高楼。

真是场悲剧。塔迪奥·泽巴特从现在起,至少十年左右要在囚笼中度过了。他二十一岁,等出狱后,年纪大了,再也不能参加格斗比赛了。年纪大了,其他很多事情都不能做了。我想到了钱,但这念头仅仅在我的脑海中停留了一分钟。我在这孩子身上投资了三万美元，可以分得他职业收入的四分之一。我收的，到目前为止已经累计八万了。此外，我还通过在他身上下赌注等方式，得到了额外的两万。这样，比起投资，我的收益已经远远超出。我努力不去想他未来本该可以获得的收入，那将会是很大的数目。但现在，一切都成了泡影。

我想得更多的是他的家人，他们的艰难生活，以及他带给他们的希望。他是这一家人离开街头生活、离开暴力、踏上中产阶级甚至更高人生阶梯的门票。现在他将蹲在监狱里发霉变臭，他们则会一下子陷入更穷困的深渊。

根本没有办法帮他辩护，没有任何靠谱的法律策略可以营救他。我看那段录像起码一百遍不止。西恩·金在面孔遭受最后的暴打时，他人早已昏迷不醒了。很容易找个专家来证明，最后的那些老拳就是造成死亡的直接原因。但其实连专家也不需要了。这个案件不会进入法庭辩论审理程序的。如果我能想方设法让州法院给我们一个合理的判决，我就算非常对得起我的委托人了。我希望那是十年，而不是三十年。不过，一种直觉告诉我，我是在做梦。这个国家里，没有一位检察官肯放弃如此大好机会，狠狠惩治这么一个路人皆知的杀人犯。

我逼着自己去想西恩·金，但我从来不认识这个人。我确信他的家人已经悲痛欲绝了，我想了很多，但思路还是回到了塔迪奥身上。

到了六点钟，我冲了个澡，穿好衣服，直奔看守所而去。我不得不去告诉塔迪奥，告诉他所熟悉的那种生活，已经一去不复返了。

15.

又是一个周一，塔迪奥·泽巴特和我在法庭上再次相见，但情绪已经不太一样了。他此刻被指控为谋杀，同时，感谢互联网的传播，他已经走红了。看上去,很少有人能够抵御诱惑,而不去看看他如何赤手空拳打死西恩·金的视频。

不出我所料,法官拒绝保释,他们把塔迪奥带下去了。我曾和负责案件的检察官简短地谈过两次,看上去他们是想要"见血"了。二级谋杀最高可判三十年。如果当庭认罪不讳,他们会同意改为二十年。在我们这糟透了的假释制度下,他真正服刑期至少也得十年。这些,我还没同我的委托人说明。他仍处于"心理否认"阶段,仍觉得那个场景是团迷雾,自己很抱歉,不知道当时是怎么了,但他仍在幻想有个好律师可以运用某种手段,将他救出去。

这是悲惨的一天,但并不是一无所获。在法院外面的露天大厅走廊,那里聚集着一批记者,他们都在等着我。这个阶段还没有"封口令",于是,我可以在审判之前畅所欲言地说一切荒唐的内容:我的委托人是个好人,当他遭受不公判决时,他错乱了。现在他为做过的一切,感到痛不欲生。他为西恩·金的一家哭泣流泪。如果能让那宝贵的几秒钟重头来过,他愿意付出自己的一切。我们将会信心满满地出庭辩护。是的,当然,他希望能够再进格斗笼。他一直都在帮助自己的母亲,并照顾她的家庭和那一屋子的穷亲戚。

诸如此类。

16.

哈利和哈利律所不停地出报告,而每当市政府方面的律师接近他的法庭时,山姆森法官都会给他们长篇累牍地上课。民事诉讼进展之快,真的出乎意料。

我们犹如在比赛跑步,这是一场我们无法获胜的竞赛。我很希望道格·兰弗罗的民事案件能够赶在刑事案件上庭之前,先在挤满听众的法庭上开庭。问题在于，我们在刑事案件上有快速审理规则，而民事案件上却没有。理论上来说，刑事案件将在检察院受理后的一百二十天内进行审判或另行处理。一般都是被告律师申请延期，因为他需要更多的时间准备材料。而在民事案件中，则没有这样的规矩，所以往往会拖上好几年。我最理想的局面，是我们的民事案件先被审理，得到一个巨大的有利判决，上新闻头条，更重要的是，对今后的刑事审判庭上相关陪审员们，能起到先入为主的影响。媒体对于"兰弗罗荒唐案"总是兴致高涨，我渴望有机会看见警察们被迫站在被告席上受煎熬，并希望，我们城市的明天会由此变得更美好。

而如果刑事审判先进行的话，一旦道格·兰弗罗被判了刑，那样，民事案件我们要想获胜的难度就大大增加了。作为证人，他如果被判刑，他的证词就可能被反驳掉。

山姆森法官明白这个道理，所以在努力帮助我们。特警部队那次笨拙的强攻之后，三个月不到的时间内，他下令传唤所有八名警察来到他面前，任我询问。没有任何联邦或其他法官会允许这么询问取证的：这有辱于他或她的尊严。但山姆森法官为了定下审判基调，并让那些警察和他们的律师明白，他对他们极其不信任，因而下令这些人在他的地盘上接受询问取证，周围都是他自己手下的法务人员和审判员。

这是场残忍的马拉松，让我使出了全身的气力。我首先选择从警方突击队负责人奇普·桑玛奥中尉入手。我从他口中得到了他本人经历、职业培训、参与其他警方进攻的经历。我刻意摆出一副呆板、无趣、扑克老手的面孔。其实这只是一次法律询问取证，为的是能得到一份经宣誓的供词而已。我运用地图、照片和录像，花了好几个小时将兰弗罗的案子过了一遍。

对这八名警察询问取证，花了我整整六天。不过，他们的全部证词都在我手上了。今后，不管是刑事庭还是民事庭上，他们都无法再改变证词了。

17.

我仅有的一次上家庭关系法庭，是被我自己的罪拉过去的。否则，用枪逼我，我也不肯接手离婚案或收养案。朱蒂斯则恰恰相反，她每天就靠打离婚官司过日子，这里是她最熟悉的领域。今天，当庭法官是斯坦利·利夫大人，这是个古怪老头，多年前就对法律失去了兴趣。朱蒂斯自己为自己辩护，我也一样。这种场合，她居然把艾娃拖了进来，让她孤零零坐在旁观席上。她的裙子短到几乎可以看见她的桃花村。利夫法官正在盯着她看的时候，恰好被我发觉，这老头显然已陶醉在那片美景之中。

因为我俩都是律师，彼此为自己辩护，利夫法官就省却了繁文缛节，让我们直接坐下来发言。我们的言辞都是呈堂证供，被速记员全部记录。

朱蒂斯首先开炮，陈述了她那方面的事实，让人听上去了好像我是人类历史上最无良的父亲，居然带儿子去看笼中格斗。接下来，四天后，斯塔彻就在学校里第一次打了架。这么明显的证据表明，是我把孩子变成了一头禽兽。

利夫法官皱了皱眉头，仿佛在说这真可恶。

如同聚光灯下的话剧明星一样，朱蒂斯大声宣称，从此以后，我的所有探视权都应被剥夺，这样孩子就不会被我的恶劣影响带坏。利夫法官快速看了我一眼，意思说："她是不是疯了？"

但我们俩到法庭上，不是为了寻求正义，而是在做一场秀。朱蒂斯是位生气的母亲，她再一次将我扯上了法庭。我的处罚不是失去探视权，和她打斗本身就是对我最大的处罚。她绝不允许被推来搡去！她要不惜一切代价保护她的孩子。

我坐在自己的席位上，一字不多也不少，如实说明了我这方的事实。

她拿出了一份报纸，头版印着"她儿子"的照片。这真是个奇耻大辱！他当时有可能遭到严重伤害。利夫法官几乎都要睡着了。

她接着带上来一名专家证人，儿童心理学家萨拉巴博士，当然，也是位女性。博士说，她跟斯塔彻交谈过，花了整整一个小时，谈了笼中格斗和操场上的"打斗"。现在得出的结论是：他在我监护下所目睹的那场大混战，对他产生了不良影响，激发了他自己去打人的冲动。朱蒂斯努力在利夫法官昏迷不醒之前将证词草草收了场。

在诘辩阶段，我问："你结婚了吗？"

"是的。"

"你有儿子吗？"

"有两个男孩。"

"你至少和他们中的一人谈过拳击、摔跤或笼中格斗比赛吗？"

"没有。"

"你两个儿子互相打过架吗？"

"我记不得了。"

"你怎么会记不得呢？你不是个慈爱的母亲，给予两个儿子尽可能一切的关怀吗？"

"我觉得是这样的。"

"那你时刻都在保护他们，对吗？"

"是的，我总是尽力而为。"

"那你却记不得他们中是否有人打过架？"

"嗯，记不得了，起码现在想不起来。"

"那我们下次问你,好吗?这句不要记下来。我就问到这儿了。"我朝法官瞟了一眼,他看上去有点不知所措。但当第二个证人上庭时,庭上的情况似乎一下子明朗了不少。来者不是别人,正是斯特彻的老师娜奥米·塔兰特。今天她穿着紧身裙和尖细高跟鞋。她刚宣誓不做伪假证时,利夫法官已经完全醒来。我也一样。

学校老师都不喜欢被牵扯进监护权和探视权的争夺战中。娜奥米虽然很懂如何应对这种场面,可她也不例外。我俩已经通了一个月的电子邮件了。她还没肯和我一起吃顿饭,但我在稳步推进当中。她作证说,斯塔彻此前从未显示过有任何暴力倾向,直到他第一次看过笼中格斗的几天之后。她并没将操场上的那一幕称为"打架"或"斗殴"。只是两个男孩闹了一场误会而已。

朱蒂斯叫来这位证人,并没有达到她寻求真相的目的,反倒让娜奥米和其他人感到她善于运用权力将大家拉进诉讼案、仗势欺人的那种做派。

在相互辩论阶段,我让娜奥米承认了,或迟或久,她班上几乎所有正常男生都会在操场上发生这样那样的冲突。她在证人席上起立坐下,来来回回十五分钟,当利夫法官最终让她下去后,他脸上流露出一种失落的神情。

作为结论,朱蒂斯重复了先前所说的那一大套,声嘶力竭地恳请终止我的一切探视权。

利夫法官一句话冷冷地打断了她:"可是他父亲每月只有三十六个小时探视,这不算很多。"

"谢谢您。"我说。

"够了。"朱蒂斯骂了我一句。

"对不起哦。"

法官看着我问:"拉德先生,你同意不再带孩子去看笼中格斗,以及拳击或摔跤比赛吗?"

"是的,我保证。"

"你也同意教育这个孩子,告诉他打架不是解决纠纷的正确方法吗?"

"是的,我保证。"

他瞥了一眼朱蒂斯说:"你的陈请被拒绝了。还有什么吗?"

朱蒂斯犹豫了一秒钟,然后回答:"这样的话,我不得不继续上诉。"

"你有权那么做,"他回答道,一边敲了法官锤,"这次听证会到此结束。"

18.

对道格·兰弗罗的刑事审判周一早晨开始,法庭上坐满了潜在的陪审员。当他们按部就班在法警们身边坐下后,律师们聚在巡回法院资深法官,一位优秀的主审法官莱恩·庞德大人的小间里。每逢遇到这样重大的案件,第一天的气氛总是很紧张。每个人都如坐针毡。律师们看上去都像一个星期没有好好睡过觉。

我们围坐在大圆桌旁,讨论一些前期的相关问题。当我们将事件简述了一遍后,庞德法官看着我说:"我想首先说明白,拉德先生。州政府给出了一项提议,你的委托人可以当庭认罪,以减免罪刑,定为重大过失,不需要坐牢。他可以立即走人。但作为妥协,他得同意放弃对市政府和一切被告的民事诉讼。确有其事么?"

"确有其事,大人。"

"他拒绝了这项提议?"

"是的。"

"让我们把这段对话记录下来吧。"

道格·兰弗罗从证人屋被带到了法官小间。他穿着一件深色羊毛西装、白衬衫、深色领带，衣着扮相比这间屋子里谁都考究。他高高站着，挺立、自豪，果然不愧是位老兵，急不可待地等着大战一场。十个月前，他的家园遭到了警方突袭，如今他已经见老很多，他的伤口都已恢复，此时此地显出一副从容和自信的神情。

庞德法官让他宣誓讲实话。他说："现在，兰弗罗先生，州政府给你一项提议，一项当庭认罪的机会。已经形成了文字。你读过，并和你的律师讨论过吗？"

"是的大人，我读过，也讨论过。"

"你明白如果你接受这个认罪提议，你就可以避免这场刑事审判，作为自由人离开法庭，再也不用担心坐牢的事情了？"

"是的，我明白的。但我不愿意为了任何条件当庭认罪。警方闯进我的家，杀了我的妻子。不定他们的罪，这是不对的。我想看看陪审团有没有可能主持正义。"他瞪了一下本案的检察官，眼神里充满厌恶，然后继续盯着庞德法官。

检察官是个老资格，名叫察克·芬尼，此时他将头埋在一堆文件中。芬尼不是个坏家伙，坐在现在的位置上，确实也不是他的初衷。他的问题在于简单和直接——一名奋勇冲锋的警察在一次搞砸了的突袭中受了伤，法律白字黑字写明击伤他的人有罪。这原本是一群糊涂虫制定的法律，而此刻，芬尼却不得不去执行。他不可能简简单单放弃起诉。要是那样的话，警察团体会拧断他的脖子。

这里说一下马克斯·曼西尼这个人。马克斯是经市长委任、市议会投票通过的市检察长。他嗓门很大，举止夸张，野心勃勃。这个处心积虑的人，总能达到他的目标。但目标究竟在何方，他其实也不清楚。他和我一样，都喜欢摄影镜头，不惜推开前面的人群，站到镜头面前。在法庭上，他老谋深算，吹嘘经他起诉的人，百分之九十九都会被定罪，这个数据和美国其他检察官一样。因为他是老大，所以可以操控篡改数据，这样，他手里真有定罪率高达百分之九十九的证据。

通常，遇到像道格·兰弗罗这样的大案，确保上头条，早、中、晚三遍现场直播的焦点案件，马克斯一定会穿上最笔挺的西装，赖在聚光灯下久久不肯离去。但这次案件有风险，马克斯是知道的。每个人都知道是警方的失误。兰弗罗一家是受害者。有罪判决几乎是不可能了。马克斯·曼西尼最不能冒的风险，就是判决否定了起诉的罪名。

于是，他躲了起来。我们的检察长一个泡都没有冒出来。我相信，他正躲在阴影里的某个地方，张嘴看着那么多照相机、摄像机，焚心似火。但马克斯在这场审判中是不会出来的，他将这个烫手山芋扔给了察克·芬尼。

19.

确定陪审团花了三天时间。显然到这个时候，所有十二名陪审员都已经对案件相当了解了。我曾反复权衡，也想过请求更改场地这个策略，但后来还是决定不要改了。这有两个原因，其一是出于合法性考虑，其二完全是出于自尊心。第一个原因是考虑到本市很多居民对警方和他们野蛮粗暴的作风，已经深恶痛绝。第二个原因则是考虑到这里到处都是记者和照相、摄像机，这是我的主场。更重要的是，我的客户希望自己由他同乡组成的陪审团来审判。

在拥挤的法庭上，庞德法官开口了："陪审团的女士们，先生们，在开始审判前，我们先作如下一个开场声明。首先，州立公诉人，芬尼先生，以及被告律师拉德先生。我提醒你们，接下来，你们将要听到的任何言语，都不一定是事实。事实只能有唯一的来源，就是这张证人席。芬尼先生。"

检察官从他桌边的席位上郑重地站了起来。那张桌边坐满了副检察官和一些无用的助理。这是司法"肌肉秀"，想以气势镇住陪审团，让他们做出不利于兰弗罗的决定。我的策略与此相反。道格和我孤零零地坐在一起，就我们两个人。两个小人物面对拥有无尽资源的政府机构。对比过道对面的大军压境，被告席桌旁似乎像是一对残兵剩勇。我的生活，一向就是一幅少年大卫面对巨人歌利亚的图景。

察克·芬尼勇猛而沉闷，他严肃地说："女士们，先生们，这是场惨剧。"开什么玩笑啊，察克。你就这点能耐么？

也许芬尼对这个案件并没有太多信心，但他也不愿意直接让自己的车翻倒了事：太多的人在关注着，太多的政治赌注押在这案子上面。既然开场的铃声响起，比赛就已经开始。这场比赛不是有关正义，从此时此刻起，它只关乎输赢。他描绘了警察工作的危险性，特别是在这进攻性武器泛滥、犯罪分子阴险狡诈、毒贩横行、恐怖分子猖獗的时代。他说得还真不错。今天，警察往往成为受害对象，成为那些藐视一切法律的恶棍手中的受害者。一场大战正在进行中，那是缉毒战、反恐战以及与几乎一切之间的作战。我们英勇的执法官员完全有权全副武装自己。这也是为什么我们选出来的那些聪明人，六年前制定了一项法律：不管什么人，甚至是在自己的家中，只要对执行公务中的警察开了枪，就是犯罪。这也是依法应定道格·兰弗罗有罪的理由。他朝我们的警察开枪了，他打伤了司各特·凯斯特勒警官这位尽职的资深执法人员。

芬尼切中了要点，赢得了一些比分。有两位陪审员不满意地瞥了一眼我的委托人。毕竟，他射伤了一名警察。但芬尼也很小心。因为不管法律条文如何叙述，事实对他并不有利。他说话简洁，直截了当，仅仅十分钟就坐下了。这可谓是检察官简短发言的一项纪录。

庞德法官说："拉德先生，你来辩护。"

作为刑事辩护律师，我很少掌握有利于被告的证据。可是，一旦理在我这边，我就不再含糊，而是狠狠进攻，快速准确地打击，看着他们四处逃窜。从第一天起我就相信，只要我做开场白，就能稳赢这场官司。我将自己的法律记录本扔到发言台上，眼睛直视陪审团。目光与他们在座的每一位都接触了一遍。

我开始发言："首先，他们打死了他家的拉布拉多犬史派克。当时狗狗正在厨房里它的窝床上熟睡。史派克究竟干了什么，非得死得这么惨？它什么都没干，只是在错误的时间，待在了正确的地点。你要问他们为什么杀了史派克，他们将会用经典的谎言来回答你。他们会说，史派克威胁到了他们的安危。他们认为这种说法，对于深夜遭突击的民宅里，被屠杀的每一条狗都合适。在过去的五年中，女士们、先生们，我们勇猛的特种突击队小伙子们，总共滥杀了本市三十多条家犬，从昏聩的老狗，到年幼的犬崽。这些狗狗，当时都没有干涉到人类的任何事情。"

察克·芬尼在我身后站了起来，喊道："法官大人，我抗议。我不清楚特种突击队的其他行为，与本案有何关联。"

我转身朝着法官，在他还没有作决定之前，我说："噢，这确实有关联，法官大人。请让陪审团有机会听听这些突击行动，都是如何开展的吧。我们将会证明这群警察他们都是以扣扳机为乐趣，随时准备射击一切活动的东西。"

庞德法官举起了手，说道："够了，拉德先生。抗议无效。现在只是开场陈述，不是举证。"

说得对。但陪审员们早已听到了我所说的。我转过脸，对着他们说:"史派克连逃命的机会也没有。特种突击队从前、后门同时破门而入,八名全副武装的战警冲进兰弗罗的家中。等史派克刚站起来开始叫唤时,它已经被打死了,半自动步枪接连射中三发子弹,这种武器和军队里骑兵用的,完全一模一样。而屠杀才刚刚开始。"

我停顿了一下,看着那些陪审员,这些人中,显然对于狗的死亡,要比当晚发生的其他事件,更加感到难过。

"八名警察——八名特种突击队成员,他们配备的武器装备,全都比越南战场或'二战'的将士们更先进、更齐备:防弹背心、夜视眼镜、高尖端武器、甚至面孔都被涂黑,增添了几许戏剧色彩。但这是为了什么?他们为什么要在那儿?"我开始踱步,在陪审席前来来回回地慢走。我扫视了一下观众席,那里已经挤满了人,我看到警察局长坐在头一排,对我满脸敌意。他们最常规的做法,就是找来二十几名警察,占满前排位置,一边坐着,一边双手架在胸前,恶狠狠地盯着陪审团看。庞德法官却不允许这样。我提出过一个动议,禁止警察穿制服进入法庭,他同意了。这样一来,八名特种突击队警察就被困在了证人室,不能完整地欣赏这场大戏了。

"这场悲剧的祸根是隔壁一个大男孩,一个问题青年,十九岁,人生也没啥大指望了。这个兰斯,他没有职业,但并非毫无收入。他靠贩卖非法毒品,主要是摇头丸,获益颇丰。他太聪明了,不屑上街混,于是运用起了互联网,但不是我熟悉的互联网。兰斯活在黑暗、幽闭的'罪恶网络',这些角落,谷歌、雅虎和其他那些著名的搜索引擎都找不到的。兰斯一直在'罪恶网络'里买卖毒品,某天,他突然意识到,兰弗罗家的无线上网不需要密码。对于兰斯这样一个机灵鬼来说,蹭网轻而易举。一年之内,兰斯用兰弗罗家的无线路由器上网买卖毒品,当然,兰弗罗家毫无觉察。但本案不是贩毒案,所以大家不要被误导。本案的重点,是我们的警察局犯了一次极大的错误。

州里的缉毒调查人员破获了网络贩毒团伙案,追查到了兰弗罗家的IP地址。在缺乏其他证据、没进行实质性侦查的情况下,他们就展开了那场缉毒突击行动。他们手上握着两份法律文书:对道格·兰弗罗的逮捕令,以及对他家的搜查令。"

我这里停顿了一下,喝了口水。我从来没有觉得法院里如此寂静过。所有的目光都盯着我看。所有的耳朵都竖直聆听。我返回陪审团前,靠着发言台,好像我在和自己的老祖父亲切谈心似的。"要知道,在过去,不远的过去,警方工作都是由熟悉业务、知道如何抓捕罪犯的警察们完成的。那时的警察,都知道自己的身份是警察,不是海军海豹突击队;女士们、先生们,那时一张逮捕令将由两名警察执行,他们会开车来到兰弗罗家门口,揿响电铃,走进他的家门,告诉他,他被捕了,然后将他带走。整个流程非常专业。另一队警察将带着搜查令进门,查封兰弗罗先生的电脑。不消两个小时,警方就会意识到自己搞错了。他们会郑重其事地向兰弗罗先生道歉,送他回家。接下来,他们就侦破了这起案件。那么,对比现在呢?现在,至少是在本市现任领导的管理下,警方总爱深更半夜对毫无察觉、奉公守法的市民来场突袭。他们会开枪射杀这些市民以及他们的狗。一旦他们意识到弄错了房子,他们就开始谎话连篇,竭力掩盖起来。"我再次长长地停顿,一边回到发言台后面,目光扫过那些我根本不需要的笔记纸,随后再次凝视着陪审员们。我眼中,大家几乎没人在呼吸。"女士们、先生们,本州有一项非常糟糕的法令,说是像道格·兰弗罗这样的一家之主,如果对执法警察开枪,哪怕该警察误闯民宅在先,都自动算做犯罪。这样的话,要这场审判还有什么意义呢?为什么不找个人,将法令直接宣读一遍,告诉兰弗罗先生,他将立即入狱,蹲上四十年的大牢呢?这是因为,根本没有'自动犯罪'这种活法。这就是我们为什么需要有陪审团,你们的工作职责就是要确定,道格·兰弗罗先生当时是否知道他在干什么？他是否知道警方进入了他的家？当他匍匐在过道地板上，看见黑暗中有些人影在移动，当时，他在想什么？我来告诉你们吧。他当时被吓傻了。他确信一群危险的犯罪分子闯了进来，于是他开始射击。最重要的一点，他根本不知道那些人是警察。如果他不知道，那他就没有罪。那些人根本不可能是警察，对不对？他什么坏事也没干，为什么会有警察闯进他的家来？他们为什么要凌晨三点出现，当所有人都在熟睡的时候？为什么他们不敲门、按门铃？为什么他们要踢开前门和后门？为什么，为什么，为什么？警方不会表现得如此欺人太甚，不是吗？"

20.

第一名证人是州警方的一位大腕。他叫拉斯金，他站在发言台上，开始一项不可能完成的任务：为警方当晚突袭兰弗罗的家来找理由。芬尼、拉斯金一唱一答，因为事先演练得烂熟，所以没有丝毫随意性可言。他们俩从互联网贩毒规模"悄然兴起"，谈到青少年买卖毒品数量规模上升趋势"令人悲哀"。我不断站起来说："法官大人，我抗议，这显然没有关联性。这些证词与道格·兰弗罗能有什么关系？"

当庞德法官三次否决了我的抗议后，他也有些厌烦了。芬尼察觉到了法官的情绪，开始继续提问。他们通过冗长的问答，试图解释州警方如何在互联网上施计捕获毒贩的。总体而言，他们还是成功的。他们在本州抓获大约四十名嫌疑人。

"行动中，你们打死过什么人吗？"我从自己的座位上一跃而起，发出我的第一问，将程序带入相互辩论阶段。

我询问了拉斯金其他抓捕行动的情况。特种突击队是否使用逮捕令、搜查证？是不是其他袭击民宅行动也发生在凌晨三点？是不是还有别的家庭也死了狗？你们派坦克参与行动了吗？在我诘问到一半，我迫使他承认全世界数月前就知道的一个事实：他们进攻选错了房子。他那种不情愿承认的态度，降低了他说话的可信度。

在两小时后，我已经将拉斯金锤打成一个胡乱说话的傻子，使他迫不及待想要逃离证人席。

当我的辩护人果真罪该万死的时候，我常常是故作正义的大混蛋。可是，如果我替无辜者辩护，那我全身就会散发出高傲自大的浓烈臭气。我意识到这个问题，因此非常努力地向大家，尤其向陪审团表明，我其实还是挺讨人喜欢的。我倒不是很在乎他们是否真的恨我，只要不恨我的委托人就行。但此刻，我在给兰弗罗这样的圣人做辩护，我就必须表现得热情万丈，但又不是令人讨厌。我不信那些不公正的事，但我自己要做到令人信服。

他们下一个证人是奇普·桑玛奥，进攻行动的领队，警方中尉。他从证人间被领了进来，发誓说真话。一如以往，他身穿制服，上面叮叮当当挂满了各种徽章。警服、标记、警衔一应俱全，唯独没佩戴手枪和手铐。他走路趾高气扬，手臂粗壮，剃着平头，一看就是个傲慢的家伙。我在询问取证期间给他做笔录的时候，我们说过话。当时我瞪着他，仿佛他已经开始说谎似的。芬尼引导他进入话题。他们主要谈了他长期的训练和多年的经验，他辉煌的从警纪录。他们又系统地按时间线索，讲述了兰弗罗事件的经过。他竭力推卸责任，不止一次说，他只是在执行命令。

我有个感觉，好像整个法庭都等我在十字架上消灭他。我努力克制着自己。我开始点评起他的制服，称赞他看起来很神气、很专业。这套制服，他一直都穿在身上么？这其中的一些徽章又是什么意思？接着，我让他回忆一下他踢开兰弗罗家门的那晚，他全身上下佩戴着什么？一层又一层，一件接一件，一把接一把，每件装备都让他说清楚，从他那双钢头的军皮靴，到他德国坦克兵式样的战斗头盔，我们事无巨细地一一谈过。我问起他那把半自动步枪，海克勒－高奇MP5仪器，专门为近距离肉搏所配置的，绝对是世界一流，他自豪地说。我问，那天夜里，是否他也带着那个？他说是的。我问了他一个烫手问题：杀死吉蒂·兰弗罗的那几枪，是不是他开的。他说他不知道。当时很黑，事情发生得也特别突然。子弹横飞，警方"遭到火力袭击"。

当我在法庭来回踱步时，我瞥了一下道格。他双手捧着自己的脸，重新回忆起当晚的噩梦。我又瞥了一眼陪审团，一些成员显然不相信他的话。

"你说一片漆黑，警官。可是你们都装备着夜视镜，不是吗？"

"是的。"他被教过，回答越简短越好。

"这些设备是让警官们在夜里都能看得清楚，对吗？"

"是的。"

"好的，那么为什么你在黑暗中看不见呢？"

答案已经呼之欲出了；他的眼睛眯缝了些许，但他的嘴还是很硬的。他说："就像我说的那样，一切发生得太快了。我还没有对好焦距，枪声四起，我们便赶紧应对了起来。"

"你们难道也看不清三十英尺开外，过道厅那头身穿白色睡衣的吉蒂·兰弗罗吗？"

"我没有看见她，没有。"

我不依不饶地刺激他，问他看见什么，应该看得见什么。当我在这个话题上拿下每一分之后，我重新跳回到警方执法流程问题上去。谁授权了这次特种突击队的行动？制定行动决议时，究竟谁在场？他或其他什么有常识的人，是否质疑过，这样一场行动，是不是完全有必要？为什么你们要等到凌晨三点，黑灯瞎火时才开始？是什么让你觉得道格·兰弗罗将会如此凶险？他开始语无伦次，失去了先前那种冷静。他看着芬尼，指望能得到些帮助，不过对方什么也做不了。他快速看了一眼陪审团，看到的只是一片怀疑的眼神。

我剥茧抽丝，层层揭露他们行动程序中的荒谬。我们讨论了他们的培训和他们的装备。我甚至将坦克也引入到话题中，庞德法官同意我给陪审团展示了一张坦克的放大照片。

当我被允许深入揭露警方曾失误的其他行动时，真正有趣的时刻开始了。桑玛奥此前有两次因过度使用警力而被停职处分，我一步一步帮助他回忆了当时的细节。回答过程中，他有时脸变得通红，有时又满头冒汗。最终，到傍晚六时，桑玛奥已站着经历了四个小时的煎烤。庞德法官问我，是否我的提问快结束了。

"不。法官大人，我才刚刚开始。"我回答道，言语非常欢快，瞪着桑玛奥。我像打了鸡血似的，可以一直干到子夜时分。

"非常好，那么，我们暂时休庭，明天早上九点来这里继续。"

21.

到了周五上午九点整，庞德将陪审团领了进来，并表示了他的欢迎。桑玛奥警官被传唤上来，继续站在证人席上。他那种趾高气扬的神情，已经不那么明显，但还没有完全消退。

"请继续你的诘问，拉德先生。"庞德说。在一位助理的协助下，我展开了一张巨大的兰弗罗房屋构造图，一楼二楼都画得很清楚。我问桑玛奥，作为行动负责人，他是如何挑选这八名特警的。为什么他们被分成两组，一组从前门，一组从后门攻入？他们每人的职责是什么？每名警察的武器都有哪些？不按门铃，直接闯入，这是谁做的决定？门是怎么被冲开的？第一个冲进去的警察是谁？谁打死了史派克，为什么开枪？

桑玛奥无法也不愿回答我大部分的问题。没过多久，他看起来就已经像个傻子了。他是突击队长，也很自豪，但对于行动细节，很多时候都一问三不知。我不依不饶地继续整了他两个小时，然后休息了一会儿。在喝杯咖啡的间隙，道格告诉我，陪审员们都不太相信桑玛奥的话，有几个人已经气愤了。"我们抓住了他的要害。"他说。但我提醒他得格外小心。其中两位陪审员尤其让我担心，因为我的老朋友奈特·斯普里奥告诉我，他们与警方有着千丝万缕的联系。我们俩昨晚一起喝了杯酒，他说警方依赖四号和七号陪审员。好的，那我以后再收拾他们。

我克制了自己想要花一整天痛打桑玛奥的冲动，我以往常常任性过了头。法庭诘问很见水平，见好就收就是其中很重要的一个技巧。这个技巧，我还没有很好地掌握，因为我的直觉是对于桑玛奥这样的落水狗痛打不已。

道格很明智地说："我想，你对这个证人诘问的时间已经够长了。"

他说得对。于是，我告诉法官，我没有什么需要再问桑玛奥的了。下一个证人是司各特·凯斯特勒，正是被道格·兰弗罗击中的那名警察。芬尼依照事先的"脚本"提问，试图引发大家最大的同情。事实情况是——我手头有所有相关医疗档案——他脖子上的子弹伤仅比擦伤严重一点点。如果真是在战场上，他顶多被贴上两块邦迪创可贴，然后继续冲上前线。但检察官需要利用伤势问题大做文章，凯斯特勒的遭遇，听起来就像是他眉心中了弹一样。他们在这个问题上纠缠了太久，直到最后，我们终于盼来了午餐休息。

当我们回到法庭上后，芬尼说："法官大人，我没有问题了。"

"拉德先生。"

我开足马力，一句话脱口而出，冲凯斯特洛迎面撞去："警官，吉蒂·兰弗罗是你谋杀的吧？"

法庭上的空气一下子被抽成了真空似的。芬尼摇摇晃晃地站起身来，抗议。庞德法官说："拉德先生，如果你——"

"我们在谈论谋杀案，法官大人，不是吗？吉蒂手无寸铁，在她自己的房屋里被人射杀而死。这就是谋杀。"

芬尼高声说："这不是。我们专门针对这一点有过立法。和平卫士没有责任……"

"也许没有责任，"我打断了他，"但那仍旧是谋杀。"我向陪审团挥了挥双臂，要求他们回答："你们说那还能是什么呢？"三至四位陪审员真的朝我点头确认了。

庞德法官发声音了："拉德先生，请避免使用'谋杀'这一词汇。"

我深深吸了口气，在场的大家都吸了口气。凯斯特勒看上去就像面对着行刑队的枪口。我转身回到发言台，盯着他看，彬彬有礼地问："和平卫士凯斯特勒，那次特别突击行动的当夜，你穿着什么？"

"对不起，我没听清。"

"你穿着什么，请问？请告诉陪审团，你那天身上的每一件东西。"

他努力吞咽了一下口水，然后逐一报出了他当夜穿着的盔甲、佩戴的武器，等等，足足一长串。"接着讲。"我说。他最后结尾前说了："平脚短内裤，T恤衫，白色运动袜。"

"谢谢你。都全了吗？"

"是的。"

"你能确定吗？"

"是的。"

"完全确定?"

"是的,我肯定。"

我瞪着他看,仿佛他是个肮脏的骗子。然后,我走到展示桌旁,拿起一张彩色大照片。上面是凯斯特勒警官躺在担架上被紧急送往急救室的情形。他的面孔清晰可见。因为这张照片已经被列举为证据,我将其递给凯斯特勒,问道:"那人是你吗?"

他看着照片,摸不着头脑地回答说:"那是我。"

法官允许我将照片传给了陪审员们。他们花了不少时间认真看着照片上的一切,然后我将其收了回来。"听好,和平卫士凯斯特勒,你自己看着这张照片,告诉大家你脸上这块黑色的玩艺是什么?"

他微笑了,放松了,如释重负。"哦,那个啊,那只是些黑色伪装漆。"

"也叫战斗迷彩漆对么?"

"我想是吧。它有好多种名字。"

"战斗迷彩漆的用途是什么呢?"

"是起到伪装的作用。"

"这么说来,这玩艺相当重要,是吗?"

"当然重要,是的。"

"必须确保现场行动人员的人身安全,对不对?"

"绝对是的。"

"你们参与特种突击行动的八名和平卫士,脸上全都涂着战斗迷彩漆吗?"

他知道答案,他猜想我也应该知道答案。他回答说:"我不是很清楚。"

我走到我的桌旁,拿起一本很厚的询问记录本。"听好,和平卫士凯斯特勒——"

芬尼站了起来说:"这种情况下,法官大人,我真的要抗议了。他一直在用'和平卫士'这个词。我想那是……"

"你自己先用的,"庞德法官回敬了他一句,"你自己先用的。抗议无效。"

我们最终确认,当夜共有四名警察脸上涂满了黑色战斗迷彩漆,等到我再度询问凯斯特勒警官时,他脸上的愚蠢表情,如同已经十几岁的大孩子还玩蜡笔。现在,真正有趣的时刻到了。我问:"和平卫士凯斯特勒,现在告诉大家,你玩过很多电子游戏,对吧?"

芬尼重新站了起来:"我抗议,法官大人。关联性。"

"抗议无效。"法官大人看也没看一眼检察官,厉声说。显然,庞德法官越来越厌烦警方,反感于他们的谎言和计谋。我方则势如破竹——对我来说,这真是少有的好事——我都不知道如何去运用优势了。我是不是该一鼓作气,趁陪审团人心都向着我们的时候,将案件决定权呈交给他们?还是一路继续,将应该拿到的每一分都拿满呢?

不断得分,精彩无限!另外直觉也告诉我,陪审团已稳稳地站在我这边,他们在看火车翻车的热闹场景。"你喜欢玩什么样的电子游戏,说几个上来听听?"

他说了几个名称——温和的,几乎是儿童级别的游戏,听上去他就像是个发育过头的五年级小学生。他和芬尼都知道我可能会问什么,他们都想缓和一下我对他们的打击力度。谁料到,这么做的结果,使凯斯特勒看起来情况更糟了。

"你今年多大了,凯斯特勒先生?"

"二十六岁。"他面露微笑地回答,终于可以说实话了。

"那你还在玩电子游戏,对吗?"

"嗯,是的,先生。"

"事实上，你花了几千个小时玩电子游戏，对不对？"

"我想有的。"

"你最喜欢玩的一种叫'一人打三人'，是吗？"我手里举着他的询问记录，在这份宣誓记录里，我想方设法敲出了他孩提时期沉溺于电子游戏不能自拔，以及至今兴趣丝毫未减的事实。

"我想是这个。"他回答道。

我手里晃了晃他的询问记录，仿佛那是包毒药，我问道："你难道上次没有做过询问笔录，在宣誓状态下，说过你过去十年，一直在玩'一人打三人'的游戏吗？"

"是的，先生。"

我看着庞德法官说："法官大人，我想向陪审团展示一段'一人打三人'的视频片断。"

芬尼急疯了。我们一个月以来，为了这个一直在争论。庞德法官迟迟未决定，就等现在这一刻。最后，他开了金口："我倒有兴趣，让我们都看看吧。"

芬尼将一份法律记录本摔在桌上，完全是一副气急败坏的样子。庞德冲他吼了起来："不要搞这些夸张的名堂了，芬尼先生。赶紧坐下去！"

很少遇到法官如此支持我，我倒真有些手足无措了。

法庭的灯，一下子全都暗了下来，一幅大屏幕从天花板上垂下。一名技术人员正在调控播放那段五分钟的视频。在我的授意下，他将音量调大。只见，背景突然传来一声轰响，屏幕上立即跳出一名身型硕大的士兵，他一脚踹开房门。这突如其来的画面和音响，让陪审团为之一震。一头似犬非犬的动物，露出闪亮的利齿和巨大的爪子扑了上来，被我们的英雄一枪毙命。各间屋子、各扇窗子里，到处都是恶棍，他们都被一一击退。你能看见那些子弹，在爆炸，在进击。肢体横飞、血流成海。里面的人们尖叫、射击，以各种夸张的姿态死去，仅仅两分钟，你就觉得看够了。

过了五分钟，整个法庭似乎都僵住了。屏幕恢复一片空白，灯光重新调亮。我瞪了一眼凯斯特勒，他一动不动地站在证人席上，我问他："这种游戏真的很有趣噢，对吧，和平卫士凯斯特勒？"

他没有回答。我看着他似乎在渐渐地溺水，几秒钟后，我继续问："你也很喜欢玩另一种叫'入侵家庭'的电子游戏，对不对？"

他耸了耸肩，朝芬尼望去，寻求帮助，最终咕哝了一句："我想是吧。"

芬尼站起来说："法官，这与本案真有关联吗？"法官此时用双肘撑着下巴，想要继续看下去。他回答："噢，我觉得这些与本案非常有关。芬尼先生，让我们继续看下去。"

灯光又暗了下去，我们继续看了整整三分钟同样内容的无节操暴力混战。假使我捉到斯塔彻在玩这种垃圾游戏，我一定会将他送去少教所改造的。在播放过程中，六号陪审员压低声音发出了一句："我的天哪！"我看见他们瞪眼看着屏幕，全部都是厌恶的神情。

待这些视频都播放完毕，我又逼着凯斯特勒承认他还喜欢玩"开裂屋——特别行动"那个游戏。他承认警方在警察局地下室有间更衣室。感谢纳税人的钱，那里配备了台五十四英寸平板大电视，小伙子们在特种突击行动之余，都会聚在那里娱乐，有时也举行电子游戏比赛。在芬尼虚弱的反对声中，我把这些细节，一点一点地从凯斯特勒口中套了出来。到了这一步，他不想继续说这些事了，这让他和检控方陷于更为不利的境地。当我问得心满意足时，他已被彻底摧毁，信誉扫地了。

我坐下，看了看观众席。警察局长已经走了，再也不会回来了。

庞德法官问："你下一位证人是谁，芬尼先生？"

芬尼露出了一副检察官那种鬼鬼祟祟的神色，明显不想再传唤其他证人上庭了。他此时想做的，是搭下一班列车，飞速离开这座城市。他看着自己的记录本说:"博伊德警官。"那天夜里,博伊德连发七轮子弹。年仅十七岁时,他被判强制管教,但后来想办法将那记录消除了。芬尼不知道他被强制管教过,但我知道。到了二十岁那年,博伊德被军方开除。等到他二十四岁,他的女友拨了求救电话,控告他家暴。这些丑事,都被扫到了地毯下面隐藏了起来,没有留下任何指控记录。其他两起搞砸了的特种突击行动中,博伊德也都参加了。凯斯特勒入迷的那些电子游戏,同样令博伊德神魂颠倒。

让博伊德来接受我的诘问,这可能会是我律师生涯中的一个亮点。

庞德法官突然说话了:"我们现在休庭,直到周一上午继续审判。我想在我的小间里,单独和控辩双方律师代表见面。"

22.

门一关上,庞德法官就瞪着芬尼,吼道:"你弄的什么乱七八糟的案子啊。你们抓错了人。"

可怜的芬尼,心里完全知道,但他不能这么说。事实上,在这个时刻,他什么也不能说。法官狠狠追问了一句:"你打算将所有八名特种突击队成员一一叫上你的证人席吗?"

"从现在看来,应该是不会了。"芬尼努力挤出了这句。

我立即兴奋地说:"太棒了,那我就要把他们当作反方证人叫上来了。我要他们八个人全都面对陪审团。"法官看着我,面露惶恐。他们都知道,我完全有权利这么做。在凝固的几秒钟内,他们都在假想其他六名玩具兵被我逐一叫上法庭面对陪审团,被我整成六个痴呆人的那种可怕噩梦。

法官大人看着芬尼问:"你想过要撤销诉讼吗?"

当然不会。芬尼也许丧失了斗志,但他毕竟是位检察官。

通常，刑事案件审理过程中，法官有权排除州政府的证据，而将结果导向有利于被告一方。这种情况发生的几率很小。但在这起案子中，法律明确规定：面对闯进家中的警察，不管警方是否弄对地址，只要朝警察开枪就算有罪，罪名为企图谋杀警官。这完全是条坏法律，胡乱起草而成，但在庞德法官看来，他没有权力撤销这起案件。

我们即将迎来最终的判决。

23.

仅仅过了一个周末，余下的六名特种突击队员中的一人，突然因病住院不能出庭作证。一个人就这么消失了。消灭剩下来的五个，花了我一天半的时间。我们上了报纸头条，警察局从来没有如此狼狈过。我尽情享受着光荣时刻，因为这样的好日子，以后很难重现。

到了作证的最后一天，我和兰弗罗一家，大清早一起吃了顿早餐。我们见面的话题是兰弗罗是否应该上庭作证。他的三个成年子女——托马斯、菲奥娜和苏珊娜——都在场。他们看了到目前为止审判的整个过程，内心确信陪审团绝不会判他们的父亲有罪，不管那些该死的法律是如何写的。

我解释了可能发生的最糟情况：芬尼在诘问阶段可能会运用攻心战术，努力去激怒他。他会让道格承认，他从自己的手枪里射出五枚子弹，每一发都是想杀死一名警官。州政府唯一能赢的机会，是让道格在证人席上失去自控，这一点我们都不愿看到。这位老兄非常固执，他坚持要亲自作证。在这个审判节骨眼上，被告是有权为自己作证，而不管他律师的意见。他们都给我施压。我的直觉和每位刑事辩护律师一样：如果想要州政府打不赢这场官司，那就得让我的委托人避开证人席。

但是道格·兰弗罗不依不饶。

24.

我从询问道格的从军生涯开始。十四年的军服，自豪地为国效忠，毫无指摘。两次出征越南，一枚紫心勋章，被俘两周，直至被营救出来。六枚奖章，光荣退役。一位真正的战士，而不是蹲在游戏机房里的那种杂牌货色。

一位遵纪守法的居民，只有一张超速罚单而已。

这些对比都很鲜明，它们自己可以说话。

那天夜里，他和吉蒂看电视一直看到十点，然后读了几分钟书报，关灯睡觉。他亲了妻子，祝她晚安，告诉她，自己会永远爱她，然后两个人先后进入了梦乡。当进攻开始后，他们都从梦中惊醒。屋子地动山摇，子弹横飞。道格慌乱中摸到自己的手枪，叮嘱吉蒂拨打报警电话。在随后发生的混乱中，他闯进了黑暗中的过道厅，看见两个黑影从楼梯井那里快速上来。楼梯下面是嘈杂的声音。他匍匐于地，开始射击。他立即肩部中弹。没有！他着重地强调，从始至终，从未有任何人喊过自己是警察之类的话。吉蒂尖叫着闯进过道厅，结果引来了一阵子弹。

当道格描绘起他妻子被击中后的声音，他自己崩溃了。

陪审团一半都在哭泣。

25.

芬尼一点都不想让道格·兰弗罗发言。他屡次试图证明道格故意朝警方开枪。但道格的话"我根本不知道他们是警察。我只觉得他们是伙闯进我房屋的匪徒",一次次击碎了他的企图。

我没有叫另外的证人上庭。我已经不需要他们了。

无心恋战的芬尼讲完了最后总结性辩词。其间,他的目光始终不敢直视任何陪审员。而轮到我时,我再次概括了最重要的一些事实,并努力控制了自己的情绪。在这种情况下,我很容易继续对那些警察剥皮抽筋、毫无节制地耍个痛快。可是,陪审团已经听够了。

庞德法官提示陪审员们应当适用的法律,然后宣布他们应当退席并进行商议了。但没有人动弹一下。下面发生的事情已经被载入史册。

六号陪审员是位名叫威利·格兰特的男士。他站起来说:"法官,我被选举为本陪审团的团长,我有个问题。"

法官是位经验老到的法学家,此刻连他也吃了一惊,目光慌乱地看着我和芬尼。法庭再度陷入绝对的无声。连我都憋了一口气。法官大人开口了:"这么说吧,现在这个时候好像不合适。我已经指示陪审团退席,开始讨论。"可是陪审团就是一动不动。

格兰特先生说:"我们不需要商议了,大人。我们知道自己该怎么做。"

"可是,我一再告诫过你们不准在法庭上讨论案件。"庞德严厉地说。

格兰特先生毫无惧色地回答:"我们没有讨论案件,但我们已经有了一个判决。没有必要再进行讨论或商议了。我的问题是:为什么要把兰弗罗先生抓起来受审,而不去抓那些杀了他妻子的警察呢?"

法庭上下立即响起一片倒抽冷气的声音,随后是叽叽喳喳的私语。庞德法官想要重新控制局面,于是他清了清喉咙,大声地说:"你们的判决是一致的吗?"

"绝对完全一致。我们判定兰弗罗先生无罪,我们还认为,这些

177

警察应该被定为谋杀罪。"

"我下面问所有陪审员，如果你们认为兰弗罗先生无罪，那就举起手来。"

十二双手直冲冲地举向空中。

我用手搂住了兰弗罗先生，因为此刻他又不行了。

第四部分
交　换

1.

一场重大审判之后，尤其是那些头版头条、电视广播里铺天盖地的大案要案之后，我常常会玩失踪。这并不是我不喜欢出风头。我是名律师，出风头是我在娘胎里就有的渴求。但在兰弗罗的案子上，我羞辱了警察局，让一些警察难堪了。那些警察平日里从不习惯对自己的不良言行负责。就像他们行话说的那样："最近街头火辣辣的！"所以，我该休息一阵。我往面包车里放了一些衣物，带上我的高尔夫球杆，一些廉价小说，还有半盒子小瓶装波旁威士忌，在判决后的第二天，轻轻松松出了城。天气干燥而多风，太冷不适合打高尔夫，于是我朝南驶去，如同头顶上无数的雪候鸟，去追寻阳光的温暖。在我一路的旅行生涯中，得到了一个宝贵经验，那就是但凡人口超过十万以上的城市，必定会有公共高尔夫球场。周末那里都会人满为患，工作日却不会有太多人。我就这么一路打到南方，平均每天至少一场球，有时还加一场。我自娱自乐，没有球童，没有积分卡，住便宜的汽车旅馆并支付现金，吃得很少，深夜一边咪上几口小酒，一边阅读詹姆士·李·布尔克或是迈克尔·科纳雷的最新作品。要是我能有一大堆钱，我的下半辈子就想这么过。

可惜我没有，于是我最后还是回到了那座城市，我臭名昭著的声誉，立即来找我了。

2.

大约一年前，一个叫吉利亚娜·坎普的年轻女人去医院看望朋友，在回去的路上遭到绑架。她的车被发现停在医院隔壁停车库三楼，没被动过。监控录像显示，她最后朝车的方位走去，但再往前走了几步，摄像头就拍不到了。所有十四个摄像头都逐一分析过。二十四小时之内，每辆进出车辆的牌号都被记录下来，但仅仅得到一条重要线索。吉利亚娜往她的车那边走去的一小时后，一辆蓝色福特 SUV 运动车离开了停车层，用的是张被盗的爱荷华州车牌。驾驶员是个白人，男性，戴着棒球帽和墨镜。在夜间，车库管理员也没有发觉什么可疑迹象，从那个白人男子手中接过停车单的那位管理员，已经记不得他的样子了。在那辆 SUV 车离开前的一小时内，四十辆汽车从出口关卡驶离。

调查员翻遍了停车场每个角落，依旧一无所获。她的绑架者也没有索要赎金。搜索行动从全力以赴开始，直至徒劳无功收场。起初十万美元的悬赏没有得到任何响应。两周后，那辆蓝色 SUV 车被发现抛弃在一百英里外的一个州立公园里。车辆是一个月前在得克萨斯州被盗的。最后使用的车牌是宾夕法尼亚州的，当然，也是被盗的。

绑匪在玩游戏。他将 SUV 车处理得干干净净：没有指纹，没有毛发，没有血迹，什么都没有。他的手法，以及他的谋略，令调查员们感到不寒而栗。他们不是在追踪一名普通的罪犯。

令情况雪上加霜的是，吉利亚娜·坎普的父亲，是本市警察局两位副局长之一。不消说，警察局将这个案件列为了头等大案。公众不知道的是，吉利亚娜当时已有三个月的身孕。她一失踪，同居男友马上告诉了她父母有关怀孕的情况。当警方加紧在搜寻时，大家对此都守口如瓶。

吉利亚娜从此人间蒸发，她的尸体也没有找到。她很可能已经死了，但什么时候被谋杀的？最糟的情况，也是最显而易见的：她没有被立即杀害，而是被囚禁，直至她生出了孩子。

她失踪九个月后，悬赏金额不断增加，有一条线索让警方找到离我公寓楼不远处的一家当铺。那里，有根希腊小钱币做吊坠的金项链，被当了二百美元。吉利亚娜的男友认出了那条项链，因为正是他上个圣诞节送给她的礼物。调查员们云集至此，拼足气力，一路寻找上家。结果牵出了另一家当铺，另一个交易，最终锁定了嫌疑人阿齐·斯旺格。

斯旺格三十岁，游手好闲，无明显收入来源。他曾小偷小摸，并有过短暂贩毒史。他和终日醉醺醺、靠领残疾救济金的妈妈住在一处废弃的拖车停车场里。经过一个月紧锣密鼓的侦控，斯旺格终于被叫进警察局接受讯问。他总是躲躲闪闪，讯问了两个小时，警方一无所获。他居然什么都不说，只是要求律师前来。警方没有实质性证据，只得放他走人。对他的监控从未停止，但此人总有办法，几次都溜掉了，最后却总又回了家。

上周，他们再次拉他过去接受讯问。他要求见律师。

"好吧，你的律师是谁呢？"一名侦探问。

"那个叫拉德的家伙，塞巴斯蒂安·拉德。"

3.

我最不想做的，就是去惹警方的麻烦。但干我们这行的，客户并不总是由我们来挑选。每名被告，不管他自己或是他涉嫌的犯罪有多么可鄙，都应该有个律师为他辩护。很多外行人士，不理解也不在乎这个问题。我也不在乎。但这是我的工作。老实说，当斯旺格选中我的那一刹那，我还真觉得很兴奋。想到自己又可以在这件耸人听闻的要案里插上一手，确实令我激动了一小会儿。

但我怎么也没料到，这起案件竟会成为我永远的噩梦。

警察局内部，四面八方都有渗漏孔，比老水管上的都要多。还没等我到总部，消息已经泄露出去了。我一踏进大楼，一名摄影记者就一把逮住了我，要求我说明是否替阿齐·斯旺格辩护。我粗鲁地回了他一句"无可奉告"，继续前行。但就从那一刻起，全城的人都知道我是他的律师。本该如此，不是吗？野兽般的谋杀犯，搭上了个愿意为一切人或兽进行辩护的流氓律师。

我来总部好多回了，这个地方总是充满了一种极其紧张忙碌的能量。穿制服的巡警们来来往往，步履匆匆，他们和那些缩在办公台后面的同事粗声粗气地说笑；一身廉价西服的侦探们，在过道大厅里招摇过市，摆出臭面孔，仿佛鄙视整个世界似的；那些畏畏缩缩的家属，坐在板凳上，等着坏消息；那里也总会有某个律师在场，有时，他和一名警察挨得很近，激动地谈条件，有时又会赶紧打断他的委托人，在他没有和盘托出前，让他及时闭口。

今天的空气尤为沉闷，气氛显得很紧张。当我从前门走进来时，受到了更多目光的注视。为什么不呢？他们抓住了杀手，他就在过道厅尽头。现在，他的律师前来营救他了。这两个人都该被抓，一起拖上绞刑架。

在这种气氛中，还夹杂了兰弗罗审判案留下的阴影。那毕竟只是三周前的事，警方的记恨心是很强的。这些人里，有的很想取下警棍，先敲断我几根骨头，或给我来点更厉害的惩罚再说。

他们带着我穿过迷宫一样的通道，进入了审讯庭。那里位于过道尽头，两名刑事重案组探员，一边抽烟，一边透过玻璃墙，看对面屋子里的一举一动。从墙的那边看过来，眼前只是一面镜子而已。他俩中一位是兰迪·瑞尔顿。正是他通知了我这个新闻：在全城所有律师中，唯独我被挑中。瑞尔顿是重案组最优秀的一名侦探。他年近退休，过去的岁月令他身心疲惫。他快六十了，但看上去像年长十岁似的，一头很厚的白发，大部分都没有修理过。他还在狠命地抽烟，嘴边参差深凹的皱纹，表明了他的这个嗜好。

他看了我一眼，点点头。过来。另一位侦探知趣地消失了。

兰迪·瑞尔顿的一个优点是他诚实到了残忍地步，不会把时间浪费在自己不能侦破的案件上。他努力挖掘罪证，但如果没能找到，那就是没有。在过去三十年间，他从未错误起诉过一个杀人犯。但如果兰迪抓住了你，说你杀了人，那么，陪审团都会一边倒，你很可能会死在监牢里。

从一开始起，他就负责吉利亚娜·坎普的案子。四个月前，他的心脏轻微发过一次病，一位医生让他退休，他便去找了另一位医生。我站在他身旁，我们都隔着玻璃墙往里看。我们没有彼此问好。他认为所有辩护律师都是人渣，从不屈尊过来和我握手。

斯旺格独自在审问室里。他一屁股坐进折叠椅中，两脚翘在台子上，对一切充满了厌倦。"他说了什么？"我问。

"什么也没说。姓名、生活状况、身份证号码，接着他就要找你。说是在报纸上见过你的名字。"

"这么说，他能识字？"

"智商起码一百三十，我猜。他只是看上去蠢而已。"

他确实如此。胖嘟嘟的双下巴，大颗大颗的雀斑从脖子一路长到脸上；头算是剃过，式样就像六十年前，披头士还没出现时的那种老平头。但在短毛上留着一撮撮上过蜡的直毛。不知是为了吸引人们注意,还是引起大家讥笑,他戴着一副圆框眼镜,大到荒唐的程度,而且是海蓝色的。

"这是副什么眼镜?"我问。

"药房化妆品店里便宜的假货。他不需要戴眼镜,但谈到伪装,他觉得自己很聪明似的。实际上,他还真有两下。过去的两个月,他两次在我们的监视下溜走,但后来又都回来了。"

"你们掌握了他什么证据么?"

兰迪疲惫而无奈地叹了口气:"不是很多。"我就欣赏这家伙的实话实说。他是名出色的警官,明知道和我说实话不利,但总能让我感到信任。

"够定罪么?"

"我希望吧。我们连逮捕都没法办。局长希望能扣押他一到两个星期。加大压力,你懂的,看看这家伙是否会招供。但那就像等个天雷劈下来一样,我们需要运气。机会很小。我们恐怕得再次放他走。我们两个人就私底下说说,拉德,我们没有多少证据在手。"

"但看起来你们对他的怀疑很大啊。"

兰迪咕哝着,笑了起来:"我们就是吃这口饭的。你好好看看他,然后再跟我谈怀疑不怀疑的事。就凭我第一眼的印象,他就得蹲十年单人牢房。"

"大概五年吧。"我说。

"要是你想的话,你去同他说说话。我明天给你看卷宗。"

"好的,我就进去了,但我从来没见过这家伙,我也不肯定自己是否要给他做律师。我们总得要有收入吧,但他看起来并不是事业很发达的样子。如果他是位土著居民,那么警察局来接管,我就立即消失。"

"随你,怎么开心怎么好。"

4.

斯旺格将双脚从台子上挪开,站起身,我们彼此介绍,相互认识了。他握手很坚定,眼睛毫不含糊和我对视,语调轻松,没有任何惶恐感。为了表现出冷静,我克制了想要让他摘下这副该死眼镜的念头。如果他喜欢这眼镜,我就表现出对眼镜充满爱意。

"我在电视上见过你,"他说,"那个打死裁判的笼中格斗手,他后来怎么样了?"

"案子还在进行中,等待审判。你去看过笼中格斗吗?"

"没有,我都是在家和我妈一起看电视转播。我几年前想过自己进去打。"

我几乎笑出声来。就算他减掉三十磅,每天训练八小时,在笼子里,这家伙也不可能撑下十秒钟。估计他在更衣室里就晕厥了。我坐在台子前,摊开双手,问:"你现在有什么想和我说的么?"

"那个女孩,老兄,你知道那个案子。这些家伙认为我在里面有关联,一直不停地骚扰我。他们缠着我,盯着我已经一个月了,总是躲在暗处,好像我不知道似的。这是他们第二次拉我进来了,就像电视里放的那样。你看过《法律与秩序》这部电视剧吧?要我说啊,这些人电视看多了,他们自己的演技却糟透了,你知道我的意思吧?那个白头发的老家伙,我记得是叫瑞尔顿,他装好人,总是想要找出真相,装出想方设法来帮我的样子。对不对?可那个瘦子,巴克莱,经常一冲进来就破口大骂。来来回回。一个红脸,一个白脸,弄得好像我不知道他们玩的套路似的。这可不是我第一次进来玩了,老兄。"

"是你第一次涉嫌谋杀罪,对吗?"

"嗨，不要乱说，超人朋友。我还没有被指控呢。"

"好吧，假设你被指控谋杀，我想，你是希望我来为你辩护？"

"嗯，嗨，拉德先生，我找你还能有什么别的事？我不知道我现在是不是需要个律师，但我百分之百感到我是需要的。"

"明白了。你有工作吗？"

"东干干，西干干吧。你对谋杀案收费多少？"

"那要看对方能支付多少。像这样一个案子，我开头就需要收一万以上，这笔钱还只是到起诉阶段。一旦我们进入审判程序，那就要认认真真收费了。如果对方不同意，那就只能去另寻高明。"

"去哪儿寻找？"

"公共辩护人办公室。他们几乎接手一切谋杀嫌疑人的委托。"

"就是钱多钱少的问题。拉德先生，但你没有将一个重要因素计算进去——出风头的因素。没有多少案子会有这么大吧。漂亮女孩，权贵家族，居然还怀了孩子。如果她生下了那个孩子，那么，现在孩子会在哪儿？这些让报刊电台电视台都抓狂了。假如你明白，这可是头版头条的新闻，那现在就开始工作吧。我会在电视上等着看你的。我知道你是多么喜欢站在摄像机前面吼叫、咆哮、昂首阔步。这个案子对我的辩护律师而言将是一座未开发的金矿啊。你不承认么，拉德先生？"

他一句句地将钉子敲入我的头中，但我不能就这么认了。我说："不管有多出风头，我都不是义务劳动者，斯旺格先生。我还有很多其他委托人。"

"你当然有了，像你这样一位大律师。我总不会随便叫个混混进来救我的。他们说的是死刑啊，老兄，他们是认真的。我会弄到钱的，不管用什么招。问题是，你愿意接我的案子吗？"

通常，第一次会面，谈到这个份上，嫌疑人早就否认自己头上的罪名了。我的脑子里回忆了一下，斯旺格并没有这么说过，甚至提都没提，他是有罪还是清白的问题。事实上，他似乎很欢迎对他的起诉，等着大型审判的到来。我说："是的，我会为你辩护。但前提是我们得谈好价钱，而且他们也真的起诉你。我想，他们还有很长的路要走。在此期间，不要对警察，任何警察说一句话。明白吗？"

"明白，老兄。你能让他们都走开，不要再骚扰我么？"

"我看看能做点什么吧。"我们再度握手，然后我离开那间屋子。瑞尔顿侦探依旧一动不动。他一直在观察我俩短暂的见面，或许他也在听我们谈话的内容，那当然是违法行为。身穿一身便装，站在他身边的，是罗伊·坎普，失踪女孩的父亲。他瞪着我，眼中不可遏抑地流露出仇恨：仿佛和他们首先抓进来的这个嫌疑度不算很大的人谈过几分钟，我本人一定也参与了对她女儿的绑架似的。

我很同情这个男人和他的家庭，但此刻他想的，多半是给我后脑勺来颗子弹。

在大楼外，更多记者都赶来了。当他们看到我后，开始人头涌动，推推搡搡。我用千篇一律的话打发了他们那些白痴般的问题："无可奉告，无可奉告，无可奉告。"其中一位甚至直截了当地问："拉德先生，你的委托人是否绑架了吉利亚娜·坎普？"我想停下脚步，走近这个小丑，问他是否能提一个更蠢的问题。不过，我没那么做。我推开他们，跳上了"搭档"开来接我的面包车。

5.

到了六点钟，新闻主播开始叫喊，说警方抓到坎普案里的一名嫌疑人。他们播放了阿齐·斯旺格被警方团团围住的画面，当时我刚走不久，他也想离开警察总部。据不具名人士（肯定是那幢大楼里的人）透露：他正被警方讯问，很快就会被捕，并以绑架和谋杀罪起诉。为了证明他自己无罪，他雇用了塞巴斯蒂安·拉德来为他辩护！他们还播出了我冲着镜头龇牙咧嘴的画面片段。

终于，全城人都可以稍稍松一口气了。警方逮到了杀人凶手。

为了缓和自身巨大压力，为了麻痹公众民意，为了确立先入为主的有罪舆论，他们一如既往又开始操纵媒体了。这里透露一点传闻，那里透露一点消息，摄像机也派去拍摄那张每个人都迫不及待想要看到的脸。所谓的记者，跟着警方的尾巴转，阿齐·斯旺格有没有被定罪，其实都一样了。

为什么还要添麻烦搞个审判呢？

如果警方无法通过证据来定罪，他们只有操纵媒体，通过嫌疑来定罪。

6.

我花过很多时间在一栋叫"老法院"的建筑里。这既是它的正式名称，也是一种亲切称呼。这幢宏伟的建筑，大概是二十世纪初建成，高高的天花顶，一排哥特式柱子直耸云霄；宽阔的大理石廊道两侧，布置着已故法官们的半身像和油画；楼梯盘旋而上，法庭和办公室共有四层之多。这里总是熙熙攘攘——律师前来办事，诉讼人到处找着该去的法庭，刑事被告家属胆小怕事地走来走去，应征的陪审员手里攥着通知书，警察则等待上庭去作证。全城共有五千多名律师，有时好像我们每个人都在这座"老法院"里转着。

有天，我刚从一场听证会里出来，一个看上去有那么点面熟的男人，赶到了我身后，对我说："嗨，拉德，你有一分钟时间吗？"

我不喜欢他的样子，他的口气，他的粗鲁。连"拉德先生"都不会说吗？我继续朝前走，他也跟着我。"我们见过吗？"我问。

"不重要。我们得谈一件事。"

我们一起走的时候，我扫了他一眼。破西装、褐红色衬衫、奇丑无比的领带，脸上有两个小疤痕，是那种被拳头和啤酒瓶砸伤过的印迹。"哦，真的吗？"我让自己的口气尽可能听起来粗鲁些。

"想谈谈林克的事。"

我的脑细胞告诉我继续前进，可是我的脚却不由自主地僵硬了。我的胃部一阵长时间晕船般的翻滚，而我的心脏则狂跳不止。我张大眼睛对着这个流氓问："啊呀，啊呀，这些天林克都去哪儿了？"

自从他戏剧性地从死囚室逃走后，我已经两个月没有听到一句关于他的消息了。不能说我吃惊，但我也并非毫无防备。害怕？可能吧，但也不是震惊。我们移步到了走道厅的尽头，以免被人打搅。这流氓说他叫方哥，而我知道他出生证明上出现这个名字的可能性仅有百分之十。

在角落，我背对着墙，以便密切留意过往的人流。我们交谈声压得非常低，彼此的嘴唇几乎都看不出在动。方哥说："林克日子不好过，你知道么。钱很紧张，真的很紧张，哪怕和我们的生意沾过一点边的人，都被那些警察严密监视着。他们监控着他儿子、他家人、我、每个人。我如果今天买张去迈阿密的机票，警察就会知道。叫人喘不过气来，你懂我的意思吗？"

不是很懂，但我一直在点头。他继续："不管如何，林克估计你还欠他些钱。他给你付过一大叠，结果一无所获，你让他完了蛋，你知道么。现在，林克需要你退款。"

我假装笑出声来，就好像刚听到一个滑稽的故事。这确实可笑——案件已经结束，委托人官司失败了，却想要回他的律师费。但方哥的情绪，此刻可不是充满幽默感的意思。

"真可笑，"我说，"要退多少呢？"

"全部退。十万。现金。"

"我知道了。那么说，我做的一切努力都是免费的，是这样吗？方哥？"

"林克会说，你做的一切都糟透了。对他没有一丝一毫的帮助。他雇用你，是因为你手段通天，原本可以让他改判，使他能够出去。结果，他并没有出去，事实上，他给搞得走投无路。他觉得你工作太烂，因此要你退款。"

"林克走投无路，因为他杀死了一位法官。奇怪得很，尽管这事情非常罕见，但他杀了法官，确实惹毛了其他所有法官。在他雇用我之前，我就将这一切和他都说清楚了。我甚至让他写了下来。我告诉过他，他这案子非常难打赢，因为州政府有压倒一切的证据。是的，他是付给我现金过，但我将这些钱都记了账，并缴了三分之一给咱们的'山姆大叔'。剩下来的，老早就花光了。所以，没有什么留给林克的了。不好意思。"

"搭档"走了过来，我冲他点了个头。方哥看到他，认了出来，甩下一句："你养了一头公牛是吧，林克的比你还要多一些呢。限你三十天内，将钱全部凑齐。我还会回来的。"他转身离开时，故意蹭了一下"搭档"。"搭档"本想拧断他的脖子，但我示意他冷静。在"老法院"的中心主动施展拳脚，不是很明智的选择，当然，我在这里也见识过好几起打斗事件。

其中大多只是愤怒的律师彼此推来搡去。

7.

塔迪奥因打死裁判一举成名后，我开始陆续接到医生们的请求，声称要担任专家证人,其实,他们全都是为了参与这场大戏。总共有四位,都有医学文凭和很厉害的简历,都有在法庭上面对陪审团发言的经验。他们读过我这个案子的介绍,看过录像,虽然程度不同,但每个人都提出了相同的意见:"用脑袋说事。"那就是塔迪奥在袭击西恩·金那一刻,在法律意义上,他是精神失常的。他当时无法辨别正确和错误,也不能理解他所做所为的性质。

"精神失常"是个法律词汇,不是医学词汇。

我和这四位全都交谈过,也做了一些研究,一一找过以往聘用他们的律师,最终确定了那个来自旧金山名叫塔斯尔曼的家伙。为了两万美元,外加报销车旅开支费用,他愿意为塔迪奥作证,愿意在陪审团面前施展他的魔法。虽然没见过被告人,他却信心十足,认为自己已经知道了真相。

真相往往很昂贵,特别是来自专家证人的真相。我们的体系里,充斥着各路"专家",这些人基本不用教学、做科研,或是写论著。他们游走于全国各地,作为雇佣枪手上庭作证,从而获得肥厚的报酬。他们善于挑一个切入口,摆出一套事实,揭示一段神秘原因,推演出一个无法解释的结果,以及找到任何理由——你真可以联系到一卡车愿意用各种疯狂理论去作证的博士。这些人做广告、拉生意、追逐案件。会议期间,律师们聚在一起喝酒,比对记录时,他们也在附近晃悠。这些人常爱吹嘘所谓"我们的判决"。

但他们对自己的失败却很少提及。

偶尔在公开法庭上,他们遇上难熬的诘问,一下子就会给弄得名誉扫地。但这些人还是一直能混在业内。因为更多的时候,他们还真能弄出效果来。在刑事审判时,专家只要能说服一位陪审员,就能将审判"悬置",形成一个无效审判。重审期间,再"悬置"一次,州政府往往就认输了。

我在看守所访客室——我们的老地方——和塔迪奥见了面。我们讨论了塔斯尔曼医生在他的辩护中可能扮演的角色。这位专家将会证明，他，塔迪奥，当时眼前一黑，脑子错乱，现在已经记不得那一会究竟发生过什么。塔迪奥很喜欢这种新颖的理论。是啊，其实仔细想想，他当时的精神确实失常了。我提出了费用问题，他说，他已经破产了。至于我自己的费用，我早就和他说过，如今他破产得更彻底了。不用说，我愿意为塔迪奥·泽帕特辩护，只是因为我很喜欢他。喜欢他，同时也喜欢出风头。

这是个关于律师费的"O.J.辛普森理论"：我不会付钱给你，你参与是你自己的幸运；以后你靠写书发财吧。

运用"哈利和哈利"的招牌，我正式出具了一张通知书，告知法院，我们将进行一场"精神失常辩护"。王牌检察官马克斯·曼奇尼，一如既往，嚎叫着给出了答复。马克斯一手掌控着泽帕特的这个案子，不但因其铁证如山，而且可以出尽风头。他仍旧提出认下二级谋杀罪名来交换十五年监禁。尽管我不确定我的委托人是否同意认罪，但我坚持要他减到了十年。几周过去了，塔迪奥在看守所享受了许多个小时狱友的免费法律支援服务后，他更加坚信，我可以想出办法，找到合适的突破点，带他堂堂正正地走出法庭。他那些监牢室友都知道的法律术语，他希望自己也可以用上其中的一种。

塔斯尔曼医生来到这座城市，我们共进了午餐。他是位退休的心理学家，却从不喜欢教学或听病人交谈。令他着迷的一直是所谓法律意义上的精神失常——那些激情犯罪，那种无法抑制的冲动；那一刻，头脑充满情绪和憎恨，指挥身体做出暴力反应，做出从某种意义上说从未经过大脑思考的反应。他习惯于自己说个不停。这正是他向我证明他自己绝顶聪明的途径。我一面听着他的那些废话，一面心中估摸着陪审团会怎么反应。他看起来很面善，情绪激动，聪明健谈。

此外，他来自加利福尼亚州，离开这里两千英里。所有诉讼律师都知道，一位专家从越是遥远的地方赶来，在陪审团眼里，他的证词可信度就越高。

我给他写了张支票，给了他一半的费用。另一半等到审判时再给。

他花了两个小时给塔迪奥做评估。啊！神奇，真是神奇，他现在完全确定那孩子当时懵了、发疯了，根本记不得曾经用拳头狠狠打过裁判。

好了，现在我们终于有自己的辩护立场了，尽管这个立场根基不是很牢。我心里并没有多大把握，因为我知道州政府也会拉上两三位专家，他们的权威度至少会和塔斯尔曼一样。这些人也将运用他们的智慧，力压我方。塔迪奥将会有机会给自己作证，当时也可能会令人信服，他甚至会挤出几滴眼泪。但而后的诘问阶段，他必定会被曼奇尼批驳得体无完肤。

视频是不会骗人的。我仍旧确信，陪审员们一遍遍看过之后，终究会发现真相。他们会暗地里鄙视塔斯尔曼，并嘲笑塔迪奥，他们会给出一个有罪的判决。有罪意味着二十到三十年。到了审判的那天，我本该有可能将起诉建议书中的年限降至十二到十五年的。

我如何才能劝服一个二十二岁的愣头小伙子，通过认罪的形式，将判决降到十五年呢？用三十年去吓他？我想不会有什么用的。伟大的塔迪奥·泽帕特从来不会轻易被吓到。

8.

今天是斯塔彻八岁生日。那份饱受磨难的法庭命令中："我与儿子的见面时间表"上明确写着：每逢他生日，我可以和他一起待上两小时。

而他妈妈却认为，两小时太长。她觉得一个小时足够了，事实上，零小时最好。将我从他身边赶走，正是她的目标，但我是不会让她得逞的。我或许是个不称职的父亲，但我起码一直在努力。谁知道呢，或许会有这么一天，孩子想要和他爹在一起，以躲开他那对争吵不休的妈妈呢？

于是，我在麦当劳坐好，等着属于我的两个小时到来。朱蒂斯开着她的"猎豹"汽车——她的律师事务专用车，姗姗来迟。只见她和斯塔彻走下车辆，带着孩子趾高气扬走入店内，看见我，板下面孔，仿佛觉得此时此刻在哪儿都比在这儿强。她把孩子交给我时，对我发出毒蛇一样的嘶嘶声："我五点钟再过来。"

"现在已经四点一刻了。"我对她说。可她装作没听见。她气呼呼地走了，而他在我对面坐下。我冲他一笑，问："伙计，你最近可好？"

"还可以吧。"他咕哝了一句，那样子几乎是害怕和他爹说话。一路开车过来，她对他严格教育的那一幅幅画面，在我的脑海中不由自主地浮现出来：不准吃东西。不准喝饮料。不准去游乐场玩。要洗手。如果"他"问你关于我或艾娃或关于我们家的任何情况，不要回答。不准玩得开心。

通常，他都需要几分钟才能甩掉身上这层"保护膜"，然后才能放松地和我在一起。

"生日快乐！"我说。

"谢谢。"

"妈妈告诉我，你周六将有个大型派对。很多很多小朋友，还有蛋糕什么的。应该很有意思。"

"我猜，应该是吧。"他回答。

我没被邀请去参加，那是显而易见的。那是他的家，是他和朱蒂斯、艾娃这些年来一起生活的地方。那个我从未见到过的地方。

"你饿了吗？"

他四处望了望。这是麦当劳，孩子的天堂。这里到处都被精心设计过，让人感到墙上那些照片看起来比桌子上摆放的食物要美味得多。他目光聚焦到一张大广告，上面推出了一款新型漂浮冰激凌，叫"麦冰川"。看上去可真诱人。我说："我想试试这个，你呢？"

"妈妈说，我不可以在这里吃任何东西。说这里都是不健康食品。"

这是我的时间段，不是朱蒂斯的。我微笑着，倾身过去，仿佛我们是一对密谋者："可是，妈妈现在不在这儿，对不对？我不说，你不说。就我们两个男孩子，行么？"

他咧嘴一笑，说："好吧。"

我从桌子下面，掏出一个包着生日彩纸的盒子，放到桌上。"这是你的生日礼物，伙计。生日快乐。打开来看看吧。"他一把捧了过去，我则往账台走去。

当我带着漂浮冰激凌回来时，他的目光一动不动地盯着桌面上一块小型双陆飞行棋板。当我还是孩子时，我外公教过我玩跳棋，后来就是双陆飞行棋，后来是国际象棋。我对各种棋盘游戏都非常感兴趣。做小孩的时候，我每逢生日和圣诞节，都能收到各种棋盘盒做礼物。到了十岁那年，我房间里已经堆满了这些棋盘。这为数庞大的收藏，我一直精心保管着。这些棋类方面，我几乎可以不输一场。后来，我最喜欢的是双陆飞行棋，我会缠着外公、妈妈、我的朋友们，真可以说缠着任何人来陪我玩。等到十八岁，我在成人组已经拿名次了。进入大学后，我靠下这种棋来赚点生活费，直到后来，再没有同学肯跟我赌棋了。

我希望，我这个方面可以遗传一点给我儿子。有一点可以基本肯定，他是越长越像我了，走路像我，说话像我。他很聪明，虽然我不得不承认，他这方面继承了很多他母亲的特点。朱蒂斯和艾娃从来不准他玩电子游戏。经过兰弗罗案的审判后，她们做的这件事还是令我很高兴的。

"这是什么？"他问，拿起他那杯"麦冰川"，看着棋盘问。

"这叫做双陆飞行棋，是一种棋盘游戏，已经有好几百年的历史了。我现在就教你怎么玩？"

"看起来很难啊。"他一边说，一边慢慢吃了一勺子。

"不难。我八岁时就开始玩了。你会赶上我的。"

"那好吧。"他说着，开始准备接受挑战。我将棋子摆好，然后开始教他最基本的玩法。

9.

"搭档"将我们的车停到拥挤的停车场内，然后走进购物广场大楼。他会进入一家广场沿街占了两层楼的餐厅，然后去楼上酒吧区域，找个靠窗的位子。从那里，他会观察我们的面包车，看看有谁在监视着那辆车。

下午四点钟，阿齐·斯旺格敲了一下活动门。我开门，欢迎他进入我的办公室。他找了张舒适的躺椅坐下，四处张望了一番。他逐一看过皮垫子、电视、立体声音响、沙发、电冰柜，微笑了："挺牛啊，"他说，"这真是你的办公室吗？"

"正是。"

"我还以为，像你这样的大腕，在市中心的某个高楼里一定会有个梦幻般的办公室呢。"

"我曾经有过，可后来被燃烧弹炸掉了。现在我偏爱活动靶子。"

他盯着我看了一秒钟，好像不敢确信我是否在说真话。他那荒唐可笑的蓝眼镜，已经换成了黑框眼镜，还真让他看上去聪明了一些。他头戴黑色人造皮驾驶帽，倒挺像真皮。这副样子不错，伪装得很成功。从十英尺之外，谁也看不出居然会是那个家伙。他说："真的吗？你的办公室被燃烧弹炸过？"

"嗯，大概五年前。不要问我是谁炸的，因为我也不知道。要么是毒贩，要么就是便衣警察。我个人觉得，应该是贩毒集团，因为来调查火灾时，警方显得挺不情愿的。"

"你知道么，拉德先生，这就是我喜欢你的地方。我可以叫你塞巴斯蒂安吗？"

"你还是先叫我拉德先生，等你委托了我之后再改。到那个时候，你就可以喊我塞巴斯蒂安。"

"好吧，拉德先生。警察不喜欢你，你不喜欢警察，但我因此很喜欢你。"

"我认识很多在警界的伙计，我们都处得挺好。"我说的时候，刻意加了点水分。我是挺喜欢奈特·斯普瑞欧和另外两位。"我们谈正经事吧。我和侦探谈过了，就是我们那位老朋友兰迪·瑞尔顿，他们并没有搞到多少证据。他们很确信，你就是他们要抓的人，但他们还不能证明。"

这本来是他否认自己有罪的最佳时机。比如简简单单、随口一句"他们弄错人了"就可以。谁知他居然说："我以前也有过律师，好几个，大多是法院指派的，我从没觉得自己可以信任那些人，你知道么？但我觉得我可以信任你，拉德先生。"

"回到我们谈的钱数上，阿齐。你支付一万美元，我会给你做代理律师，一直做到起诉阶段。你被起诉后，你会上法庭受审，我的代理义务就结束了。到那时，我们再坐下来谈今后如何合作的问题。"

"我没有一万美元，我觉得，要是这笔数目只能管到起诉阶段，也太贵了吧。我知道你们这个体系是如何运作的。"

他倒没有完全说错。一万美元用来初次交锋，确实比较昂贵。不过，我开口要价一直都很高的。"我不会跟你讨价还价的，阿齐。我是个很忙的律师，客户很多。"

他从自己的衬衫口袋中掏出一张折好的支票："这里是五千，是我妈账上的。我就能凑到这么多了。"

我展开支票。当地的银行。五千。刘易斯·鲍威尔签署。他说："鲍威尔是她第三任丈夫，死了。我爸妈离婚时，我还是个小孩。我好久没见到我那亲爱的老爹了。"

五千美元让我能参与案件、上新闻，对于前一两轮交锋来说，这也不算太亏本。我将支票再次叠好，塞进我的衬衣口袋，然后拉出一张法律服务合同。我的手机躺在我前面的一张小桌上。它在振动。"搭档"打来的。"给我一分钟，这个电话我得接。"

"这本来就是你的办公室。"

"搭档"说："有两个警察在一辆白色吉普上，离你五十英尺开外，他们刚停下，正在监视你的车。"

"谢谢。有事继续通知我。"我告诉斯旺格，"你的伙伴们嗅到你的味道了。他们知道你在这儿，他们认识我的车。律师会见他的委托人，没有什么错。"

他摇了摇头说："他们到处跟着我。你得帮我。"

我一步步慢慢帮他完成了合同。当所有细节都明朗之后，我们俩都签了字。我额外补充了一句："我马上直接去银行。如果这张支票无效，那这合同也就废了。你明白噢？"

"你觉得我会开张空头支票么？"

200

我情不自禁地微笑了。我回答说:"那是你妈开的。我这个人从不冒险。"

"她喝得很多,但不是个坏人。"

"我很抱歉,阿齐。我不是那个意思。我只是空头支票见多了。"

他手一挥,说了句:"随你便。"

我们盯着桌子看了一分钟左右,最后我说:"你有什么想说的吗?现在你有自己的律师了。"

"你那个可爱的小冰柜里,有啤酒么?"

我手伸过去,开了箱门,拿出一罐啤酒。他扯开罐盖,痛饮了一大口。他笑了,说自己很喜欢这牌子。"我想,这大概是我喝过的最贵的啤酒了。"

"你这么想很好。记住,没有别的律师会在他的办公室里请你喝酒的。"

"确实,你是第一个,"他又喝了一大口,"现在,塞巴斯蒂安,现在可以喊你塞巴斯蒂安了,对吧?我刚才交过律师费,我们已签好合同了。"

"塞巴斯蒂安,可以。"

"好的,塞巴斯蒂安,我付了五千美元,除了喝点啤酒,还能得到些什么?"

"首先呢,是法律顾问服务。你还会得到保护——警察不会再拖你进去,拿出他们的看家本事,粗暴审上你十个小时。他们将学会依法办事,再不会对你动手动脚了。我和瑞尔顿侦探有交情,我会尽力劝说他,没有足够的证据,就不要继续搞下去了。哪天如果他们真找到了证据,我也应该会知道的。"

他将罐子翻过来,喝完最后一滴,用袖子抹了抹嘴。同学聚会上,口渴极了的胖男生,喝啤酒也没有这么快吧。此时,又是他说那句"他们不会有证据"的绝佳时刻。可是,他只是打了个饱嗝,问:"要是我被捕了呢?"

"那我就去看守所,想办法救你出来,但那是徒劳无功的。在这座城市,涉嫌谋杀是不能被保释的。我会提出一大堆动议,四处呼吁。我在报界也有朋友,我会将事实透露出去,说明警方其实根本没有什么证据。我将对检察官逐步施压。"

"听上去,这些加起来好像还不太值五千美元。我能再来罐啤酒么?"

我迟疑了一秒钟,立即做出决断:两罐是他的极限了,起码在我的办公室里如此。我又递给他一罐,然后说:"阿齐,如果你不满意我的安排,我马上把钱退给你。就像我跟你说过的,我是个很忙的律师,客户很多。五千美元,我又不是没有,无所谓的。"

他"噗"的一声揭开罐盖,足足喝了一大口。

我问:"你要我把支票退给你吗?"

"不必。"

"那就不要再对律师费叽叽歪歪的了。"

他瞪了我一眼,我第一次看到那种冰冷、空洞的杀手眼神。我以前见过。他说:"他们要杀了我,塞巴斯蒂安,他们压力太大,要杀了我。但他们怕我,因为一旦他们逮捕我,他们就得来对付你。因为他们没有证据,他们就不能起诉我。想想那种大型的庭审上,得到一个无罪判决的滋味。这样,找个不是办法的办法,他们会让我偷偷消失,免得再给所有其他人找麻烦。我知道他们会那么做的,因为他们亲口告诉过我。不是瑞尔顿侦探。不是警察总部里的那些大好佬。而是街头警察,那些二十四小时日夜不停跟踪我的家伙。我睡觉时,他们都盯着拖车看。他们骚扰我、咒骂我、威胁我。我知道,他们都想杀了我,塞巴斯蒂安。你是知道的,这个警察局究竟有多烂!"他停住，又喝了一口。

"我却不那么看，"我说，"的确，那个地方是有几匹害群之马。但我还从来没听说过，他们因为不能起诉一名谋杀嫌疑人而将其悄悄弄死的事。"

"我知道他们杀过一个毒贩。他们让现场看起来像是交货过程中出了闪失。"

"我不想探讨那件事。"

"这是个问题，塞巴斯蒂安。如果他们放颗子弹进我的脑袋里，他们将永远找不到那女孩的尸体。"

我的胃在翻腾，但脸上的表情尽量保持无动于衷。嫌疑人惯常都是矢口否认。他们主动承认罪行，尤其这么早就承认，却是从没听说过。我从不会问刑事被告人他们是否真有罪；这完全是浪费时间，他们总会抵赖的。我开始小心翼翼地问："这么说，你知道她的尸体在哪儿？"

"让我这么说吧，塞巴斯蒂安。你现在是我的律师了，我可以告诉你了，对吧？如果我杀过十个女孩，将她们的尸体都埋了起来，然后告诉你全部的地点，你也一句都不能说，对吧？"

"对的。"

"永远不能说？"

"这个规则只有一个例外。如果你秘密告诉我的内容，我觉得可能会危害到别人，那样我可以向当局复述一遍。除此以外，我是不能去举报的。"

他满意了，微笑着又喝了一口："放松点，我没有杀过十个女孩。我也不会对你说，吉利亚娜·坎普是我杀的。但我知道她埋在哪儿。"

"你知道谁杀了她？"

他停顿了一下，说，是的。然后保持沉默。很明显，他是不会说出那个名字的。我伸手去冰柜,也给自己拿了罐啤酒。我们喝了几分钟。他看着我的一举一动,仿佛知道我的心脏此时正如脱缰的野马在狂奔。最后,我说:"好的,我不会问更多细节了,但你得知道,她埋在什么地方,对别人,比如对我来说,非常重要。"

"知道,但我得好好想想。也许我明天就告诉你,也许我永远不会。"

我的脑海里立即浮现出坎普一家和他们那不能启齿的噩梦。在这个时候,我憎恨眼前的这个家伙,乐于见到他被关起来,甚至受到更大的惩罚。他在我的面包车里像个快活神仙一样喝着啤酒,而受害方的家庭却在饱受痛苦的煎熬。

"她是什么时候被杀的?"我开始追问。

"我不是很清楚。不是我干的,我发誓。但她被关期间,没有生孩子,如果你想问那个。黑市上,没有孩子被拿出来卖过。"

"你知道的还挺多啊!"

"我知道的太多了,我自己的命都快保不住了。我大概真得玩失踪了,你懂吗?"

"逃跑是有罪的一个明显标志。在法庭上会作为对你的不利证据。我建议你不要那么做。"

"这么说,你想要我待在这儿,等着头上来颗子弹?"

"警察不会杀掉谋杀嫌疑人的,好吧,阿齐?这一点,你总得相信我。"

他将罐子用手捏扁,放在桌上。"我现在,该说的都说了,塞巴斯蒂安。回见。"

"你有我的手机号。"

他拉开车门,出去了。"搭档"看着他朝四处张望了一圈,寻找警察踪影,然后走进购物广场大楼,消失在茫茫人海之中。

我和"搭档"开车直趋银行。支票是无效的。我打了阿齐一个小时的电话，终于找到了他。他向我道歉，并保证说，明天钱款到账，支票就有用了。直觉告诉我，要是再信他的话，我就是个白痴。

10.

早上四点三十三分，我的手机响了。我一把抓起手机，却发现是个陌生号码。这些电话总是意味着麻烦事来了。"你好。"我说。

"嗨，塞巴斯蒂安，阿齐。你有一分钟时间吗？"

当然有，阿齐。奇怪得很，我深更半夜里并不是那么忙。我深深吸了口气，说："当然，阿齐，我有一分钟的时间。但现在是凌晨四点，麻烦你给我一点好消息。"

"我出了城，好吧，算是正式逃跑了。我把他们甩了，然后脱离了他们的罗网。我不会回来了，他们也不会抓到我的。"

"大错特错了，阿齐。你最好去重找个律师吧。"

"你是我的律师，塞巴斯蒂安。

"那张支票是废纸，阿齐。你记得我上次说过的话吗？"

"支票还在你手里，今天就生效了。我发誓，这是张真的。"他的话说得很快，断断续续的，他听上去像是在奔跑。"挺好，塞巴斯蒂安，我想让你知道那个女孩在哪儿，可以吗？我怕我出啥事。牵扯到其他一些人，我很容易变成替死鬼，你明白我的意思吗？"

"不是很明白。"

"我不能再解释下去了，塞巴斯蒂安。这一切太复杂。我身后全是尾巴，有一些警察，还有一些家伙，比警察不知道厉害多少倍。"

"太糟糕了，阿齐。我帮不上你。"

"你见到过两州之间的一块大广告牌吗？就在这里往南一公里的

地方，在玉米地里那块又大又醒目的牌子，上面写着'输精管结扎复原术'。你曾经见过这个牌子，对吗，塞巴斯蒂安？"

"我不记得。"我的全部理智和直觉，都让我立即终止这段电话交谈。赶紧挂断，你这个蠢货。再也不要和他联络了。但我的身体，却僵住了，无法做到。

他的声音活跃起来，仿佛他完全享受着这一刻。"'吴医生：输精管结扎复原术。接受各类保险。一天二十四小时接听。免费电话。'她就埋在那儿，在那个牌子下面，紧贴着玉米地。我父亲在生我的两年前，做过输精管结扎，不知道出了什么问题，我妈妈当然很困惑。或许她暗地里和谁交往着。那么，我爹究竟是谁呢？我想，我们永远不会知道了。不管怎么说，我对输精管结扎的事总是很感兴趣。这里扎一下，那里弄一下，然后开车回家，此后终身，你就什么也射不出来啦。这种简单的手术，居然能有这么神奇的效果。你做过结扎吗，塞巴斯蒂安？"

"没有。"

"我不太相信。你是匹公牛。"

"这么说，你把她埋那里了，这是你要说的意思，对吗，阿齐？"

"我啥也不说啦，塞巴斯蒂安。我只说声再见，谢谢你保守秘密。我有时间会再打过来的。"

11.

我用毯子包住身体，坐到外面的小露台上。天又冷又黑，下面离我很远的那些街道，都静悄悄、空荡荡的。在这样的时刻，我总会琢磨，为什么我要做犯罪嫌疑人的辩护律师？为什么我选择我的一生，要去尽力保护那些大多干过很可怕事情的人？我可以用老生常谈来为我自己辩解，但每每遇到这种时刻，我内心却不认可那些解释。我想到了我的第二选择，建筑学院。但那时，我认识一些建筑师，他们同样有他们自己的烦心事。

第一种可能性：斯旺格说了真话。那样，我是否要遵守职业道德和准则去保持沉默？"律师和客户彼此关联"这个前提，本身是个问题，我真是他的律师吗？既不算是，也算是。我们签了合同，但他违约了，给了我一张空头支票。没有合同，就是没有委托，但这其中的界限，从来就不是那么泾渭分明。我见过他两次。这两次当中，他都认为我是他的律师。两次都算是律师和委托人的正式见面。他来咨询法律问题。我给了他建议。他大部分都按我的话去做了。他向我透露机密。当他告诉我那具尸体的事，他当然觉得他是在和自己的律师谈话。

第二种可能性：姑且承认我是他的律师，我却永远不再去见他。于是我将他告诉我的，全盘向警方汇报。这会形成一项严重的被代理人违约行为，很可能让我丢了律师的饭碗。但谁又会去举报我呢？如果他在潜逃中，或者是死了，他又能给我添多大的麻烦呢？

第三种可能性：很多。如果尸体果真在他说的地方，而我告诉了警方。那么斯旺格就会被通缉、捕获、受审、定罪、判处死刑。他就会责怪我，他是有理的。我的职业生涯也就结束了。

第四种可能性：我在任何情况下，都不能告诉警方。他们也不知道我知道，我也不打算告诉他们。我会一直想着坎普的家人，和他们的那些噩梦，但我无法破坏保密义务。要是我幸运的话，他们一家人永远不知道我知道。

第五种可能性：斯旺格在撒谎。他看起来过于迫不及待想要告诉我。他设了一个局，骗我进入这场可怕的游戏中，最后倒霉的只能是我。他早就知道那张支票会给银行退回来。他可怜的妈妈一辈子也没有见到过五千美元,他也没有。

第六种可能性:斯旺格没有说谎。我可以将这个信息透露给奈特·斯普瑞欧,我在警察局潜伏的内线。警方会找到尸体。斯旺格会被抓住、受审。法庭跟我一点关系也没有。如果他杀了那女孩,我想让他坐牢。

此外,我还想出好几种其他可能性,思路变得越来越混乱,而不是越来越清晰。到了五点半,我开始煮咖啡。趁着咖啡在煮的时候,我将十五颗台球全部框起来,放好位置,然后用比较轻的力气去打开它们。隔壁邻居曾经抱怨,说我在不合适的时间打球,发出的声音太响了。于是,我用自己的方式来健身。我围着球桌跑步,顺手打进八号球。倒上一杯咖啡,继续绕着球桌跑。又是一局,我只剩四号球停在离落袋一英尺的地方了。一口气接连得三十三分。还不错。

输精管结扎复原术?

12.

警方跟踪我,但不是全力以赴。"搭档"说,他们大概有一半的时间是偷偷跟着我。后来,当看到斯旺格和我在面包车里会面,他们的热情突然高涨了起来。不过,那是一周以前的事了。"搭档"开车,在城市西班牙裔聚居区一家叫"肯车"的便宜二手车店,放我下来。我以前帮过肯的忙,让他从看守所出来。我和他都明白,我们俩那种配合默契的日子还没有结束。他喜欢私下交易,越见不得人越好。或早或晚,警方特别行动队会再次冲进来抓走他的。

我每天支付二十美元,肯就会二话不说从他那破烂库存里,"租"给我一部能开的汽车。当我感到自己被监控的时候,我就会来这里。我的黑色福特商旅面包车实在太显眼。肯帮我挑的一辆碰瘪过的"斯巴鲁"旅行车,永远不会引起别人的注意。我在他那儿待了一会儿,相互揶揄了几句,然后开车上路。

我绕弯驶过城市破旧街区,这里绕一下,那里兜一圈,一只眼睛始终瞄着后视镜。我终于找到一条捷径,可以直接通往两州交界区,当我确信后面没有人跟着时,我一路往南开。开过城市地界五十二英里后,我在反方向道路旁,看到了吴医生的广告牌。正如斯旺格所说,在玉米地边上,有块很大的广告牌。在"输精管结扎复原术"几个字旁边,是吴医生那张傻乎乎的大脸,他时刻看着那些朝北开去的汽车。我在下一个出口处,转了回来,开了四英里,再次找到那个牌子,停到它的近旁。身边的车辆呼啸而过,大型卡车卷过的狂风,几乎掀起了我的"斯巴鲁"。我肩部的前方,有道水渠,盖着杂草,塞满垃圾。水渠再过去,是一道铁链围成的栅栏,上面茎蔓密布。栅栏那边,是铺着碎石的狭长空地,是玉米地的边缘。这块田地的主人,挖出一块长方形空地,租给了路边广告代理商。空地正中有四根大铁柱,架着那块广告牌。铁柱周边都是野草,更多的是垃圾,以及一些断了的玉米秸秆。在这些的上方,吴医生一面朝着车流傻笑,一面吹嘘着他的本领。

我死都不会将自己的一对睾丸交给这种人做手术。

虽说我没有经验,但我想,夜色应该是很好的隐蔽,慢慢朝狭长空地走去,那能挖个够大的坑,将尸体拖过去,再将坑洞填满,四周胡乱撒上很多土和垃圾,将这些统统盖上。等几个月,看着季节变化,尘埃落定。

那为什么要选这个离跨州高速公路这么近的地点?每天这里有两万辆汽车开过。我想不通,但我提醒自己,我那是在试图理解一个极度变态者的内心。我猜想,埋在谁都看得到的地方,古往今来,都有成功案例。我也知道,凌晨三点,这个地方是相当荒凉的。

我盯着广告牌下面的野草发愣，心里想着坎普的一家。我诅咒我第一次遇见阿齐·斯旺格的那天。

13.

两天后，我在"老法院"的过道厅里等待的时候，突然收到瑞尔顿侦探的短信。他说，我们得谈谈，越快越好，很紧急。一个小时后，"搭档"开车将我放在警察总部，我加快步伐，再次走进瑞尔顿那间凌乱而令人窒息的办公室。没有打招呼，没有握手，没有任何客套。不过，我也没准备会有这些迎接我。

他嘟囔："你有一分钟吗？"

"我就在这儿。"我回答他。

"坐吧。"这里只有一个地方可以坐——一张布满灰尘和放着文件的皮凳子。我看了看，说："没事，我就站着。"

"随便你。你知道斯旺格在哪儿吗？"

"我不知道，一点头绪也没有。你们不是一直盯着他吗？"

"我们确实盯着他，可是还是让他溜了。一周过去了，一点消息也没有，踪迹全无。可以说是人间蒸发。"他一屁股栽进那个旋转木椅子里，缓缓将双脚翘到写字台上。"你还是他的律师吗？"

"不是。他委托我时，付给我一张空头支票。我们的合约自动失效了。"

一种阴笑，装出来的微笑。"这样啊，可他不是这样认为的。这段东西是今天凌晨发来的。现在就在我桌上的电话录音里。"他伸手过去，在那台老式电话上按了两下。"哔"的一声后，阿齐的声音出来了："这是留给兰迪·瑞尔顿侦探的口信。由阿齐·斯旺格打来。我上路了，再也不会回来了。你们这帮人跟踪了我好几个月，我受够了。我可怜的妈妈已被你们长时间的骚扰和虐心的计谋给逼疯了。请放过她吧。她是彻底无辜的，我也一样。你完全知道，我根本没杀过那个女孩，我与那件事一点关系也没有。我想和愿意听我说的人好好解释，但如果我回来了，你们就会把我抓起来，扔进牢里去。我有个重要情报，瑞尔顿，我想告诉有关人士。我知道她此刻身在何处。你觉得怎么样？"

长长的停顿之后。我望着瑞尔顿，他说："等等。"

阿齐咳了两声，突然他的声音有点颤悠，仿佛他情绪激动了起来："只有三个人知道她埋在哪儿，瑞尔顿。只有三个人。我，那个杀了她的家伙，还要我的律师——塞巴斯蒂安·拉德。我告诉过拉德，因为他是律师，律师是不可以再告诉别人的。这算是哪门子规矩，瑞尔顿？为啥一个律师就要保守这样一条致命的秘密？不要搞错，我是喜欢拉德的。该死的，我雇用了他。如果你们交了好运找到我，那么我会请拉德来帮我的。"又是一阵停顿。然后是："得走了，瑞尔顿。下次再聊。"

我往前几步走到皮凳边，直接坐在那些文件上面。瑞尔顿将留言器关了，双肘支撑，手掌托着下巴。"这是预付费手机打来的，我们无法跟踪。我们完全不知道他在哪里。"

我深深吸了口气，努力厘清我的思路。斯旺格竟然告诉警方，我也知道藏尸地点。这既没有任何策略需要，也不符合常理。没有别的解释！事实上，他那么迫切想要告诉我，现在又大嘴巴透露给警方，让我对他更加疑心了。他是个惯犯，也许是连环杀手，变态狂魔，就喜欢设圈套，以撒谎为乐。但不管他是谁，也不管他怀着什么目的，他已经把我扔下了悬崖，我在自由落体的过程中。

门突然开了，警察局副局长，即失踪女孩的父亲罗伊·坎普走了进来。他随手关上了门，朝我又多走了一步。他是个厉害的人物，以前是海军陆战队队员，方下巴，灰色平头。他的眼睛疲惫而通红，显然过去一年的折磨留下来的印迹。他的眼神中也透出仇恨，让我不寒而栗。我衬衣领立即湿了。

瑞尔顿站了起来，将拳骨捏得咯咯作响，好像马上他就要动手了。他看我的神情足以杀了我，真是有可能的。

在警察、检察官、法官甚至是陪审团面前示弱，都是致命的缺点。但此时此地，我却无法提振起一丝一毫的自信，更不用说我惯常那种高傲自大的表情了。

坎普直截了当的问："我女儿在哪儿，拉德？"

我缓缓起身，双手举起，说："我得想一下，好吗？这里我毫无防备。你们有时间准备了这次伏击。也给我一点时间，好不好？"

坎普说："我管你他妈的保密协议、律师操守什么破玩意，拉德。你根本不知道我们是怎么熬过来的。是一个月零十八天了，生不如死啊。我妻子都无法下床。我们整个家庭都散架了。我们绝望了，拉德。"

尽管他非常令人生畏，但罗伊·坎普饱受着痛苦，他悲惨到如同行尸走肉。他需要见到尸体，需要办一场葬礼，需要建造一个永久的墓地，好让他和他妻子能够跪在草坪上，真正进行哀悼。那种恐怖和不确定，对人来说，真如山崩一般。

他挡住我通往门口的狭小退路，我想，他会不会真对我动粗？

"你知道我的女儿在哪儿？"

"我知道阿齐·斯旺格说的地方，但我真不知道是否他说的是真话。坦率地说，我很怀疑。"

"那么就告诉我们吧。我们会去找。"

"没那么简单。我不能把他秘密讲给我听的，再复述给你们，这个道理你是懂的。"

坎普闭上了眼睛。我偷偷看了一眼,只见他双拳紧握。缓缓地,他松开拳头。我看了看瑞尔顿,他也瞪着我。我再看看坎普。他血红的眼睛稍稍张开了。他点了点头,仿佛在说:"好的,拉德,我们按照你的方法玩下去。但我们会逮到你的。"

我是真心站他们这边的。我非常想和盘托出,帮助那个女孩妥善安葬,协助追踪斯旺格,然后心满意足地看着陪审团将他判为杀人犯。但很可悲,这条路行不通。我一小步走到门边,然后说:"现在我想出去了。"

坎普一动不动,我设法从他身边擦过,避免刺激他打人。当我抓住门把手的时候,我几乎觉得后背上被捅了一刀。但我活了下来,勉强走进了过道厅。我从来没有这么狼狈逃窜般地离开警察总部过。

14.

这是本月第三个周五,按老规矩,我该去和朱蒂斯单独见面,喝上一杯。我们俩谁也不想和对方见面,但没有一方愿意就这么投降逃跑。如此一来,会显得心虚。这是我们两个人都无法接受的弱点,起码不能向对方表现出怯懦。我们都告诉自己,必须保证这条沟通渠道的存在,因为我们共有一个儿子。那个可怜的孩子。

自从上回她拉我上法庭,想要剥夺我一切探视权,却徒劳而返之后,我们这是第一次在一起喝酒。于是,那场打斗的阴影还在心头未散,我们之间的紧张关系,也就更明显了。坦白地说,我希望她能够取消这次见面。我会很容易被激怒、开口骂人的。

我提前到了酒吧,找到一个敞开式小间。她一如往常地准点到来,脸上没任何笑意。绝大多数律师都在辛苦工作,但绝大多数律师工作环境中,并没有其他九名女律师。那些女人,个个都是气势汹汹的诉讼角斗士。她的办公室就是个高压锅,我怀疑她的家庭生活,也并不是很愉快。随着斯塔彻一天天长大,他越发频繁地提起朱蒂斯和艾娃之间的彼此吼叫。而我,当然是引孩子尽情讲出她们之间的丑事,越多越好。

"你这周过得如何?"我问道,这是标准的开场白。

"老样子。看起来你连续中奖啊。又一张照片上了报纸。"

侍者过来给我们点了单,还是老一套:她是夏多丽干白葡萄酒,我是酸威士忌。进了这酒吧,她什么好心情都烟消云散了。

"当时有点冒失,"我说,"我现在不再接受这家伙的委托了。他付不起钱。"

"啊呀,想想你会错失那么多出风头的机会噢。"

"我其他机会多的是。"

"这我倒是一点也不怀疑。"

"我现在没有心情冷嘲热讽。明天轮到我陪斯塔彻三十六个小时了。你有什么问题吗?"

"你的安排是什吗?"

"这么说,我得先提交一个计划,由你来批准?法庭啥时候这么规定啦?"

"我只是好奇而已。你得喝一杯了。"

我们顶着台子看了几分钟,等着彼此的酒。酒来了,我们一把将酒杯拿起。喝了三大口后,我说:"我妈来了。我们会带斯塔彻去老地方,那个购物广场。那里,孩子玩旋转木马,在游乐场地上蹦跳,没有抚养权的家长就坐在一旁喝咖啡,消磨一两个小时。然后我们去饮食区,吃块不利于健康的比萨,再吃个有害身体的冰激凌,看小丑们翻跟头,给孩子们发气球。接下来,我们开车去河边,码头附近散散步,玩玩小船。你还想知道些什么呢?"

214

"你计划晚上和他一起过夜?"

"我有足足三十六个小时,每月一次。那就是明天上午九点一直到周日下午九点。你好好计算一下,这算术不难。"

侍者又来问我们还要喝点什么。我续了一杯,尽管我们俩的杯子还没喝到一半。在过去的一年里,我几乎有点迫不及待想要和朱蒂斯进行这种短短的会面。我们都是律师,偶尔彼此也能找到共同话题。我曾经爱过她,尽管我不知道她是否也曾这样对过我。我们有一个属于彼此的孩子。我总是幻想,希望我们俩能慢慢成为朋友,一个我需要的朋友——因为我的朋友很少。然而此刻,我却受不了她了。

我们无声地喝酒,两个沉闷的往日爱人,内心其实都想掐死对方。她打破沉寂,问了句:"阿齐·斯旺格是个怎么样的人?"

我们谈了他几分钟,接着说到绑架,以及坎普一家忍受的梦魇。她认识一名律师,以前曾给吉利亚娜最后那个男朋友处理过酒驾事宜。大概能得到一些启发吧。

三十分钟内,酒都喝完了,这速度破了纪录。我们分道扬镳,彼此都没有礼节性地往对方脸上啄一口。

15.

每个月都得想个让斯塔彻开心的安排,这真是挑战。他告诉过我,他已经厌倦了商城、动物园、消防队、迷你高尔夫球场以及儿童剧场。他其实最想去的,是看笼中格斗,但不会再有了。于是,我给他买了艘小船。

我们在一个叫"水台"的地方和我妈会合,那是市立公园中心的一个人造船坞。斯塔彻呼啦呼啦地喝热巧克力时,我和妈妈一起喝着咖啡。我妈担心孩子的教养问题。他吃东西根本没有规矩,从来不会说"先生""夫人""请"和"谢谢"这些词。我曾教过他这些,但效果有如石沉大海一般。

小船是艘遥控模型快艇,上面有马达,发动起来,声音就像是电锯一样。池塘是圆形人工湖,中央是汩汩喷涌的泉水。这里如同一块大磁铁,吸聚了各式各样的船模,以及各个年龄段的玩家。斯塔彻和我折腾了半个小时遥控器,这才搞清楚所有的操作程序。当他稳稳当当地玩着小船时,我便把他"放养"在一边,自己则在大树下的长凳上,挨着我妈坐下。

这是美好的一天,空气干爽新鲜,天空蔚蓝如洗。公园里游人如织——家人边吃冰激凌边晃悠,新妈妈推着巨大的婴儿车,年轻的爱侣在草地上漫步。离婚后的爸爸,来此行使亲子见面权的,也不在少数。

我妈陪我一边看着远处她那唯一的宝贝孙子,一边扯着些无关紧要的话题。她的住地,距离我两小时以上车程,看不到我们当地的新闻。她一点也不知道斯旺格的事情,我也不打算和她讲。她的忠告总是很多,也不赞成我的职业。她第一任丈夫,我的父亲,就是个律师,在律师大楼里收入颇丰。我十岁时,他去世了。她的第二任丈夫靠生产橡皮子弹发了财,六十二岁时也去世了。她害怕了,不敢冒险再找老伴了。

我用纸杯给我俩弄了更多的咖啡,然后我们继续谈心。斯塔彻朝我挥了挥手,等我赶过去,他将遥控器递给我,说自己要去尿尿。洗手间就在不远处人工湖对面的建筑内。那里主要是一些贩卖摊位和公园办公场所。我问他是否要我帮他上厕所,他投给我一个坏坏的埋怨眼神。他现在,毕竟已经八岁,开始有自尊心了。我看着他走到那座建筑前,进了男厕所。我关掉了小船,等他回来。

突然,我身后发生了一阵骚动,我听到愤怒而响亮的说话声。接着，两声枪响，刺破天空。人群开始尖叫。大约五十码开外，一个黑人少年横冲公园，跳过长凳，在灌木中东奔西蹿，转眼进入树林，似乎在奔命。他明显是在逃生。离他不远处，还有个黑人男青年，满脸怒气，手持枪支追赶。他继续开枪，大家立即趴到地上。我周围原本都在享受美好一天的人，此时纷纷蹲下、匍匐、抱紧小孩设法逃命。这正是电视里常见的场景，我们以前都看过。几秒钟后，大家意识到，这不是小说和电视。这是真枪实弹！

我想到了斯塔彻，但他还在湖对面的厕所里，距枪击地点较远。当我蹲着身子，四处疯狂张望时，一个男人惊惶乱窜，一下子撞到了我，嘟囔了句"对不起"后，他接着跑。

被追者和追击者都消失在了树林，我等了一会儿，吓得都不能动弹了。接着，我听到远处又是两声枪响。如果后一个家伙发现了前一个家伙，至少我们不必亲眼目睹现场的情形了。我们再次停下、等待，然后身体重新开始活动。我站起身来，和所有人一起，呆呆地看着那片茂密的树林，心在狂跳。当逐渐感觉到危险已经结束后，我深深吸了气。人们开始互相对视，虽稍感解脱，但仍心有余悸。刚才我们看到的一幕，真的发生过么？两名骑自行车的警察沿着转角飞驰而过，随后又消失到密林里去。远方，可以听到警笛的声音。

我看了看我妈，她正在通电话，好像刚才的一切从来就没发生过似的。我又朝男厕所望去：斯塔彻还在里面。我开始朝那里走去，半路停下将遥控器放到我妈座位旁。有好几个男人和男孩从厕所进进出出。

"刚才是怎么回事啊？"她问。

"大城市的生活。"我边说，边走开。

斯塔彻不在厕所里。我赶紧跑出来，四处寻找。我一把抓住我妈，告诉她孩子不见了，让她快去女厕所里看看。我俩在这片区域搜索了足足好几分钟。每过一秒,都加深了我们的恐惧。他不是那种自己喜欢乱逛的孩子。不,斯塔彻解完小便,就会径直走回湖边,继续玩他的小船。我已心如撞钟、汗流浃背了。

两名骑车警察从树林里出来,并没带着嫌疑人,朝我们方向过来了。我拦住了他们,说明我的孩子失踪了。他们立即通过电台呼叫。我在慌乱中,一一拦住身边的游客,请他们一同协助。

又来了两名骑车警察。"水台"四周,此刻成了一个恐慌的中心。大家都知道有个孩子失踪了。警方试图想要封锁整个园区,阻止任何人离开,但这里有十二道出入口。几辆巡警车也开过来了。急促的警笛齐鸣,更增添了紧张的气氛。我看见一个穿红色运动衫的男人,我觉得看见过他进男厕所的。他说是的,他去过,看见一个小男孩在撒尿。一切都很正常。不,他没有看见小男孩出来过。我在公园错综复杂的小径来回奔跑,一路问每个游客是否看到过一个八岁的走失小男孩,他身穿牛仔裤、棕色运动衬衫。没人见过他。

时间一分一秒地过去,我试图让自己镇定下来。他只是走丢了而已。他没有被拐走。根本没用——我已经完全慌乱了。

这只是你读的一个很惨的故事,但往好处想想,它不会发生在你身上。

16.

半个小时后,我妈几乎要瘫倒了。一名医护人员坐到公园长凳上,在她身边对她进行着照料。警方让我和她坐在一起,但我根本坐不住。到处都是警察。上帝保佑他们啊!

一个身穿深色西装的年轻男子向我自我介绍,说他是林·科尔法克斯,市警察局失踪儿童部门探员。居然警察局有专门负责调查失踪儿童的机构，这是怎样一个变态的社会啊？

他陪着我一边走，一边帮我回忆最后的场景。我再次站到斯塔彻走去上厕所时，我站过的那个位置，厕所就在一百英尺以外。当时我的目光跟随着他，直到他走了进去，接着，我就被枪响吓倒了。一步一步，一点一滴，我们演示了全部过程。

男厕所只有一个门，没有窗。我真不可理解，科尔法克斯探员也同样困惑，怎么会有人抓住一个八岁男孩，凭空把他带出这块地方，而不被其他任何人发现呢？但在那个时刻，子弹横飞，原本在"水台"的人，要么就蹲在长凳、灌木丛后面，要么就平趴在地上。其他证人都证实了这一点。我们估计，这段干扰时间，长达十五秒，甚至二十秒。时间足够了，我猜想。

过了一小时，我终于承认，斯塔彻不是简简单单地走失。他是被人带走了。

17.

告诉朱蒂斯最好的方法，就是让她自己来亲眼看看。如果我们的儿子有所不测，她将永远不会原谅我，会永远认为正是因为我这个超级烂爸爸，违背了带孩子的各种准则，因而造成孩子的失踪，这一切完全是我的过错。太对了，朱蒂斯，这次你赢了。我罪责难逃。

如果让她看看犯罪现场，或许会有点帮助，尤其是当她看到这里聚集了这么多的警察。

我盯着手机好久，终于拨通了电话。她给我来了一句："你有什么事？"

我猛地咽了一下口水，企图让声音听起来镇定一点。"朱蒂斯，斯塔彻不见了。我在市立公园'水台'这儿，和他奶奶在一起，还有警察。他大约是一小时前不见的。你现在就得过来。"

她吼叫道："什么？"

"我刚才说了。斯塔彻走丢了。我想他大概被拐走了。"

她再次吼道："什么！怎么会发生的！你不是看着他的吗？"

"是的，事实上，我是看着他的。我们过会儿再争论。现在你赶紧过来。"

二十一分钟后，我看到她在旁边的小径上奔了过来，明显一个吓傻了的女人。当她快到"水台"时，看到这么多警察，然后看到我，又看到明黄色犯罪现场保护带子围绕着男厕所一圈时，她停下，一只手捂住嘴，已经不能自控了。林·科尔法克斯和我走过去，试图让她不要惊慌。

她咬牙切齿地问："怎么发生的？"

我们再次叙述了一遍时，她在抹眼泪。又叙述了一遍。她一句话也不和我说，仿佛我与这场大戏毫无关联似的。她甚至连看也不看我一眼。她反复盘问了科尔法克斯，直到所有问题都被解答后才肯罢休。家庭事务，完全是她做主，她甚至告诉探员，说她是孩子的抚养监护人，一切的沟通都要首先通过她。我，则被仅仅视作一个看孩子时玩忽职守的小保姆。

朱蒂斯手机里有一张斯塔彻的照片。科尔法克斯用电子邮件将照片发去他的办公室。他说，寻人启事会立即印刷出来。相关快讯和警示早就下达了。全城每个警察都在寻找着斯塔彻。

18.

我们终于离开了"水台"，尽管那是种很痛苦的感受。我真想整个下午都坐在那里，一直坐到天亮，只是为了等我的小男孩再次出现在眼前，问我："我的小船在哪儿呢？"这是他最后一次见到他爸爸的地方。如果他仅仅是迷了路，那么或许他还会摸索着回来的。我们梦游般地经历着这个过程，不断告诉自己，这一切都没有发生。

林·科尔法克斯说，以前他也遇到过类似的情况，最佳做法就是大家去警察总部会合，就在他的办公室里，讨论下一步该怎么办。这件事，要么是诱拐，要么是失踪，要么是劫持，但都有说不通的地方。

我把我妈带回我的寓所，我请"搭档"也跟着过去。他会帮我照料她几个小时。她一直自责，怪自己当时没有更专心地看孩子。她满腹怨气，因为那个坏女人朱蒂斯居然可以忽视她的存在。"你当时怎么会娶那种女人？"她问。这不是我能选择的。说真的，妈，我们能不能以后再讨论这个话题？

科尔法克斯的办公桌很整洁，给人一种镇定、舒适的感觉。但这对我们——朱蒂斯和我来说，一点用处都没有。而这孩子的第三位家长艾娃，刚好出城去了。他开始给我们讲一个诱拐案，这其实是个为数很少、结局很好的故事。大多数结果都很悲惨，我是知道的。我读过那些案件简介。每过一个小时，好结果出现的几率，就会变得更加渺茫。

他问我，我们是否有什么怀疑对象，某个亲戚、邻居、街上的变态或是别的什么人？我们都摇头，说没有。我早想过林克·斯坎隆这个名字。我还没准备把他扯进来。劫持不符合他的做法。他要的就是我那十万美元的现金，即那笔所谓的退款。我无法相信，他会采取绑架我儿子的做法来要赎金。林克喜欢的方法是这周先打断我的左腿，下周再打断我的右腿。

科尔法克斯说，目前立即发布悬赏，应该会起到好的作用。他建议起始金额定为五万美元。朱蒂斯，这个单亲家长回应："我可以解决钱的问题。"我怀疑她是否可以立即写出一张这么大额的支票来，但是，她还是好样的。"我对半出。"我也说了一句，仿佛我俩是在玩赌牌一样。

令这个尴尬场面更加难堪的是，朱蒂斯的父母也来了，被领进了办公室。他们一把抓住女儿，三人号啕大哭起来。我靠墙站着，离他们越远越好。他们根本没当我在场。斯塔彻有一半的时间，都和他外公外婆住，两位老人和他是很亲的。我尝试着体会他们的悲痛，但我厌恶这帮人这么久了，多看他们一眼都觉得难受。当情绪稍微稳定下来后，他们问我事情发生的经过，我告诉了他们。科尔法克斯也不时地帮我补充一些细节。等我们都讲完后，他们已经断定，这一切都是我的错。太好了——现在我们终于有些眉目了。

我在这屋里待着也是多余。于是我打了个招呼，走出大楼，回到"水台"。警方还在那儿，围着船屋慢慢转着走，招呼大家不要进男厕所。我和他们说了几句，告诉他们我很感激；他们也表达了同情。"搭档"来了，说我妈喝了两杯"马爹利"酒，似乎好多了。他和我分道扬镳，各自漫步在公园里的道路上。日头西沉，地上的影子越来越长。"搭档"给了我一根手电筒，我们继续寻找，一直到夜里。

等到晚上八点，我给朱蒂斯打了个电话，问她那边怎么样。她已经回了家，和她父母一道，在等着电话通知。我提出赶去陪着坐坐，但她说，不必，谢谢了。她有些朋友在，我来不合适。我相信她这么说自有她的道理。

我在公园里，四处游荡了好几个钟头，用我的手电筒照遍每座桥、每个涵洞、每棵树木，以及每堆石头。这是我一生最凄惨的一天，那天夜里，我坐在长凳上，终于哭了出来。

19.

在威士忌的帮助下，我在沙发上设法睡了三个小时，醒来后满身汗水。我现在完全清醒了，但我的噩梦如影随形。我冲了个澡来打发时间，然后去看看我妈妈的情况。她吃过些药，看上去不省人事了。到了天亮时分，"搭档"和我继续回到公园里。真的，除此没有地方可以去了。我还能做些什么呢？坐在电话旁等？电话就在我口袋里，到了七点零三分，它振动了起来。林·科尔法克斯打来的，问问我还好吗？我告诉他，我在公园，还在搜寻。他说，他得到了两三个举报线索，但都是没什么用的。那些人都是些冲着悬赏来的社会混混。他还问我看过《星期日晨报》吗？是的，我看了。头版。

"搭档"给我带来些"麦芬小蛋糕"和咖啡，我俩坐在烧烤台旁吃了起来。烧烤台正对着下面的一个小湖，一到冬季，那里就成了溜冰场。他问："你想过林克吗？"

"嗯，我想过。但不可能是他。"

"为什么不可能呢？"

"不像是他的犯罪手法。"

"你大概是对的。"

我们再次恢复沉默，沉默代表着我们的友谊，这点我一向很欣赏。可现在，我需要找个人说话。我们吃完后，又分头行动了。我沿着那些走过好多遍的小径继续寻找，再次去查看那些人行小桥，再次顺着同样的溪流走过。上午过了一半时，我打给朱蒂斯，她妈接了她的手机。朱蒂斯还在睡着，没有，她们没得到任何消息。回到"水台"，警方已经将犯罪现场保护带撤走，一切又恢复如常了。这个地方再度熙熙攘攘起来，看上去，游人已经对昨天发生的恐怖事件完全忘了。我看着一些小男孩在湖塘里进行小船大赛。我又站到昨天最后一次站着看斯塔彻的地方。我的肠胃猛的一阵钝痛，迫使我不得不走开。

照着我的人生发展轨迹来看，斯塔彻将是我唯一的孩子。他是偶然产物，是一场父母恶战中意外降临的孩子。尽管如此，他还是长成了个漂亮男孩。我也不算是什么优秀爸爸，但我确实被排挤出了他的生活。我从没想过自己会如此思念另一个人。但话又说回来了，天下哪个父母能想象自己的孩子会被拐走呢？

我在公园里晃悠了几个小时。突然手机响了，惊得我差点跳了起来，不过一看，只是个熟人找我去帮忙而已。到了下午，我坐到了公园跑道边的一个长凳上。兰迪·瑞尔顿不知从哪里蹦了出来，一下子坐到我的身边。他在那件西装上又披了件战壕式风衣。

"你来这儿干什么？"我吃惊地问。

"我是来给你传口信的，拉德。没别的。和我没有任何关系，真的。但你的孩子没事。"

我深深吸了口气，往前倾身，手肘撑住双膝，彻底懵了。我努力嘀咕了一声："什么？"

他直直地望着远方，仿佛我不在场似的："你的孩子没事的。他们需要一个交换。"

"交换？"

"你知道答案。你告诉我，我转告他们。你告诉我那女孩埋在哪儿，他们如果发现了，你的孩子就能回来。"

我都不知道想什么、说什么了。赞美上帝啊，我的孩子安全了，但他之所以安全，原因是被警察带走，他成了他们的诱饵！我告诉自己，我此刻应该生气、震怒、爆发。但我什么也没有感到，只觉得心中如释重负。斯塔彻没事了！

"他们？他们？你是说一些你们的自己人，对吗？"

"算是吧。听着，拉德，你必须理解，罗伊·坎普已经不行了。他们给他暂停行政管理职务已经一个月了，但还没有人知道这件事。他已经是一团糟，这是他的个人行动。"

"但他有很多朋友，对吧？"

"哦，那是。坎普声望很高。他工作三十年了，你知道的，关系网很广，方方面面都有。"

"这么说，这算是内部人作案。我不信。算是他们派你来谈判的吗？"

"我真不知道这孩子在哪儿，我发誓。我也不喜欢自己现在的处境。"

"这起码让我们俩上了一条船。我想，我不应该吃惊。事实上，我早就该知道，警察拐走孩子，这也算天经地义的事。"

"打住吧，拉德。你的嘴巴太大了，你懂什么呀？这个条件，你愿不愿意接受？"

"我应该将阿齐·斯旺格告诉我有关女孩的情况告诉你，对吧？就是她被埋起来的地方。好，如果斯旺格告诉我的是实情，你们找到了尸体，他就被定为一级谋杀罪，我作为律师的职业生涯就此结束。我的儿子安全回到他母亲的怀抱。而我就有更多的时间陪他。事实上，我就成了个全职父亲。"

"你的思路终于对了。"

"但如果我说不，那我的孩子会怎样呢？我会相信一名警察局副局长和他手下的流氓兄弟，真会伤害一名儿童作为报复吗？"

"我想，你应该抛个硬币，拉德。"

第五部分
租车规则

1.

我与慌乱的情绪搏斗着。我告诉自己,我的儿子是安全的,我相信这一点。但是目前形势非常紧迫,不容许我用理智去思考。"搭档"和我去了一家咖啡连锁店,我们缩在一个角落里。我讲述了各种可能性,他默默地听着。

其实没有什么选择余地了。这其中,最重要的中心问题就是安全稳妥地救出我儿子,与此相比,其他一切都无所谓。就算我透露了秘密,失去了律师执照,我也能想方设法活下去。他妈的,说不定我在其他领域内还会飞黄腾达,也不会再遇上阿齐·斯旺格这样的人了。这可能是我离开目前职业的一张门票,一个天赐良机,让我和法律说再见,从此去寻找我真正的幸福。

我想把我的小男孩抱在怀里。

"搭档"和我辩论,是否应该打电话告诉朱蒂斯这一最新进展。我决定不要那么做,起码是暂时不要。她不会起到什么好作用,只会增加紧张,让事情变得更复杂。更重要的是,她可能走漏风声,泄露坎普和他的手下是拐骗案"内鬼"这一情况。瑞尔顿告诫我要保密的。

我还是给朱蒂斯打了电话,只是为了了解一下怎么样了。艾娃接了电话,说朱蒂斯在床上,吃过药,状态不是很好。联邦调查局刚走。街头还拥着一大批记者。情况糟透了。好像我不知道似的。

到了周日晚七点,我打电话给瑞尔顿,说明我接受了条件。

花了一小时,就搞到了搜查令。很显然,警方有一名随时待命的友好法官。到了八点半,"搭档"和我离开了城市,一前一后,是辆不起眼的车,看上去非常正常。等我们来到吴医生的广告牌下,警方已动用了装备和武力聚集在那里。强光灯四射,两台大型挖土机,至少二十多人手持铲子和撬棒,还有一队狼犬被关在木条箱子里待命。我告诉了他们我所知道的一切。他们正在检查玉米地旁边的空地。州巡警守卫着跨边界的路口,一旦有司机产生好奇,停下来张望,便立即挥手赶他们开走。

"搭档"将面包车停靠在他们指定的地方,距离广告牌和行动现场一百英尺开外。我们坐着,看着,盼望着。第一轮疯狂挖掘之后,接下来是长长的数小时。他们系统地掘开每一平方英寸的土地。他们打格子,梳理土层,然后进入下一个格子区域。掘土机还在待命。狼狗也保持着安静。

广告牌的对面,那里停着好几辆不起眼的黑色轿车,他们聚成一团,躲在夜幕中。我相信,坎普副局长就在其中的一辆里。我对他厌恶至极,恨不得用个钻子从他两眼之间钻进去。但此刻,只有他才能放我儿子出来。

但突然,我又想到他所经历的:那种恐惧,害怕和等待;后来,他和妻子都意识到吉利亚娜再也回不来后,那种最终不得不放弃的心情。此刻,他坐在车里,祈祷他的手下能够挖出一些骨头,一些可以让他正经埋葬起来的东西。而他最最走运的结果,只是得到一副完整的骨骼。我的期待比他大得多,当然也更容易实现。

到了午夜,我开始诅咒阿齐·斯旺格了。

2.

当他们在深夜忙碌时,"搭档"和我轮流打起盹来。我们都饿极了,也渴望能有杯咖啡喝喝,但我们都不准备离开。到了五点二十分,瑞尔顿打我的手机,告诉我:"白忙活了,这里什么都没有。"

"我知道的都告诉你了,我发誓。"

"我相信你的。"

"谢谢你。"

"你现在可以走了。开回边界,往南一直开到'四角'出口。过二十分钟,我给你打电话。"

我们把车开走,挖掘队也收拾起他们的工具。狼狗还在木笼子里,休息。阿齐·斯旺格很可能在偷看,暗地里哈哈大笑着。我们朝南行驶,过了二十分钟,瑞尔顿再次打来电话。他说:"你认得'四角'卡车停车场吗?"

"我想我认得。"

"在加油站前停车,但不要去加油。走进去,右边是家餐厅,在最里面,离开账台最远处,是一排包厢座位。你的孩子估计在那里吃着冰激凌。"

"明白!"我真抑制不住,想说点愚蠢的话,比如"谢谢您"之类,反倒像是我欠了这帮没有伤害我儿子,现在要将他送回来的绑匪似的。但说句心里话,我还是被那种释怀、喜悦、感激、期盼的感觉,弄得不能自己。特别是那种奇妙的梦幻感,这场诱拐儿童案,怎么就快要画上美好的句号了？这种事情从不会发生啊。

一分钟后，我的手机再次震动。是瑞尔顿，他说："听着，拉德，你要是继续纠缠这件事情，乱打听询问，找记者采访，到处上电视，弄那些你常爱做的玩意，那最后，你什么好果子也吃不到。我们联络媒体方面，会向公众透露，就说你接到一个匿名电话，刚完成了一项极具戏剧化的营救行动。我们的反绑架探组将继续努力，但最后没有找出新的线索。我们的版本都一致，对吗，拉德？"

"对，我和你们的一致。"到了这个时候，我什么都愿意一致。

"故事是这样的：有人抢走了你的孩子，但这小子言行举止，估计太像他爹了，让这个人厌烦得受不了，于是他决定将孩子丢弃在一个卡车停车场。你记住这个情节了，拉德？"

"记——住——了。"我努力挤出这几个字，一面咬住舌头，不让自己说出世界上所有那些最最刻毒的话来。

卡车停车场灯火通明，各种铰链式大卡车，整整齐齐、密密扎扎地排列着。我们停在加油泵旁，我快速往里走去。"搭档"在车里坐着，防备有什么人窥视我们。餐厅吃早饭的人很多，空气中弥漫着油腻腻的味道。台子上都是那些力大无穷的卡车司机，狼吞虎咽啃着煎饼和香肠。我转到拐角，看见包厢区，走过第一格，走过第二格，然后是第三格。在第四格里，孤零零坐着的，正是斯塔彻·惠特丽，他在笑眯眯地吃着一大碗巧克力冰激凌。

我亲吻了他的头顶，弄乱了他的头发，然后坐到他对面。"你还好吗？"我问。

他耸耸肩说："我觉得相当可以。"

"有人伤害你了吗？"

他摇了摇头。没有。

"告诉我，斯塔彻。有任何人伤害过你吗？"

"没有，他们对我都很好。"

"他们是谁呢？你星期天离开公园后，都和谁在一起的？"

"南茜和乔。"

一名女服务员站在我们的包厢旁。我点了咖啡和炒蛋。我问她，"谁把这孩子带进来的？"

女服务员朝四周望了望，说："我不知道。有位女士一分钟前还在的，说这孩子要碗冰激凌。她大概已经走了，我也不知道怎么回事。我想，账是你来结吧。"

"很乐意。你们这儿有摄像头吗？"

她冲着窗子点了下头："外边有，但这里没有。有关系吗？"

"没什么。谢谢。"

她刚一走开，我就问斯塔彻："是谁带你来的？"

"南茜。"他又咬了一口冰激凌。

"听好，斯塔彻，我现在要你把勺子放下来一会儿，我要你告诉我，那天你进了公园里的厕所，后来发生了什么？你当时在玩赛艇，你说要尿尿了，然后你走进了厕所。现在，你告诉我，后来怎么样了。"

他缓缓地将勺子插进冰激凌里，放在那儿不动。"是这样的，突然，一个很高大的男的一把把我抱住。我想他是一名警察叔叔，因为他穿着警服。"

"他带枪了么？"

"我觉得没有。他将我放到停在厕所后面的卡车上。还有个男的，他是驾驶员。他们飞快地开车走了，说要带我去医院，因为奶奶出大事了。他们还说你也在医院里。于是我们开呀开，最后开出了城，开到乡下去了。他们在那里，把我交给了南茜和乔。男的都走了，南茜对我说，奶奶会没事的，她还说，你很快就会来接我的。"

233

"好的，那是星期六早上的事。星期六后来，还有昨天星期天一整天，你都干吗啦？"

"嗯，我们一起看电视，一些老片子什么的，我们还一起玩了好长时间的双陆飞行棋呢。"

"双陆飞行棋？"

"啊哈！南茜问我最喜欢玩什么，我说双陆飞行棋。他们都不知道那是什么，后来，乔出去，到店里买了棋盘和棋子，都是便宜货。我教他们怎么玩，结果把他们都打败了。"

"这么说，他们对你都很不错啊。"

"真的很不错。他们一直告诉我，你在医院，出不来。"

"搭档"终于进来了。看到斯塔彻，他也放心了。往孩子的脑袋上轻轻拍了一下。我让他去找卡车商店的经理，回放监控摄像；告诉经理，就说联邦调查局会来看录像的，要他小心一点。

我的炒蛋到了，我问斯塔彻饿么，不，他不饿。他这两天里，一直在吃比萨和冰激凌。他要吃什么，他们就给他什么。

3.

因为我从未被邀请去过斯塔彻的家，我决定还是不带他去了。我不想来个出其不意，或是出人意料。进城后半个小时，我终于给朱蒂斯打了电话，告诉她儿子已经平安无事了。我们从州边境一路开回来，他就坐在我的大腿上。她震惊到无法言语，于是我将手机递给斯塔彻。他说："嗨，老妈。"我想，她的心此时已彻底融化了。我给了他们几分钟，然后拿回电话，向她解释，自己接到指令去卡车停车场接孩子，所以没有及时给她来电话。不，他一点都没有遭罪，但恐怕吃了过多的甜食。

她律所门口的停车场,还空空荡荡的——现在只有七点半——我们在风暴来临之前,静静地等着。黑色"捷豹"车轻快滑进停车场,一记刹车,猛地停在面包车旁。我带着斯塔彻下了车,朱蒂斯也下车,伸手过来抱孩子。她抓过他,又哭又抓,身后是她父母和艾娃。她们轮番挤捏这孩子,大家都哭了。我受不了这帮人。于是,我走到斯塔彻旁边,再次弄乱他的头发,说:"伙计,咱们后会有期吧。"

他被捂着,无法回应。我让朱蒂斯过来一会儿。当我们单独在一起时,我说:"我们今天上午晚些时候,等联邦调查局的人来之后,我们再见一面好吗?这事情还有些内幕。"

"现在就告诉我。"她凶狠地说。

"我想告诉你的时候,自然会告诉你,那就是联邦调查局的人在场时。行了吧?"

她无法驾驭局面的时候,总是气呼呼的。她深深吸了口气,咬牙切齿,努力说了句:"当然可以。"

我走开了,拒绝同她父母打招呼,直接上了车。我们开走后,我看着斯塔彻,心里嘀咕着,下回再见到他,不知得是何年何月了。

4.

到了上午九点,我在法庭参加一个听证会。那个时候,感谢警方的泄露,消息已经出去了,说我的儿子已被找到,并交还给了父母。法官给了我一个延期,于是,我赶紧跑出法庭。我有一群律师朋友,他们中好几个都想和我聊一会儿,并表示祝贺。我根本没有那份闲心。

方哥在半路突袭了我,就像他三周前那样。我继续往前走,拒绝朝他看。他转到我的身侧说:"啊呀,拉德。林克对那笔钱很焦急。

我告诉了他有关你孩子的那些事。对了，他说让我向你捎去问候。"

"让林克管好自己的事就行了。"我冲了他一句。我和他都大踏步向前走。

"他是在关注着自己的事情，其中一桩正好是你和那笔钱的问题。"

"那太糟糕了。"我一边说，一边走得更快了。

他跟着我的步伐很吃力，此外也努力想说出点什么巧妙的话来，结果犯了个大错："你知道么，你的孩子可能还没有彻底的安全。"

我转身，猛地一记右勾拳，正好击中他的下巴。他正迎着我拳挥来的方向前进，根本没有料到这一击，直到发觉，那已经太晚了。他的脑袋猛烈摇晃，我听到某处一些骨头的断裂声。最初半秒钟，我正以为他的脖子断了。

但他的脖子没事；他以前被狠狠地打过，很多很多次了，那些伤疤足以证明。

方哥瘫倒在大理石地面，当他全部躺下后，便再也没有动弹。那是完美的一拳倒地，我今后永远也无法复制的完美一拳。我本想照他的头再踢上几脚，来他个痛快。但我的眼角突然看到了异常情况。另一个无赖正朝我走来，他边走边掏口袋取出武器。就在这一霎那间，后面有人朝我大叫起来。

第二个无赖和方哥一样重重地倒地——"搭档"用口袋里带着的不锈钢铁棒给他的头部一记重击。这不锈钢棒，就是等着这种场合用的。收起来，棒子只有六英尺左右，但甩开后，它可达十八英尺，顶端还配有一个钢把手。它可以轻易敲开脑壳，事实上也是为了这个目的而设计的。我让"搭档"把棒子给我，然后赶紧消失。一名保安跑过来，看见两个不省人事的恶棍。我将我的律师证给他看，并说："塞巴斯蒂安·拉德，执业律师。这两个混混刚才想一起朝我扑上来。"

人群聚集起来。方哥先醒，他哼哼了几声，揉揉自己的下巴，然后想要站起来，却找不到自己的脚在哪儿。最后，在保安的帮助下，他立起身来，依旧颤颤悠悠的，想要离开此地。一名警察让他坐到附近的长凳上，另一名急诊医生在照料他的同伙。最后，第二个家伙也醒了，他后脑勺上出现了一块很大的包。他们给他冰敷了几分钟，将他放到方哥那个板凳上。我站近，狠狠地瞪着他俩。他们恨恨地回望着我。急诊医生也给我的右手敷了冰袋。

对这两个家伙来说，被暴打乃是家常便饭，他们不会去起诉的。那样要填写很多表格，回答很多问题，也会被警方折腾盘查老半天。他们是给林克·斯坎隆效力的，他们绝不回答那些问题。现在，他们迫不及待想离开这座大楼回到街上去。街上是他们说了算的地方。

我告诉警察，我也没有兴趣起诉。当我走开时，我侧身靠近方哥，对他耳语："告诉林克，如果我再从你或他本人那儿，听到一个字，我马上就去找联邦调查局。"

方哥鼻孔里哼了一声，似乎想要冲着我脸上吐口浓痰。

5.

我觉得，有些日子注定是要和联邦调查局探员在一起度过的。上午十一点前几分钟，我走进了朱蒂斯律所前厅。前台小姐正笑着同一名律师助理说话。她们朝我微笑，向我祝贺。我没有立即反应过来。但她们觉得我是个英雄人物。一名律师从她的办公室里探出脑袋，对我表示了祝贺。这里的气氛，简直可以用喜气洋洋来形容。这也对啊，斯塔彻获救了，安全地回了家，那个属于他的地方。我们当时都吓傻了、吓呆了、惊恐万状等着一场噩梦成为一幕惨剧。谁能料到，我们竟然如此走运。

朱蒂斯在一间宽大、设备先进而又齐备的会议室，旁边是两名联邦调查局探员，比蒂和安格纽。尽管我的右手又肿又软，我还是努力地同他们握了手，丝毫没有觉得疼痛。我冲朱蒂斯点了点头，说不必给我咖啡，询问斯塔彻还好吗。他很好。一切都很好。

比蒂是主讲，他解释说朱蒂斯上周六下午，给联邦调查局打过电话，但他们还没正式进入调查阶段。安格纽负责记录，一边快速写划，一边点头：比蒂说的一切，都是绝对正确的。除非当地警方邀请，或者有证据表明受害人被跨州转移了，联邦调查局一般都不参与绑架案件的。他吹嘘了一阵子，扬扬自得地笑着。我任他表演。

"现在告诉我，"比蒂说，看着我，"是你想要见面吗？"

"是的，"我回答，"我完全知道是谁绑架了斯塔彻，我也知道为什么。"

安格纽的笔在半空中停住，在场所有其他人都定住了。朱蒂斯双眉弯曲起来，说："赶快说吧。"

于是我说了整个经过，从头到尾。

6.

我们的儿子回来令朱蒂斯感到的那种喜悦，在我叙述到一半时，已经烟消云散了。当事情变得很明朗：绑架案是由我另一桩臭名昭著的案件所引发的时候，她的肢体语言动个不停，她的思绪也在急速飞驰。好了，现在她终于有了明确的证据，说明我是斯塔彻人生的威胁。很可能今天下午，她就会提交一份法律申请。

我避免和她的目光直接接触，但整个屋子里的气氛都紧张了起来。

当我说完后,比蒂看上去很震惊。安格纽则在整个法律记录本上涂满了鸡爪小字。

比蒂开口了:"这么看来,我猜当地警方确实有不需要我们介入的理由。"

安格纽咕哝着附和了他的意见。朱蒂斯问:"关于这一切,你有什么证据呢?"

"我没有说我可以证明一切。即使有可能,取证都会很难。卡车停车场监控视频里,估计会有南茜的画面,可以看到她带孩子进去的图像。但我打赌,她一定化过装。我也怀疑斯塔彻究竟能否辨认出公园里把他抱走那个人。我不知道。你有什么建议吗?"

她说:"听上去像天方夜谭似的,居然假设警方绑架了儿童。"

"这么说,你是不相信我说的?"

事实上,她真想相信我的话。她希望我讲的故事真的发生过。因为,那样,下次她再拉我上法庭时,这些就可以用来作为对我不利的呈堂证供。她并不回答我的问话。"下一步怎么办?"我问比蒂。

"哇噢!我还真不知道。我们将向上级汇报,然后看看怎么办。"

我说:"今天下午,我和一名警方的探员会过面。他们似乎很关心这个案子,问了很多问题,但说那些都没用。到本周末,他们就会结案,并庆贺这皆大欢喜的结局。"

比蒂问:"你们还希望我们立案调查吗?"

我看着朱蒂斯说:"恐怕得你先说了。我个人倾向于追踪坎普。你觉得呢?"

她说:"我们俩先谈谈。"

比蒂和安格纽知趣地起身离开。我们谢过他们俩,朱蒂斯送他们去了前门。当她回到会议室,她坐在我的对面说:"我也不知如何是好。我现在还没有想清楚。"

239

"我们不能纵容警方做这些事情，朱蒂斯。"

"我知道。但你和他们的恩怨还嫌不多吗？如果坎普绝望到抢走小孩的话，他什么事都会做得出来。现在，你知道为什么斯塔彻跟你在一起，我总感到那么紧张了吧。"

我真的无力反驳这句话。

"你觉得斯旺格真的杀了那个女孩？"她问。

"是的，他很可能还杀过其他人。"

"太棒了。又多了个逍遥法外、用枪瞄准你的疯子。你真是条破船，塞巴斯蒂安，你早晚会拖我们中的某个人下水的。我只是希望，那不会是我的孩子。今天算我们走运，但明天就说不准了。"

门外有人敲门，朱蒂斯说："请进。"前台进来通知，说门外有个记者，带着摄像师。还有两名记者，也给办公室打来过电话。"把他们都赶走。"她说，一面瞪着我。瞧我把这局面搞的！

我们最终决定，几个小时内，什么都不去做。我取消了和警方探员的会面，他们的调查也不过就是摆摆样子而已。我临走前，对她说了声对不起，但她根本不接受我的道歉。

我从后门溜走了。

7.

记者都在找我，但我已经厌倦了这个故事。别的人也在找我。他们是：林克和他手下的小伙子；坎普，因为他已得知我向联邦调查局汇报过了；说不定还有阿齐·斯旺格，他说不定哪天就会给我来个电话，责问我为什么要告诉警察。

"搭档"带我去了"肯车"，我开走了一辆里程数累计二十万英里的破马自达。一名律师，不管多么穷困潦倒，都不至于死在这种车里。我知道我有个同行，已经破产了，还是租借一辆玛莎拉蒂豪车。

这天余下的时光，我在公寓，躲在两个案件里打发光阴。到了五点左右，我给朱蒂斯去了个电话，问问斯塔彻的情况。他很好，她说，记者也都散了。我看了当地各家新闻——"神奇的救援"都是头条。他们借用我以前进入警察局的那段老视频，将我宣传成为舍身救子的人物。这些傻瓜，对于警方的诱饵，他们全部吞下。这一切都将过去。

因为我七十二小时内仅仅睡了六小时不到，所以终于瘫倒在沙发上，进入了昏迷一般的睡眠。晚上十点刚过，我的手机响了。我看了打来的号码，一把抓住。是娜奥米·塔兰特，斯塔彻的老师，那个我幻想了好几个月的美艳女郎。我曾五次邀请她共进晚餐，五次都被"不客气"地弹了回来。不过，那种拒绝的力度，越来越虚弱了。我这个人，既没有天赋，也没有耐心去玩那些老套的求爱仪式——跟踪偶遇、盲目相亲、奇怪礼物、尴尬电话、朋友介绍、长期网聊等。我也没有胆子上网，隐姓埋名去泡陌生女人。此外，我总害怕自己早已被"朱蒂斯之灾"搞得灰头土面，甚至一蹶不振了。同是人类，怎么可以这么刻薄？

娜奥米想和我聊聊斯塔彻，于是我们开始了。我向她保证，孩子没有受到任何伤害。他永远不会明白当时发生过什么，我也不相信今后有谁会告诉他真相。坦率地说，在那将近四十五小时之内，他被两个他认为是好朋友的大人宠坏了。明天他就会来上学，他也不需要特殊的关照。我相信他妈会带着一长串要求和关切来，但那是他妈。

"这女人是个泼妇。"娜奥米第一次放松了戒备，脱口而出。我很吃惊，但心中无比喜悦。我们花了几分钟吐槽朱蒂斯和艾娃，后者我们都觉得她有胸无脑。好多年了，我都没有这么开心过。

然后她说了一句诡异的话："我们一起吃个晚饭吧。"啊，这就是英雄人物的生活。这也是知名人士的力量。记者都说是我奋不顾身救了孩子，接着，美女都朝我纷纷扑来。

我们先约法三章：约会的事，必须绝对保密。校方虽无明文规定，不允许未婚教师和学生家长约会，但的确是不太赞成。为什么要自找麻烦呢？如果被朱蒂斯发现，她大概会投诉、会上告……她恶毒的伎俩是无穷无尽的。

第二天晚上，我们在一家幽暗、廉价的德州-墨西哥连锁餐厅见了面。她挑的，不是我挑的。因为这里没人说英语，所以也不会有人偷听。没有人介意，特别是我。娜奥米三十三岁，正从一场离婚的阴影中走出来。没有孩子，没有什么看得见的包袱。开场，她详详细细地告诉我斯塔彻在学校一天的经过。果不其然，朱蒂斯一早就领着他来了，附带了不少指示。一切都很顺利：没有人提起他的那场小意外。娜奥米和她班级的辅教，一直在关注着他。从她们所能看到的、听到的来看，他的朋友谁也没提那事。他看上去完全正常，一天下来，似乎什么情况也没发生过似的。朱蒂斯放学接他回家时，仔仔细细盘问了娜奥米，但这种状况，一直以来都是如此。

"你和她结婚多久啦？"她吃惊地问。

"法律文书上说不到两年，但我们真正住在一起其实只有开头五个月。那种日子简直受不了。我本想，挺挺就过去了，等孩子出生就好了。谁料到，她居然已经开始约会她最新的女朋友了。我逃走，他生下来了，我们就一直打斗到现在。我们结婚就是一场巨大的错误，但那时她已经怀孕了。"

"我就从没见她笑过。"

"我想，一个月就一次吧。"

"玛格丽特"鸡尾酒来了，盛在两个高高的玻璃杯里。我们各自一把抓过来。我们简短地触及她的婚姻话题，然后转向更令人愉快的事情上去。她一直在约会,很多人给她打电话,我完全知道为什么。她有双迷离、美丽的棕色眼睛,令人催眠,甚至叫人心乱。那种眼睛,值得盯着看上几个钟头,并惊叹它们是不是真的。

我嘛,我没有什么约会。没有时间,工作太忙,诸如此类。那种通常的否定解释。她似乎对我的工作很着迷,那些令人却步的案件,那种臭名昭著的审判,还有委托我代理的那些恶棍。我们又点了墨西哥玉米肉卷,然后我继续胡吹乱侃。我很快发现,她在遵循着聊天的一个重大法则:让对方使劲地讲。于是我话锋一转,询问她的家庭、大学和她干过的其他工作。

我又要了杯"玛格丽特",而她第一杯刚喝了一半。我俩来来回回叙述着彼此以前的故事。一大盘玉米肉卷来了,她几乎都没看到。根据体型判断,我估计她胃口极小。我都记不得上次做爱是猴年马月的事了。我们谈得越久,我越是感到满脑子都是这事。等我将酒和肉都吃完时,我都必须克制,不让自己朝桌子对面扑去。

可是娜奥米·塔兰特却没有什么冲动。来日方长嘛。今天是周二,于是我问她周三干吗。没空。

"你知道我真正喜欢什么吗?"她问。

什么?随便说。

"这听起来有点奇怪,但我真的对笼中混合武打格斗充满了好奇。"

"笼中格斗?你想去看笼中格斗么?"我一下子傻了眼。

"安全吗?"她问,提起了那场混乱和斯塔彻差点遇险的小波澜。那次朱蒂斯再次状告了我,并传了娜奥米去上庭去作过证。

"如果观众不打起来,那里还是相当安全的,"我说,"我们一起去吧。"真相是,场子里面边看格斗,边喊"打出血来"的疯子,有一半是女人。

243

我们定好这周五去那里约会。我很兴奋,因为那里又来了个新选手,等着我鉴定。他的经理联系了我,说需要些赞助金。

8.

毫不奇怪,自从他妻子被我们特警突击队的一名成员谋杀后,道格·兰弗罗的状况就一直不好。民事审判还须等两个月,道格也没有什么心思去打官司。他在上一场已经说够了,下一场他没有准备好。

我在一家空荡荡的饮食店,约他共进午餐,结果被他的相貌吓到了。他瘦了好多,那些都是他维持正常生活所需要的斤两。他的脸憔悴而苍白,双眼流露出孤独斗败者的那种痛苦和混乱。

他轻轻咬了一小口薯条,说:"我把房子挂给中介。那里我实在待不下去了,有太多的回忆。我能看见她在厨房,我能感觉她就睡在我身边。我能听见她在电话里对我笑。我能闻到她润肤霜的味道。她无处不在,塞巴斯蒂安,她根本没有离开。最糟糕的是,我无法摆脱最后那几秒钟,那些枪声,那些尖声和那些血。事情搞成这样,我也责怪我自己。我常常半夜离开,花六十美元,找个便宜的汽车旅馆,然后盯着天花板看,一直看到天亮。"

"你真不容易,道格,"我说,"但那真不是你的错。"

"我知道。但我已经没有理智了。此外,我憎恨这座该死的城市。每次我看到警察、消防队员或是环卫工人,我就开始诅咒这座城市和管理城市的那些白痴。我现在不想再向这个政府缴税了。这样一来,我就不属于这个地方了。"

"那你的家庭呢?"

"我要看他们,随时可以看。他们都有自己的生活。这次,我得考虑我自己了,这就意味着我得找个地方去重新开始。"

"你打算去哪儿?"

"每天我的想法都在变,但现在我觉得新西兰最合适。总之,离开这里越远越好。我可能得放弃美国身份,这样就不要向这里缴税了。我是个苦命的老头子,塞巴斯蒂安,我得逃走了。"

"那民事诉讼怎么办?"

"我不想再上法庭了。我想请你帮我庭外解决,越快越好。哎,市政府的赔偿上限只有一百万。他们会赔的,对吧?"

"是的,我猜会的。我还没和他们谈过和解的事,但我想,他们也不情愿上法庭。"

"有办法拿到超过一百万吗?"

"这倒也说不定。"

他缓缓喝了一口茶,盯住我看:"怎么做?"

"我抓住了警察局的一个把柄。他们当中的人渣所干的坏事。我正在考虑敲他们一笔。"

"这个主意我喜欢,"他微笑着说,第一次,也是唯一的一次,"你可以加快行动吗?我想离开这儿,这个地方让我感到恶心。"

"让我去试试。"

9.

午夜过后,我的手机震动了起来,这种电话从来没好事。十二点零二分,我接起电话,看到是"搭档"。"嗨,老板,"他用虚弱的声音说,"他们想要杀了我。"

"你没问题吧?"

"还是有点问题。我被烧伤了,但是会好起来的。我在医院里,天主教会医院。我们得见面谈一谈。"

我将格洛克19型手枪挂在左腋窝下,然后披上一件厚外套,以及棕色软呢帽,跑到停车场去发动那辆旧马自达汽车。十分钟后,我进入了医院的急救部,半路上朝本市最卑鄙的律师朱克·萨德勒打了声招呼。朱克总爱在抢救室门外游荡,寻觅受伤的潜在客户。他像个秃鹫,在过道厅里一边晃悠,一边观察着那些惊恐万状、思维混乱的病人亲属。他一贯都在医院食堂吃中饭,吃晚饭,趁机给那些伤筋断骨者散发名片。去年他和一名拖车司机大打出手,当时那个司机正在催促刚从车祸中死里逃生病人的家属。结果他和司机都被抓了起来,朱克更倒霉些,只有他一人的照片上了报纸。律师协会此后一直在盯着他,可是他实在太狡猾了。

"你的手下在过道厅的那头。"他说,用手指了指方向,看上去活脱脱的是一名医院里穿粉红夹克的退休志愿者。协会真的有一次逮到他披着那种夹克冒充导医。他们还逮到他身穿白衣领黑夹克在冒充神父。朱克是条毫不悔改的鼻涕虫,但我还是挺佩服他的。他游走在幽暗、浑浊的法律中间地带,和我颇有共同之处。

"搭档"披着长袍,坐在检查台上,右手缠着纱布。我看了一眼,对他说:"好的,你说吧。"

他当时从一家二十四小时炸鸡外卖店出来,手里拿着给他和他母亲吃的零食。上了车,刚开始倒车,该死的东西就爆炸了。一枚炸弹,大概是汽油弹之类,很可能固定在油箱上,被附近车辆里坐着的什么人,用遥控器引爆。"搭档"拼了命地从车子里爬出来,他记得自己身穿冒火的夹克,在人行道上使劲打滚。他爬到远一点的地方,眼睁睁地看着面包车变成了一团火球。很快,到处都是赶来的警察和消防队员,群情激昂。他找不到自己的手机了。医护人员将他的夹克剪下,并将他抬进一辆救护车里。当他们推他进急救部时,有人递给了他一部手机。

"不好意思，老板。"他说。

"并不是你的错。你知道的，面包车支付了很多保险，就是为了防着这一天。我们会买辆新的。"

"我也在想着这事。"他说着，咧嘴笑了起来。

"哦，真的吗？"

"是啊，老板。也许我们这次应该买辆不那么招摇的车，不容易被发现和跟踪。你明白我的意思？比如，就像上次，我一个人在高速公路上开车，结果被一辆白色货运面包车超过，那车是送鲜花服务的。标准的白色，和我们的差不多大，我当时就对自己说'就这样的好，白色面包车，车身涂着字母和号码。'真应该是这样。我们就可以混在交通里，老板，而不是那么醒目。"

"那我们新车上写些什么呢？"

"我还没想好，编造一点什么吧。彼得速递。福来鲜花。麦克泥水活。名字无关紧要，只要能混在别的车辆中间就行。"

"我不知道我的那些客户会不会喜欢涂满假名字的普通白色面包车。我的客户们都是很谨慎的。"

他听到这儿，哈哈大笑了。最后进过我那辆面包车的客户是阿齐·斯旺格，很可能是个连环杀人犯。这时，一名年轻的医生一声不吭地站到了我俩之间。他先检查了包扎的纱布，到后来又询问"搭档"的感觉如何。"我想回家了，"他回答道，"我不想在这儿过夜。"

医生觉得可以。他给"搭档"满满一捧纱布，还给了他一些免费试用装的止痛片，然后消失了。一名护士来告知出院医嘱，填写了相关表格手续。"搭档"穿上他那条没被烧坏的裤子，还有袜子和鞋子，上半身裹了条廉价毛毯，往门外走。我们离开了医院，开车去了那家炸鸡店。

时间已经快凌晨两点了，一辆警方巡逻车还停在犯罪现场附近。

好几根明黄色警戒带围绕着面包车烧焦的残骸。"你在这儿别动。"我对"搭档"说,自己下了车。等我走了四十英尺,停在黄色警戒带前时,一名警察朝我走来。

"老兄,不能再往前走了,"他说,"这里是犯罪现场。"

"出什么事啦?"我问。

"还说不清楚。还在调查中。你得往回走了。"

"我不碰任何东西。"

"我说你得回去,听到了吗?"

我从衬衫口袋里掏出一张名片,递给他:"这是我的车,行了吧?这是被油箱上固定的汽油弹炸了。谋杀未遂。请让你们的办案人员今天上午晚些时候给我打电话。"

他看着名片,却一句话也说不出来了。

我回到车里,默默坐了几分钟。"你要来点炸鸡吗?"我终于问道。

"不想吃。现在没什么胃口。"

"我想来点咖啡,你呢?"

"当然可以。"

我再次下车,走进餐厅。那里没有客户,这地方死气沉沉,一个显而易见的问题是:炸鸡店要搞成年终无休,日夜开放干什么?但那是别人考虑的问题。只见一个双鼻翼都套着钢环的黑人女孩在柜台内闲荡。"请给我来两杯咖啡,"我说,"那边那辆面包车是我的。"

"这样啊,我猜你得去换辆新面包车了。"她无礼地回了我一句。不过这话说得也真够巧妙的。

"看起来的确得换了。你看见车子爆炸了吗?"

"没,我没看到。不过,我听到了。"

"我敢打赌,你和你某个同事一定跑出去,用手机拍了段视频,对吧?"

她坏坏地笑着说。你猜对了。

"你们将视频给了警方了?"

咧嘴一笑。"才不呢,不想给警察'叔叔'任何帮助。"

"你用电子邮件把视频传给我,我给你一百美元,而且保证不告诉任何人。"

她从牛仔裤口袋里一把掏出手机,说:"给我你的邮箱地址,还有现金。"

我们成交了。出去之前,我追问了一句:"你们外面有监控摄像头吗?"

"没有啊。警察'叔叔'早就问过了。这店的老板实在太穷了。"

坐在车里,"搭档"和我盯着我的手机看视频,那里面就是他早就描述过的一团大火球。接到电话后,至少两辆消防车赶来救火,浇熄火焰着实花了一段时间。这段视频时长十四分钟。因为是我的面包车,所以看起来确实带劲,但视频本身并没有提供什么有用的线索。当手机屏幕变成空白后,"搭档"问:"好了,这是谁干的?"

我回答他:"我肯定是林克。我们星期一打伤了他的两个马仔。算是一报还一报。现在我们遇到难啃的骨头了。"

"你觉得林克还在国内?"

"我不这么认为。那样实在太危险。我猜他在邻近的国家,比如墨西哥或加勒比海一带,某个抓不到他但来去很方便的地方。"

我一踩油门,开车走了。今夜"搭档"说了不少,令人刮目相看。显然被炸后的那份激动心情,让他的口舌放松了些许。我能看出他很疼,但他永远不会承认的。

"你有什么计划吗?"他问。

"有的。我想请你去找米古尔·泽帕特,塔迪奥的哥哥。现在超

249

级格斗的职业生涯结束了,我猜米古尔大概全部时间又都花在贩毒上了。我想让你向米古尔解释,就说我需要一些保护:我为他小弟的杀人案做免费辩护,我是真心真意替他弟弟打这官司,因为我很爱他的弟弟,而他弟弟根本没钱付我的律师费。再告诉他,说我被林克·斯坎隆手下的一些恶棍弄得不轻。一个叫方哥,不过,我一直不知道他真名叫什么。"

"他们叫他塔比。塔比·方哥,但他的真名叫丹尼。"

"你真厉害。另一个,就是你用小钢棒敲过的那个,他叫什么?"

"绰号'剃刀','剃刀'罗比利奥,真名叫亚瑟。"

"塔比和'剃刀',"我晃着脑袋问,"你什么时候开始自己调查了?"

"星期一小试拳脚之后,我想稍微侦查一下。也不是那么困难,真的。"

"干得好!这样,你将姓和名都给米古尔,让他去找这两个家伙,请他们滚开。米古尔和他的手下在弄可卡因,这是林克三十年前控制的生意圈子。塔比和'剃刀'不大可能与米古尔有交集,但谁知道呢?臭水沟里总有意想不到的奇特关联。请确保米古尔明白,我不想任何人受伤,只是威吓一下即可。明白了吗?"

"明白了,老板。"

我们手头有事做了。街上一片黑暗,空无一人。不过假使此刻我踏出车外,露出我那白人面孔,我将立即引来好些叫人不愉快的家伙。我以前犯过那样的错误,但谢天谢地,现在我有"搭档"在我身旁。我将车停靠在他家门口的人行道旁,说:"我猜卢埃拉小姐在等着你呢。"

他点了点头说:"我给她打过电话,告诉她只是一些擦伤。她那边不会有太多问题。"

"你要我一起进去吗？"

"不必啦，老板。就快三点了，你赶紧回去睡一会儿。"

"需要什么，随时给我打电话。"

"好嘞，老板。明天我们去买辆新面包车？"

"还没到时候。等我先去和警察还有我的保险公司打完交道再说。"

"我需要些轮子。如果我开始上网找，你不会介意吧。"

"大胆去找。保重。"

"好嘞，老板。"

10.

既然我不能忍受在这个钟点站在朱蒂斯的面前，她当然也希望避免看到我，于是，我们决定在电话里把话说清楚。我们开始还算愉快地谈了儿子的最新情况。他很不错，没有受伤，没兴趣讨论上周末发生的事。待这个话题谈妥后，我们开始切入正题。

朱蒂斯的态度是她不愿意联邦调查局介入调查罗伊·坎普和绑架案。她有她的理由，理由也很充分。目前生活还是不错的。斯塔彻也挺好。如果坎普和他的那帮人绝望到抓小孩来换情报，那么天晓得他们下一步会干什么。让我们放他们一马吧。此外，要想证明坎普参与了绑架，那几乎是不可能的。我们真能相信联邦调查局会去抓一名执法界的高官吗？此外，她上庭辩护的日程都排满了，她不想横插出来这种分心事。我们活得已经够忙了，为什么还要火上浇油呢？

朱蒂斯是一个斗士，一个厉害女人，她从不会半途给吓跑。同时，她足智多谋，总能避免行动带来不可预见的危险后果。如果我们继续追着坎普调查下去，那真不知道下一秒会发生什么。因为我们在和一个思维混乱的强人作对，所以预先考虑到他会报复，这也是很明智的想法。

令她吃惊的是这次我没有反驳。我们达成了协议，这在我俩的关系史上算是十分罕见的事情。

11.

我们的市长是个连任三届的家伙，他的名字听上去就很唬人，叫什么L.伍德罗·苏利文三世。对于公众和选民来说，他就是伍迪，那个笑容满面、爱在背后拍人一下、亲切友好、为了当选什么都愿意的人。但私底下，他是个很暴躁而又尖酸的酒鬼，对于工作，他厌烦透顶。然而，他不能一走了之，因为除此之外，他别无可去之处。明年，他又要竞选了，看上去他一个朋友也没了。目前，他的支持率维持在百分之十五上下，低到足以让其他任何骄傲的政客灰溜溜地辞职。可是，伍迪以前就拼命挣扎过。此刻，只要不让他在我们即将举行的会议上受苦，他愿意做任何事情。

室内的第三个角色，是市政律师摩斯·考根，我在法学院的同学。当年，我们就彼此瞧不起对方，现在情况一点也没有好转。他在学校法律刊物做编辑，踌躇满志，即将进入一家高档的集团大律所，开始那美好的职业人生。谁知那个单位随后破产了，他只得低三下四去找更差一些的工作干。

伍迪和摩斯。听上去像是一套打猎装备的广告词。

我们在市长办公室见面了。这是个位于市政大厅顶层金碧辉煌的房间，每扇窗户都很高大，三面可看景观。我们在角落一张小会议桌旁，各自就座，秘书上来，从一把古董银壶里倒出咖啡。我们都克制住，不像以往见面就揶揄讥讽，而是彼此微笑，假装自在。

经过民事审判的揭露，我已经发话出去：要通过传唤，让眼前这两个人都站上证人席。这个事实，此刻如同这张桌子上方悬挂着乌云，令那种职业性的假装友善几乎无法装得出来。

伍迪突然发问："今天我们是来谈和解协议的，对吗？"

"是的，"我说着，从我公文包里取出一些文件，"我有个提议，相当长的一份。我的客户道格·兰弗罗，希望通过和解，解决掉所有的诉讼主张，让他可以继续生活，其实也就是他那所剩无几的生活。"

"我在听着。"伍迪粗鲁地说。

"谢谢你。首先，八名谋杀吉蒂·兰弗罗的城市警察，必须全部被开除。目前他们处于行政离职状态，就是从谋杀案发生之后。此外——"

"你必须用'谋杀'这个词吗？"伍迪打断了我。

"他们没有被定任何罪名。"摩斯补充道。

"我们现在不是在法庭上，对不对。如果我想用'谋杀'这个词，我就可以用。坦白告诉你们，英文字典里，真的没有其他的词汇，可以充分描述你们特警突击队小伙子的所作所为。那就是谋杀。这些恶棍没有被解雇，他们还在领着全额工资，这是件很可耻的事。他们必须滚。这是第一条。第二条，警察局长必须和他们一起走人。那是个无能的混蛋，本来就不该当上这个官。他管理着一个腐败的警局。他是个白痴，如果你们不相信我的话，问问你们的选民吧。根据最新民调数据，至少百分之八十的市民希望他下台。"

他俩严肃地点了点头，但不敢和我目光接触。我所说的，都已刊登在《纪事报》头版了。市政议会对这名局长通过一个三比一的不信任案。但市长就是不解雇他。

个中的缘由，既简单也复杂。如果在民事诉讼审判前，八名战警和他们的局长都被开除的话，那他们就将成为市政府的敌对证人。

最好的策略就是让他们的工作都原封不动,联合起来一起应对兰弗罗案。"

我接着问:"一旦诉讼和解了,你们就能最终开掉他们,对吗?"

摩斯说:"需要我提醒你一声我们的赔偿最高上限为一百万美元吗?"

"你不需要,我非常清楚这个数字。我们接受一百万美元的赔偿,你们立即开除八名警察和他们的局长。"

"成交!"伍迪用手一拍台子,几乎就是从桌子对面大喊了一声。"成交!你还想要什么?"

尽管市政府已经上了不足挂齿的一百万美元的钩子,但这两个家伙还是很怕再来一场审判。有一次审判中,我用戏剧性的细节,充分揭露了我们警察局难以启齿的丑陋,这些内容被《纪事报》在头版位置足足刊登了一周之久。市长、警察局长、市政律师,以及市政议员都吓得躲进了壕沟。他们此刻最怕的就是我再高调地来一场羞辱市政府的审判。

"哦,我想要的还更多更多,市长。"他们两位都面无表情的看着我。慢慢地,恐惧爬上了他们的眼睛。"我相信,你们都还记得上周六我家小男孩被绑架的事情吧。当时真够吓人的,但结果很好,都是些从此皆大欢喜的屁话。你们不知道的是,他是被你们警察局内部人绑架的。"

伍迪的脸往下拉,越发苍白,于是,他那硬汉般的伪装开始融化了。摩斯以前做过海军陆战队队员,一向很为自己的镇定而感到自豪的他,现在也不能挺直腰板和双肩了。他深深地呼吸着,身旁的市长则开始用牙齿咬手指甲。他们的目光短暂碰到了一起,两个人的眼神如出一辙,充满恐惧。

我像演戏一般,让一份文件落在桌上,落在他们刚好够不到的地方。我说:"这份十页的证词,是我亲笔签名的。我宣誓后,在这里叙述了绑架,就是警察局副局长罗伊·坎普一手导演的那场诱拐的全过程。他的目的就是让我透露他失踪女儿尸体的下落。阿齐·斯旺格从来就不是我的客户,这和你们所听、所信的事实完全相反。不过,他确实告诉过我尸体应该被埋葬的地点。当我拒绝将这一信息透露给警方后,我的儿子就被绑架了。我屈服了,告诉瑞尔顿探员我所知道的一切。于是,他们上周日在那个地点进行了一次大规模的挖掘。结果一无所获,尸体根本不在那儿。坎普放了我的儿子。现在他希望我忘了这一切,但那是不可能的。我正在和联邦调查局合作。你们觉得兰弗罗的案子已经叫你们头疼了吧。等着瞧吧,我要让全市人民彻底看清你们的警察局究竟有多的腐败。"

"你能证明你说的吗?"摩斯嗓子干干地问。

我敲了一下证词回答他:"都在这儿。我发现儿子的卡车停车场有监控录像。他可以指认出一个绑架他的人,一名警察。联邦调查局正在顺藤摸瓜,紧张有序地展开调查。"

这当然不都是实话,但他们怎么会知道呢?就像任何一场战争,真理总是第一个牺牲品。我从我公文包里取出另一份文件,紧挨着放在证词旁边。"这里呢,是我就绑架案起草的一份起诉市政府的法律方案。坎普,你们知道么,他在行政休假中仍在拿着你们的薪水,仍属于警官编制。我要起诉他,起诉警察局,起诉市政府,事由就是这场轰动全美各大报纸头版的绑架案件。"

"你要我们也解雇坎普吗?"摩斯问。

"我不管坎普是去是留。他是个正直的家伙,是个好警察。他也是个绝望的父亲,目前生不如死。我可以放他一马。"

"你这人还挺不错。"伍迪嘟囔了一声。

"这件事同和解协议有什么关联?"摩斯问道。

255

"关联大着呢！我可以取消诉讼，忘了这一切，回到我原来的生活中，睁大眼睛看好我的孩子。但我要给兰弗罗增加一百万美元。"

市长用手背指关节，狠狠地揉了揉眼睛；摩斯的肩则塌得更低了。这要求实在令他们吃不消，整整一分钟，两个人都找不到一句话来回应我。最终，伍迪有点可怜兮兮地嚷了一声："妈的！"

"这是勒索。"摩斯说。

"这当然是，但目前来说，这比勒索的程度还差那么一点点。你们不想和我玩'比比谁更狠'的游戏吧？"

市长努力将腰背挺直了些，说："你说说看，我们有什么办法可以再给你和兰弗罗一百万美元，而不让媒体听到一点风声呢？"

"哦，你以前是转过大钱的，市长。你被抓到过几次，这些丑闻传出去，确实很丢脸。但你是个很懂这种游戏的人。"

"我从没做错过什么。"

"我不是记者，别和我说这些没用的。你今年的预算是六亿美元。此外，你还有备用账户、隐秘账户、贿赂账户以及为这个那个设立的账户。你自己可以想办法弄出钱来。最好的途径，就是和市议会开个行政会议，通过一个决议，与兰弗罗秘密地完成和解协议，通过海外账户进行支付。"

伍迪哈哈地笑了，这倒不是他觉得我话里有什么幽默之处。"那么你觉得我们能够信任市议会保密吗？"

"那是你的问题，不是我的。我的工作就是要为我的委托人拿到合理的和解方案。两百万美元并不算合理，但我们也就算了。"

摩斯站了起来，看上去有点晕眩。他踱步到窗边，瞪着眼睛看着空中。然后，他弓着背在房子里来回走动。伍迪看起来终于明白了当前的形势，那就是天快要塌下来了。他问："那好，拉德，你说我们还有多少时间？"

"不多了。"我这么回答。

摩斯说:"我们得花点时间来调查这件事,塞巴斯蒂安。你进来,扔下这么个炸弹,希望我们相信一切。其实,这里有很多不确定因素存在。"

"的确如此,但调查只会导致泄密。那样你们处境又会好到哪里去呢?你们会把坎普叫进来,问他是否绑架了我的儿子吗?哼,我在想,他会不会承认呢?你们可以花几个月一直挖下去,但是真相可能还是找不到。而我可没有那么好的耐心来等待。"我将证词和诉讼方案一推,让它们滑向伍迪的方向。我站起来,一把抓住我的公文包:"这样吧。今天是周五。你们还有周末两天时间。我会周一上午十点再来这里了结整件事情。如果你们手下人没法想出办法付钱的话,我将直接带着那小叠文件上《纪事报》去。想想那些报道吧,还有它们会带来的损害。整日整夜,有线电视里都会不断有头条更新。"

伍迪脸色苍白。他没有底气地说:"我周一要去华盛顿。"

"那就取消掉,就说你得了重感冒。周一,十点,先生们。"我一边说,一边开门离开。

12.

娜奥米对我的那辆"马自达"印象不佳。我们一路朝演播厅方向开进市中心时,我向她解释了我另一辆车所遭遇的事情。听到这座城市里居然有人胆敢在我面包车里装炸弹,企图恐吓我,并炸死"搭档",而且这样的坏人居然还逍遥法外——这让她震惊。她想知道警方多久才能将这些恶棍统统捉拿归案,绳之以法。我解释道:因为目标是我,所以警方并没有真正的兴趣去抓坏蛋,就算抓,警方也抓不到,因为这帮家伙做事从不留痕迹。她听了并不太理解。

她问，她和我交往是否安全。我告诉她，我身体上靠近腋窝处，此刻正绑着一把枪。她听了倒吸了口冷气，随后眺望窗外。没事，我们安全得很。我向她保证。

为了全部说明白，我还告诉她我上次办公室被炸的事情。没有，警方到现在也没破案，主要原因可能是他们也参与在内了。要么是他们，要么是那些毒贩。

"难怪你到现在也没有女人。"她给了我这么一个评价。她说的不错。很多女人开始就被吓坏了，然后去找那些更能给她们安全感的男人。娜奥米眼中却闪动着火光，看起来她好像享受着危险带来的刺激。毕竟去看笼中格斗是她先想出来的。

我找了熟人，因此我俩坐到了笼圈的近处，第三排的位置。我买了两大杯啤酒，坐定后，看着周围的观众。这里既不像剧院或电影院，也不像歌剧院和交响乐厅，甚至不像在篮球馆的赛场。这里的观众都是吵吵嚷嚷地进场，很多人都已经半醉。今晚上座率还是很高，估计能有三到四千人。我很惊讶于这种运动普及的速度。我也想到了塔迪奥，这么个有天分的孩子，原本应该是今晚的头牌明星，如今却蹲在班房里。他的审判即将开始，他居然还指望我可以施展魔法，还他自由之身，带他走出去。我向娜奥米绘声绘色地描绘了一遍不久前塔迪奥拳打裁判，这个场子里闹成一团的景象。斯塔彻觉得棒极了，他居然还想来这里重温一下那种快乐。

她觉得这个想法很不好。

一位教练认出了我，走过来和我聊了几句。他的小伙子一百五十磅，将打第二轮比赛，最近六场他全胜。他和我说话时，眼睛一直离不开娜奥米。因为她真是个万人迷，衣着也穿得特别抢眼，总之很多人都在瞟她。

这名教练觉得他的徒弟前途光明，他们需要一些赞助。因为我一直被大家看作一个律师大款，起码在这个圈子里威望很高，我于是成了可以帮助运动员成名的后台老板。我告诉这家伙，以后可以详细谈谈这事。让我先看看这孩子打两次比赛，然后见面再说。教练也问了塔迪奥的情况，然后摇了摇头。真的可惜了。

当场子里坐满人时，灯光全都暗了下来，人群开始骚动起来。第一对选手进入笼中，双方被介绍给观众。

"你认得这些人吗？"娜奥米兴奋地问我。

"认得。只是一对武夫而已，没有什么才华。就是街上的打手。"

铃声响起，格斗开始，我的那个热辣娇小的学校女教师，坐在凳子的边缘，开始叫唤起来。

13.

到了午夜，我们在一家比萨小店，挤在狭窄包厢的一侧，坐得非常近。我们身体接触过，也拉过手，这些看起来像是相互都产生了吸引。我当然希望这种吸引力是属于彼此共有的。她细细咀嚼着一根意大利辣香肠，喋喋不休地回味着今晚的主要赛事，一场重量级的血肉对决，结果是一记凶残的锁喉结束了整个比赛。失败者在垫子上待了很久。她最后转回来，又问起了绑架的事，并想问我知道多少内幕情况。我解释说联邦调查局正在破案，我实在不便多说。

是不是有人要过赎金？我说这不能讲。有嫌疑人吗？我不清楚。他当时在卡车停车场里干什么呢？吃冰激凌。我很想把细节都告诉她，可是为时还过早；也许日后吧，待一切事情都结束之后。

当我们开回她家时，她说："和你交往估计有困难，因为你身上有枪。"

"没问题，我可以解下来。但必须放在离我身体不远处。"

"我也不知道自己是不是喜欢那样。"

我们一直没再说什么,直到后来我将车停靠在她公寓门外,她说:"我今晚开心极了!"

"我也一样,"我一边陪她走到门口,一边问,"这么说,我还是可以和你约会啰?"

她在我脸上亲了一口说:"明晚七点,就在这里。我想去看一部电影。"

14.

"搭档"帮我又挑了一辆车,"你拉"① 租车店里全新闪亮的客货面包车,车身两名都刷着明亮的"每天 19.95 美元——公里数不限"黄绿色字样。我几乎看了一分钟,然后上了车,说了句:"不错。"

"我就知道你喜欢这种。"他说着,咧嘴笑了。他的包扎纱布藏在衣服下面,看不出有伤。他是条硬汉,根本不会承认自己身上还疼着酸着。

"我猜,我们得尽快适应这部车,"我说,"保险公司目前拖拖拉拉的。另外,买辆我们订制的新车,还得再要一个月。"我们开车驶过市中心的车流,就像是两个搬运小子开着满满一车家具。他在市政大厅前一踩刹车,非法停下。"你拉"租车店出来的货运面包车,颜色又是如此鲜艳,必定会招来一大批警察。

"我和米古尔谈过了。"他说。

"有进展吗?"我问,手放在车门开关扶手上。

"还可以吧。我就向他解释了这些情况,告诉他,我们被一帮狠人盯上了,需要一点保护。他说他可以来处理这事,他说了,至少这

---

① 原文为"U-Haul",是美国一家租车和搬运公司。

是他们那些人可以为你效劳的事情，什么大家都开心之类的废话。我强调，不能有任何人受伤，就是给塔比和'剃刀'带个口信，问声好而已。"

"你觉得呢？"

"可能有效吧。林克的手下最近都散了不少，理由很简单。他大多数打手都不在了。我怀疑他那些小伙子真有兴趣跟毒贩帮翻脸。"

"我们走着瞧吧。过三十分钟回来。"我说着，走下了车。

伍迪取消了华盛顿的出差，和摩斯一起在他的办公室里等着我。看上去两个人周末都过得很糟。今天是周一，我的目标就是要毁掉他们本周余下的几天。没有握手，没有装出来的假客气，甚至都没有咖啡。

为了让紧张气氛升级，我来了一句："好吧，伙计们，我们达成协议了吗？是或不是？我现在就要答案。如果答案是否定的，我马上就离开这间屋子，沿着街道走到《纪事报》。维多利亚可，那个你们最喜欢的记者，正在他的办公桌边等着我。"

伍迪瞪着天花板，说了声："成交。"

摩斯推过来一份文件，说："这是保密的和解协议。保险公司愿意现在就支付第一笔一百万。这个财政年度，市政府会补充第二笔一百万的一半，下个财政年度也是一样。我们有个诉讼账户可以操作，但需要把支付款拆分成今年和明年两笔。我们已经尽了最大努力了。"

"可以，"我说，"那么警察局长和特警突击队的小伙子什么时候被解雇？"

"明天一早，"摩斯说，"那些内容不在这份协议书里。"

"除非他们都解雇了，否则我不会签这份协议。为什么要等呢？开掉这些家伙有这么难嘛？该死的，全市人民都等着把他们关起来呢。"

"我们也想啊，"市长说，"相信我，我们希望他们出局。就信任我们这一次吧,拉德。"

听到"信任"这个词,我的眼珠子都快翻到天上了。我拿过协议,细细读了一遍。市长那宏大的写字台上的电话响了,可他充耳不闻。当我读完后,我把文件丢在桌上说:"没有一句道歉。我的委托人的妻子被谋杀了,他本人也中了子弹,接着他被拖去受审,面临牢狱之灾,经历了生不如死的折腾,最后爬了回来。居然没有一个字的歉意。这事谈不成。"

伍迪痛苦地说了声"该死的",一跃而起。摩斯揉着眼睛,仿佛就要开始哭泣。时间一分一秒地过去,整整一分钟,没有人回答我。最后,我瞪眼看着市长说:"你为什么不能像个男人,把错事做对呢?为什么不召开一个新闻发布会?以前遇到那些小危机,你很会召开那种会的。然后在发布会上,向兰弗罗一家道歉不就行了?宣布民事案件达成和解。解释说明经过彻底调查,终于搞清楚,确实是特警突击队违反了所有的法律程序和安全规定,其中八名涉案警察已被解除职务,立即生效。此外,他们的领导,也跟着一起下台。"

"我做自己的工作,真不需要你来提建议。"伍迪说,但那一听就是色厉内荏的回应。

"或许你真的需要。"我说着,心里真打算气呼呼一走了之,但我还是不愿意失去即将到手的钱。

"好啦,好啦,"摩斯说,"我们重新修改一下,加上几句给他们家的词句进去不就行啦。"

"谢谢,"我说,"明天我回来,在新闻发布会以后。"

15.

我在兰弗罗家附近的一家咖啡店和他见面,并一起吃了午饭。我向他解释了和解条款。听到赔偿金有两百万,他激动了。虽说我合同上的律师费是标的的百分之二十五,但我只要百分之十就行。他开始很惊讶,想要和我争论。我心里本想把全部的钱都给他,但我确实也要考虑一下自己的诉讼成本。我支付"哈利和哈利"后,自己到手约十二万美元。在目前看来确实比较低,但那也是个挺不错的数字了。

他喝了口咖啡,手开始颤抖,眼眶也湿了。他把杯子放下来,用手指捏了捏鼻梁。"我想要的是吉蒂。"他说着,嘴唇发抖。

"我很遗憾,道格。"我说。还能说什么呢?

"他们为什么那么做?为什么?根本没有理智。踢开我的前后房门,像白痴一样到处扫射,而且根本搞错了房子。为什么,塞巴斯蒂安?"

我能做的,只是不断的摇头。

"我要离开这里,我现在就告诉你。我要走了。我憎恨这座城市,还有管理这城市的一群小丑,我得告诉你,塞巴斯蒂安。现在这八个警瘪被开除失业后,一定会四处惹事,我觉得很不安全。你也觉得的,对吧?"

"我知道,道格。请你相信我,我无时无刻不在想这些事情。但话又说回来,我以前也惹过他们。我不是他们的座上嘉宾。"

"你真是个百年不遇的律师,塞巴斯蒂安。我一开始真有过顾虑。我当时还在医院,你就这么强势地介入了。我一直问自己:'这是个什么人?'你知道嘛,之前已经有好几个律师来找我,都想要接我这个案子。我都把他们轰走了。我很高兴自己那么做了。你在法庭上表现得太出色了,塞巴斯蒂安。完美啊!"

"好吧,好吧。谢谢你,道格。但那已经足够了。"

"百分之十五,好不好?我想让你拿百分之十五。算我求你了。"

"如果你一定坚持。"

"我真心的。我的房子昨天卖掉了,利润还不少。过两周我们就搬走了。我想,我会去西班牙。"

"上周你还说是新西兰呢?"

"世界很大。我或许哪里都去转一下,在火车上过个一年半载的。统统看个够。要是吉蒂能和我在一起就好了。那个女孩就喜欢旅游。"

"我们很快就拿到钱了。过几天见,到时候分给你。"

16.

我是在自己公寓里观看的新闻发布会。在最后两三个小时内的某一刻,伍迪市长反复权衡,终于下定决心——卑躬屈膝或许会比冷面朝天带给他更多的选票。于是,他站在发言台前,破天荒的背后没站人。一个鬼影也没有。他就孤零零一个人站着:没有市政议员在旁边为摄像镜头做衬托;没有粗脖子警察列队站成一堵人墙;也没有一脸愁眉苦脸,仿佛内脏疼得出血的律师作陪。

他向一小堆记者解释道,市政府已经和兰弗罗家庭以和解的方式,解决了诉讼纠纷。不会再有民事诉讼;最痛苦的噩梦已经结束。和解内容当然是保密的。就所发生的一切,他向那个家庭,致以最最深切的歉意。确实犯了错误,显然的失误(但没一样是他的错),他决定果断处置,将这个悲剧画上句号。警察局长已被解职,立即生效。此人要为手下警员的行动负全责。特警突击队的八名警员也被辞退。他们的行为,令人无法容忍。所有的行动程序将被复核。诸如此类。

最后,他相当出色地用再一次道歉来总结。有一些时刻,他看起来,听上去,真的好像要哭了。伍迪,你的表演挺不赖啊,或许还能多捞几张选票。但民意调查结果在那儿,傻瓜都看得懂。

算你有种,伍迪。

好像我的生活还不够麻烦似的，现在街上又多了八名前警员，他们嘴里念叨我的名字，都想找个法子来报复我。

钱款很快就到了，道格和我开始工作起来。我最后一次见到他时，他正打算进一辆出租车上机场。他说，他也不知道自己究竟要去哪儿，但又说，真的到了那儿，他自己会知道的。他或许会盯着机场航班起飞的电子牌，扔一根飞镖来决定吧。

其实我心里有点羡慕他。

17.

塔迪奥坚持要我每周至少一次路过看守所来看看他，我也真不介意这么做。大多数见面都是和他谈即将到来的审判，以及在牢笼中如何生存的那些话题。别的什么都不谈。这里没有健身房，没有锻炼身体的地方——到了监狱，他就会有那些设施，但我们没有说这事——不能保持完美的体型，这令他很烦躁。他每天做上千个仰卧起坐和俯卧撑，在我看来，他身材还是不错的。食物太次了，他说自己体重一直在减轻。这就引出了下一个话题：等他出去后，是不是能恢复到他格斗时的理想体重。他在看守所待得越久，他笼子里的室友给他的免费法律建议就越多，他也就越发想入非非。他已经坚信，自己可以令陪审团陶醉，判他为因一时头脑失常导致失手，然后他就可以走人了。我一而再、再而三地解释，这场官司很难打赢，因为那段视频，陪审团至少已看了五遍以上。

他同时也开始怀疑我对他的信心，并两次提到换律师的想法。这根本不可行，因为那样他得向那个律师支付昂贵的费用，但不管怎么说，他这想法还是挺让人头疼的。他一举一动，越来越像是刑事犯罪嫌疑人，尤其是在街上混的那种类型。他不信任司法体制，包括我在内，因为他觉得我是个白人，而且是权力机构的一个组成部分。他确信自己无辜，是被冤屈关进牢笼的。他觉得，如果有机会，他一定能左右评审团的意见。而我，他的律师，只需要在法庭上巧妙地运作一下，就像电视上那些情节一样，他立马就是自由身了。我没有同他争辩，但我还是想让他看清事实真相。

过了半个小时，我向他道别，从他那里离开，让我感到如释重负。当我穿过看守所的走廊，准备出来时，瑞尔顿侦探不知从什么地方突然出现，几乎撞到我。"嗨，拉德，我正要找你呢！"

我从来没在看守所里见过他。这次会面并不是偶遇。"噢？怎么啦，有什么事？"

"你有一分钟吗？"他说着，指了指墙角。那里离其他律师和嫌犯比较远。

"当然有。"我真心不想花时间在瑞尔顿身上。但他在这里出现，必定有个原因。我确信他想再次向我灌输一个观念，那就是我们那位暂时停职的警察局副局长罗伊·坎普，还是非常迫切希望绑架案只能由我们两个男人知道。当四周无人时，他说："啊呀，拉德，我听说上周你和林克·斯坎隆的两个马仔在法院里有了点摩擦。旁边的人说你挥动大斧连劈两人，把他们弄得不省人事。太可惜了，你怎么就没往他俩的眉心一人来一颗子弹呢。我真希望自己能在现场目睹你的风采。真不敢相信，你这么有种，竟敢以一对二，应付两个黑社会打手。"

"你的意思是？"

"我猜林克给你捎过话，说是要什么东西，估计是钱吧。我们知道他在哪儿；我们就是逮不着他。我们感觉他已经破产了，派出两个混混，想从你身上挤出点油水。他们逼你，于是光天化日之下，你在法院门口将他们打得半死不活。我欣赏你这点。"

"你的意思是?"

"你认识这两个家伙吗?我是指他们的姓名?"

有一种直觉让我装傻。"一个叫塔比,没有姓。另一个不认识。你有空回答我一个问题吗?"

"哦,当然有空。"

"你是管杀人案的。那么,究竟为什么突然关心起林克和他的那些马仔,以及我和他们之间玩的一些乐子呢?"

"正因为我是管杀人案的。"他展开一份文件,给我看一张八乘十英寸的彩照,上面有两具尸体,附近是某个垃圾堆。他们都面朝下躺着,双手被紧紧反绑在背后。脖子后面都是凝固了的血块。"在城市垃圾堆场发现这两条硬货,包在旧的粗毛地毯里。挖土机将其铲到路边一块小空地上,结果塔比和'剃刀'滚了出来。塔比叫丹尼·方哥,就是右边这个。'剃刀'在左边,叫亚瑟·罗比利奥。"他洗牌似的弄了一下那叠照片,又抽出一张八乘十英寸的。两具尸体被重新摆放过,这次是仰面朝天了,血淋淋的挨着。画面上,一名警察的长黑靴也被拍了进去,紧靠着老塔比那张血肉模糊的头颅。他们的脖子都被割开两个又大又深的口子。

瑞尔顿说:"每人的后脑都被钝器击打过。外加利刃从左耳一直割到右耳。这样一弄,必死无疑的。目前看来,这两起谋杀都做得干干净净,没有指纹,也没有弹道和法医的证据。估计是帮派内讧吧,对社会并没有太多损失,你明白我的意思吗?"

一股酸液冲入我的喉头,我的胃翻江倒海般的难受。我有要呕吐的强烈冲动,头重脚轻,似乎马上就要晕过去。我把脸转开,不去看那些照片,极度恶心地摇着头,告诉自己要拿出平生全部本事,努力保持若无其事的样子。我终于做到耸了耸肩说:"什么意思呢,瑞尔顿?你是说他们在法院里偷袭了我,于是我就断送了他们的性命吗?"

"我自己现在也不知道该怎么想，但我手头就有这两个童子军躺在板子上，天晓得这是怎么回事。据我所知，你是和他俩打斗的最后一个人。你一直喜欢在贫民窟混。说不定你那里有一些朋友。这些事情都是连在一起的。"

"瑞尔顿，你这个想法自己都不信吧。淡得和白开水一样无味。你去指控别人吧，因为你和我说这些，纯粹是在浪费时间。我不会杀人的。我只是为杀人犯辩护而已。"

"你要是问我，我也会这么说的。我会继续挖线索的。"

他走后，我找了个厕所。我将自己反锁在格子里，坐在马桶盖上，反问自己，这事可能么？

18.

我们将"你拉"公司租来的车停在热狗快速购买通道的小空当上，向一名穿溜冰鞋的可爱女服务员点了两杯苏打水。我们谁也没胃口。她把饮料送来后，"搭档"用手，将那种老式车窗摇开。他吸了一大口，直勾勾地盯着前方。"不会啊，老板。我当时说得再清楚不过了。吓吓他们而已，不要碰他们。不要让任何人感到疼痛。"

"他们一点也没感到疼痛。"我说。

"但是，老板，你得明白贫民窟里做事的规矩。比方说，米古尔和他的伙计们追踪到塔比和'剃刀'，挑起了一场冲突。他们进行了威胁。但，假如塔比和'剃刀'不吃这一套。要知道，他们这三十年来一直是威胁别人的。他们不喜欢被别人干涉，于是他们有话直说了。米古尔必须坚持自己的立场。口角更加激烈，威胁升级了，到了某个时刻，事情失控了。只要有人动一拳，打斗就开始了，过了不久，有人拿出了枪或刀。"

"我想和米古尔谈谈。"

"怎么啦？他死都不会承认的，老板。死都不会。"

我用吸管喝着，强迫自己将饮料灌下去。全身上下，从喉咙一直到大肠都僵住了一样。过了好久，我说："我们只猜测是米古尔。也可能是别人干的。塔比和'剃刀'一辈子干的就是打断人家的胳膊，这次估计冒犯了哪位太岁爷。"

"搭档"点了点头，虚弱地回应了一句："有可能。"

19.

清晨三点三十七分我被手机震动弄醒了。我缓缓地接了起来。未知号码，最坏的一种情况。我极其勉强地说了声："你好。"

里面传来的声音，烧成灰我也认得出。"你是拉德？"他问。

"是的。你是谁？"

"你的老客户斯旺格，阿齐·斯旺格。"

"我这辈子都不想接到你的电话了。"

"我也并不想念你，但我们得谈谈。因为你不可信，毫不犹豫地出卖了你的客户。我想，你的手机怕是被警方监听了吧。"

"没这么回事。"

"你是个谎言家，拉德。"

"好的，你挂了，再也不要打来了。"

"没那么简单。我们得谈谈。那女孩还活着，拉德。坏事还没完呢。"

"我不在乎。"

"在普莱斯顿街和第十五大街交会拐角，有家二十四小时药品便利店。你去买点刮胡膏。在一罐'吉列薄荷味'后面，你会看到一只黑色小手机，预付话费的。拿走，但不要被当成小偷给捉起来哦。拨打显示屏上的号码，那就是我。我会等三十分钟，然后我就离开这个城市了。明白了吗，拉德？"

"这回我再也不会玩这种游戏了，斯旺格。"

"那女孩还活着，拉德，你可以把她弄回来的。就像上次你救你小孩那样，而这次你将真正成为英雄。如果你不听我的，她一年之内就得死。全看你的了，斯旺格。"

"我为什么要信你的话，斯旺格？"

"因为我知道真相。我或许并没说真话，可是我知道坎普家女孩的行踪。情况不是很好。来嘛，拉德，陪我玩玩。不要给你那个流氓朋友打电话，也不要开你租来的那辆怪兮兮的面包车。说真的，你这算是哪门子律师啊？"

电话断了，我平躺看着天花板。如果阿齐·斯旺格在逃命，这其实没有如果，而是毋庸置疑的事实。因为他是警方第一通缉要犯，林克都排在他后面。可他怎么就知道我这些天在街上开着一辆租来的面包车呢？他又是怎么能够买到一只预付费手机，并将它藏起来的？

二十分钟后，我停在那家药品便利店前，等两个买葡萄酒的酒鬼从前门走出去。这是市里一处很偏僻的地方，也不知道这家公司，一家全国连锁企业，为什么会选这个街区开一家二十四小时药品便利店。我走了进去，看见里面只有一名收银员，此刻正在不停得用手指点击着平板电脑。我找到了那罐刮胡膏以及后面的手机，并迅速将手机塞进口袋。我付了刮胡膏的钱后，一边开车离开，一边按了那个号码。

斯旺格给我来了句："继续开。一直开到两州交界处，然后朝北开。"

"去哪儿，斯旺格？"

"来我这儿。我想看着你的眼睛，问问你为什么要告诉警方我埋那女孩的地点。"

"恐怕我不想谈那个。"

"你会的。"

"你为什么要说谎呢,斯旺格?"

"这是个测试,看看你能否值得信任。显然你不行。我想知道为什么。"

"而我想知道的是,你怎么就老是盯住我不放呢?"

"因为我需要个律师,拉德,这就是直截了当的答案。你说我还能怎么做?乘电梯上四十楼,向某个穿黑西装、每小时收费一千美元的家伙倾诉吗?要么去打电话,找广告牌上求别人给点破产官司和车祸官司干的笨蛋吗?我需要在街上混的真正律师,拉德。一个真正厉害的家伙,他能黑白通吃。现在,你就是我心目中的这个人。"

"错了,我不是。"

"你从白断崖出口下到跨州高速,一直往东开两英里。那里有个通宵经营的汉堡店,目前正在广告里推销他们的真正软奶酪配双层肉饼。啧啧,好吃啊。我会看着你进去,找个位置坐下。我得确保你是一个人,没有人跟着你。当我走进来的时候,你不要先认出我来。"

"我会带把枪,斯旺格,管你答应不答应,我知道怎么用。所以不要跟我开玩笑,听到吗?"

"没那个必要,我发誓。"

"你尽管发誓,我一句也不信你的话。"

"我们俩天生一对,我也不信你的。"

20.

这里通风不畅,空气中是一股浓浓的汉堡和薯条的油腻味道。我买了杯咖啡，坐在中间的一张台子旁等了十分钟，突然两名醉醺醺的青少年在一间包厢里咯咯乱笑起来，满嘴都是食物。远处角落里，一对肥胖的老年夫妻，吃得狼吞虎咽，好像往后的日子再也吃不到这些东西似的。这家网店营业的精明之处在于从午夜十二点到早上六点，全部菜单对折。软奶酪汉堡什么的，也包括在内。

一名身穿棕色 UPS 快递制服的男子走了进来，他径直走到账台，买了杯软饮料和一些薯条，他根本没有看身边的一切，却突然坐到我的对面。透过他那无框眼镜，我终于认出了斯旺格的眼睛。"我很高兴你还是来了。"他说的声音几乎听不到。

"真是幸会啊，"我说，"制服很不赖。"

"管用。情况是这样的，拉德。吉利亚娜·坎普活得好好的，但我相信，她觉得自己身不如死了。几个月前，她刚生了孩子。他们将孩子卖掉，换了五万五千美元，卖给大户人家了。我听说，一般价格其实在两万五到五万之间，白种人血统好，价格更高些。皮肤越深越便宜。"

"他们是谁？"

"待会儿就告诉你。此时此刻，她正在千里之外的色情俱乐部里，跳着脱衣舞当婊子。她基本上就是个女性奴，被一帮凶狠的人用海洛因吊着胃口。那就是她离不开那些人，俯首帖耳什么都愿意干的原因。你以前没有接触过贩卖人口的行当吧？"

"没。"

"别问我怎么参与到他们里面去的。那个故事又长又惨。"

"我真的不关心，斯旺格。我确实想帮助那个女孩，但我也不想多管闲事。你说过，你需要个律师。"

他捡了根薯条，仔细端详，似乎怕上面沾着毒，然后缓缓放到嘴里。他从假眼镜里瞪眼看着我，最后说："她在俱乐部里干了一阵。

接着,他们决定要再让她怀孕。他们就轮流上她,你知道么,当她再度怀孕,他们就让她戒毒,把她锁起来。这样孩子一定会健康的,你懂的。她是这帮人豢养的八到十名女孩中的一个。其他那些人大多也都是白人,但也有少数棕色人种。都是这个国家的。"

"都是被绑架的吗?"

"当然啦。你还以为她们是自觉自愿啊?"

"我不知道该怎么感觉。"我希望他在撒谎,但某种直觉让我感到他没有。不管如何,这故事真让人作呕,我只能摇头。我不由地想起新闻画面上,罗伊·坎普和他的妻子请求绑架者将他们女儿安全释放的镜头。

"真是人间惨剧,"我说,"但我已经没啥耐心了,斯旺格。第一,我无法相信你说的话。第二,你说过你需要个律师。"

"为什么上次你要告诉警察她被埋的地点?"

"因为他们绑架了我的儿子,逼迫我说出你告诉我的话。"

他很喜欢这个故事,禁不住微笑起来。"是吗?警方绑架了你的儿子?"

"他们真动手了。我屈服了,告诉了他们,他们火速赶到现场,浪费了整个晚上挖个不停,当情况明显是你骗了我之后,他们就放了我的孩子。"

他迫不及待地将三根薯条一起塞进嘴里,大嚼起来,仿佛满嘴都是口香糖似的。"我那会儿正在林子里,看着这帮蠢货,把我屁股都笑疼了。我当时也在诅咒你为什么要泄露我的机密。"

"你真是个变态,斯旺格。现在你又要我来干什么呢?"

"因为需要钱,拉德。像我这样逃命,日子过得真心不容易。你都不会相信,我为了弄点小钱所做的那些脏事,我想想都作呕。警察局里某个地方的罐子里,有十五万美元。我想,如果我能把那女孩交到她爹妈手上的话，那笔钱我起码能拿一部分吧。"

我不知道自己为什么会被这句话给震住了。这个白痴说的每一句话，本该都在我的意料之内的。我深深吸了口气说："让我好好理清楚这件事情。你一年前绑架了这个女孩。我市的一些善人捐款筹集了一笔悬赏金。现在，你这个绑架者，想把女孩送回来，为了这件极其人道的举动，你觉得应该得到一部分奖励，就从为侦破你犯下罪行的那笔款子里扣除。是这个意思吗，斯旺格？"

"我觉得这样很好啊。可以说是皆大欢喜。他们得到了女孩，我得到了赏钱。"

"说到底这还是绑架勒索，我能感觉到。"

"随便你怎么称呼。我都不在乎了。我就是得拿到一些现金，拉德，我估计像你这样一名律师，是可以让这事情实现的。"

我一下子站了起来，说："你需要的是一颗子弹，斯旺格。"

"你这是要去哪儿？"

"回家。如果你胆敢再给我打电话，我立马向警方汇报。"

"我相信你会的。"

我们的声音越来越大了，两个喝醉的青少年开始盯住我们张望。我走了出去，想办法在他赶上来抓住我的肩头之前，出了餐厅。"你觉得关于那女孩，我是在说谎，对么？拉德。"

我一把抓起我左腋窝里挂着的格洛克19型手枪，右手握住。趁他盯住手枪，身体僵直的时候，我快速撤离，一面说："我不知道你是不是在撒谎，关我屁事。你就是个疯狗，斯旺格，我断定你会死得很惨。现在，你给我滚远点。"

他放松了下来，微笑着说："你听过密苏里有个叫拉蒙的小镇么？估计你没有必要知道那个地方，真的。哥伦比亚朝北开一小时，是个人口只有一千人的穷乡僻壤。三天前的一个夜晚，一名二十岁的女孩，名叫希瑟，姓什么不知道，突然失踪了。整个镇子都恐慌了，大家都去寻找，在树林里四处搜索，连灌木丛下面也没放过。什么痕迹都找不到。她没事，我的意思是说，她至少还活着。她和吉利亚娜住在同一所仓库里，芝加哥中部靠西的地方，受到的虐待是一样的。拉德，你上网查查看，哥伦比亚报纸上今天早上登了一篇豆腐干大小的报道。又一名女孩失踪了，这次是在五百英里以外，但这帮家伙毕竟都是心狠手辣的人贩子。"

我将手枪握得更紧了，我在努力克制，不让自己把手臂抬起来，照着他的头部来上两发子弹。

第六部分
认　罪

1.

陪审团将塔迪奥·泽帕特的审判定在周一进行。这将是一场大马戏表演，为了这一天的到来，媒体已经等疯了，法院上下也是人头攒动。塔迪奥拳打裁判西恩·金的视频在网上被点击了六千多万次。我们那天不怕地不怕的"动态新闻"男主播，从早到晚都在重复播放那些画面。同样的视频，同样的胡扯，同样的摇头，好像这事怎么也不能相信似的。看起来大家的意见都已统一，很少有人站在我委托人这边。我曾三次请求法院更改审判地点，三次都被立即拒绝。到了周一，两百名潜在的陪审员都将被叫来，届时看看有多少人会说自己对这起案件一无所知。那种场景一定很有趣。

但此时此刻，还只是周五，子夜时分，我一丝不挂地躺在被子里，身旁紧贴着娜奥米·塔兰特小姐。她睡着了，呼吸匀长，有如一只猫在愉快的叫唤，对这个世界已毫无知觉。我们第二轮开始在十点左右，吃完比萨，又喝了啤酒，尽管时间还不到半小时，但那真是刺激，完全搞得人精疲力竭了。我们事后都觉得彼此没有完全放开，但来日方长，以后有足够弥补的时间。对于这段萌发中的关系究竟会走向何方，我心里一点也没底。我总是过于小心——这当然是朱蒂斯给我带来的终身伤害——但此时此境，我爱死身边这个女孩了，希望时刻能见到她，不管她穿着衣服，还是没穿。

我希望自己可以和她一样睡得那么香。她处于昏迷不醒的状态，而我却完全醒着，不是被性冲动弄得睡不着——那倒也正常——但我脑海里想得却是做爱之外的其他许多事情。周一的审判；斯旺格和讲的那段坎普家女儿的故事；塔比和"剃刀"那两具血淋淋的尸体被卷在破地毯里，扔在垃圾堆场中，很可能是米古尔·泽帕特和他手下的贩毒集团干的。我想到了瑞尔顿探员，又想到他和警局里其他人可能或多或少怀疑我与谋杀林克的马仔有关，这种想法，几乎让我不寒而栗。我还在想，现在我拧了一声响指，处理了林克的人之后，是不是他会就此善罢甘休。

我的想法如此之多，我的问题也如此之多。我试图起身去找点酒喝，但又想起娜奥米在她的寓所里从不放酒的。她喝得很少，吃得却很多，每周四天练瑜伽，身材保持得健康极了。我不想弄醒她，于是一动不动地躺着，盯着她的背部看，看她细腻完美的肌肤曲线，沿着肩胛骨起伏流动，然后忽而抬高，形成了我所见过的最可爱的臀部。她今年三十三岁，刚刚跟一个卑鄙小人离婚，可惜前面的七年大好时光都浪费了。她和前夫没有孩子，看起来也不介意。关于过去，她说得不多，但我知道她其实受过很大伤害。她初恋的大学男友，在与她结婚前一个月给酒驾司机撞死了。她眼泪汪汪地告诉我，说她从此再也不能那么样地去爱另一个男人了。

而我并不是真的要寻找爱。

我无法将吉利亚娜·坎普从我脑海中挥去。她是——至少曾经是一个美丽的女孩,就像我身边的女友一样。很有可能她现在还活着,过着无法言喻的日子。阿齐·斯旺格是个变态狂,估计他也有社交障碍症,任何事情上,他都喜欢说谎,避开真相。但年轻的希瑟·法里斯,以前在密苏里州拉蒙村镇上的女孩,就是那年仅二十岁、夜深人静在便利店值夜班的辍学女生,真的无影无踪地消失了。他们仍在树林里搜寻,还带去很多警犬,也发出了悬赏,可到目前为止,什么结果也没有。斯旺格怎么会知道她的事情?有可能他及早看到了一份新闻报道,但那不太现实。我立即上网,找到了她的故事,一直追踪搜索到哥伦比亚的报纸。拉蒙距离这儿有五百英里以上,很悲惨,但她只是某个小镇里又一名失踪女孩而已。希瑟并没有成为轰动全国的新闻。

如果斯旺格说的是真的呢?那就是说,吉利亚娜·坎普和希瑟·法里斯是被女性人口贩卖集团绑架的十二名女子中的两人。这些女人都在海洛因上瘾的同时,被强迫跳脱衣舞、卖淫,还被迫繁殖人口?如今我知道这些情况,或者说,我怀疑这些事真的存在,这本身就让我感到自己成了他们的帮凶同伙。我不是斯旺格的律师,我已经说得很明确了。当我紧握手枪,想要结束他那可耻的一生,当时我的肾上腺素真的在身体内汹涌。没有任何职业约束让我得保持沉默,替这种人渣保守秘密。就算真有这样的约束,如果举报他可以救出那些女孩,我也倾向于置规则于不顾。

所谓道德标准,我早就将其抛之脑后。在我的世界里,我的敌人都是极其凶残的。一旦我稍稍心慈手软,我就会被碾碎。

现在是凌晨一点,我更加清醒了。娜奥米翻了个身,将一条腿放到了我这边。我温柔地抚摸着她的大腿——皮肤怎么会这么的柔滑——她低低地哼着,仿佛在梦中的某个角落里享受着被爱抚的快感。我努力保持一动不动,闭上了眼睛。

我最后的念头还是吉利亚娜·坎普，苟且生活在我们当代的奴隶王国之中。

2.

"搭档"和我周六的大部分时光都是在"哈利和哈利"律所地下室里度过的。我们在陪审团事务顾问克里夫汇总的那些陪审团问卷和枯燥的报告中，披沙拣金。为此，克里夫将收取我三万美元的费用。塔迪奥的辩护费约七万美元，当然都是我自己掏的钱。看起来这笔数目还得节节攀升。他和我从没讨论过支付律师费的问题，因为那纯粹是浪费时间。他已经破产了，米古尔和其余贩毒集团成员，对于支付我费用毫无兴趣。他们觉得我在塔迪奥短暂的职业生涯中，已经捞足了金钱。我猜他们也会认为，根据街头的法则，除掉塔比和"剃刀"，本身就值很厚一大叠钱。拆东墙，补西墙。我们谁也不欠谁的。

克里夫感到，塔迪奥·泽帕特的辩护依旧面临着一座大山。他和他的律所业已完成了通常的那些工作：在大都市地区随机抽样一千个市民投票，并提出了各种假想问题；迅速调查了解这二百名待定陪审员的背景资料；以及重新研究关于西恩·金被殴打严重事件的所有媒体报道。根据抽样结果，居然有百分之三十一的人或多或少都知道这起案件，绝大多数人都支持定罪。其中百分之十八的人看过那段视频。而类似发生在花园里的那种谋杀案，管它案情有多轰动，如果有百分之十的人知道，那就算不得了了。

克里夫不像其他那些顾问，他一贯以言辞直率著称。这就是我聘请他的原因。他的底线是："免罪的几率微乎其微。获罪的可能性很大。需要达成协议：商讨一个认罪减刑方案。走为上策。"

当我第一次读到他的报告，我立即打电话给他，问道："克里夫，你这人也真是的,我给你付了这么多钱,你最好的建议就是'走为上策'吗?"

他这家伙真的很聪明,回了我一句:"不,事实上,换作是我的话,那就是'跑为上策'。你的委托人就是块活靶子,所有陪审员都会朝他身上扔石头的。"

周一,克里夫会在法庭上坐着旁听,并进行记录。尽管我喜欢在录像机前出风头,喜欢吸引众人的目光,但这次我真的不想去。

3.

到了下午四点,我和"搭档"进入我们全新订制的福特货运面包车。我平常移动办公所需要的那些装备设施,这里都已一应俱全。我们朝大学开去。在"搭档"的建议下,我同意低调点,将车外面的颜色,从鲜艳的黑色改成更柔和一点的古铜色。车身两侧,用小字,规规矩矩地印着"史密斯承包公司"字样,这又是"搭档"非常想要的一个设计。他确信如此一来,我们更容易融入车辆的海洋中,也很难让警方、林克、我的那些客户,以及其他所有躲在暗处的真实和潜在的各类坏分子一眼盯上。

他将我在大学前面的游泳中心放下,然后开走去找合适的停车点。我晃悠着走了进去,听着周围各种声音,找到游泳池,发了条短信给摩斯·考根。一群又瘦又小的孩子聚在一起,全力以赴地在游泳。露天看台上,一半的座位都被那些吵吵嚷嚷的父母坐满了。蛙泳比赛正在进行中,女孩们在五十米泳池中的八根泳道里又划又踢。

摩斯回短信了:"右侧,三区,顶排。"

我望去,并没看见任何人。但我知道他在看着我。我穿着一件皮夹克,长发塞进衣领中,下身牛仔裤,头戴一顶蓝橙相间的都市旅游帽。这里真不是属于我的地方,我也不指望会被认出来,但我很少冒险。就在上周,我和"搭档"在一家咖啡店吃三明治时,一个无聊的人突然走过来对我说,照他的意见,我的那个笼中小斗士就是应该在监狱里关到死为止。我谢过他,并请他走开。他喊我是骗子。直到后来"搭档"站起身来,那家伙才消失。

我爬台阶时,满鼻子都是漂白粉的味道。斯塔彻曾经提过想学游泳的事,但他的一位妈妈对他说,这种运动太危险,因为水里都被放了各种化学物质。我很奇怪,这些年,她们俩为啥不把孩子用个保护罩包起来呢。

我独自坐了一会儿,远离人群,观看这池子里的动静。家长都在喊叫,声音越来越响,直至戛然而止,比赛结束了。孩子们纷纷爬出泳池,妈妈们都手拿毛巾在一旁等候,纷纷给出建议。从我这个高度看下去,这些妈妈似乎也就十来岁。

摩斯从泳池对面一群家庭堆里出来,缓缓绕着池子走过来。他爬上我面前的看台,最后坐下,离我三英尺远。他的身体语言说明了一切——他憎恨自己的处境,宁愿同一个连环杀手说话。"希望你不要再带给我坏消息了,拉德。"他说话时,眼睛根本不看着我。

"我也向你问声好,摩斯。你的孩子是哪个?"这真是句愚蠢的话:下面密密麻麻有上千个小孩聚在泳池周围。

"就那个。"他说着,头微微点了一下。这真是个会装聪明的家伙,但毕竟问题是我问的。"她是十二岁自由泳选手。再过三十分钟才会下水。我们来得及说吗?"

"我又有一笔买卖给你,这次比上回更复杂。"

"这句你和我说过了。当时我都要挂你电话了,拉德,后来你提到坎普家的女孩。现在你说吧。"

"斯旺格又找到我了。我们见过面。他说自己知道她在哪儿,说她怀孕到足月，孩子给卖给了人口贩子。那些人还喂她海洛因，以此要挟逼迫她从事各种色情活动。"

"斯旺格已被证实是个大骗子。"

"他当然是。但他说的一些话却是真的。"

"他为什么联系你？"

"他说自己需要帮助，不出意料，他需要些钱。很可能他将再次联系我，如果他找我，我考虑会通知警方去跟踪。顺藤摸瓜，可能会找到吉利亚娜·坎普。也可能又是一场空。我无从知道结果，但警方到现在也是一无所获。"

"所以说，你再次出卖了你的委托人？"

"他不是我的委托人。我已经和他说得很明白了。他或许觉得我是他的律师，不过，想要分析阿齐·斯旺格的心理，简直就是在浪费时间。"

一声清脆的哨响过后，八名男孩跳入泳池。家长立即开始叫嚷，好像自己的孩子真能听见似的。除了那句"再游快点"之外，对着水中激烈扑腾，你追我赶的孩子，你还能喊些别的什么呢？我们看着他们直到折返。摩斯说："你想要我们怎么做？"

"我周一和那个笼中格斗手一起参加审判。我想要一个更好的结局。我想要五年和解协议，并保证他在大区改造农场里服刑。那个地方不会太苦。那里还有健身房。这孩子可以在那儿保持体格，服刑十八个月后，当他，比如说二十四岁后，能够得到假释。今后他在格斗赛场上还是有前途的。否则，他要是服刑十五年，出来后，就是个街头的流氓硬汉，脑子里只会有一件事——继续犯罪。"

他已经开始转眼珠子了。他长叹一口气，仿佛我刚说的一切都是笑话而已。他摇了摇头，肯定觉得我是个白痴。

最后，他使足力气，勉强说了句："我们对于检察院没有什么影响力。这你是知道的。"

"曼奇尼是市长任命,由市议会通过的,和你一样。我们的临时警察局长也是市长任命,也是由市议会通过的。罗伊·坎普也是如此,他还在休假吧。我们从这其中,不能来点配合吗?"

"曼奇尼不听伍迪的。他恨透了他。"

"大家都恨伍迪的,伍迪也恨所有的人。但不管怎么说,他毕竟连任三届了。你得如此这般地劝伍迪。你在听我说吗?"

他此前一直没有看我,但现在他转过脸来,仇视地看了我一眼。转脸又看着游泳池,双手交叠放在胸前。这就是让我开始和盘而出的信号。

"好吧,摩斯,我们开始,请你帮我看看这样的推论是否妥当。首先让我们假定,我能够帮助警方找到斯旺格,然后进一步假定斯旺格可以帮助警方找到吉利亚娜·坎普。顺便说一句,那是芝加哥中西部的某个地方。假定他们援救出那女孩,你猜会怎样?我们敬爱的市长,L. 伍德罗·苏利文三世阁下,将立即召开一个新闻发布会。想想那种场面,摩斯。你了解伍迪,他是多么喜欢开新闻发布会啊。这将是他人生最辉煌的时刻。伍迪穿着一身深色西装,满脸堆笑。他身后是一排健硕的警察,个个神情威严,但都很高兴,因为那女孩得救了。伍迪会当场宣布喜讯,仿佛女孩是他亲手救出的,又好像是他施展了魔法似的。一小时后,我们将看到坎普一家开开心心团聚的第一个画面,当然,伍迪一定是在场的,只有他有资格这个时刻挤到他们一家人当中拍照。那是多么美好的时刻啊!"

当摩斯想出了那些画面后,他脸上的表情缓和了些。我的话在他头脑中震荡。他企图将这些想法赶走,并对我说:你见鬼去吧。可是那些画面感实在太强烈。一如往常,他对我所说的话无力反驳,只得给我来了句:"你疯了,拉德。"

286

完全在我的意料之中。我赶紧说下去："因为我们现在抓到了真相，做了大胆推论，那让我们继续吧。如果说斯旺格这回没有撒谎，那么吉利亚娜仅仅是被从家里绑架并被卖到女奴贩子手里的众多女孩中的一个。那些女孩几乎全都是白种美国姑娘。一旦那个犯罪团伙被破获，人口贩子被一网打尽的话，那这个故事，就会从美国东海岸一直传颂到西海岸。伍迪将获得比他配得到的更多荣耀：起码在这个城市里，他将光芒万丈。"

"曼奇尼一定不会配合的。"

"那就把曼奇尼给开掉。当场。把他叫到办公室里，站在地毯上，逼他辞职。我们这种民主制度下，市长是有这个权力的。将他换成某个唯唯诺诺的官僚小人。候选人有一百名吧。"

"我想大概会有十五名。"他说。

"不好意思。那样，从市里这十五名助理检察官当中，我确信你和伍迪一定能挑出一个有点雄心壮志的人，一个可以按照你们的指示办事，以获得一间更大办公室的人来。你想想，摩斯，这并不是一件很难的事情。"

他将身体前倾，深深思考，手肘撑着膝盖。喧闹声平息了。一场比赛结束，下一场正在准备的当中，人群恢复平静。我很庆幸，自己从来没参加过游泳大会，这种折腾似乎无穷无尽，要搞好几个小时。此刻，我感谢斯塔彻的两位母亲，感谢她们害怕漂白粉的心态。

他需要些帮助了。于是我继续推动。"伍迪大权在手，摩斯。他可以实现这一切。"

"那为什么这要做交易呢？你为什么不能做正确的事情，直接和警方合作？如果你相信斯旺格的话，如果他真不是你的委托人，那你就帮警方一次。唉，你讲的这些，关系到一名无辜的年轻女人。"

"因为那不是我的工作方式，"我说，仿佛是还没睡醒的人在回答他的问话,"我有个委托人要受审,他是犯了罪,和别的大多数委托人一样。我现在需要想尽一切办法来帮他。我的客户一般都没有潜力赚大钱,合法的大钱,但这个孩子不一样。他本可以将他自己和他那不断膨胀的一大家子人,统统带出贫民窟。"

"这里的贫民窟总比他们家乡强多了。"他脱口而出,随即后悔自己怎么就说漏嘴了。

我很明智,也很罕见地放了他一马。

我们观看一群高一些的男孩,紧张地在赛前进行着各种肢体伸展活动。我说:"还有一件事。"

"噢,多重交易。我万万没有想到啊。"

"大概一个月前,警方在垃圾堆场发现了两具尸体。是林克·斯坎隆手下的一对马仔。因为一些原因,我被怀疑上了。我也不知道这事有多严重,但我想,最好今后不需要我去处理。"

"我还以为林克是你的客户呢?"

"他曾经是,但让我们这么说吧,他消失的时候,对我的服务不是特别满意。他派出两个马仔,想要从我身上榨出些钱来。"

"谁干掉他们的?"

"我不知道,但肯定不是我。请严肃地回答我,你觉得我会冒这个险吗?"

"恐怕会的。"

我鼻孔发出鄙夷的一笑。"绝不可能。这些家伙都是职业暴徒,他们仇家很多。不管是谁干掉了他们,那两个人早就在一长串蓄谋复仇者的名单中了。"

"等等,让我理理清楚。首先,你要市长逼迫曼奇尼放宽对你那个笼中斗士的处罚,这样他可以在开庭前认罪,达成一份温和的协议,保住他的职业生涯。第二,你要市长给警察局施压,让他们去别处找杀死林克马仔的真凶。第三，对了，第三是什么？"

"最好的部分呀。斯旺格。"

"哦，对的。市长在铡刀口留下他的脑袋。作为交换，你或许可以帮助警方找到斯旺格，斯旺格或许可以说出真话，或许，还可以帮助警方找到那女孩。对吧，拉德？"

"要点基本都涵盖了。"

"这真是一坛子烂屎。"

我目送他走下看台过道，绕到泳池另一边。在那侧，他往上走了四排座位，回到他妻子旁边坐下。我隔着老远，盯他看了很久，他的目光，一次都没有稍稍瞥向我所在的方位。

4.

字母"C"，是"鲶鱼洞"的英语第一个字母。这里离市区东部仅仅几英里，周边满眼都是乏味的郊外居民区。一排排民居，六十年前建造时，只打算给人住五十年。"鲶鱼洞"餐馆供应便宜的鱼和蔬菜自助餐，别看这些菜肴现在都被捣烂，并在油锅里炸得透酥，但此前它们在冰箱里曾被冻过数月甚至数年。顾客花上十美元，不论是细嚼慢咽，还是狼吞虎咽，可以无限量吃上好几个小时。他们的盘子上堆满了食物，就好像是饥民一样，并用成桶成桶甜茶水将这些菜统统灌下肚。出于某种原因，这里也提供酒，但人们来这并不是为了吸收酒精。在幽暗处的无人角落里，有个空荡荡的酒吧区。这里，就是我偶尔约见奈特·斯普瑞欧的地方。

上次我们见面的场所是"B"开头的百吉饼屋。再前一次"A"是另一处郊外的"阿比烤牛肉店"。十年前，奈特的职业生涯步入了死胡同。他虽然不能被开掉，却也没法被提升了。但如果不巧，他被看见下班时间同我在一起喝酒,那他将被转岗到小学门口去指挥交通。他人太老实,不适合在我市当警察。

他的老板是特鲁伊特上尉,一个同罗伊·坎普走得很近的正派人。如果我要给坎普捎个口信,只需喝上几杯,消息的道路就从这里开通了。我将这一切都和盘托出。奈特很吃惊,觉得我居然怀揣一丝幻想,希望吉利亚娜·坎普尚在人间。我向他说清楚,我并不知道自己是否应该去相信这些。要知道,听信斯旺格的话,本身就很可能是个错误。但试试看又会有什么坏处呢?他一定是知道些内幕的,这些情况比我们的探员所掌握的要多得多。我们俩越喝越多,越谈越久,奈特也就越发相信警察局和警察公会可以向市长和马科斯·曼奇尼施压。我们的前任警察局长是个白痴,他听任警局堕落成现在这个熊样。但罗伊·坎普在兄弟们心目中威望仍旧很高。只要能救出他女儿,哪怕给目前看守所关着的每个嫌疑人一个减刑认罪的机会,都是值的。

我再三提醒奈特,救出那女孩只能算是交大运。首先我不确信自己是否可以找到斯旺格,或者他是否愿意再见我。我们上次见面时,我差点开枪打死他。那个预付费手机还在我手中,但上次和他见面后,我再也没有用过。如果它坏了,或者他不肯接听,那我们的运气也就到此为止了。而一旦我和他见了面,警方应该可以跟踪他,那他是不是会把他们引到芝加哥中西部的一家脱衣舞俱乐部呢?几率非常小,我猜想。

奈特的情绪通常都像一潭死水似的,但此时,他却掩饰不住自己的兴奋。当我们离开酒吧时,他说他这就上特鲁伊特家去。他们会私下讨论一番,他估计特鲁伊特会立即通报罗伊·坎普,告诉他有个交易正在酝酿之中。希望是渺茫的,但如果换成是你女儿,你也会尝试一切可能的。我催他快点去:审判明天就要开始了。

5.

周日晚，我和"搭档"去市立看守所，想赶在开庭前最后一次与我的委托人见一面。经过和狱警长达个小时的唇枪舌剑，我终于被允许去见塔迪奥。

这孩子着实吓到我了。在看守所这段时间，他从新伙伴那里吸收了很多免费建议，他也不断强化自己已是名人的信念。因为那段视频，他收到了很多来信，几乎全是"粉丝"写的。他认为，自己即将作为自由人大摇大摆走出法庭，受到众人爱戴，马上又可以恢复他此前辉煌的职业生涯。我一再劝他正视现实，告诉他，那些给他来信的，并不是坐在陪审席上的那帮人。来信者大多是社会上的边缘分子，居然还有好几位想要嫁给他。而那些陪审员，都是我们社区里的注册选民，很少有人热衷观看笼中格斗比赛。

我再次告知他最新谈判条件：主动认罪换得二级谋杀罪名，刑期减到十五年。他露出了那种小人得志的笑容，一如以往。他不需要我的法律建议，我也不再给他建议。他过去多次推翻了减刑到十五年的认罪条件，我们真的没什么好谈的了。不过，他还是很明智地采纳了我的意见，将头发剃过，并修剪打理好。我给他带来一套二手海军蓝西装，白衬衫，配白领带，这是他妈妈在二手义卖店里淘来的。在他左耳下面有一处来历可疑的刺青，穿好衣服后，领子上方还是露出了一半。因为我的委托人大多都有刺青，因此我常得额外处理一下这个问题。最好是遮挡起来，不要让陪审员看到。但塔迪奥的案子，我们陪审团在看那段录像时，这块古怪的刺青将会一览无余。

很显然，当一个家伙下决心要成为笼中格斗手后，他在去健身房的路上，都会先去刺青文身店停留一下吧。

我和他之间有道裂缝,一段时间以来,其宽度变得越来越大了。他觉得自己可以走回家,我觉得他将进监狱。他感到,之所以对打赢官司有顾虑,不仅是我对他缺乏信心,而且我对自己在法庭上的能力也没信心。他真的相信他可以站在辩护席上,设法让陪审团相信西恩偷走了本该属于他的桂冠,他大脑短路,发起攻击,当时什么都不知道,暂时精神失常了,现在他非常悔恨难过。当他向陪审团解释了这一切之后,他要戏剧化地、满怀真情地向金的一家道歉。接下去,一切都会没事的,陪审团将迅速回来,给出一个合适的判决。

我以前就试图向他描述过,一旦我将他交给马克斯·曼奇尼进行诘问,他将受到哪种粗鲁的对待。但他总是对法庭辩论最激烈的场面无法理解。唉,在法庭上连我都往往不能预见将要发生什么状况。

我所有的警告对塔迪奥来说统统是耳边风。他尝过笼中格斗后太多的荣耀,以至于无法想象自己法庭上的处境。金钱、荣誉、欢呼、美女,以及为他母亲和家人购买的豪宅,这些很快都会是他的。

6.

由陪审团到场审判的前一晚通常都是难以入睡的。我的大脑处于过热状态,不停地在努力回忆和组织那些细节、事实、需要做的事情。我的胃因紧张而绞结,我的神经系统脆弱而易激。我知道此时休息对于明早焕然出彩、轻松面对陪审团的重要性,但事实是就算我睡过了,法庭上我还会是那副老样子:疲惫,焦虑,眼球充血。我在天亮前慢慢地喝了杯咖啡,像往常一样问自己,为什么要做这件事。为什么要把自己置于如此难受的境地?我有个远房表亲,是波士顿一位著名神经外科医生。一到这种时刻,我总是想到他。我猜想当他沉浸在自己的世界里,每逢手术刀切入大脑时,那种情景一定异常紧张,人命关天啊。他自己的身体是如何应对这种场面的呢？神经紊乱，肠胃不适，甚至腹泻恶心？我们很少交流，我也从没问过他。我提醒我自己，他做他工作时，旁边没有观众。一旦做错，他就直接把病人埋了吧。当然，我尽量不去想他每年赚一百万美元的事。

在很多方面，庭审席上的律师，就如同一名舞台上的演员。只是他所说的往往事先都没有台词，所以这份工作比演戏更难。他必须随机应变，当站即站，该说就说。知道自己何时进攻，何时闭嘴，何时主导，何时跟进，何时怒不可遏，何时又保持冷静。经历这一切，他必须让人信服，让劝说有效，因为除了陪审团的最终裁决之外，什么都不重要。

我终于不再想睡觉的事情，于是来到台球桌前。我将所有的球按三角形排在一起，然后轻轻击散开来。我在球桌前围着走动，将八个球全部打进旁边的落袋中。

我有好多棕色西装，为今天这次审判仔细挑选了一套。我穿棕色并不是因为我喜欢这种颜色，而是没有别人会穿这个颜色。律师和银行家、总裁一样，都相信西装应该要么是海军蓝，要么是深藏青。衬衫不是白色就是淡蓝色；而领带则是红色系列中的一种。我从不穿这些颜色。今天，我非但没穿黑皮鞋，而是穿了一双鸵鸟皮牛仔长靴。这同我那身棕色西装不是很配，不过谁在乎呢？我将这套行头摊在床上，舒服地冲了个澡。披上浴袍后，我在我的小窝里来回转悠，小音量地温习了我另一种版本的开场白。我又去打上一局台球，结果前三杆全都打歪了，于是我放下了球杆。

7.

上午九点，法庭就挤满了人。这正是两百名潜在陪审员全部到场,并启动法定筛选程序的时间。因为这里最多只能坐两百人,所以当大批旁听者和几十名记者同时赶到争抢座位时,场面一度很混乱。

马克斯·曼奇尼身着他那套最好的海军蓝西服,一双正装皮鞋乌黑闪亮,他对着那些文员和助理不断地露出笑齿。众目睽睽之下,他居然对我也变得友善了些。当法警在应付人流时,我们走到一起,非常庄重地聊了几句。

"还是十五年吗?"我问。

"你说对了。"他一边说,一边微笑着扫视着旁听人员。显然,除了摩斯和斯普利欧之外,关键的话还没有进入马克斯的耳朵。或者他已经听到了。或者他们让马克斯将认罪后的刑期缩短,或者马克斯如我预料的那样,对着伍迪、摩斯、坎普以及所有人大喊一声:"见你们的鬼去吧!"这是一场属于他的演出,是他职业生涯中的一个重要时刻。只要看看周围这么多前来崇拜他的人。别忘了,现场还有这么多记者!

这周的主审是詹妮特·法碧纽大人,律师私底下都叫她"慢吞吞"法碧纽。她是位年轻的法官,仍带有几分稚嫩,但在法官席上成熟得很迅速。她生怕弄错,所以凡事都要深思熟虑一番,非常慢。她说话慢、思考慢、裁决慢。此外,她坚持要求律师和证人始终都得说话清晰。她假装这样做,目的是为了照顾那些必须得逐字逐句记下所有发言的庭审记者,但我们都怀疑,真实的原因是大人她理解能力也是……非常的缓慢。

她的书记员出现了。通知大家说法官想在她的会谈室见控辩双方律师。于是我们鱼贯而入,围坐在一张老工作台边,我坐一侧,曼奇尼和他的走狗坐另一侧。詹妮特坐桌首,吃着塑料碗里削好的苹果片。他们说她总是抱怨自己最近的伙食和最近的健身教练,但我一点都没有看到她自己在节食方面做过什么努力。谢天谢地,她没有请我们一起吃。

"有什么庭前动议吗?"她一边说一边看着我。吧唧吧唧地吃着。

曼奇尼摇了摇头,没有。我做了同样的动作,并完全出于敌意地补充了一句:"有也没什么用。"我已经提交过几十份动议了,全部都被驳回。

她忍住了这句低级的顶嘴,用力咽下,喝了一口看起来像是晨尿的液体,继续问:"有没有可能达成庭前认罪协议?"

曼奇尼说:"我方仍旧提议以认罪交换二级谋杀罪名。"

我说:"我的委托人坚持不同意。对不起。"

"这提议条件不算太差,"她说,用目光回敬我一个低级的白眼,"辩护方想要接受什么条件呢?"

"我不知道,大人。这个时刻,我想他可能什么罪都不想认。开庭后过一两天,情况大概会变化吧。但就目前而言,他盼望早日出庭。"

"非常好。我们当然会尽量帮他。"

我们东拉西扯打发时间,与此同时,法警在给陪审员走程序,为庭审工作做好各项准备。到了十点半钟,书记员宣布法庭准备就绪。律师离开,各自入席。我坐在塔迪奥旁边,今天他穿得衣冠楚楚,显得有那么一点不自然。我们窃窃私语,我告诉他情况好极了,起码是到目前为止,正如我所预计的一样。在我们身后,未来的陪审员都盯住他的后脑勺,心里嘀咕,这人究竟犯了什么可怕的罪。

法官法碧纽走了进来,她硕大的身躯被黑袍巧妙地遮住。根据指令,我们全体起立,以示对法庭的尊重。因为法官大部累人工作都是在听众不在场的情况下完成的,所以他们很喜欢看到法庭上人满为患的样子。在这里,他们是目光所及之处的最高权威,他们也很享受被欣赏的感觉。有些法官还喜欢搞点哗众取宠的噱头。我很好奇,想看看詹妮特在众目睽睽之下将如何表演。她首先欢迎大家的到来，解释了大家今天为何齐聚在此的理由，啰里啰唆讲了一通。最后，她让塔迪奥起立，面对听众。他这么做了，按照我事先的指示，朝大家微笑，然后坐了下来。詹妮特接着介绍了曼奇尼和我。我简简单单地起身，朝大家点头致意。他则起立，露齿微笑，略略张开双臂，仿佛是欢迎大家来到他的地盘。他那种虚伪的表情，令人作呕。

陪审员都有各自的编号，法碧纽让手持一○一号到一九八号牌子的离开法庭，休息待命。下午一点给法庭书记员打电话，看看是否还需要来。一半人排队离场，有些人走得很匆忙，有的真的笑了——自己这是什么运气啊。在法庭的一侧，法警将剩下的那些潜在陪审员十人一行排好，我们第一次看到了未来的那些陪审员。这个程序走了一个小时之久，塔迪奥轻声地说他看够了。我问他是否更想回去蹲看守所。不，他不想。

候选人中凡是超过六十五岁的，以及有医生开具不合适担任证明的，都被清除了出去。现在，我们眼前的九十二人马上就要接受考察。法碧纽休庭，让大家去吃午饭，通知我们下午两点回来。塔迪奥问是否可以去家正规酒店里吃顿好的午餐。我微微一笑，告诉他不行。他马上将被直接送回看守所。

当我和陪审团事务顾问克里夫凑近说话时，一名身穿制服的法警走了过来，问："你是拉德先生吗？"

我点了点头，他递给我一份文件。家庭关系法庭。这是一份关于停止一切抚养权的紧急听证传唤书。我憋了口气，暗地里诅咒了一句，走到陪审团座位席，找了个位子坐下。死婆娘朱蒂斯居然等到这个节骨眼上来搞破坏。我读着读着，双肩不自觉地塌了下来。昨天，也就是周日，早八点到晚八点，本该是我同斯塔彻一起度过的时间；这是我和朱蒂斯经过修改的口头协定。因为全力以赴准备今天的庭审，我当然就忘了这事，结果在我儿子面前失信了。在朱蒂斯那种变态的心理看来，这是个明显的证据，说明我是不称职的父亲，应该从她儿子的身边给彻底赶走。她申请了一场紧急听证会，就好像斯塔彻真遇到了迫在眉睫的危险。这次她听证申请被批准，已经是三年来的第四次了。目前她听证会上的战绩是零比三！她完全愿意来个零比四，只是为了证明她的想法正确。究竟是什么想法，我也不知道。

我从自动贩卖机里买了一块解冻的"新鲜牌"三明治。然后，我往家庭关系庭走去。机器里卖的食物，味道一般都被低估了。卡拉，我曾经打过交道的副书记员，取出文件，和我一起看了起来，彼此的脑袋只隔着几英尺。当我随意提起两年前我们曾经有过"一段关系"时，我也顾不上那算是什么意思。其实我真正的意思是，她当时对我一点兴趣也没有。我当然坦然接受。我自己碰过很多钉子，所以如今当这个女人回答我说"或许吧"时，我还真吃了一惊。卡拉应该是刚失恋，因为此刻她居然满面笑容，对我非常热情。这些办公室里的副书记员、秘书和前台小姐人数众多，大多都是这副模样。当一名异性恋的男律师怀揣着点钱，身穿笔挺的西服出现在这里，很多未婚女孩，甚至包括已婚女士，都会投来热切的目光。如果我有时间、有兴趣陪她们将这场游戏继续玩下去的话，我很可能会得手的。但卡拉最近几个月明显发福，不如以前漂亮了。

她说："斯坦利·利夫法官。"

"和上次一样，"我回答，"我很奇怪他居然还活着。"

"看起来你的前任很厉害。"

"你说的真是客气了。"

"她是这里的常客。不是个很友善的人。"

我谢过她，当我要离开时，她给我来了句："有空给我打打电话。"

我本想说:"如果你肯坚持去健身六个月,或许我到时候会考虑一下。"不过我是个绅士,所以我嘴里说出来的却是:"当然。"

上回,朱蒂斯想要剥夺我做父亲的权利,结果硬生生地被斯坦利·利夫法官顶了回去。他那次对她失去了耐心,当场就做出了有利于我的裁决。后来朱蒂斯继续拿着那些申请材料碰运气,结果又碰到利夫法官,这事本身不但充分证实了她的人品,更说明了她很天真。在我的世界里,如果某个案子至关重要——将一位受人尊敬的父亲看望儿子的权利剥夺掉,天底下还有比这个更极端的事吗!——那么一切手段都得运用,以保证能在一位合适的法官面前举行听证。这或许需要提请一个动议,将不想见到的法官给换掉。或许还得给州司法道德委员会发去一份投诉信。不过呢,我最擅长的方式,是用现金收买合适的法庭书记员。

朱蒂斯永远不会去考虑上述的这些策略。因此她又撞上了利夫。我提醒自己,这不是有关输赢,不是有关这个法官还是那个法官的问题。这彻头彻尾就是在滥用司法系统对前任丈夫的一种骚扰。她不用担心法律方面的费用。她也不担心会有报应。她每天在"老法院"的这个区域走来走去,这里已经成了她的地盘。

我找了个长凳坐下,吃完三明治后,开始读她的申请书。

8.

到了下午场,我们将自己的椅子挪到桌子对面一侧,直接盯着那些陪审员。他们也盯着我们看,仿佛我们是外星人似的。根据法碧纽的挑选准则——每个庭审法官在设计陪审员筛选规则上,都有很大的灵活性——号码从一到四十的人都坐前四排,那些人中有我们最可能确定的最终十二位。于是,当法碧纽漫谈着陪审员工作对于社会的重要意义时，我们正在逐一仔细观察这些陪审员。

这前面的四十人中，有二十五名白人，八名黑人，五名西班牙人，一位来自越南的年轻女士，还有一位来自印度。二十二名女性，十八名男性。感谢克里夫和他的团队，我此刻已经知道了他们的姓名、住址、职业、婚姻状况、宗教情况、诉讼历史、未付债务、犯罪记录（如果有的话）。他们大多数人的房子或公寓照片，我也已经掌握。

要找到合适的人选，其实很微妙。一个颠扑不破的信念就是刑事案件中，黑人陪审员越多越好，因为黑人对被告往往更有同情心，他们对警方和检方也往往更不信任。今天则不一样。受害人西恩·金是个年轻的黑人好小伙，工作也好。有个妻子，和三个干净整洁的孩子。为了不多的一点钱，他业余担任拳击和笼中格斗的裁判。

法碧纽最后终于将话题转到眼前的案子上来了，她问待选人中有多少人了解西恩·金的死因。九十二人中有大约四分之一举手了，这是个很高的比例。她让这些人都站起来，这样我们可以记下他们的名字。我扫了一眼曼奇尼，摇了摇头。待选人这样的反应，几乎闻所未闻，我认为已足以证明应当异地审判。但曼奇尼就在那里微笑。我记下了那二十二个名字。

为了避免进一步的干扰，法碧纽法官决定对这二十二人依次进行单独提问。我们回到了她的办公间，再次围绕在那张桌子旁。三号陪审员给叫了进来。她叫丽莎·帕内尔，她在地区民航售票处工作。已婚，两个孩子，三十四岁，丈夫经销水泥。曼奇尼和我都施展出各自的魅力来讨好这位未来的陪审员。法碧纽则向她提了一些问题。丽莎和她的丈夫都不是综合格斗比赛的粉丝，事实上，她说这种体育让她恶心，但她记得那场骚乱。当时电视里铺天盖地都是这个报道，她也看过塔迪奥打人的那段视频。她和丈夫讨论过这场风波。他们甚至去教堂祈祷西恩·金可以早日康复，后来得知他去世的消息，两个人都很难过。她也想让自己的观点更中立一点，但那根本做不到。她被问得越多，就越发意识到自己坚信塔迪奥是有罪的。"他打死了西恩·金。"她说。

曼奇尼问了一些类似的问题。轮到我时，我没有浪费时间。丽莎很快就要被踢走了。不过，她暂时被叫回第一排座位，不准说一句话。

十一号陪审员是一名母亲，两个孩子都十多岁了，都爱看笼中格斗。他们花了很多时间讨论塔迪奥和西恩·金的事。尽管她的孩子们求过她，她也没去看那段视频。但是，她对整个案件都已熟悉，承认自己有先入为主的倾向。曼奇尼和我都友好地问了她几个问题，但是一无所获。她也同样面临着被请回家的待遇。

整个下午都被这二十二名陪审员的筛选问题给耗掉了，结果，这些人都知道得太多了。一对夫妻说，他们可以将原先的想法搁一边去，用开放的思维来裁决案件。我对此表示怀疑，不过我是辩方律师，这么想也自然。到了傍晚时分，我们面试完所有二十二人后，我重新提请改换审判地点。现在我有了无可辩驳的理由，我争论道，这座城市里太多人太了解这起案件了。

"慢吞吞"听着，从举止上来看，似乎她相信了我说的话，我觉得也是。"我现在先否决掉你的动议，拉德先生。让我们继续，看看明天的情况如何？"

9.

从法院出来，"搭档"开车送我去了仓库附近，那里就是"哈利和哈利"的律师办公的地方。我见到了哈利·格罗斯，和他一起研究了朱蒂斯的最新诉状。他会帮我写一份应答书,和先前录入卷宗的那三份大同小异。待我签名后,明天提交。

我和"搭档"走到地下室,克里夫和他的团队早已在工作了。在候选名单中前四排,即一号到四十号,其中有九人在下午场已被私下面试过。我估计这九人因为不合适,或别的什么原因,统统都得走。检辩双方各有四次异议的权利,完全可以任意提出,不管有没有理由。这样,总共就是八人。所有的号码中,想让谁走都可以。这其中的奥妙、技巧或者说是艺术,在于读懂每个陪审员,然后判断对方究竟会对谁提出异议。我只有四次机会,检方和我处境一样。弄错一个,有可能就是致命的。我不仅得决定留谁、赶谁,我也得和曼奇尼玩一下博弈。他究竟要让谁走?肯定是那些西班牙裔人。

我不指望能得到一个无罪释放,于是我尽力想选出一个陪审团来悬置裁决。我得找到一到两位有些同情心的人担任陪审员。

我们花了好多个小时,一边吃着难吃的外卖寿司,喝着瓶装绿茶,一边逐一仔细分析各位陪审员的情况。

10.

半夜没有任何电话找我,阿齐·斯旺格和奈特·斯普瑞欧都在休息。摩斯·考根也没有传来任何消息。很显然,我那个天才的交易提议并没有取得什么进展。等到早晨太阳升起时,我已经坐在电脑旁回复电子邮件了。我决定给朱蒂斯发一封。上面写道:"你为什么不能停止和我作对呢?你已经失败好多次了,这一场也会输掉。你能证明的,只是自己有多么固执多么可笑。想想斯塔彻吧,不要老想着你自己。"我猜想她的回信一定会非常严厉,非常狡猾。

"搭档"开车将我放到郊外的一处沿街购物中心门口。那里唯一开着的商店是一家百吉饼屋，里面不顾法律条文规定，默许顾客抽烟。店主是个希腊老人，自己患肺癌就快死了。他的外甥在市政府里有很高的地位，卫生检查部门也不来找麻烦。这里特殊之处在于特浓咖啡、真正的酸奶、正宗的百吉饼以及一层浓厚的香烟蓝色烟雾，使人不禁想起不久前大小餐馆里到处都是吞云吐雾者的景象。今天回想起来，真令人难以置信，当时我们居然能容忍那样的行为。奈特·斯普瑞欧每天两包烟，他爱死了这个地方。我在外面猛吸了几大口，让双肺充满了新鲜空气，走了进去，看见奈特坐在一张桌旁，面前是一杯咖啡，一张报纸，嘴角叼着一根刚抽出来的"撒冷牌"香烟。他用手朝一张椅子方向挥了挥，然后将报纸挪到一边去。"你要来杯咖啡吗？"他问。

"不，谢谢你了。我今天已经喝过了。"

"现在情况怎么样？"

"你是问我的人生，还是问泽巴特的审判情况？"

他嘀咕了一句，努力笑了笑。"我们什么时候谈过人生啦？"

"说得好。曼奇尼没有任何消息。如果他真达成了协议，妈的，他装得一点也看不出来。还是只肯给我十五年这个条件。"

"他们正在做他的工作，不过你知道的，这是个很难弄、但手头又有点权的人。此刻他正在舞台上，这对他很重要。"

"意思是说罗伊·坎普正在不停地努力着？"

"你可以这么说吧。他正在动用他所有的人脉关系。他已经疯狂了——我这真不是在怪他。他很恨你，因为他觉得你在隐瞒实情。"

"啊，那对不起了。告诉他，我也恨他，因为他绑架过我的儿子。只要他能说动市长，市长又能说动曼奇尼，那么我们或许能够达成交易。"

"都说过了，好吧。事情还在进展中。"

"唉，这事情需要加快推进。我们正在挑选陪审团，依照目前我所看见的情况，泽巴特估计要摊上大麻烦了。"

"我听到的也是如此。"

"谢谢你的信息。明天我们估计就要开始传唤证人了，其实也没几个。到周五，整个流程就要结束了。我们得快速达成协议。五年，大区改造农场，早期假释。听到没有，奈特？官老爷有懂协议条款的吗？"

"他们全都清清楚楚啊。没有什么复杂的内容。"

"那你转告他们，早日实现。我的人很快就要被这帮陪审员给弄死了。"

他捏着烟，狠狠抽进他的肺里，问："你今晚在吗？"

"你觉得我会出城？"

"我们恐怕得谈谈。"

"当然好，但现在我真得走了。今天有审判，我们在这里拐弯抹角地打听消息，看看可以贿赂哪些陪审员。"

"我一句也没听到哦，就算听到，我当然也不会感到奇怪。"

"再会，奈特。"

"见到你真的很高兴。"

"你真得戒烟了。"

"你还是自己多保重吧。你的事也不好办。"

11.

"慢吞吞"开庭迟到了，这事情从某个角度来看，也不算异常，因为她是法官，她不来，这场"派对"就没法开始。但从另一个角度看，这是她职业生涯的一个闪亮时刻，大家都以为她会提前来，充分享受这一刻。但我很久以前就已学会不再浪费时间去分析法官的想法，他们爱怎样就怎样吧。

至少等了一个小时，也没有人来说明为什么会延迟。突然，她的法庭助理叫了一声，让大家起立。法碧纽一屁股坐在凳子上，仿佛是已经累垮了似的，她也让大家都坐下。没有歉意，没有解释。她开始进入引言部分，没有任何单词有哪怕一点点新意在里面，当她说光头脑里的库存后，来了一句："曼奇尼先生，下面你可以代表州政府查看一下陪审团情况。"

马克斯一跃而起，沿着隔开听众和我们的红木扶手，趾高气扬地向前走动。一边是九十二名陪审员，另一边是至少同等数目的记者和听众，这间法庭再次爆棚，有人甚至倚靠在后墙上站着听。马克斯很少有这么多听众。他首先开始了那段矫揉造作、煽情肉麻的独白，说自己代表我们城市善良的市民站在法庭上，感到如何如何的荣幸。他受宠若惊，他义不容辞，他胸腔充满着各种感情。结果不到几分钟，我就注意到有些陪审员开始皱眉看着他，仿佛在说："这家伙没在开玩笑吧？"

当他自言自语说了太久后，我缓缓起立，看着法碧纽问道："法官，让我们继续进入正题，好吗？"

她说："曼奇尼先生，你是否有问题要问这些候选人？"

他回答道："当然有，大人。我没想到我们需要这么赶时间。"

"哦，当然不赶时间，但我也不想浪费时间。"这话，居然是从刚刚迟到一小时的法官嘴里说出来的。

马克斯开始按照教科书方式，问他们是否以前担任过陪审员，是否与刑事司法体系打过交道，以及他们个人对警方和执法部门的看法。大致来说，这就是在浪费时间，因为这些人在目前这种场合很少会坦露自己的真实想法。不过呢，这倒给我们研究陪审员提供了足够的时间。塔迪奥在我的指示下，成页成页地做笔记。我也在匆匆记录着，但主要精力是学会看懂他们的肢体语言。克里夫和他的同事坐在过道对面的长凳上，观察着法庭上所发生的一切。此刻，我感觉到自己已经认识这些人好多年了，特别是前四十位。

马克斯想要知道他们当中是否有人被起诉过。这是个标准问题，但并不是个好问题。因为今天毕竟是刑事而不是民事案件。在这九十二人中，有约十五人承认在过去某个时刻曾被起诉过。我敢打赌，至少还有十五人没承认。这可是在美国。老老实实的居民，谁又没被起诉过呢？马克斯似乎在为他们的回答感到兴奋不已，好像他真的发现了一片肥沃待开垦的土地。他问道，上述这些在法院的经历，是不是会在某些方面影响到他们考量案件的能力？

不会，马克斯。每个人都喜欢被起诉。我们被起诉，丝毫不会去怨恨这套司法体制的。他赶紧用了个无关痛痒的问题，才得以逃脱。

我对他充满鄙夷，于是站起来说："大人，您能够提醒曼奇尼先生么，这是刑事案件，不是民事案件？"

"我知道的！"马克斯冲我咆哮起来，我们面露凶光，互相看着对方。"我知道我在干什么。"

"你按流程继续吧，曼奇尼先生，"女大人说，"你，拉德先生，也请坐好。"

马克斯和他内心的怒火斗争了一会儿，让这事暂时过去了。他换了个挡，转入一个敏感话题。有人的近亲曾被定过暴力罪行吗？他说他为自己提出这样一个涉及隐私的问题而感到抱歉，但别无选择。请谅解他吧。只见八十一号陪审员在后排缓缓举起了手。

艾玛·哈芬豪斯夫人。白人，五十六岁，船运公司调度员。她那个二十七岁的儿子因毒瘾在身，私闯民宅被判十二年，正在服刑中。马克斯一看见她的手，立即举起了自己的手，哀求道："请不要告诉我细节。我知道这是很私密的事情，很痛苦的，这我相信。我的问题是这样的：你同刑事司法系统打交道，感受是满意还是不满意？"

有没有搞错啊，马克斯？我们这可不是在给消费品做市场调研啊。

艾玛·哈芬豪斯夫人站起身来，缓缓回答："我觉得我儿子受到了司法系统的公正待遇。"

马克斯几乎要跳跃栏杆，冲过去拥抱她了。祝福你，亲爱的，祝福你啊。这是对正义的执法部门做出的最好肯定！太糟了，马克斯，她对你一点用也没有。我们不会同八十一号陪审员套近乎的。

四十七号陪审员举起手，站了起来，说他的弟弟因严重伤害罪在蹲监狱，而他本人，马克·瓦特伯格，与哈芬豪斯夫人不同，对刑事司法流程的审理颇有微词。

但马克斯依旧热情洋溢地赞颂了他一番。还有人吗？再没人举手了。其实，我知道还有三个人，但估计马克斯并不知道。这印证了我的调研工作做得比他强。但同时这也提醒我，这三位的为人恐怕不是很坦诚。

早晨的时光在一寸一寸地流逝，马克斯继续前进。他又踩上了另一处微妙的雷区：受害经历问题。你们当中有人曾经被暴力犯罪伤害过么？你们或你们的亲朋好友之类的？好几个手臂伸了上来，马克斯这次干得还不错，收集了不少有用的信息。

到了中午，连续两个小时坐板凳，法碧纽肯定是给累坏了，同时她恐怕也是嘴馋想吃苹果片了，所以她宣布时长九十分钟的休庭。塔迪奥想留在法庭上吃午饭。我友善地请求他的押解人员，居然被同意了，真出乎我意料。"搭档"跑到街上，找了个美食小店，买回来几份三明治和薯条。

我们边吃边小声讨论，压低嗓门不让法务助理和法警听见。除此之外，法庭上再没别人了。庄重肃穆的建筑氛围逐渐凸显出来，塔迪奥的那份自信不由退却了几分。他在回味那些即将被选出来审判他的人投射过来的不友善的目光。他不再坚信自己可以和那些人平起平坐。他轻声地说了句："我有种感觉，他们不喜欢我。"

这年轻人观察力还是挺强的。

12.

马克斯到下午三点左右讲完后，将发言权转交给了我。到了这个时候，我已经充分了解眼前的这些人，可以胸有成竹地进行筛选了。不过，这毕竟是我第一次有机会同候选人说话，每个律师都懂得这是为建立某种信任做铺垫的大好机会。我观察着他们脸上的表情，我也知道那些人已经感觉马克斯的献媚极不自然，甚至很愚蠢。虽说我有一大堆缺点和陋习，但逢迎拍马不是我的风格。我没有感谢他们的到来——他们是被法院通知来的，他们别无选择。我没有违心说：包括他们在内，大家在做一件多么了不起的事。我也没有吹嘘我们的司法体系有多么多么好。

我所讲的是广泛意义上的无罪推论。我敦促他们问问自己，是否早就断定我的委托人是有罪的，否则今天他就不会出现在被告席上了。请不要举手，如果你们有谁觉得他有罪，只需要朝我点点头就可以。这是人性使然。这是我们的社会和文化的运作常态。发生刑事案件，有人被捕，我们看见嫌疑人上了电视，我们为警方抓到他们要抓的人而松了口气，办案神速，就是这样。破案了，有罪一方被关押起来。此后，我们再也不会停下来想一想，然后说："等一下，他目前应当推定为无罪，应当有权接受一次公正的审判。"我们总是在内心里已经先给他定好了罪。

"你有什么问题吗,拉德先生?""慢吞吞"朝自己的眼前的麦克风里尖叫了一声。

我懒得理她,而是用手指着塔迪奥,问他们此时此刻是否能真心相信他完全是无辜的。

当然没有任何反应。因为陪审员候选人都不会说自己已有了先入为主的观念。

接着我转到举证责任这个话题,并反复加以论述,直到马克斯被我说得受不了了。他站了起来,双臂摊开,显出那种全然困惑的神色说:"大人,他并没有向候选人发问。他在给他们上法律课。"

"同意。拉德先生,你要么提问,要么就给我坐下。""慢吞吞"粗鲁地说。

"谢谢您。"我这么回答她,充分显出了我自以为是的本色。我看着前三排,说道:"塔迪奥不需要举证,不需要叫来证人。为什么呢?因为举证的责任落在检方身上。现在,让我们假定他不肯站出来为他自己辩护。你们觉得有关系吗?你们会不会认为他隐瞒着什么呢?"

一直以来,我都用这种方式提问,结果总是很少有人做出回答。但今天,第十七号陪审员居然想说几句。鲍比·莫里斯,三十六岁,白人,石匠。他举了手,我冲他点了点头。他说:"如果我被选进陪审团,那么我想我会希望他站起来作证。我希望听到被告自己亲口说。"

"谢谢您,莫里斯先生,"我热情地回应他,"还有人发言吗?"场面开始活跃起来了,好几个人接连举手,我温柔地问了他们一些问题。正如我所预料,当越来越多的压抑被化解后,我的提问已然演化成为一场讨论。轻松对话的我,是一个友好的人,一个充满幽默感的人,一个心直口快的人。

当我结束后，法碧纽告知我们，在我们回家以前将选定最后留下的陪审员，并给大家十五分钟的时间，温习一下各自写下的庭审记录。

13.

朱蒂斯发来的邮件这么写道："斯塔彻仍旧很不舒服，你这算是什么父亲啊！法庭上见。"

我情不自禁想回击她几句，但那又有什么意义？"搭档"和我开车驶离法院。天色已晚，七点钟都过了，今天这一天真够受。我们停在一个酒吧门口，点了些啤酒和三明治。

九名白人，一名黑人，一名西班牙裔，一名越南裔。这些人的名字和面孔我刚刚熟悉，所以得多谈谈他们。"搭档"一如往常，恭敬地听着，几乎没有应答。在过去的两天里，他绝大部分时间都在法庭上度过的，他喜欢陪审团。

尽管我还想再喝几杯啤酒，但喝到两杯后，我停住了。到了九点钟，"搭档"开车带我来到一家"阿比烤牛肉店"，我花了十五分钟，慢慢吸着软饮料，一边等着奈特的到来。他终于来了，叫了些洋葱圈，抱歉自己迟到了。"审判进行得怎样了？"他问。

"傍晚陪审团形成。一早是开场呈词，接下来是曼奇尼传唤证人。这回进展得很快。我们达成协定了没有？"

他抓起一大块脆松松的圈，一边大声嚼了起来，一边往四处张望。这地方空空荡荡。他用力吞下，说："达成了。两个小时之前，伍迪和曼奇尼见了面，要炒他的鱿鱼。将换上一个马屁精，此人明早第一件事，就是想造成一个司法不公的局面。曼奇尼退缩了，同意按要求继续干下去。他想明天八点半，先和你与法官见面。"

309

"法官？"

"你说对了。看来伍迪和詹尼特·法碧纽本来就有共同的默契、共同的朋友。伍迪坚持要将她一起拉进来。她进来也好。她将接受请求，同意妥协，将你的小伙子判个五年，关进改造农场，然后建议早期释放。就照你说的那样，拉德。"

"太棒了。那么林克的两个恶棍呢？"

"那个调查毫无进展。你还是忘了那件事得了。"他用吸管吸了一口，然后又挑了一个洋葱圈。"现在，拉德，你说说这个故事更有趣的部分吧。"

"我上回见到斯旺格，他先是在药店里放了一个装有预付卡的手机，然后安排和我见面的细节。这手机就在我车内。自从那次以后，我一直没有用过，所以我也不知道是否还管用。但如果我和斯旺格接通了电话，我会试着约他见面。到时候，我得给他一笔钱。"

"多少？"

"五万，不能有记号。他不傻。"

"要五万？"

"那是悬赏金的三分之一。我猜他会一把抢过去，因为他已经身无分文了。少于这个数目都会有麻烦的。去年你们的那些兄弟充公了一批资产，最后换成四百万美元，感谢我们州伟大的法律，这些钱都被局里留下来了。奈特，那些钱都在的，罗伊·坎普应该愿意付出一切获取重见他女儿的机会。"

"好的，好的。我会把这些话都转达过去。我所能做的就这些了。"

我留他独自一人继续吃洋葱圈，自己匆忙赶回面包车里。当"搭档"开车时，我打开那廉价手机，呼叫那个号码。没人应答。过了一小时，我继续拨打，还是没应答。

14.

我累得不行，又加上两杯啤酒，两杯酸威士忌，电视开着的时候我就睡着了。当我醒来时，发现自己还在躺椅上，仍穿着西装，只是领带不见了，有袜子，鞋子却没了。我的手机响着，来电显示为"未知"。此时是凌晨一点四十分。我碰碰运气，说了声：你好。

"你找我？"斯旺格问道。

"是的，确实在找你。"我说着，将椅子垫脚抬高，将两腿搁起来。事情像一团迷雾，我的大脑需要更多血液来帮助我思考。"你人在哪儿？"

"愚蠢的问题。你再问这种问题，我就挂了。"

"挺好，阿齐，现在可以达成一个交易。前提是你得说实话，这一点，坦率地说，他们谁也不相信你做得到。"

"我打电话来，可不是被你侮辱的。"

"当然不是。你打来电话，是因为你需要钱。我想我可以帮你达成协议，做你的中间人，自然不需要你的中间费。我不是你的律师，因此我不会给你寄账单。"

"有意思。你不是我的律师，那是因为你不可信，拉德。"

"随你怎么说，下次你再抓个女孩，就另请高明吧。不过阿齐，钱你是要，还是不要？我真的不在乎。"

对方停顿了一下，他在思考究竟需要多少。最终，他问："多少？"

"如果告诉我女孩在哪儿，先给两万五。如果他们找到她，再加两万五。"

"那只是悬赏金的三分之一。剩下的都被你吃了吗？"

"我一分都不要。我和你说过，我什么也不拿。我一直问自己，掺和在你这件破事里干什么。"

又是一阵沉默,他在合计如何加价。"我不喜欢这个交易,拉德。另加的两万五,我是永远拿不到的。"

我们也永远看不到那女孩,我本想这么说,但忍住了。"你听好,阿齐,那些给你两万五的人,就是那批原本见到你就会一枪打死你的人。这笔数目,比你去年正经干活一整年的收入都要多。"

"我才不信正经工作能带来什么好处。你也不信的。这就是你为什么做了律师。"

"啊哈。你真聪明。你想要谈笔交易,对吗,斯旺格?如果你不愿意,我立马挂电话。这些天,我头脑里有很多更重要的事。"

"五万,拉德。要现金。五万,我会告诉你这女孩现在在哪里。只告诉你一个人。但如果这是场骗局,哪怕让我嗅到一个警察的气味,我会马上就不干了,我只要打个电话,那女孩就永远消失了。你听明白了吗?"

"我知道了。是不是拿得到那么多,我不能保证,但我能做的,就是把你的话传给我的联络人。"

"抓紧去干,拉德。我的耐心是有限的。"

"噢,要是钱放在桌上,你就有耐心了。你在吓唬谁啊,斯旺格?"

电话断线了。这一晚的好觉就这么泡汤了。

15.

三个小时之后,我进了一家二十四小时便利店,买了瓶矿泉水。刚出门,就遇到一名便衣警察,对着我嘟囔:"你是拉德?"确认是我之后,他递给我一个棕色食品袋,里面有个香烟盒子。"五万,"他说,

"都是一百的。"

"可以。"我对他说。不然我还能说什么？说"谢谢您"吗？

我独自离开城市。在一小时以前，我和他最后一次通话时，他指示要我甩了我的那个"打手"，自己开车去。他也让我别开那辆怪异的新面包车，换辆车开过去。我向他解释说，我目前没别的车，也确实没时间再去租一辆了。我只能开那辆面包车来。

我尽量不去想象这家伙一直在盯我的梢。当时我刚和"搭档"围着那辆"你拉"公司的面包车转来转去，他立马就知道了。现在，他又知道我换了四个新轮胎。他应该是在城里待了足够长的时间，才可能知道这些事情。警方却找不到他，这真叫人吃惊。我猜想他拿到钱后，真的会从此消失，而那也不算什么坏事。

我按照他的要求，离开城市南部跨州支干道后，给他打了电话。他紧接着给我的指令是："往南行驶十六英里，到184号出口，在乔布斯镇东边，转上63号公路。"我一边开车，一边提醒自己我还有场审判，过几个小时就要开庭了，是吗？如果法碧纽法官真是局内人，那么这一天下来，该会发生什么呢？

我一点也不知道此刻究竟有多少人正在对我实施着监控，但我确信一定会有的，而且是严密监控。我没有问任何问题，毕竟也没有时间了。但我知道罗伊·坎普和他的队伍已经带上了所有的大警犬。我面包车里安装了两只麦克风，汽车后保险杠上还装上了跟踪装置。我同意他们监听我的电话，但那只是针对接下来的几个小时而言。我猜想他们早就有人开始从四面八方包围乔布斯镇了。此时如果头顶出现一两架直升机我都不会奇怪。我并不害怕——斯旺格没理由伤害我——但我的神经还是跳动个不停。

现钞都没有记号，无法被追查。能不能追回，警方已经不去管了，他们只想救回那女孩。他们也推测斯旺格非常狡猾，一有风吹草动就能察觉。

乔布斯小镇只有三千居民。当我经过镇口的"壳牌"加油站时,我按斯旺格的指示,给他打了电话。他说:"不要挂,朝左开,刚好经过一个洗车店。"我朝左开到一条黑乎乎的石头路上,路两旁零星有几间老房子。他说:"你发誓你带了五万,拉德?"

"我发誓。"

"朝右开,穿过一条铁道线。"我照办了。他又说:"现在朝右拐,开到第一条道上。那儿没有路名。在第一个交通灯前停车,等着。"

当我停下之后,一个身影突然从黑暗中出现,猛地拉我的车门把手。我按下解锁钮,斯旺格一下子跳上车来。他用手一指左边,说:"朝那开,慢慢开。我们开回跨州公路去。"

"见到你真高兴,阿齐。"他戴着黑色头巾,眉毛和耳朵都包得严严实实的。其他部位都是黑色的,从脖子上的大手帕一直到他那双战斗靴。我差点问他他的车停哪儿了,但关我什么事呢。

"钱在哪里?"他要我回答。

我转身,点了点头,他一把抓过袋子。打开那个香烟盒,他用钥匙圈上的小电筒照着数钱。他把头抬起来说了声"朝右拐",然后继续数钱。当我们离开那个小镇,他心满意足地深深吸了口气,给了我一个傻笑。"都在这儿啦?"他问。

"你还不相信我?"

"我真他妈的不信你的话,拉德。"他指着"壳牌"加油站说:"你要来杯啤酒吗?"

"不了,我清晨五点半一般不喝啤酒。"

"这个时候喝最舒服。停进去。"

他把那些钱放在车上,自己走了进去,不慌不忙地买了一盒六连装啤酒,又挑了一包佐酒的薯条,慢慢踱步回到车上,仿佛无忧无虑似的。当车辆再次起动，他撕开包装纸，扯出一罐啤酒，"噗"的一声揭开盖子。他呼哧呼哧地喝着，同时打开薯条包。

"我们现在去哪儿，阿齐？"我问，声调里厌烦的意思已经很明显了。

"开往跨州公路，然后一直朝南开。这面包车闻起来太新了，我还是喜欢那辆老的。"他满嘴都是薯条，大声地嚼着，然后用一大口啤酒将它们都灌下肚。

"太糟了。不要把屑子弄得到处都是的，行不行？'搭档'如果发现车里有这么多薯条屑，他会发火的。"

"你的打手？"

"你知道他是谁。"我们在63号公路上行驶，外面依旧漆黑一片，空空荡荡，没有一点日出的迹象。我不停四处张望，觉得总该会遇到一些跟踪的车辆吧，不过，这些人做事都是特别隐秘，不会被我察觉的。他们要么在后面，要么在前面，要么等在两州交界处，我怎么会懂他们的办事方法呢？我只是个律师。

他从衬衫口袋里掏出一只小手机，举着给我看。他说："有件事再提醒你一次。要是我看到一个警察，闻到他的气味，或听到他说一句话，我只要立即按下这个手机的按钮，在某个遥远的地方，不好的事情就会发生了。你明白了吗？"

"知道。现在，阿齐，你告诉我，人在哪里？这是最要紧的事。那女孩现在怎么样了？你拿到钱了，现在轮到你欠我们了。那女孩在哪儿？我们怎么才能找到她？"

他喝完第一罐啤酒，咂了咂嘴，往嘴里又放了一轮薯条，车子继续开了几英里的路，而他好像一下子变成哑巴了似的。过了一会儿，他又开了一罐啤酒。到交叉路口时，他说："朝南开。"

往北开的车道车流开始多了起来，因为那些早起的人都要赶往市区上班。而南向车道却几乎什么车也没有。我看着他,真想给他一大巴掌,将他那种奸笑打到九霄云外。"阿齐?"

他又喝了一口,坐得更直了。"他们将那些女孩从芝加哥带到亚特兰大。他们地方换得很勤,每隔四五个月就转移一次。那些女孩在某个城镇辛苦地干活,但过一阵居民就会开始议论,然后警方就去四处盘查,于是他们便消失了,到别的地方去开店。一群漂亮小姐,价格都很便宜,这种好事传得很快。"

"你这么说也对。那么,吉丽亚娜·坎普还活着咯?"

"哦,那是。活得很不错。她活蹦乱跳着呢,不那样还能怎样?"

"那她在亚特兰大?"

"亚特兰大地区。"

"那是个大城市,阿齐,我们没有时间玩游戏了。如果你有地址,那就给我,这本来就是我们之间的协定。"

他深深吸了口气,接着又长长地喝了一大口酒。"他们在一处很大的沿公路商业街,那里很热闹,车辆、人群进进出出。那个公司叫'阿特拉斯理疗店',其实就是家高级妓院。电话簿子里查不到他们的号码。联系理疗师要先打电话。只能预约,不可以直接走进店里消费。每名顾客都得由一名老顾客推荐才能来,这样他们——理疗师的负责人——才能知道这是和谁在打交道。如果你是名顾客,你在停车场停好车,或许会先去芭斯罗缤店吃杯冰激凌,沿着人行道慢慢走,然后钻进'阿特拉斯'。一名身穿白大褂的家伙会过来打招呼,态度非常友好,但衣服下面其实荷枪实弹。他假装自己是理疗师,也真的知道很多有关于伤筋动骨的事情。他收了你的钱,比方说三百美元现金,带你经过某些房间。他手指了一间,你走进去,那里有张小床,还有一个年轻漂亮、几乎一丝不挂的女孩。你有二十分钟和她待在一起。然后你从另一个门出去,没有人知道你已经接受过理疗了。那些女孩整个下午都得上班——她们上午休息，因为起得晚——接下来，他们先给这些女孩'上药'，带她们去脱衣舞俱乐部，她们在里面跳舞，做那些每天都得做的事。到了午夜，他们将女孩带回家，一个相当不错的公寓套房，并将女孩锁在房间里一直到天亮。"

"他们是谁？"

"他们就是人口贩子，一些极其残忍的人。一个黑帮集团，一个黑社会组织，是犯罪分子按照内部规矩形成的团体，其中大多数都和东欧有联系，也有一些本地的小伙子。他们凌辱那些女孩，威吓她们，并用海洛因让她们迷乱、上瘾。这个国家大多数人都不相信他们自己的城市里面就有女性贩卖集团存在，事实上却真的有，而且无处不在。他们这些人贩子特别喜欢抓离家出走、无家可归的孩子，那些家庭环境不好、总想逃出去的女孩。这勾当叫人恶心，拉德。真的很恶心。"

我在心里责备诅咒着他，我想要提醒他一句，他自己在这个令他恶心的行当里所干的工作还相当重要。但那样说，丝毫无济于事。于是，我顺着他的话问下去："目前有多少女孩？"

"很难说。他们将女孩都分开了，带着她们四处转移。有少数几个女孩永远消失了。"

关于这个话题，我真不想继续刨根问底了。只有干这一行的变态，才有兴趣知道这么多内幕。

他用手一指，说："到这个出口转弯，回到北面。"

"我们要去哪儿，阿齐？"

"我会指给你看的。到时候再说。"

"好吧。现在你告诉我那里的地址。"

"如果我是警察，我就会这么做，"他说话的腔调一下子充满了权威，"我首先会监控这个'阿特拉斯'，嫖客做完理疗出来后，立即将他抓住。他可能是当地一名保险推销员，家里大概没女人，对其中某

317

个女孩很有意思——你可以点你最喜欢的,但给不给你安排,那是不一定的。他们有自己的规矩——要么,他像你拉德一样,是当地唯利是图的低级律师,什么都想沾点边,赚的却不太多。他花三百美元做个理疗。"

"随你怎么说。"

"不管怎么说,他们抓住这个家伙,将他吓出尿来,几分钟之后,他就开始像教堂童声合唱团的男孩那样唱歌了。他会告诉你一切,特别是内部的地形。他们会让他哭,然后放他走。这些警察已经有了搜查令,然后派出特警突击队将那个场子团团包围起来,结果来个一网打尽。女孩得救了。人贩子被现场活捉。这时,警方的正确做法是,立即将其中一名人贩子揪出来。如果他开口了,他就会供出整个团伙。那就是几百名女孩,几十条恶棍。这就搞大啦,拉德,大家都得感谢你和我啊。"

"嗯,我们俩配合默契啊,斯旺格。"

我驶下出口斜坡,转到跨州公路上,重新朝北开。所有盯我梢的眼睛,都会暗自责骂:"这搞的是他妈哪出戏?"我车上的乘客又"噗"的开了一罐,已经是第三罐了。薯条已经吃完,我相信一定满车都是碎屑。我将车开到每小时七十英里,说:"地址给我,阿齐。"

"在'瞭望点'郊区,亚特兰大城正西大约十公里。路边那个商业街叫'西部常青藤'。'阿特拉斯理疗店'就在'阳光男孩清洁服务'隔壁。女孩一般都是下午一点上班。"

"吉丽亚娜·坎普在里面?"

"我早就回答过你这个问题了,拉德。要是她不在里面,我要告诉你这么多情况干吗呀。不过,警方得赶紧去了。这些家伙几分钟之后就可能卷铺盖走人。"

我要的信息已经得到,于是我干脆闭嘴。但不知为什么,我还是说了句:"我能来罐啤酒吗?"他立刻看上去有点不耐烦的样子,好像他要独吞那全部的六罐。不过,他随即又微微一笑,递给我一罐。

16.

继续开了几英里,经过一段令人愉快的漫长沉默之后,斯旺格点了点头,说:"那里就是吴医生和他那块输精管结扎恢复手术的广告牌。拉德,你还记得吧?"

"我花了整晚在这里,看着他们挖土。你为什么要那么做,阿齐?"

"拉德,我做什么事都得有个理由吗?为什么我要抓那个女孩?折磨她?然后卖了她?她不是第一个,你知道吗?"

"她是不是第一个我真的无所谓。我现在只是希望她是最后一个。"

他晃了晃脑袋,略带悲伤地说:"实在做不到啊。停在这里,靠路边。"

我一踩刹车,面包车朝前几步,一下子停在吴医生明亮的灯光下。斯旺格一把抓过那袋钱,啤酒也不要了,猛拽开车门把手。他说:"你转告那帮傻警察,他们永远休想找到我。"他一跃而出,"砰"地关上车门,从路边跳过栅栏,落到广告牌下的一些高草上。我最后一眼看见斯旺格,就是他低身蹲在粗柱子之间,快速往前爬去,一路的草被他分开,然后,他便消失在高高的玉米地里了。

为了安全起见,我沿着跨州公路继续开了半英里,随后再次停车,给警方打了电话。他们在过去半小时内,仔细监听了我们对话的每个字,所以我也不需要再多说什么。我只是再次强调,只有等亚特兰大那边的突袭开始后,才能对斯旺格进行追捕,否则就会砸锅。他们看起来同意我这个观点。我也没看到广告牌后面的玉米地里有什么动静。

当我开车回到市里,我的手机震动了。马克斯·曼奇尼。我说:

"早上好。"

"我刚同法碧纽法官通过话。她好像严重食物中毒了。今天休庭。"

"啊,那可太糟了。"

"我知道你会失望了。你好好睡一觉,我们过后再谈。"

"好的。是我跟你联系吗?"

"是的。呃,拉德,你干得不错。"

"看结果吧。"

我去"搭档"的公寓,将他接上车,然后一起在一家华夫饼店慢慢享用了早餐。我向他复述了过去七个小时的历险,他静静听着,今天显得特别沉默,一言不发。我想要躺下来好好睡上一觉,但我内心实在是躁动不安。我又想去法院周围逛逛,打发时间,但我的脑海里全都是亚特兰大的突袭行动,任何其他念头也钻不进来。

换作平时,我此刻肯定已经在疯狂准备塔迪奥的庭审辩护了。但现在,我怀疑我有没有那个准备的必要。我已经信守了我这边的承诺,不管吉利亚娜·坎普境遇如何,我们都得完成这个交易。这个稍加优惠的认罪协定可以让我的委托人重新参赛格斗,而且很快就可以。但此刻,对于和我打交道的那些人,我一个都不信。假如突袭行动一无所获,那么就算市长、马克斯·曼奇尼、摩斯·考根、"慢吞吞"法碧纽和警方的那些大嗓门真的一起进来宣布"他妈的拉德和他的委托人!我们法庭上见",我也不会吃惊。

17.

东部时间下午两点,西常春藤购物中心的停车场上已经布满联邦探员,他们身穿各式休闲服装,开着最最常见的汽车。那些重型武器,则被安置在那些表面上看起来很普通的面包车里。

这个不走运的嫖客是个四十一岁的汽车销售员，名叫本·布朗。他还是一个丈夫、一个四岁孩子的父亲，他漂亮的家就离这儿不远。接受过"理疗"后，他从一处隐匿的小门出来，走到他的车旁。那是一辆企业形象车。他开了半英里后，被当地交警拦住，让他靠边停好。本的第一反应是强调自己真的很守规则，根本没超速。但当一辆黑色SUV运动车挡在他车前面时，他猜到自己惹上大麻烦了。两名联邦调查局的警探将他带到他们车内的后座上。他因被指控招嫖而被捕，并被告知晚些时候，还要对他加上各种联邦法律罪名。他这才知道"阿特拉斯"是拐卖迫害妇女的跨州集团；所以得由联邦司法机关对他定罪。本的人生在他眼前闪现，令他不能抑制眼中的泪水。他告诉探员自己有妻子，还有个四岁的孩子。他们毫不同情。他面临着好几年的牢狱之灾。

不过，两名警探还是愿意和他做个交易。如果他坦白一切，他们会放他跳进自己的车中，迅速开走，重做个自由人。一方面，本有种直觉，他想要闭嘴，并要求请律师。而另一方面，他则想要努力相信他们，保住自己的小命。

他开始交代了。这是他第四或者是第五次去逛"阿特拉斯"了。他每次基本都遇到不同的女孩；这也是他喜欢那个地方的原因，变换口味。一次三百美元。当然没有字据，什么也不需要填写。是汽车经销行的一个朋友推荐他去的。一切都很隐秘。是的，他也推荐给了另外两个好兄弟。那里需要老顾客推荐；安保工作似乎很严密；绝对保密。里面首先是间小接待区，迎接他的总是同样一个男人：特拉维斯，身穿白大褂，想让人看起来他真是搞专业养身的。走进另一个门后，里面有六到八个房间，看到的一切都是一样的——张小床，一张小椅，一名裸体女孩。过程很快。就像是开车进去选购的性用品商店，进去，然后就出来。而不像拉斯维加斯那次，那里女孩都围着上来，一起吃巧克力，喝香槟。

联邦调查局的探员都没有笑。"那里还有别的男人吗？"

是的，或许有吧，有一次，那里好像还有个男的。那里真正是干净又高效，就是墙太薄了点，时常能听到隔壁房间里"做保健"时发出的那种富有画面感的声音。女孩？嗯，当然，那里有蒂凡尼、布列塔尼，还有个叫"琥珀"，但鬼知道她们的真名叫什么。

本先被训诫了一番，让他不能再犯了，然后就被打发走了。他迅速逃窜，慌不择路地要去告诫他的好兄弟远离"阿特拉斯"。

突袭几分钟后开始了。全副武装的警探把守住前后一切通道，里面的人连想顽抗或逃跑的时间都没有。三名男子被铐上手铐拖走了。六名女孩，包括吉利亚娜·坎普在内，都被救出并被带到保护站。下午三点还不到，她给父母打了电话，歇斯底里地抽泣。十三个月前，她被绑架。在囚禁期间，她生下一个孩子。她再也不知道那孩子怎样了。

在强大的攻势下，三名男子中的一名美国人，接受了诱饵，开始"唱歌"了。他吐出了一串名字，然后是好几个地址，最后他把能想到的都供了出来。几小时后，这个抓捕网络的规模迅速扩大。联邦调查局在十二个城市里，将所有剩余团伙都一网打尽了。

伍迪市长的一个银行家朋友有架企业专机，那个家伙很热心地派出了他的飞机。到了晚上七点，吉利亚娜终于坐上了回家的飞机，而本来每天的这个时候，她刚从"阿特拉斯"噩梦中醒来，又得赶去准备夜场跳脱衣舞和桌上表演。飞机上专门有一名空中乘务员对她进行一对一的服务。乘务员后来告诉别人，说她一路都在哭。

18.

阿齐·斯旺格再次逃出了天罗地网。他从玉米地里消失后，再也没有人见到过他的踪影。监视他的警察觉得他们本可以立即在那里抓住他，但因为上头有命令，要等突击行动之后才可以抓捕，所以他们就这样把他给跟丢了。看起来，他有个同伙。从乔布斯停车标志我接他上车那儿开始，距离跨州公路吴医生广告牌约有四十英里。一定还有个人开着一辆供他逃生的车。

我想，我这辈子可能都不会再收到他的消息了。

19.

天晚了，我和"搭档"开车去监狱，将这个惊天喜讯告诉塔迪奥。他得到了一个无法想象的优惠认罪条件——很轻的刑期，最舒服的监狱，好好表现，一定能提早出狱。如果他运气好，再过两年，又能回到笼中进行格斗了。有了坐牢经历，再加上那段火爆的视频，他的职业生涯应该说会得到更大的提升。我不得不说，一想到他要重回赛场，我真的很兴奋了。

我扬扬得意地将一切条件摊在桌上。或者说几乎是一切条件。我没有告诉他我那段"斯旺格历险记"，重点表现了作为谈判者，我是多么的威风凛凛，作为庭审律师，我又是多么的令人生畏。

塔迪奥居然看不上这条件。他说了不。不！

我试图解释他不能轻而易举说这个"不"字。那样他会在一个更难熬的监狱里度过十年或是更长的刑期。现在，我送来了这个认罪条件好到连当庭法官都觉得是天方夜谭。醒醒好吗，老兄！不。

我都懵了，真太不可理喻了。

他坐在那里，双手交叠，搭在胸前，这个傲慢的小兔崽子，一遍又一遍地说不。不谈条件。他在任何情况下都不会认罪。他见过那些陪审员了，开始也曾怀疑过，不过他立刻恢复了自信，认为那些人不会定他有罪。

他坚持自己站在被告席上，亲口说出他的故事。他狂妄又顽固。看到我想让他认罪减刑，他越想越气。我尽量让自己保持冷静，再次和他分析了所有事实——指控、证据、视频、我方专业证词不靠谱之处、陪审团构成、诘问部分等着他的那些"鬼门关"、有可能追加十年或更久，等等等等。他一点也听不进去。他是个无辜的人，只是单凭赤手空拳打死了裁判而已，这些他都可以向陪审团解释清楚的。他会以自由之身走出法庭。到那个时候，哼，就该东山再起了。他会找个新的经理人，再找个新律师。他指责我对他不忠心。话说到这个份上，我忍不住生气了，我对他说他很蠢。我问他在这监狱大牢里，他都听了谁的蛊惑。情况本来就不容乐观，现在变得更糟糕。过了一个小时，我气冲冲地离开了那间屋子。

我原本以为，今晚可以高枕无忧，但看起来，我还是跟以往一样，在开庭前夜再度失眠。

20.

周四凌晨五点，我喝着很浓的咖啡，浏览网络版的《纪事报》。全都是营救吉利亚娜·坎普的故事。头版最大的一张照片，果不出我所料，是伍迪市长站在演讲台上，全身散发着荣光。罗伊·坎普站在他身旁。他们身后，是齐刷刷的一排深藏青制服。吉利亚娜不在照片中，但从另一张稍小的照片中，仍可以看到她下飞机的身影。棒球帽、大框太阳镜、领子翻得很高，虽然看不出究竟，但仍可以感到她精神还不错。据报道，她目前正在家休息，身边围满了亲朋好友。女性拐卖集团的新闻，铺天盖地到处都是。而联邦调查局的工作，显然仍在进行之中。全国上下都有抓捕行动，到目前为止，约二十五名女孩已被救出。丹佛地区发生枪击,所幸无人伤亡。

令人欣慰的是,没有一句关于吉利亚娜海洛因成瘾,以及她孩子失踪的报道。一场噩梦刚过去,别的噩梦还在继续中。我想,自己参与了这场行动,也该收获了几分满足感,可是我并没有。我为了自己的委托人,交换了情报。就是这么回事而已。现在,那个委托人脑子短路了,结果我自己从这场交易中什么也没有捞到。

我等到早晨七点,给马克斯·曼奇尼和法碧纽法官分别发了一封短信。信上这么写:"经过长时间讨论,我的委托人拒绝接受检控方提出的认罪条件。我强烈建议他接受,可是没有用。看上去,这场审判势在必行,当然要待法官身体恢复。对不起。塞·拉"

曼奇尼回复:"让我们都各自准备起来吧。很快见。"他自然很开心,因为他重新登上了舞台的正中。法碧纽法官显然也很快恢复了。她来短信说:"好的,演出还得继续。我们八点半在我的小会议厅见。我会通知我的法警。"

21.

各方齐聚在法庭上,仿佛昨天什么事也没发生过,起码好像没有任何事可以在任何方面妨碍审判进行。只有我们几个局内人——我、检察官、法官、"搭档"知道内幕——别人谁也不知道,谁也不应该知道。我轻声对塔迪奥透露了。他还是死活不听:他觉得这场官司他赢定了。

我们退到法官的小会议厅里进行我们上午开始的情况通报。为了自保,我通知她和马科斯,说明我和委托人的交谈,希望被正式记录下来,这样不管过多少年,他拒绝认罪减刑的事实,都有案可查。一名法警将他带了进来,没有镣铐,没有任何束缚。他微笑着,极其有礼貌。他按要求宣誓后，说自己头脑很清醒，知道这是在干什么。法碧纽让曼奇尼宣读了他们给出的认罪减刑条件：承认过失杀人，换得五年刑期。法碧纽说，她自己不能承诺任何特别的监狱设施，但她的看法是，泽帕特先生在大区改造农场里情况会相当不错。农场离这里只有六英里，他母亲可以经常去探望。此外，提前假释虽然不归她管，但作为当庭审判法官，她有权提出提前释放的建议。

他听明白所有这一切了吗？他说听明白了，接着又说无论什么条件，他都不愿认罪。

我说明自己已经建议过他接受上述条件。他说是的，他懂我的意思，但是他不接受。以下的对话，我们都没做记录，法院记者也被赶出了门外。法碧纽法官十指交扣在一起，像一名幼儿园老教师似的，不遗余力，而又坦诚无比地告诉塔迪奥，对于一个被指控杀人的嫌犯而言，她从来没见过检方给出这么优厚的认罪条件。换句话说就是，小伙子啊，拒绝这个交易，你可真蠢到家了。

他仍不为所动。

接下来，马克斯解释道，作为一名终身职业检察官，他从来没给出过这么宽大的认罪条件。这条款真是好极了。关在牢里十八个月左右，健身房随便进出，改造农场设施一流，你还没有意识到，突然某一天，就能重返格斗赛场。

塔迪奥摇了摇头。

22.

陪审员鱼贯而入，四处张望，既充满期待，又有些紧张。大戏即将上演，法庭上的空气令人兴奋，但我能感到的，却只是胃部那种纠结。第一天总是难熬的。随着时间一小时一小时地过去，当我们一步步走流程时，那种不安感将会慢慢消退。不过，此时此刻，我真想呕吐。以前一个老辩护律师曾经告诉我，如果某一天，当我走进法庭，面对陪审团而心中毫无畏惧，那就是我该歇业的时候了。

马克斯摆出架势，缓缓站了起来，走到陪审团座位前的一个区域。他露出了标准的迎宾式微笑，并道了一声早上好。昨天延误了大家的时间，真对不起。他又一次介绍自己叫马克斯·曼奇尼，是市里的检察长。

这是一起严重的事件，是人命关天的大案。西恩·金本是个拥有幸福家庭的好男人，是个在一旁当裁判挣点小钱的辛苦劳动者。关于他的被害原因，或者说杀他的凶手，已经毫无疑问了。而那边坐着的被告，将会混淆是非，企图让你们相信法律对于精神暂时或长久失常的人会做出例外的宽恕。

都是扯淡。他脱稿胡言乱语，大放厥词起来。而经验告诉我，马克斯不看稿子瞎说，往往会给他自己惹麻烦。那些更加有经验的检察官在法庭上给人的印象也是在即兴发言，事实上，他们此前已经花了很多小时精心背诵和复述。马克斯没达到那种层次，但他也不是像大多数检察官那样平庸。他这次很聪明地向陪审员保证，很快他们就将看到那段著名的视频。他让他们再等等。其实，他甚至可以在审判一开始就播放。"慢吞吞"已经口头允许了。但他就要吊吊他们的胃口。干得不错！（阿弥陀佛，上帝保佑。）

他的开场证词不是很长，因为他的案子是铁定的了。我冲动地站了起来，告诉法官我将保留我的开场证词，待我方开始辩护时再说，根据我们的规则，我完全可以这么做。马克斯一跃而起，叫上了他的第一名证人：遗孀、比弗利·金太太。她是个长相不错的女士，穿着上教堂的礼服，站在证人席上惊恐不安。马克斯按标准流程，向她表达了安慰同情。几分钟不到，她就梨花带雨，声泪俱下。尽管这种证词，对于无罪和有罪的判定毫无干系，但这样做，总能强烈地让听众感受到逝者已经离去，而心爱的未亡人则留下无尽的伤痛。西恩是个忠诚的伴侣、慈父、勤奋的工作者、家里的顶梁柱、是他母亲的孝顺儿子。在亲人间断的抽泣声中，和以往一样，通过近似戏剧性的方式，我们看到了他的一生。这一切陪审员全都看在眼里，有几个人还瞥了瞥塔迪奥。我曾大声对他指出过，让他不要看陪审团，而是规规矩矩坐在桌子旁边，在法律便签上不停地写字。不要摇头。不要表现出任何反应或流露出任何情绪变化。因为不管什么时候，总有至少两名陪审员会看着你。

我没有对西恩·金的太太进行诘问。她退下，回到自己第一排座位，和她三个小孩子在一起。这曾经是个多么美好的家庭啊，每个人都看到了，尤其是那些陪审员。

下一个证人是医学检验专家。该法医名叫格罗夫，是这个行当里摸爬滚打好多年的老医生。因为我的职业涉及不少残忍的谋杀案，格罗夫医生和我在面对陪审团时曾有过交集。而且就在眼前这个大厅内。他在西恩·金死后当天，就对他进行过尸检，并提供了照片证据。一个月前，曼奇尼和我为这些法医照片的问题，几乎是大吵一场。通常这些照片都不允许在法庭上展示，生怕残酷的画面会引发偏见。然而，曼奇尼还是说服了"慢吞吞"，说其中三张不那么恶心的照片在法庭上还是颇具说服力的。第一张是西恩躺在板上，全身赤裸，但一条白毛巾遮住了中段部位。第二张是对他脸部近距离的俯视摄影。第三张上，他剃光头发，朝右转，露出好几处破口，并伴有相当大的肿块。其他二十多张被"慢吞吞"否决了的照片，画面令人不敢直视，任何一位有理智的庭上法官都不会让陪审团看到：头颅上半部分被锯开；损伤大脑近距离的模样；最后一张是大脑被孤零零放在试验台上的形态。

这几张被允许展示的照片，此刻通过投影机打在一张宽大的白色幕布上。曼奇尼就这几张向法医进行了发问。死因是钝器连续击打脸上半部造成伤害而导致。多少次击打？嗯，我们有视频，看看就知道了。这又是曼奇尼的一步妙棋——趁法医站在证人席上，开始播放那段录像。灯光都暗了下来，在那张宽大幕布上，我们都重温了那场悲剧：两名格斗者在圈中，彼此都相信是自己获胜了；西恩举起了"摧毁者"的右手；塔迪奥的双肩一下子坍塌了下去，难以置信，突然，他从侧面攻击"摧毁者"，那是一记毫无章法的乱拳；一旁的西恩·金还没来得及反应，塔迪奥一拳又重重地落到了他的鼻梁上，然后又是左边一拳；西恩·金往后栽倒，躺靠在笼框上，他坐着，呈现瘫倒姿势，毫无还手之力，已经不省人事；塔迪奥野兽般跳到他身上，反复捶打他。

"头部二十二下。"格罗夫医生告诉那些陪审员，暴力场景已经让那些人神志迷离了。他们亲眼目睹了一个活蹦乱跳的人被打死的全过程。

而我那个傻瓜委托人还以为他可以轻轻松松走出法院大门。

诺贝托冲进圈内，一把拉下塔迪奥，到此，视频播放结束。在这个时候，西恩·金的下巴耷拉在他胸口，脸上已是血肉模糊。"摧毁者"也晕死过去了。混乱开始了，其他人也进入了镜头之中，然后幕布就黑了。

医生们尽了一切努力，想让西恩·金的大脑消肿，可惜都失败了。他昏迷不醒，于五日后死去。原先播放视频的地方，此刻出现了一张CT扫描照片，格罗夫医生说起了脑挫伤的症状。又是一张CT片，他说是双脑半球内出血。接下来显示大面积硬硬脑膜下血肿。多年来，这位医生一直在向陪审团讲解尸检和死因的问题，所以讲解起来颇有驾轻就熟的感觉。他不慌不忙地解释着一切，试图避免那些很拗口的专业词汇和术语。因为有录像在,这一定是他最容易解释的案件之一。受害人进入格斗笼时,身体非常健康。后来,他被担架抬了出来,全世界的人都知道这是什么原因造成的。

当着陪审团的面,和真正的专家辩论,这永远是件微妙的事情。这么做的律师,十有八九既输了案子,也失了信誉。因为眼前的案件事实确凿,我本来就没有什么底气开场,我也不愿信誉扫地结束。于是,我站了起来,礼貌地说:"没有问题。"

当我坐下后,塔迪奥对我低声嘶嘶地说:"老兄,你干吗呀?你得和那些人斗啊。"

"不懂不要乱说,行吗?"我咬牙切齿地回了他一句。我真的受不了他那种傲慢了,他也显然不再信任我。我怀疑这种状况是否还会有好转的那天。

23.

上午休庭后,我收到米古尔·泽帕特的一条手机短信。我在一上午都看见他在法庭里,和几个亲朋好友聚在后排座位上,全神贯注地看着,但尽量躲得远远的。我们在过道厅见面,一起走了出去。诺贝托,泽帕特团队前任经理人,也加入进来。"搭档"在后面保持一定距离,尾随着我们。我向他们说清楚,塔迪奥拒绝了一个极好的认罪条件。他本来可以待十八个月,就又能出来比赛了。

然而,他们有个更好的条件。十号陪审员埃斯特班·苏亚雷兹,三十八岁,食品配送公司卡车司机。十五年前,他从墨西哥偷渡进来。米古尔说,他有个朋友认识这个人。

当我们踏入这片欺骗的浑水时,我掩饰住了自己的惊讶。我们拐进一条单行小道,那里的阳光都被高楼挡住了。"你朋友是怎么认识他的?"我问。

米古尔是街头的混混,是某帮派的贩毒小头目,这个帮派专门走私可卡因,但是利润分配和他们没占多少边。在阴暗的毒品分配利益链上,米古尔和他的弟兄们被夹在当中,上下都没有多大的发展空间。这就是我们两年前见面时,塔迪奥所面临的处境。

米古尔耸了耸肩,说:"我朋友认识很多人。"

"我相信。那你朋友上次和苏亚雷兹见面,那是什么时候的事?是在过去二十四小时之内吗?"

"这无关紧要。重要的是,我们可以去找苏亚雷兹,他不需要很多钱。"

"贿赂陪审员,你会落到和塔迪奥在一起的下场。"

"先生,请不要这么说嘛。出一万块,让苏亚雷兹给陪审团弄个悬置裁决的结果,或许最后还能搞个无罪释放。"

我停下脚步,盯住这个小混混。他对于无罪释放,能知道多少呢?"如果你觉得这个陪审团可以让你弟弟无罪释放,那么,米古尔,你就是疯了。绝不会发生的。"

"好吧,那我们就给他来悬置裁决。你亲口说过,如果有一次悬置裁决,第二次还是悬置的结果,那么检控方就得撤诉。"

我又开始朝前走了,我脚步很缓慢,因为不知道自己要往哪里去。"搭档"离我五十英尺,跟在后面。我说:"那好,你去贿赂陪审员吧,但我绝不参与。"

"好吧,先生,你给我现金,我去办。"

"噢,我明白了。你们没钱。"

"是的,先生。我们没有那么多钱。"

"我也没有,特别是我接受你弟弟委托之后。我分了三万给陪审团事务顾问,两万给了精神病专家,还有两万多要派其他用场。你给我记住，米古尔，在我们这行里，都是委托人付给我们钞票，那是我们做代理所需要的现金费用。此外其他一切费用，也都是委托人承担的。不可能反过来玩。"

"这就是你不愿意去斗争的原因吗？"

我再次停步，狠狠地瞪着他："你根本不知道自己在说什么，米古尔。犯罪事实都明摆着，我已经尽了最大努力。你们这帮人都有个幻觉，以为我可以找到一个法律上的神秘大漏洞，帮你弟弟作为自由人走出法庭，是不是？这是不可能发生的事，米古尔。去告诉你那木头脑瓜的弟弟吧。"

"我们需要一万，拉德，现在就要。"

"太遗憾了。我没有。"

"我们要求换律师。"

"太晚了。"

24.

"D"代表甜甜圈。又过了一个不眠之夜后，我在大学附近的饼店和奈特·斯普瑞欧见面了。他早餐点了两份果酱馅心的蜜饼，一杯清咖啡。我也不饿，就直接喝咖啡了。几分钟的寒暄过后，我说："听着，奈特，这几天我忙死了。你在想什么？"

"审判的事，呃？"

"是的。"

"我听说你被打得毫无还手之力啊。"

"情况是很狼狈。你打电话把我叫来有什么事？"

"没啥大事。罗伊·坎普他们家让我转达谢意。他们带女孩去了某个戒毒所。她情况当然很糟，但毕竟安全了，又和家里人在一起了。拉德，我意思是说，那些人原本以为她死了。现在居然又回来了。他们会想尽一切办法帮她康复的。此外，他们可能还有了那婴儿的线索。这个事情还在继续展开。昨晚抓了更多的人，更多的女孩被送进救治所。他们得到了一条拐卖婴儿的线索，正在全力以赴地追查当中。

我点了点头，喝了一小口，说："那很好啊。"

"是很好。罗伊·坎普让告诉你，他和他们全家对你救出他们的女儿感到无比感激。"

"他还绑架过我的儿子呢。"

"算了吧，拉德。"

"他女儿被绑架，所以他一定能体会那种感觉。我不在乎他有多感激。我后来不再向联邦调查局举报下去，这得算他走运，否则他一定会蹲监狱。"

"算了，拉德，就让往事随风吧。现在这个结局很好，多亏了你呀。"

"我不值得感谢，我也不贪功。告诉坎普先生，让他对我的讨好见鬼去吧。"

"一定转达。他们也找到斯旺格的线索了。是昨晚威斯康星州拉辛市的一个酒吧招待提供的。"

"太棒了。我们可以过一周左右再见面，一起喝杯啤酒吗？我现在真的很忙。"

"当然可以。"

25.

周五早上再次开庭前，我、"搭档"还有克里夫凑在过道厅里。

到了这个阶段，克里夫的任务是坐在听众席的各个方位上，多角度观察各位陪审员。他昨天的感觉正在情理之中：陪审员中没有人同情塔迪奥，他们已经铁定了决心。他一直说，如果那个认罪条件还有效，赶紧抓住机会啊。我对他复述了我和米古尔之间前一天的谈话。克里夫回答："这样，如果你们能贿赂一名陪审员，那就得赶紧去办。"

陪审团排队进场，我偷偷看了一眼埃斯特班·苏亚雷兹。我原打算只是迅速瞥他一眼，就像我通常在法庭上所做的那样。谁料，他竟然直勾勾地看着我，仿佛在等我塞给他一个信封。真是个蠢货。现在不用怀疑了，肯定有人和他联系过了。同样不必怀疑的是，这人不可靠。他已经开始点钱了吗？

法碧纽法官向大家问早上好，欢迎诸位重新回到她的庭上。她例行公事问了各位陪审员，是否未经许可与某些心怀鬼胎、企图左右他们表决结果的人士接触过。我扫了一眼苏亚雷兹。他居然还在盯着我看。我相信，别人也都注意到了。

曼奇尼站起来，宣布："法官大人，州政府的举证到此为止。我们在反驳阶段或许会有新证人。但目前没有了。"

这并不奇怪，因为马克斯已经占了我的上风。他只叫出两名证人，因为他只需要两名。还是那句话，视频说明了一切，马克斯让视频"自己说话"，这招很明智。他很清晰地揭示了死因，同是也很明确地盯住了凶手。

我走向陪审团席。看了看每个人，就是没看苏亚雷兹。我开始叙述那些显而易见的事实。我的委托人打死了西恩·金。但那是没有预谋，没有计划的。他打了他二十二下。这事塔迪奥现在也记不得了。在他攻击西恩·金之前，约十五分钟内，塔迪奥·泽帕特被"摧毁者"，又名波·弗雷利，满头满脸总共击打过三十七下。三十七下啊。

他没有被击倒，但他大脑已经损伤了。自从第二场"摧毁者"用膝盖撞击了他的下巴后，他几乎什么都记不清了。我们会给诸位陪审员看，请自己数数脑袋上遭受的那三十七下重击；向诸位证明，当他打裁判时，自己已经不知道在干什么了。

我的话很简短，因为我真的没有什么好多说的。我感谢他们，转身离开发言台。

我的第一名证人是奥斯卡·莫雷诺，塔迪奥的教练，也是第一个看出当时年仅十六岁的塔迪奥具备搏击潜能的人。奥斯卡和我差不多岁数，比塔迪奥那帮人年长些。他一直围着那些街区转悠。他也常去西班牙裔健身中心，看到很有天赋的孩子，就提议给他们进行培训。幸运的是，他没有任何前科记录在身，这是上法庭作证的一项宝贵财富。因为，过去的那些斑斑劣迹最后总能回来咬你一大口。对于上庭宣誓作证的前科重犯，陪审团一贯都是毫不留情的。

我和奥斯卡一起介绍了塔迪奥的拳手生涯，是怎样一步一步走过来的。这么说，完全是为了博得陪审团的同情。塔迪奥是个穷苦家庭里的孩子，他到目前为止，真正的机会，只是在笼子里进行格斗。我的话题终于谈到了那场比赛，于是法庭上的灯光暗了。这是第一次，我们在没有干扰的情况下，看完那场比赛。在半黑的状态下，我关注着陪审团。妇女被比赛的残酷吓得转过脸去。男人则全然被吸引住了。再次回放时，塔迪奥脸上每被击打一次，我就按下暂停键。事实上，那些击打，大多数没有看上去的那么厉害，"摧毁者"由此获得的分数也并不多。可是，陪审员都是外行，在他们眼里，打在脸上的每一拳，尤其是被我和奥斯卡夸大吹嘘过的那几拳，拳拳都能致命。我缓缓地、有条不紊地计着数。我们如此夸张的播放，导致人们看到塔迪奥脸上遭受了这么多老拳后，都会情不自禁地问自己，他怎么还能站着？到了一分二十秒，进入第二场时，"摧毁者"已经成功地将塔迪奥的头快速扳下,并用右膝去撞击。这固然很残酷的,塔迪奥其实还是能挺得住。但此刻,奥斯卡和我让大家看到,这正是造成他脑部永久损伤的原因。

第二回合结束后,我停止了播放。通过事先仔细演练过的那些问答,我从奥斯卡的嘴里获取了他那时对自己选手的印象。这孩子眼神呆滞。他口吃不清,说不出话来。诺贝托和奥斯卡怎么对他喊话,他都没有反应。他,奥斯卡,当时就想向裁判招手,请他宣布停止比赛。

我本想请诺贝托上来证实这些谎言,可他有两条前科重罪在身,届时一定会被曼奇尼大大地羞辱一番。

我们没有说出的一个事实,是我当时也在赛台一角。我那晚身穿明黄色"塔迪奥·泽帕特"的夹克,尽力表现出我也是团队必不可少的成员之一。我已经向马克斯和"慢吞吞"解释过,并向他们保证,我当场并没有看到或听到什么重要的细节。我只是名观众,所以我不能被视作证人。马克斯和"慢吞吞"都知道,我来出庭完全是为了友情,不是为了金钱。

我们继续观看第三回合,一一数过打到塔迪奥头上的更多拳点。奥斯卡作证说,当比赛结束后,塔迪奥觉得他还有一个回合没打。当他打完比赛,神志几乎丧失,可还是顽强站着。他袭击西恩·金,并被诺贝托和其他人拉下来之后,像头发狂的野兽,不知道自己身在何方,也不知道大家为什么要拉他。三十分钟后,当他在更衣室里换衣服,身边有警察看押并等候他的时候,他开始逐渐清醒。他想知道警察来这儿干什么。他还问,是谁赢得了这场比赛?

总体说来,我们也算较成功地营造了一些令人生疑的氛围。不过,三个回合的比赛录像,就算匆匆看一遍,也能发现这场格斗基本是势均力敌的。塔迪奥虽然自己受伤,可他给对手的伤害也是旗鼓相当的。

在接下来的诘问阶段，曼奇尼没有占到任何便宜。奥斯卡紧紧咬住他虚构的事实不放。他当时就在现场，在赛台一角，向他的选手喊话。他说自己的徒弟头部受了太多的击伤，那也只能这样认为了。曼奇尼没法反驳。

接下来，我传唤了我方的专家证人塔斯尔曼医生，一位退休的心理学家，目前是职业证人。他穿了一套黑西装，本白色衬衫，红色小领结，牛角框眼镜，一头垂下来的灰色头发，整个人看上去睿智得出奇。我慢慢地引导他介绍了自己的资历，并指出他是法医学领域内的心理专家。马克斯表示没有异议。

接着我请塔斯尔曼医生用通俗易懂的词汇解释一下，本州十年前采纳的标准"意志型神志迷乱"，究竟是什么意思？他朝我微微一笑，然后以一名老教授看自己得意门生的那种眼神，望着陪审团。他说："意志型神志迷乱，简单来说，指的是某个精神健康的人做了件错事，当他做那件事时，他知道这是不对的，但在做的当时，精神失控、失常到如此强烈程度，以至于无论如何，也无法阻止自己不那么去做。他明知自己错了，但还是无法控制自己，从而实施了犯罪。"

比赛录像和后续的那段视频，他都已经看过很多次了。他和塔迪奥也待过几个小时。在他们第一次见面时，塔迪奥告诉他，说自己记不得打过西恩·金。事实上，他在第二回合结束后，就什么也记不得了。不过，后来又见面时，塔迪奥说，自己终于想起了一些当时发生的事。比如，当"摧毁者"的手臂被高高举起时，那人脸上那种奸笑。他还记起了观众对于如此判决，发出的尖叫抗议声。他记得自己的哥哥米古尔曾朝着自己喊过些什么。但他就是记不起来自己殴打过裁判这回事。但不管他最后记起了什么，他当时是被情绪蒙蔽了理智，无法选择，只能去打人。他的胜利被人抢了，离他最近的官员正好是西恩·金。

是的,在塔斯尔曼医生看来,塔迪奥当时已经失常到不能自控。是的,他是属于法律意义上的精神失常,因此无需对自己的行为负责。

这里,还有一个特殊的因素,令这起案件独一无二。塔迪奥被关在一个设计目的就是便于进行格斗的笼子里。此前他刚和另一名格斗选手拳打脚踢足足九分钟。他的职业就是靠打人谋生。对他来说,到了最关键的时刻,用几记拳头解决问题是再正常不过的了。从这个大背景来看,在精神失常时,他觉得自己已无路可走,只能做出他所做的那件事。

当我问完塔斯尔曼后,我们便休庭吃午饭了。

26.

我途经"家庭关系法庭",去看看文件。不出我所料,利夫法官拒绝了朱蒂斯要求召开紧急听证的申请,而是将会议安排到四个星期后。他同时判定,我正常的探视应当保持不变。听好了,宝贝。

克利夫、"搭档"和我走了几个街区,躲进一家三明治快餐店的包厢里吃午饭。一上午的证词,对塔迪奥来说真是不能再好了。对于奥斯卡在证人席的表演,特别是他告诉陪审团,说塔迪奥当时已被打垮了,但还是挺直站的那段,我们三个人都非常惊讶。格斗比赛的爱好者,很少会相信这些话。但我们的陪审团里一名爱好者也没有。我付出两万美元,指望塔斯尔曼医生能够表现出色,他真的做到了。克利夫说,陪审员们开始沉思,因为一些疑虑的种子已经播进了他们的内心。不过,无罪判决还是不可能。悬置裁决仍是我们最后的一线希望。而曼奇尼接下来就要拿我们的专家开刀了,这个下午一定会很漫长而难熬。

回到法庭上，马克斯开头就问："塔斯尔曼医生，被告的状况是从什么时刻开始属于法律意义上的失常的？"

"通常失常开始和结束都没有明确的节点。很显然的是，评审团裁决他的对手获胜，泽帕特先生因此变得非常恼怒。"

"那么，根据你的定义，在那一刻之前，他是清醒的，对吗？"

"界线不是很明显。极有可能泽帕特先生在格斗最后几分钟已经精神损伤。这是一起极端的特例，无法获知比赛结果宣布之前，他意识的清晰程度。但可以相当明显地看出，他是立即崩溃的。"

"他那种法律意义上的精神失常状态维持了多久？"

"这我不好说。"

"好的，根据你的定义，当被告猛地转身，第一拳击中西恩·金时，那是人身攻击行为吗？"

"是的。"

"根据某些标准，理应受到惩罚，是吗？"

"是的。"

"根据你对于法律上所说的精神失常的定义，你认为这是可以宽恕的？"

"是的。"

"那段视频，你看过很多遍了。很明显，西恩·金栽倒在台上，瘫靠着笼子时，他并没有实施任何自我防御的动作，对不对？"

"看起来确如你所说。"

"你需要再看一遍吗？"

"不，这次不需要了。"

"这样说来，仅仅两拳，西恩·金就躺倒在地，不省人事，无法保护他自己了，对吗？"

"情况看起来是这样的。"

"他被打了十拳之后,脸上全是血,几乎可以说是血肉模糊了。他无法保护自己。被告往他眼睛周围和额头上共击打了十二次。好,到这个时刻,医生,被告还是处于法律上的精神失常状态吗?"

"他无法控制自己,所以我的回答为'是'。"

曼奇尼望着法官说:"好的。我想用慢镜头再次播放那段视频。"光线再次暗了下来,大家都盯住了大屏幕。马克斯选用了超级缓慢模式,每看到一拳打下,就大声数一个数,"一!二!他现在倒下了。三!四!五!"

我瞄了一眼各位陪审员。他们或许已对这段录像有所厌倦,但目光仍被画面所吸引。

当数到十二时,马克斯揿下暂停键,问:"医生,现在你告诉这个陪审团。他们看到的这个人知道自己在做一件错事,违反了法律,但是身体和精神上就是无法控制住自己。是这样吗?"马克斯的语调充满了质疑和讥讽,效果到位了。我们眼前所见的,是一名失败的格斗运动员,正在大开杀戒。他并不是一个被逼疯了的人。

"你说得对。"塔斯尔曼医生回答,他寸土不让。

十三、十四、十五,马克斯慢慢数着,然后到了二十,他又停了下来。马克斯喊道:"现在,到了这个时候,医生,他还是精神失常吗?"

"是的,他是的。"

二十一、二十二,众人扑到了塔迪奥的身上,最后诺贝托用身体做屏障,方才停止了这场大屠杀。马克斯问道:"现在呢,医生?大家把他拉开,袭击结束时呢?到了什么时候,这个小伙子才算清醒了呢?"

"很难说。"

"是一分钟之后?还是一小时之后呢?"

"很难说。"

"你很难说,这是因为你不知道,对不对?根据你的意见,法律意义上的精神失常就像是一个开来开去的开关,总是很方便地有利于被告,对吗?"

"这可不是我说的。"

马克斯按下一个按钮,整个屏幕上的画面都消失了。灯光重新亮起,大家都长长出了口气。马克斯朝一名助理耳语了几句,然后拿起一本写满文字的法律记录本。他踱步,走回发言席,瞪眼看着证人,问:"要是他打了他三十下,塔斯尔曼医生?你还会诊断他为法律意义上的精神失常吗?"

"在同样的事实基础上,我会的。"

"噢,我们谈的正是同样的事实基础。事实没有任何改变。要是四十下呢?朝一个明显昏迷不醒的人头上打四十下,这仍然是法律意义上的精神失常吗,医生?"

"是的。"

"被告在对裁判打了二十二下之后,没有任何迹象表明他想停手。那如果他连续往对方头上打一百下呢,医生?根据你的教材,那还算法律意义上的精神失常吗?"

塔斯尔曼果真没有白拿钱,他回了一句:"打得越多,越能证明他脑子的失常。"

27.

这是周五的下午,我们无法在当天完成审判。和大多数法官一样,"慢吞吞"也喜欢早早开始周末的休息。她告诫各位陪审员,不得私自接触,然后就提前休庭了。陪审员鱼贯而出时,埃斯特班·苏亚雷兹再度瞥了我一眼。看起来好像他在跟我要"红包"。真是奇了怪了。

我和塔迪奥待了几分钟,回顾了一周以来的情况。他仍坚持自己的立场,我告诉他周一上午可能发生的结果。我向他保证,自己周日会去看守所,帮他过一遍证词。我反复警告他,被告自己替自己辩护,从来就不是一个好主意。他被铐上手铐带走了。我又花了几分钟和他母亲及家人谈了谈,回答了她们的问题。我仍旧是个悲观主义者,但我尽力隐藏着自己的感觉。

米古尔跟着我走出了法庭,走到长长的过道厅里。当四周无人时,他说:"苏亚雷兹在等着。联络人确定了这点。他肯拿钱的。"

"一万?"我说,特地想问清楚。

"是的,先生。"

"那就去干吧,米古尔,但请不要把我扯进去。我不会贿赂陪审员的。"

"那样的话,先生,我想,我需要一笔贷款。"

"想都别想。我从不给委托人借款,我也从不借给无法还款的人。你得自力更生了,伙计。"

"但我们帮你摆平过两个打手。"

我停下脚步瞪着他看。这是他第一次提起林克的手下——塔比和"剃刀"。我缓缓地说:"请你记住,你说的那两个人,跟我没关系。如果你弄死了他们,那也是你自己干的。"

他微笑着摇了摇头:"不,先生,我们那么做,完全是帮你的忙,"他冲远处的"搭档"点了点头,"他来请我们,我们做到了。现在轮到你帮我们的时候了。"

我倒抽了一口气,出神地盯住一面巨大的彩色玻璃窗。那是一个世纪前,用纳税人的钱修建的。他说的也有几分道理。两条流氓的命,是比十万贵,起码按照目前街头的行情。故障出在沟通上。我并没有要他弄死两个打手。可是,现在他们的死确实让我受了益,我是不是有责任也要帮他们一个忙呢?

苏亚雷兹恐怕带着窃听器,甚至是偷拍用的录像设备。如果那笔钱的来源被追到我身上,那么我一定会被吊销律师执照、送进监狱的。我以前几次都险些入狱,所以我宁愿在外面,不愿进去。我一转身,他抓住了我的胳膊。"搭档"赶了过来,我趁机甩掉了他的手。米古尔说:"你会后悔的,先生。"

"这是个威胁吗?"

"不,是保证。"

28.

今天有格斗比赛,但我这周已经见过太多的血腥了。我需要去找个别的体育运动,此刻正好可以去追逐最可爱的娜奥米·塔伦特。由于我俩还处于暗中约会,起码是怕被谁谁看到并认出她是个教师,于是我们专门挑那种昏暗的酒吧和低级餐馆见面。今夜,我们去个新地方,城东的一家泰国餐厅,离娜奥米教斯塔彻的那个学校很远很远。我们很自信不会撞到熟人。

结果不是这样的。娜奥米先看见了她,因为她不敢相信,便让我去证实。要想被对方看到,还真有点不简单。餐馆里面相当黑,还有好多曲曲折折的拐角。这是避免被旁人看见,自己躲起来吃饭的好地方。当娜奥米从女厕所回来时,她看到餐厅后面有三间包厢。其中一间,挨坐在一起亲密交谈的,是朱蒂斯和另一个女人。不是她现在的伴侣艾娃,而是别的什么女人。珠子串起来的帘子,遮挡了一些视线,但她能肯定那就是朱蒂斯。稍有常识的人都知道,如果两个女人是朋友、熟人或同事，一般总是隔开桌子面对面坐。但据娜奥米说：这一对女人肩并肩坐着，完全沉浸在两人世界当中。

我偷偷摸摸地去了趟男厕所，然后蹲在摆放着盆栽塑料植物的架子后面，看到了我最想看到的场面。我快步赶回座位，向娜奥米证实，确实是她。

我考虑立即离开以避免尴尬的局面。我们不想被朱蒂斯看到，我也绝对相信她不想让我们看到她。

我打算先把娜奥米送上车，然后回过头来彻底粉碎掉朱蒂斯这场秘密小幽会。亲眼看着她手足无措、满嘴谎言的样子，那真叫人过瘾啊。我还会提起艾娃，并让她替我代问声好。

我想到斯塔彻，考虑了他的亲生父母"打仗"将对他产生的影响。他的两位母亲并没有在法律意义上结过婚，这样一方或双方出去约会别的女人，那都是可以的。我怎么会知道她们这个圈子里的规矩呢？但如果被艾娃发觉，那将会有更多的战争出现，孩子的情况也会更加悲催。我也会中更多的子弹。

我考虑给"搭档"打电话，让他跟踪朱蒂斯，或许再拍一些照片。

正在我细细品味酸威士忌，考虑这考虑那的时候，朱蒂斯突然从拐角过来，径直走到了我们的桌旁。我远远地看见她的女朋友从前门溜走了，临走前神色慌张地回头看了一眼。此刻的朱蒂斯，完全是副臭婆娘的样子，说："啊呀，啊呀，万万没想到会在这儿碰到你们俩。"

娜奥米暂时有些失魂落魄了，而我决不允许她如此威吓娜奥米。我说："我也没想到在这撞上你。一个人来的吗？"

"是啊，"她说，"过来打包带些外卖。"

"哦，真的吗。那个女孩是谁呀？"

344

"什么女孩?"

"刚才在包厢里的那个女孩。黄色短发,时尚地遮住半边脸。那个女孩刚才命都不要似的从前门逃走了。艾娃知道她吗?"

"哦,你说那个女孩呀。她就是个朋友。学校不是不准老师和家长谈恋爱吗?"

"是不提倡,但也没有禁止。"娜奥米冷冷地说。

"艾娃允许你和别人约会吗?"我问。

"不是约会。她只是个朋友。"

"那你为啥要撒谎说一个人来的?为啥要撒谎说来拿外卖的?"

她完全不理我,而是凶狠地盯着娜奥米:"我觉得我有责任向学校汇报一下这件事。"

"随你便,"我说,"我也会告诉艾娃。是不是她在家带斯塔彻,你跑到外面偷腥啊?"

"我没偷腥,我的儿子现在也不关你的事。上周末你完全失信了。"

一个穿西装的小个子泰国人脸上挂着大大的微笑走过来解围,他问:"一切都好吧?"

"是的,她就要走了。"我说。我看着朱蒂斯:"帮帮忙好吧。我们要点菜了。"

"法庭上见。"她阴森森地说罢,转身而去。我看她走时,也没将食物打包。小个子泰国人轻飘飘地离开,依旧笑容可掬。我们喝干了酒,最后看了菜单。

过了几分钟,我说:"没事的。她不会向校方说的,因为她知道那样我会告诉艾娃的。"

"你真会吗?"

"只需一眨眼的工夫。这是场战争,娜奥米,是没有规则的,打

345

仗没有什么公平不公平。"

"你想夺回对斯塔彻的抚养权?"

"不,我不是个称职的爸爸。但我想要一直出现在他的生活中。谁知道啊?也许有一天,他和我会成为好朋友。"

我是在她家过的夜,一直睡到周六中午。我们都精疲力竭了。被外面很大的雨声吵醒后,我们决定做些火腿煎蛋,然后在床上吃。

29.

辩护方最后一名证人不是别人,正是被告本人。在他周一早晨上庭报到前,我递给法官和检察官一个信封,里面是我写给塔迪奥·泽帕特的一封信。目的是要书面告知他,他这样的自我辩护,完全是拒绝了他律师的意见。我前一天和他加紧预习了两个小时,此刻,他觉得自己已经成竹在胸了。

他首先发誓自己绝对说真话,紧张地朝陪审团微笑之后,立即得到了一个可怕的教训:原来站在证人席上看着眼前的人们,内心竟会是如此恐慌。每个人都翘首以待,等着听他还能怎样替自己辩解。一名法庭记者将会逐字逐句地录下辩词。法官的脸挂得老长,似乎随时准备把他狠批一顿。检察官像是跃跃欲扑的猛虎。他母亲坐在最后一排,看起来怕极了。他深深地抽了一口冷气。

我引导他讲述了自己的背景——家庭、教育、职业,无前科记录,拳击运动员,以及他在综合格斗比赛上的成就。陪审员和法庭上的所有人都对视频感到恶心了,因此我没有再播放更多录像。紧紧围绕事前安排好的"脚本",我们谈论了那场格斗比赛,他充分描绘了被打中那么多下后,自己的感受。我和他都知道,"摧毁者"其实没有打出多少致命拳来,但陪审团中没有人搞得明白。他告诉陪审团,到了比赛临近终了时，他什么都想不起来。只依稀记得对手举起手臂，获得了一个他根本不配拥有的胜利。是的，他突然失控了，尽管他真的什么也想不起来了。他被一种巨大的不公平感所压迫。他的职业前途完蛋了，被偷走了。他迷迷糊糊地记得裁判举起了"摧毁者"的手臂，然后眼前一片漆黑。接下来他能记得的，就是在更衣室里，两名警察看着他。他问警察，格斗最后谁胜了？其中一人回答他："哪场格斗？"他们给他扣上手铐，解释说他因涉嫌严重伤害罪，已被逮捕。他当时懵了，不敢相信发生的一切。到了看守所，另一名警察告诉他，西恩·金生命垂危。他，塔迪奥，开始哭了。

甚至直到今天，他也仍旧不敢相信。他的嗓音有点哑了，随后开始用手抹左眼角的什么东西。他不是个特别出色的演员。

当我坐下后，曼奇尼一跃而起，开始发问："这么说，泽帕特先生，你以前一共有过几次出现神志不清的状况？"这是个非常棒的第一问，是略带一丝讥讽的妙语。

而后，他便开始让塔迪奥洋相百出了。第一次神志不清是什么时候？持续了多久？第一次有人被打伤没有？你神志不清的时候总是眼前一片漆黑吗？你因为神志不清的毛病去看过医生吗？没有！为什么没有！自从你袭击了西恩·金之后，有医生来给你检查过吗，那种与本案无关的医生？你有神志不清的家族史吗？

经过三十分钟如此质问，"神志不清"一词什么含义都没了。成了一个笑话。

塔迪奥想尽力保持镇定，但他已经不能如愿。曼奇尼实际上一直在嘲讽他。陪审团也觉得好笑极了。

马克斯询问了他作为业余拳击手，总共有几年？二十四场胜利，七场失败。马克斯说："接下来如果我哪里讲错了，请纠正。话说五年以前，你当时十七岁，在地区金腰带比赛上，仅仅以极其微弱的比分劣势输给了一个叫科利斯·比恩的人。对吗？"

"对的。"

"那场比赛很激烈，是吧。"

"是的。"

"比赛结果令你不安吗？"

"我不是很喜欢那个结果，我觉得判错了，冠军应该是我。"

"你那次神志失常了吗？"

"没有。"

"你眼前一片漆黑过吗？"

"没有。"

"你有没有以任何方式，对比赛结果表示过不满？"

"我应该没有。"

"那么，你记得当时的情况，还是你又一次失去记忆了？"

"我记得。"

"那次你还在赛笼里的时候，你殴打过别人吗？"

塔迪奥向我投过来了两道愧疚的目光，这暴露了他的内心，但他还是说了"没有"。

曼奇尼深深吸了一口气，摇了摇头，仿佛自己很不情愿要去做接下来的事情，他说："大人，我有另一份录像，我想可以帮助这里的诸位更好的来理解。这是五年前，他和科利斯·比恩格斗到最后的场景。"

我站起身来说："大人，我对此一无所知。这情况没有人对我事先透露过。"

曼奇尼早有准备，因为他筹备这场突袭已经好几个星期了。他非常自信地说："大人，没有事先透露，是因为没有那个必要。州政府提供这段录像，不是为了证明被告有罪；所以根据我们92F号规则，这不算是需要透露的情节。相反，本州政府提供这段录像，就是为了挑战这名证人的可信度。"

"在陪审团看之前，至少得让我先看一遍吧？"我缓缓地问。

"这句听上去还是有点道理的，"法碧纽回应，"让我们先休庭十五分钟。"

在法官议事厅里，我们看了这段录像：塔迪奥，科利斯·比恩和裁判在赛圈中央。裁判举起了比恩的手臂，表示他获胜；塔迪奥猛地离开裁判，走到他的那个角落，满腔怒气地喊了些什么话；他围着赛圈重重地跺脚，每过一秒，就多一分失态；他走到绳网处，冲着评审团尖叫，看似不自觉地撞到科利斯·比恩身上，比恩当时只顾自己，还全然沉浸在胜利的喜悦中；其他人也来到赛圈中，有人开始推推搡搡，裁判站到了两名运动员当中，塔迪奥开始推裁判；裁判是个大块头，回推了一下塔迪奥；在那一秒钟内，看起来赛台就要发生一场大混乱了。但有人突然抓住塔迪奥，将又踢又叫的他给拉开了。

摄像机再一次说了实话。塔迪奥看起来就是个心里酸溜溜的失败者，一个愣头青，一个坏小子，一个打起架来不顾死活的危险分子。

"慢吞吞"说话了："在我看来，这的确与本案有关。"

30.

陪审员们在看录像，而我观察着他们每个人。好几个都在摇头。录像播放完毕，灯光亮起，马克斯兴高采烈地回到先前揭批假装精神病的老路上，继续开始痛击。塔迪奥的可信度被彻底击毁。我对他再次发问，也毫无回天之力了。

辩护方结束。曼奇尼叫上了他的第一名证人，一个叫魏法的精神病医生。他在州立精神健康中心工作，其资质是毋庸置疑的。他在本州念的大学,说了一口我们这儿的方言。他虽然不是塔斯尔曼那样远道而来的杰出专家,但也是相当具有工作效率的。他看过录像,所有的录像,花了六个小时和塔迪奥见过面,时间比塔斯尔曼还长。

我和魏法斗到中午,但效果不佳。我们休庭吃午饭时,曼奇尼一把抓住我问:"我可以和你的委托人谈谈吗?"

"谈什么呢?"

"认罪协定,老兄。"

"当然可以。"

我们走到塔迪奥坐着的被告席旁。马克斯倾身低语:"听好,伙计,我还是给你五年,那就意味着十八个月。过失杀人罪。如果还是说不,那你就真的神志失常了,因为你就要被判二十年了。"

塔迪奥看起来满不在乎他的话。他只是微笑,摇头拒绝。

此刻他更加自信了,因为米古尔凑齐了现金,用信封塞给了苏亚雷兹。我后来才知道这一切,但为时已晚了。

31.

午饭后,我们又在法官议事厅里见了面。"慢吞吞"正在从一个塑料盘子里吃着胡萝卜和芹菜片,仿佛我们打搅了她的美餐。我疑心这都是装装样子而已。她问:"拉德先生,认罪协定怎么样了?我理解,那些条件还放在桌上等着你们同意。"

我耸了耸肩说:"是的,法官,我和我的委托人谈过,曼奇尼先生也同他谈过。这孩子就是不听话。"

她说:"好吧,我们这里私底下说一句。既然我已经看到证据了,我倾向于延长刑期,比如二十年。我不吃所谓精神失常这一套,陪审团也不买那个账。这就是一起恶意袭击事件,他完全知道自己当时在干什么。我觉得二十年是合适的。"

"我可以将这句话转告给我的委托人？当然是私底下跟他说。"

"请便。"她将一些芹菜片撒满盐，望着曼奇尼问："下一步是什么？"

马克斯回答："我还剩一个证人了，莱万多夫斯基医生，但我还不确定是否还用得上他。你怎么看，法官？"

"慢吞吞"嘎吱嘎吱地咬了一口芹菜茎："这个决定权在你自己。但我觉得陪审团都已准备好了。拉德先生？"

"您在问我吗？"

"噢，当然"马克斯说，"你设身处地想一下，你来决定。"

"这么说吧，莱万多夫斯基还是会重复魏法的那些话。我以前和他接触过，他人还可以，但我觉得魏法是更好的证人。换成我的话，就不必多此一举了。"

马克斯说："我觉得你说得对。我们也结束了。"

同心合力，我们是个真正的团队。

当马克斯做总结陈词时，我不停在偷看埃斯特班·苏亚雷兹，他好像目光完全被两脚所吸引。他蜷缩成一团，看起来什么也没听进去。这家伙有问题了，就在那一秒，我疑心米古尔是不是给过他什么了。如果不是现金，那就是恐吓、威胁。或许他承诺会给他几磅可卡因。

马克斯很不错地概述了案件。他算是很仁慈，没有再次播放那段该死的录像。他直截了当说明了无可辩驳的事实：塔迪奥或许并没有预谋想要打死西恩·金，但他显然是有意要给对方造成严重身体伤害。他没有打死裁判的主观意向，但客观上确实打死了裁判。他本可以打上个一拳两拳，然后收手。那就是故意伤人罪，而不是这种重大罪名。可是，他并没那么做。朝着一个毫无还手之力的人头顶猛击二十二下。这二十二下，是来自一名训练得非常出色格斗运动员，此人的目标就是将所有对手打上担架,抬下赛台。是的,他达到目标了——西恩·金被抬上担架,再也没能醒过来。

马克斯克制住了作为检察官喜欢长篇大论的倾向。他已经抓住了陪审团的心,他感觉到了。我觉得每个人都感觉到了,也许除了我的委托人之外吧。

我一开始就说塔迪奥不是个谋杀者。他住在街头,看过各种暴力,甚至在帮派混战中莫名其妙地失去过一个亲兄弟。他看过这一切,真不想再和暴力沾边。这就是为什么他的前科记录上清清白白:从未有过在赛场外面的暴力行为。我在陪审团席位前面来来回回的踱步,依次看过每名陪审员,试图和他们建立起交流。苏亚雷兹看起来想要钻进地洞似的。

我打出了同情牌,只是轻轻触碰了一下精神失常的话题。我请求陪审团给予无罪判决,或者至少给定个过失杀人。当我回到辩护席位时,塔迪奥已经将他的椅子挪开,他想离我越远越好。

法碧纽法官给陪审团做了指示,他们在下午三点退席了。

接下来就是等待。我问了一名法警,趁陪审团出去的空当,是否可以让塔迪奥见见他的家人。他将这个提议和同事们商量了一下,他们勉强同意了。塔迪奥走出围栏,坐到第一排长凳上。他母亲、一个姐姐以及一些外甥、外甥女什么的都围上前来,大家痛哭了一场。泽帕特女士好多月没有机会用身体接触过自己的儿子,此刻根本不可能将她的手从他身上拿下来。

我离开法庭,找到"搭档",一起去了街前的一家咖啡餐饮店。

32.

到了五点十五分,陪审员一个接一个地再次进入法庭,他们的脸上没有人带着笑。陪审团长将判决书亲手交给一名法警,他再转交给法官。她读罢,非常缓慢地让被告起立。我陪他一起站了起来。她清了清嗓子,宣读:"我们陪审团,认定被告在西恩·金的死亡事件中,犯下了二级谋杀罪。"

塔迪奥发出了一声柔和的呻吟,耷拉下了脑袋。泽帕特家族里,好几个人惊叫了起来。当法官统计陪审员的时候,我们坐下。一个个问遍,全都是认定他有罪,毫无异议。她祝贺他们做得很好,并说陪审员的报酬将以支票的方式寄到每家的信箱里,随后就遣散了他们。当他们都离开后,她确定了审判后续动议提出的截止日期等事项,告知大家一个月之后会宣判的日期。我将这些匆匆记录下来,对我的委托人不予理睬。他独自抹着眼泪,也不管我在不在场。法警一拥而上,将他铐住。他一声不吭地离去了。

当法庭里的人越走越少后,泽帕特一家方才缓缓离去。米古尔手臂环绕着他那精神恍惚的母亲。当他们到了走道厅里,清楚地暴露在一些记者和摄影师面前时,三名身穿西装的警察,上前将米古尔拿下,告诉他已被捕。

妨害司法,贿赂,扰乱陪审团。苏亚雷兹果真戴着窃听器。

33.

因为我败诉了,所以尽量避开那些记者。手机振动个不停,我随手将它关了。我和"搭档"走进一家幽暗的酒吧去疗慰伤口。在开口之前,我几乎灌下去整整一品脱的麦酒。他首先给我来了一句:"嗨,老板,你当时有过几分念头,想去贿赂苏亚雷兹?"

"我的确动过这念头。"

"我知道你动过。这我看得出来。"

"不过当时有些事情不太对劲。另外，曼奇尼这回还是公平公正的，没有作弊。如果正义的一方都开始作弊，那我也就别无选择了。我们居然打了场干干净净的官司，真是难得啊。"

我喝完一品脱酒，又叫了一瓶。"搭档"自己只喝了两小口。卢埃拉小姐讨厌酒，如果被她闻出来，那得挨批好一阵。

"米古尔今后会怎么样？"他问。

"看起来他得和自己的弟弟一起过日子了。"

"你会为他辩护吗？"

"死都不会。泽帕特兄弟俩已经让我厌恶透顶。"

"你说他会招供林克打手那件事吗？"

"料他不会。他身上的麻烦已经够他受的了。再来两条人命，对他没有任何帮助。"

我们又叫了一小篮炸薯条，这就算晚餐了。

当我俩离开酒吧后，我开车将"搭档"在他公寓楼门口放下。今天是周一，娜奥米正忙着批考卷。"你一定要给斯塔彻打个 A。"我告诉她。"每次都是。"她这么回答我。我需要被爱，可今晚她不能给我。最后，我还是回到家中，这个地方令我感到又冷又凄凉。我换上一身牛仔服，走到"三角框"场子，并在那里喝了些啤酒，抽了根雪茄，八只台球打了我两个小时，全都是一个人在玩。到了十点，我查看了一下自己的手机。泽帕特家每个人都在找我：他母亲、他姨妈、他姐姐，还有在看守所里的塔迪奥和米古尔。看起来，现在他们都需要我了。我受够了这帮人，但我也知道，这些人是甩不掉的。

两名记者来过电话。曼奇尼邀我去喝一杯。为什么，我一点头绪也没有。

还有一条来自阿齐·斯旺格的语音信息。对你的巨大失败感到悲痛。他妈的，他怎么就……

我得出城去了。到了午夜，我往面包车上装了些衣物，几根高尔夫球杆，半盒小瓶装的波旁威士忌。抛了枚硬币，朝北，连开两个小时，直到几乎睡过去。我停在一家经济型汽车旅馆旁，付了四十美元过上一夜。到了明天，我会出现在某个高尔夫球场上，独自一人。

这次，我不敢确信，我是否还想回来。